Der schwarze Ast ist der zweite Band
der nach dem ersten Band benannten
Romantrilogie *Grüner Baum in Flammen*

Kenzaburō Ōe

Der schwarze Ast

Roman

Aus dem Japanischen von
Nora Bierich

S. Fischer

Die Originalausgabe erschien 1994 unter dem Titel
»›Yureugoku‹
Moeagaru midori no ki Dai ni bu«
bei Shinchōsha / Tōkyō

Gesamtherstellung: Clausen & Bosse, Leck
Printed in Germany
ISBN 3-10-055207-5

Der schwarze Ast

ERSTES KAPITEL

An der Hand von Yeats

In unserer Kirche auf Shikoku gibt es einen großen Koffer, in dem wir im Notfall wichtige Dinge wegschaffen können. Eine Zeit lang erhielten wir immer wieder Drohungen, dass man alles anzünden würde, und da es im Wohnhaus des Hofes bereits einmal einen kleinen Brand gegeben hatte, war der Koffer eine praktische Vorsichtsmaßnahme.

Als Zachary K. Takayasu uns zum ersten Mal wieder auf dem Alten Hof besuchte, hatte er erklärt, dass unsere Kirche ein Archiv benötige, in dem die Akten seit ihrer Gründung aufbewahrt würden. Er selbst ergriff die Initiative und ordnete die Artikel aus Zeitungen und Zeitschriften sowie Kopien, Broschüren, Fotomaterial und auf Video aufgezeichnete Fernsehdokumentationen. Dies alles, wie auch Notizen und Briefe von Menschen, die mit Bruder Gii oder der Kirchengemeinschaft in enger oder noch so entfernter Verbindung gestanden hatten, bewahrten wir in dem Koffer auf.

Den Koffer selbst hat uns der Generalkonsul geschenkt, der mit ihm in seiner Zeit als Diplomat seine umfangreichen Reiseutensilien transportiert hatte. Der Generalkonsul schrieb auf das am Koffer befestigte Namensschild »Aufzeichnungen der zu Heilenden«. Seine Schrift, die sich als überraschend gewandt erwies, sah aus wie auf einem Holzschnitt.

Zuerst schien es mir unpassend, dass er nicht »Geheilte«, sondern »zu Heilende« geschrieben hatte. Aber der Generalkonsul, dessen eigene Schriftstücke auch in dem Koffer aufbewahrt werden, war wohl weit davon entfernt, sich als geheilt zu empfinden. Er hoffte vielmehr, immer ein zu Heilender zu bleiben, und so war es meines Erachtens eine durchaus zutreffende Bezeichnung.

Ich habe erwähnt, dass der Generalkonsul früher einmal Diplomat gewesen sei, was vielleicht einer Erklärung bedarf. Denn nicht einmal ein halbes Jahr nach der Gründung unserer Gemeinschaft nahm er seinen Abschied vom Außenministerium und zog sich auf den Alten Hof zurück. Er vertiefte seinen Kontakt zur Kirche, aber weder sie noch Bruder Gii konnten ihn körperlich heilen. Hat der Generalkonsul aber psychisch, *in seiner Seele*, Heilung gefunden? Wenn ich an sein letztes Lebensjahr denke, scheint es mir, als sei er oft sehr gequält und gereizt gewesen.

Doch ich weiß zu wenig darüber und bin mir daher nach wie vor nicht sicher, ob ich das so vereinfachen darf. Izumi, die Pianistin, die vor ihrem zwanzigsten Lebensjahr in Paris studiert und sich dort mit dem Generalkonsul, der damals in Frankreich als Botschaftsangestellter tätig gewesen war, angefreundet hatte, schrieb in ihrem Nachruf in einer privat verlegten Gedenkschrift, dieser sei in den letzten Jahren so ruhig geworden, dass es ihr schwer falle, ihn mit dem jungen Mann von damals zusammenzubringen.

Wenn ich so ausführlich über den Generalkonsul berichte, dann deshalb, weil ich von ihm seit seinem Rückzug in die Wälder viel gelernt habe. Bevor er später in den Fertigbau zog, der auf dem Abhang nördlich des künstlichen Sees an der Himmelssenke errichtet worden war, befand sich sein Wohnzimmer in meinem ehemaligen Schlafraum neben der Bibliothek des *früheren* Bruder Gii. Hauptinhalt seines Lebens war zu Beginn, in der Bibliothek zu lesen oder gut ausgerüstet in die Tiefen der Wälder vorzudringen. In Bruder Giis Kirche ließ er sich eher selten blicken. Ich allerdings hatte des Öfteren Gelegenheit, mit ihm zu sprechen.

Hin und wieder kam er ins Büro, um nach Tōkyō zu telefonieren; er sah sich kurz die Bücher an, die auf meinem Tisch lagen, und legte sie dann schweigend an ihren Platz zurück. Über diese Lektüre verwickelte er mich jedoch bald in ein Gespräch, aus dem ich so viel von ihm lernte. Da ich mir aus der Bibliothek des *früheren* Bruder Gii einige Bücher über Yeats genommen und ganz einfach für mich studiert hatte, drehte sich unsere Unterhaltung um den irischen Dichter.

Doch ich erinnere mich noch an eine frühere Begebenheit, die ebenfalls von Yeats und dem Generalkonsul handelt. Es war in einem Gespräch mit Onkel K. und Yumiko, der Frau des Generalkonsuls, und hing mit Großmutters Beerdigung zusammen, zwei Jahre bevor der Generalkonsul auf den Alten Hof zurückkehrte und sich so viel ereignen sollte …

Der Generalkonsul selbst war bei diesem Gespräch nicht zugegen. Yumiko hatte Onkel K. damals von den besonders anstrengenden Tagen und Wochen erzählt, in denen jener physisch und psychisch völlig überlastet gewesen war. Die Folgen machten sich, so meinte sie, noch immer bemerkbar, und in seinem neuen Amt in Belgien stehe er vor der großen Aufgabe, Beziehungen zu Funktionären der europäischen Union knüpfen zu müssen, die bisher noch keinerlei Verbindung zu japanischen Politikern und Beamten gehabt hätten, was ihn neuem Druck aussetze und sehr erschöpfe …

— In seiner langen, ohne Unterbrechung geführten Amtszeit – der längsten seit dem Krieg – ist der Premierminister N. immer aktiver geworden. Und wäre er Premierminister geblieben, wäre der Generalkonsul, der sein volles Vertrauen genießt, als Ministerialrat im Außenministerium bestimmt an Überarbeitung gestorben. (Man müsste übrigens einmal klären, warum die Mitglieder vom Alten Hof immer noch die Bezeichnung »Generalkonsul« benutzten, während dieser doch schon vor langer Zeit von Premierminister N. von seinem Posten als Generalkonsul in San Francisco ins nächsthöhere Amt berufen worden war.)

— Dass N. Gefallen an dem Generalkonsul fand, lag doch wohl an den Ähnlichkeiten zwischen den beiden. Noch in der Zeit, als N. von »allgemeinen Präsidentschaftswahlen« sprach, habe ich einmal für eine Zeitschrift ein Interview mit ihm geführt. Ohne Zweifel ist der Generalkonsul in seiner Art viel scharf- und feinsinniger als N., der sich im Vergleich zu ihm als ein Ungeheuer ausnimmt. Ich musste bei den beiden an ein Gedicht von Yeats denken: »Die Jugendfreunde pflegten schon zu sagen: / Dieser wird einmal ein berühmter Mann, / Er dacht es selbst und stopft mit Fleiß und Plagen / Die Jahre seiner zwanzig an.«[1]*

— Nicht nur mit zwanzig, auch jetzt arbeitet er immer noch un-

1 Die Anmerkungen stehen am Ende des Bandes ab Seite 283.

ermüdlich. Kaum hatte er in Brüssel sein Amt angetreten, als er auch schon – sein Französisch war bereits gut genug – eine Grammatik zur Hand nahm, um die Menschen dort auch auf Flämisch begrüßen zu können.

Onkel K. schien auf Yumikos schlagfertige Art etwas reserviert zu reagieren. Und ich erinnere mich, dass auch ich der eingebildeten Frau eher etwas misstrauisch gegenüberstand. Da ich damals schon Yeats gelesen hatte, kam mir die Zeile in den Sinn, die auf die von Onkel K. zitierte Passage folgte. In der Übersetzung des *früheren* Bruder Gii heißt es dort weiter: »Was dann? sang Platos Geist, was dann?«*

Da ich dem Generalkonsul, als er noch auf dem Alten Hof gelebt hatte, immer das Essen brachte und auch zum Putzen in sein Zimmer ging, bekam ich einen Eindruck von seiner Art zu lesen. Interessant war dabei, dass es Ähnlichkeiten zu Onkel K. gab, wie ich ihn aus seinem Haus in Seijōgakuenmae** kannte, aber auch große Unterschiede.

Was die Ähnlichkeiten angeht, so schlug der Generalkonsul, genau wie Onkel K., sorgfältig im Lexikon nach, schrieb mit Bleistift in die Bücher hinein und unterstrich einzelne Wörter und Sätze mit einem Rotstift oder umkreiste sie. Als ich Onkel K. auf dem Rückweg von seinem Vortrag in Kōchi darauf ansprach, errötete er wie ein Junge und erwiderte:

— Ach was, an die Sprachkenntnisse des Generalkonsuls reiche ich nicht heran, er benutzt ja schon ein ganz anderes Lexikon. – In der Tat hatte der Generalkonsul kein englisch-japanisches Wörterbuch vor sich liegen, sondern benutzte stets den *Concise Oxford Dictionary*. Um den japanischen Namen einer Pflanze oder etwas Ähnliches zu erfahren, schlug er in meinem Wörterbuch nach.

Der größere Unterschied zwischen der Lektüre von Onkel K. und der des Generalkonsuls aber bestand meines Wissens darin, dass Onkel K. sogar Fachbücher niemals weglegte, ohne sie von Anfang bis Ende gelesen und dabei nicht eine Seite übersprungen zu haben, während der Generalkonsul immer mehrere Bücher neben sich liegen hatte, in denen er, als pirsche er sich an eine Beute heran, nur die wichtigsten Seiten studierte. Ich habe ihn nie dazu befragt, aber er hat sich einmal dafür gerechtfertigt, wobei auch er errötete.

— K.-chan hat die Literatur zu seinem Beruf gemacht und genießt sie noch gleichzeitig. Meine Art zu lesen ist anders. Ich habe mir über die Jahre die schlechten Gewohnheiten eines Beamten angeeignet, und es genügt mir, nur die jeweils notwendigen Problempunkte herauszufinden. Es kann sogar passieren, dass ich einen Assistenten nur zum Kopieren der entsprechenden Teile schicke. Ich habe auch nicht die Zeit, ein Buch ordentlich zu Ende zu lesen. Ich fühle mich durch meinen Lebensweg betrogen, und jetzt versuche ich mit allen Mitteln, den Kurs zu ändern. Ich suche mir bei meiner Lektüre eilig die wichtigsten Stellen heraus, aber ich besitze kein Fachwissen …

Einmal habe ich eine vom Generalkonsul angefertigte Übersetzung eines Gedichts von Yeats gelesen. Sie war auf einem Zettel notiert, der im aufgeschlagenen Band der in der *Everyman's Library* erschienenen Ausgabe der gesammelten Gedichte von Yeats lag, den er aus der Bibliothek des *früheren* Bruder Gii genommen hatte. Ich habe sie nicht heimlich hinter seinem Rücken gelesen, sondern der Generalkonsul hat mich ausdrücklich gebeten, die Übersetzung durchzusehen und ihm meinen Eindruck mitzuteilen.

— Ich weiß, dass K.-chan in seinen Romanen Verse von Yeats zitiert, die er selbst übersetzt hat, Satchan. Hat er nicht auch die dritte Strophe aus dem dritten Teil von *Neunzehnhundertneunzehn* irgendwo eingebaut? Die Passage nach »The swan has leaped into the desolate heaven«? Seit heute Morgen suche ich überall in K.-chans Büchern danach, aber es sind so viele … Ich wollte dich bitten, einmal die Stelle zu lesen, die ich versuchsweise übersetzt habe, und zu beurteilen, ob sie K.-chans Tonfall trifft. Irgendwo habe ich K.-chans Übersetzung des Gedichts gelesen, und es würde mich ärgern, wenn meine Übersetzung, und sei es auch nur im Unterton, davon beeinflusst wäre … Ich werde, wenn ich diese Welt verlasse, nicht einmal ein Fünfzigstel dessen geschrieben haben, was er geschrieben hat, ist das nicht ungerecht?

»Der Schwan sprang in den öden Himmel ein: / Das Bild schafft

Wildheit, eine Wut zur Tat: / Zu Ende sein, beenden / Was mir in Anstrengung mein Leben schien, / Auch Halberfundenes, das halb beschriebene Blatt. / Wir träumten doch, zu wenden / Was uns so heillos däuchte / Und Menschen traf; doch jetzt / Da Wind im Winter bläst, / Sehn wir, dass Hirnriss war, wenn wir so träumten.«*

Auf dem Zettel hatte der Generalkonsul mit einem Pinselfüller mit schwarzer Tinte einen zu dem Wort *crack-pated* wirklich passenden, in der Wildnis stehenden Mann gezeichnet und dazu den Schatten eines kleinen Vogels am Gewitterhimmel.

Der Generalkonsul hatte in einer Zeittafel herausgefunden, dass Yeats dieses Gedicht mit vierundfünfzig Jahren schrieb, und da er gleich alt war, eine Parallele zu sich gezogen; vielleicht empfand er deshalb für diese Verse besonders große Sympathie.

Überhaupt könnte man die Art des Generalkonsuls, Yeats zu lesen, als puren Biographismus bezeichnen. Sicherlich hatte er die Gedichtsammlung mit seinem außergewöhnlichen Sprachverständnis gründlich studiert, doch fiel es auf, dass er darüber hinaus eine Biographie nach der anderen las, sowohl Bücher aus der Bibliothek des *früheren* Bruder Gii als auch Neuerscheinungen. Und wenn er etwas über die Bezüge zwischen Yeats' Leben und den Ereignissen seiner Zeit herausgefunden hatte, wurde es ihm zur festen Gewohnheit, dass er sich die Gedichte noch einmal vornahm, sie erneut las, wobei er seine Notizen korrigierte, und so, um es in seinen Worten auszudrücken, die Gedichte *zum ersten Mal verstand.*

Mir kam das zwar seltsam vor, aber mit der Zeit war ich überzeugt. Der Generalkonsul las Yeats, weil ein Zwang ihn dazu trieb, sein eigenes Leben sowie etwas, das über dieses hinausreichte – soweit es ihm die verbleibende Zeit erlaubte, wie er oft betonte –, *zum ersten Mal zu verstehen.* Neben der ausführlichen Lektüre der *International Herald Tribune*, die nachmittags mit der Post kam, gehörte es zu seiner täglichen Aufgabe, sich ganz der Lektüre von Büchern von und über Yeats zu widmen. Er tat das wie jemand, der von einer neuen Krankheit befallen war und nun Bücher über dieses Leiden und über die Wahl des entsprechenden Spitals wälzte. Wenn der Generalkonsul in seinen Gesprächen Yeats zitierte, war mir häufig nicht klar, ob die Worte direkt aus einem Werk des Dichters oder aus biographischen Arbeiten der Sekundärliteratur stammten.

Zu dieser Zeit begann in einer konservativen, wöchentlich erscheinenden Zeitschrift eines Tōkyōter Zeitungsverlages der bekannte Reporter Hanada seine Kolumne. Nach anfänglichen Attacken gegen den Hof und die religiöse Bewegung von Bruder Gii ging er zu regelmäßigen Angriffen gegen Onkel K. über, die es allerdings auch vorher schon gegeben zu haben schien. Nachdem er sie gelesen hatte, sagte der Generalkonsul:

— Diesen Journalisten mag zwar ein außerordentliches Pflichtbewusstsein eigen sein, aber ob sie Talent für Kolumnen haben, ist eine andere Frage. Meist benutzen sie ein Notizbuch, in dem jedes Jahr auf einer Seite festgehalten ist. Wenn ihnen der Stoff für die nächste Kolumne ausgeht, blättern sie die Seiten der letzten Jahre durch, rekapitulieren die vorigen Kolumnen und schreiben einfach deren Fortsetzung. Wird dieser Reporter nicht bald zum Herausgeber befördert, wird K.-chan weiter das Ziel seiner Attacken bleiben. Es ist genau wie bei Yeats: »The more alive one is, the more one is attacked.« In diesen Dokumentarfilmen über Tiere der afrikanischen Wildnis – heutzutage wohl eher auf Video – wird doch beispielsweise gezeigt, wie ein alter, furchtbar abgemagerter und kahler Büffel, mehr tot als lebendig, immer wieder von einem Jaguar oder einer Hyäne angegriffen wird. Yeats hat Recht: »Je länger man lebt, desto mehr wird man angegriffen.«

Als ich ihn fragte, ob dies ein Zitat von oder eines über Yeats sei, und auch erwähnte, dass man es eventuell über das Stichwort »alte, über Angriffe erzürnte Männer« finden könnte, antwortete der Generalkonsul:

— Yeats schrieb dies in einem Brief an seine Freundin Dorothy Wellesley, eine Dichterin, die jünger gewesen sein muss als er. Allerdings habe ich nicht den ganzen Brief, sondern nur diese eine Passage gelesen. In der Bibliothek des *früheren* Bruder Gii stehen natürlich auch einige Bände mit Briefwechseln von Yeats, aber diesen Brief habe ich nicht wieder gefunden. Wie ich in einer Bibliographie gesehen habe, scheint ein Buch mit Yeats' Briefen an Wellesley zu existieren, und ich habe K.-chan gebeten, einmal für mich in Kanda* in einem Antiquariat für westliche Literatur danach zu suchen. Doch selbst wenn ich mich bemühte, grundlegendere Literatur zu finden, hätte ich gar nicht die Zeit, diese Bücher genau zu lesen, nicht wahr? Ich habe wegen meines Postens im Außenministerium so viel Lebenszeit vergeudet! Aber auch dieser Zorn eines alten Mannes entspricht doch ganz der Art Yeats', meine ich!

Da der Generalkonsul, angefangen mit einer Wendung wie »dieser Zorn eines alten Mannes«, häufig Worte wie »alter Mann« oder »Greis»benutzte und in Bezug auf Yeats immer wieder die Empfindungen und das Denken eines alten Mannes betonte, bin ich später einmal Yeats' Gedichtsammlungen sowie seinen Lebenslauf durchgegangen und habe festgestellt, dass Yeats die meisten der vom Generalkonsul zitierten Gedichte mit Anfang fünfzig geschrieben hat, was sich also mit dem damaligen Alter des Generalkonsuls deckte.

Doch hatte ich das Gefühl, dass sowohl Yeats als auch der Generalkonsul mit Anfang fünfzig eine Jugendlichkeit besaßen, die zum Ausdruck »alter Mann« überhaupt nicht passte. Der Generalkonsul sah, nachdem er sich seine gutartigen Polypen im Dickdarm hatte herausoperieren lassen – dachte man an seine schlechte Gesichtsfarbe bei der Beerdigung von Großmutter zurück –, viel gesünder aus und wirkte sogar kraftvoll. Daher führte auch niemand vom Alten Hof den Rücktritt des Generalkonsuls auf seine unmittelbar körperliche Angst vor der Operation zurück, sondern alle vermuteten, dass er sich an einem geistigen *Wendepunkt* befand. Asa meinte, wie sie mir anvertraute, dass auch die räumliche Trennung von Yumiko vielleicht daher rührte, dass diese den Konversionsprozess des Generalkonsuls als befremdlich empfand. Mir erschien dies schlüssig, vor allem angesichts dessen, dass er sich zwar nicht gerade besonders für die Kirche begeisterte, sie aber keineswegs ignorierte.

Der Generalkonsul selbst sagte mir:

— Vielleicht bin ich da ein wenig *eingebildet*, aber dass das Außenministerium mein Rücktrittsgesuch so ohne weiteres annahm, hat mich überrascht. Ich vermute, dass zwischen dem Chef des Krankenhauses und Kasumigaseki** ohne mein Wissen Informationen hin und her gingen, natürlich über Yumiko. Sie war bestimmt enttäuscht, als ich meinen Abschied vom Außenministerium nahm, aber sie wird ihre Zukunft schon planen und sich ihren Unterhalt zu verdienen wissen. Schließlich ist sie ja Schauspielerin … und mir bleibt momentan nur die Rolle eines Zuschauers.

Doch was meine Yeats-Lektüre anbelangt, möchte ich ehrlich sein. Mir bleiben nur noch wenige Jahre, und ich habe mir schon einen umfassenden Lektüreplan gemacht. Und dich, Satchan, möchte ich bitten, offen zu sein, wenn ich über Yeats spreche. K.-chan habe ich übrigens auch darum gebeten.

Der Generalkonsul sagte noch seltsamere Dinge. An diesem Tag war ein Kollege aus dem Außenministerium, der im selben Jahr wie er dort angefangen hatte, für einige Zeit aus Malaysien nach Japan zurückgekehrt. Sie hatten sich in Matsuyama in dem von Manager Fu geführten Hotel zum Essen getroffen, und der Generalkonsul war ziemlich betrunken …

— Weißt du, vielleicht stößt mir in zwei, drei Jahren etwas ganz Furchtbares zu. Wenn ich daran denke, überkommt mich die Vorstellung, ein paar Schälchen Sake zu trinken, fröhlich in eine europäische Luxuslimousine zu steigen und dann ein Unfall – aus und vorbei. So fiele ich niemandem zur Last. Aber habe ich das Recht zu solcher Eleganz? Ich habe stets mein Gehalt vom Staat bezogen, und zwar bereits zu einer Zeit, als das Land noch arm war, und ich habe den größten Teil meines Lebens gut gelebt!

Mit solchen Gedanken im Kopf las der Generalkonsul meines Wissens die Bücher über Yeats. Wurden die Gedichte von Yeats vornehmlich literaturtheoretisch analysiert, klappte er das Buch sofort wieder zu und stellte es in die Bibliothek des *früheren* Bruder Gii zurück. Er nahm sich also vor allem Biographien vor, wobei die Bücher, die er sorgfältig las, in denen er Sätze rot unterstrich und über die er gelegentlich sprach, eben von den Erfahrungen und Gedichten handelten, als Yeats fünfzig war und älter.

In dieser etwas zu realistischen Lesart des Generalkonsuls, die sich geradewegs mit seinem aktuellen Leben verband, spürte ich, ehrlich gesagt, auch eine in die Ecke getriebene Schamlosigkeit. Doch er hatte weder vor, eine Forschungsarbeit über Yeats zu verfassen, noch strebte er nach einem Lehrstuhl. Allerdings weiß ich aus den Schreiben, die uns ins Büro gefaxt wurden, dass eine Anfrage der Universität in Matsuyama für einen Lehrauftrag zu »Internationalen Beziehungen« vorlag sowie eine Einladung der Universität Harvard, als Gastdozent dem dortigen Institut beizutreten, wobei ein Freund des Generalkonsuls die Verhandlungen führte. Er konnte also ganz ungehemmt seiner eigenwilligen Lektüre nachgehen.

So zeigte er beispielsweise besonderes Interesse für eins der letzten Werke von Yeats: *Der Mann und das Echo*. Davon habe ich erfahren, weil sich der Generalkonsul für Zachary K. Takayasus topographische Karte der Gegend interessierte, die als einziger Wandschmuck in unserem Büro hing.

— Sag mal Satchan, gibt es auf dieser Karte nicht einen Ort, wo ich am Fuße einer Felswand einen Schrei ausstoßen könnte, ohne dass gleich alle Leute in der Umgebung erschreckten? Der Boden einer Grube vielleicht oder der Eingang eines Tunnels ... Yeats scheint einen solchen Ort gefunden zu haben. Er nennt sogar seinen Namen, Alt. Es wäre nicht schlecht, wenn auch ich einen solchen Ort hätte.

— Eine Höhle gäbe es, antwortete ich auf die eher ernst vorgebrachte Frage des Generalkonsuls möglichst ruhig. Hinter dem Pass, gleich rechts an einem Abhang gibt es eine berüchtigte Gegend, wo der Dorfvorsteher an einem Shintō-Schrein ein Wäldchen mit Laubbäumen hat fällen und stattdessen Zedern pflanzen lassen ... Wenn man dort am Rand entlang geht, stößt man wohl immer noch auf einige Höhlen. In einer von ihnen soll früher einmal eine große Frau eingesperrt worden sein, die diktatorisch das Dorf beherrscht hatte. Zachary hat sie als »Höhle der Gefangenen« in die Karte eingetragen. Außerdem gibt es hinter dem Haus mit dem großen Ginkgobaum, zu dem man gelangt, wenn man über die große Brücke in Richtung Kōshin-Berg geht, noch eine seit alters her bestehende seitlich gelegene Höhle, die zum Hang über dem Flussufer führt.

Noch während ich sprach, spürte ich, dass die von mir genannten Höhlen nicht das trafen, was sich der Generalkonsul unter *Fuß einer Felswand*, *Boden einer Grube* oder *Eingang eines Tunnels* vorstellte.

Trotzdem studierte er erneut die Karte an der Wand. Und dann begann er über *Der Mann und das Echo* zu sprechen, als müsse er sein Inneres ordnen.

— »Mein ganzes Trachten, ganzes Sein, / Wird mir jetzt, da ich alt und krank, / Zu einer Frage nächtelang, / Dass ich wach liege immerzu / Und keine Antwort gibt mir Ruh.«* Ich habe das Gefühl, dass diese Zeile genau das ausdrückt, was ich im Moment erlebe. Yeats ist ein Genie, während ich nur durchschnittliches Talent besitze. Aber aus meinen bisherigen Lebenserfahrungen weiß ich, dass sich die Gesamtmenge der Leiden bei den Menschen nicht unterscheidet, und so will ich auch Yeats' Leiden nicht verabsolutieren. Yeats spricht dann von den jungen Leuten aus der irischen Unabhängigkeitsbewegung, die durch seine Stücke beeinflusst wurden, und er äußert den Zweifel, ob sie nicht ihretwegen von englischen Soldaten erschossen worden seien. Dabei muss ich an eine ähnliche Geschichte denken …

In meiner Zeit als Botschaftsrat in Laos nahm ich Karate-Unterricht bei einem jungen Mann, der als Mitglied einer Jugendorganisation für Auslandshilfe nach Laos gekommen war. Es war ein angenehmer, einfacher junger Mann, der nur deshalb ins *Peace Corps* eingetreten war, weil er ins Ausland wollte. Nachdem wir ordentlich ins Schwitzen gekommen waren, hörte er schweigend meinen Geschichten zu und ging dann nach Hause, nachdem er noch eine Schüssel des vom Botschaftskoch zubereiteten *katsudon*** gegessen hatte …

Nach seiner Rückkehr nach Japan bewarb sich dieser junge Mann sofort bei einer anderen internationalen Organisation. Dort ist er bei Truppenübungen tödlich verunglückt. Ich erhielt einen Brief von seinen Eltern, in dem sie schrieben, dass ihr Sohn, der mich sehr geschätzt habe, trotzdem mit seinem Leben gewiss zufrieden gewesen sei. Ich hatte diesen jungen Mann ganz vergessen, aber in letzter Zeit kommt er mir Abend für Abend in den Sinn. Dies oder das, worüber ich eher leichthin gesprochen habe, während wir bei unseren billigen Koteletts saßen, hat möglicherweise dazu geführt, dass er von dem riesigen Übungslaster überrollt wurde … Manchmal denke ich einen ganzen Abend an ihn. Ich würde mich gern wenigstens an ein paar Bruchstücke meiner Erzählungen von damals erinnern.

Letztlich glaube ich, dass es immer so weitergeht, wie Yeats gesagt hat: »Alles scheint böse und ich bin / Schlaflos und müd zum Tode hin.«* Genauso ist es …

Auch ich hörte dem Generalkonsul nur schweigend zu, so wie der einfache junge Mann, der sein Karate-Lehrer gewesen war. Darüber hinaus blieb mir nur, noch während er sprach, die betreffenden Gedichte in meiner *Papermac*-Ausgabe herauszusuchen und nachzulesen. Dabei stellte ich fest, dass ich die gleichen Stellen rot unterstrichen hatte. Ich las die Verse, die schon früher meine Aufmerksamkeit erregt hatten, und geriet erneut ins Grübeln. »Doch mit dem Leib vergeht auch Schlaf«**, das bedeutete, dass es nach dem körperlichen Tod keinen von Liebe und Rausch gehaltenen Schlaf mehr gibt. Dem Geist bleibt nichts, als sich weiter quälenden Gedanken hinzugeben … Die Zeile flößte mir erneut Furcht ein.

— In diesem Gedicht gibt es noch etwas, was mir Angst macht. Es sind die letzten vier Zeilen, fuhr der Generalkonsul fort, wobei er in mein Buch sah. Es scheint mit dem seltsamen Vorfall mit Takashi zu tun zu haben, der sich damals ereignet hat, als ich, K.-chan und die anderen zufällig gerade hier waren.

In dem Gedicht heißt es: »Dort oben schlug ein Falke oder eine Eule ein / Kam aus der Luft oder dem Stein / Ein Hase, scharf getroffen, schreit / Und sein Schrei hat mich zerstreut.«***

Ich musste sofort an den Falken denken, der sich auf die Feldmaus auf Takashis Hand gestürzt hatte. Schaut man hier in der Hektik des Tages plötzlich einmal hoch, fällt der Blick auf den ›Zehn-Matten-Platz‹ dort oben. Warum Yeats wohl in dieser Zeile einen Falken oder eine Eule einführt? Meinst du, er hat sie in Alt, diesem Ort mit den offensichtlich steil aufragenden Felsen tatsächlich gesehen?

Doch auch wenn ich das nicht richtig verstehe und dadurch irritiert bin, frage ich mich, was der von dem Falken angegriffene Takashi wohl für einen Schrei ausgestoßen haben mag. Doch auch dabei *gibt mir keine Antwort Ruh* …

Der Generalkonsul hörte auf zu reden und sah mich mit einem ernsten Blick an. Er wirkte wie der Gegensatz zu einer ruhelosen Person, die durch Grübeln um den Schlaf gebracht ist, es war ein Blick, den auch der ärgste Zweifel nicht mehr verwirren konnte. Seine Augen, die die Form von Aprikosen hatten, erinnerten mich an die Gesichtszüge von Bruder Gii, und in meiner Vorstellung erschienen der schreiende Sohn und sein Vater.

Hätte der Generalkonsul wirklich etwas über den Schrei erfahren wollen, den der von dem Falken angegriffene Bruder Gii ausgestoßen hatte, so hätte er natürlich seinen Sohn fragen können, dem er zwar nicht besonders nahe stand, in dessen Adern aber immerhin dasselbe Blut floss. Dass er stattdessen mir davon erzählte, geschah wohl, weil es ihm eben wichtiger war, sich in die Zeile *Und keine Antwort gibt mir Ruh* zu vertiefen.

Sobald die Kirche gegründet war, brachte Bruder Gii das *Symbol* der Kirche, eine Tafel aus Kirschbaumholz mit der Aufschrift ›Grüner Baum in Flammen‹, am oberen Türsturz des großen Tors des Herdhauses an; und als hätten sie nur darauf gewartet, erschienen in diesem Moment die drei Inō-Brüder. Die drei jungen Leute, die sich so gerade hielten, als hätten sie, wie es heißt, ein eisernes Rückgrat, standen unter der Bergkamelie und baten, auf dem Hof aufgenommen zu werden. Mit der Hilfe der drei Inō-Brüder entgingen wir den Ernteverlusten, die der Hof ohne sie erlitten hätte, da kurz nach der Anklage die jungen Leute der ›Waldjugend‹ eine Zeit lang nicht mehr gekommen waren. Darüber hinaus verrichteten die drei Brüder die Arbeit unbekümmert und scheinbar mühelos …

Wir hatten uns angewöhnt, sie die drei Inō-Brüder zu nennen, aber in Wirklichkeit waren nur Ai und Iku Brüder – sie waren zwei Jahre auseinander –, der dritte war ein Cousin, der genauso alt war wie der jüngere der beiden Brüder und Ei hieß. Sie sahen jedoch aus wie Brüder, und Izumi hatte sogar gedacht, sie wären Drillinge. Nicht nur von der Statur und den Gesichtszügen her ähnelten sie einander, auch ihre nur aus einem Schriftzeichen bestehenden Namen, die ihnen ihr gemeinsamer Großvater gegeben hatte, und die zwar leicht zu behalten, aber schwer zu unterscheiden waren, ähnelten sich. Ai zufolge hatte der Großvater gehofft, dass ihm so viele Enkel und Urenkel geboren würden, dass er alle fünfzig Laute des japanischen Alphabets verwenden müsste, und bei ihren Namen mit der A-Reihe begonnen.*

Ich habe gerade »Ai zufolge« geschrieben, aber stimmt das eigentlich? Wenn ich mir noch einmal durch den Kopf gehen lasse, was die Inō-Brüder gesagt und getan haben, erinnere ich mich, dass immer einer oder zwei dies sagten oder taten. Die drei Brüder bildeten immer Einheiten von Einer-gegen-Zwei, und auch wenn die Zusammensetzung letztlich nur drei Optionen zuließ, hatte man gewöhnlich den Eindruck, als wechselten sie sich ständig ab. Was ihren Charakter betraf, waren sie alle drei im Großen und Ganzen Optimisten, und wenn die Fraktion Ai-Iku beispielsweise ungewöhnlich deprimiert und pessimistisch war, ermutigte sie Ei eifrig. Mir fällt dabei die Geschichte mit der Wasserpumpe am Hof ein, an deren Reparatur Iku und Ei schließlich resignierten, die Ai dann aber in einer durchwachten Nacht wieder flott kriegte. Diese Geschichte stammt noch aus der Zeit, als die Mitglieder der ›Waldjugend‹, die das Spezialwerkzeug für solche Elektroarbeiten besaßen, noch nicht wieder zu den Aktivitäten der Kirchengemeinschaft zurückgekehrt waren.

Allerdings traten die drei Inō-Brüder auch ohne das Zwei-gegen-Eins-Spiel in raschen Gemeinschaftsaktionen auf. Die erste beeindruckende Tat dieser Art war ihre Teilnahme an der Kirche. Und dann fuhren sie an einem Samstag, als sie noch keine zwei Wochen im Wohnhaus auf dem Hof lebten, nach der Arbeit nach Matsuyama und kamen am Sonntagvormittag mit drei jungen Frauen im Auto zurück.

Die Inō-Brüder waren zwar noch jung, und die Spuren der Rasur waren erst zart, aber alle drei hatten männliche Gesichter, eine von Natur aus schöne Statur und wirkten sportlich-attraktiv. Auch die drei jungen Frauen in ihren witzigen und etwas aufgemachten, aber zu ihnen passenden modischen Kleidern, hatten hübsche Gesichter. Die drei Inō-Brüder hatten sich mit den Frauen in einer Diskothek in Dōgo angefreundet, doch auf dem Weg zurück in die Wälder war die Zusammensetzung der einzelnen Paare noch unentschieden gewesen. Vor dem Tunnel am Inuyose-Pass gab es eine Kontrolle, und während die Autos langsam in einer Reihe heranfuhren, wurde eines der Mädchen auf der hinteren Sitzbank auf die Knie der übrigen zwei Männer und der einen Frau gelegt und als überzählige Person unter einer Wolldecke versteckt. Während sie sicher die Kontrolle passierten, hatte die Frau unter der Wolldecke den Penis, der sich direkt neben ihrer Wange befand, in den Mund genommen – ob das wirklich stimmte, weiß ich nicht, und jedenfalls waren die Betreffende und der Besitzer des Penis als Paar ausgemacht …

Als die drei Inō-Brüder auf den Hof gekommen waren, um nach Arbeit zu fragen, hatte Bruder Gii ihnen empfohlen, im Alten Hof zu schlafen. Aber ihnen gefiel das Wohnhaus des Hofes, das ich ihnen gezeigt hatte, besser, und so wurde das Sechsbettzimmer dort zu ihrer Basis. Auch nachdem sie alle ihre Freundinnen mitbrachten, verlangte keiner von ihnen ein Einzelzimmer. Sie stellten in dem Zimmer lediglich selbst gemachte Wandschirme auf. Wie in einem einfachen Labyrinth standen die Betten der drei Paare so, dass sie gegenseitig nicht einsehbar waren. Und um die Stimmen und Geräusche kümmerte sich keiner, auch die Frauen nicht.

Es war Mitsu, die uns über ihre Lebensweise berichtete; sie war für die Nachrichtenübermittlung zwischen den drei Inō-Brüdern und Bruder Gii verantwortlich und kam täglich auf den Hof. Ihr gefiel es, dass die jungen Männer und Frauen von ihren sexuellen Beziehungen kein großes Aufheben machten. In ihren Augen stellten die sechs eine neue Generation dar, wie sie ihr selbst in Tōkyō nur selten begegnet war … Abends gingen die jungen Männer und Frauen gemeinsam in das große Bad auf dem Hof. Mitsu schätzte es, dass sie, nachdem sie abends schweißgebadet ihre Arbeit auf dem Hof beendet hatten, die Nächte, die sie zu sechst genossen, wichtig nahmen.

Doch trotz dieser Freiheiten und Eigentümlichkeiten waren die Inō-Brüder und die jungen Frauen, auch was sexuelle Dinge angeht, keineswegs nachlässig, ganz im Gegenteil. Wenn sie, wenn auch selten, sonntags morgens in die Kirche kamen, wiesen sie eine eigenartig fromme Haltung auf – nicht nur im Vergleich zu den Mitgliedern der Kirche, in deren Mittelpunkt die jungen Leute der ›Waldjugend‹ standen, sondern auch im Vergleich zu den jungen Männern und Frauen aus Makimachi und aus den Städten flussabwärts, die im Lauf der Zeit in immer größerer Zahl an den Versammlungen teilnahmen. Angesichts der aufrecht dastehenden drei Inō-Brüder und der sie begleitenden Mädchen in ihren einfachen schwarzen Kleidern, die sie sich nach ihrer Ankunft auf dem Hof hatten anfertigen lassen, bekam man sogar eine Ahnung von dem Stil, den unsere Kirche in Zukunft kreieren müsste. Einige junge Leute waren bereits ihrem Beispiel gefolgt. Nach der Versammlung aber quetschten sich die drei Inō-Brüder und die drei jungen Frauen in ihr kleines Auto und fuhren fröhlich nach Matsuyama. Und an vielen Sonntagen erschienen sie erst gar nicht in der Kirche.

Bruder Gii kümmerte es nicht, dass die drei Inō-Brüder so ungeniert mit ihren Freundinnen zusammenlebten, aber mir machte die Entwicklung unserer Kirche ein bisschen Sorge. Ein Reporter der Lokalnachrichten einer großen Zeitung hatte bereits ein Auge auf unsere Kirche geworfen und könnte jederzeit einen mit Kritik gespickten Skandalartikel schreiben. Er hatte bereits eine eigene Kolumne in einer Wochenzeitschrift!

Ich konnte nicht umhin, Bruder Gii zu fragen, ob es nicht vielleicht zu weit ginge, dass die drei Inō-Brüder jetzt auf dem Hof wohnten, jeden Sonntag die Eltern der jungen Frauen besuchten und sie sogar dazu gebracht hatten, ihre bisherige Arbeit aufzugeben und mit ihnen zusammenzuleben? Würde dies, wenn es auf den Tisch gebracht würde, nicht unsere gerade gegründete Kirche beeinträchtigen? Hätten uns die Medien aber erst einmal als Paradies für Gruppensex etikettiert, bräuchte es Jahre, bis wir dieses Etikett wieder los wären. Würde es aber nicht unweigerlich dazu kommen, wenn sich die Eltern der jungen Frauen zu rühren begännen? Aber Bruder Gii antwortete:

— Wir dürfen nicht von Anfang an vom Standpunkt der Medien aus denken, und bevor du Mutmaßungen über die Ansichten der Eltern der jungen Frauen anstellst, solltest du vielleicht lieber über die der Frauen selbst nachdenken. Es wäre unsinnig, Personen, die auf unserem Hof arbeiten wollen und an unserer Kirche teilnehmen, im Voraus prinzipiell in ihren Freiheiten zu beschränken, auch wenn das für unsere Kirche Ruhe bedeutete. Unsere Kirche hat sich doch erst gerade auf den Weg gemacht und noch steht ihr jede Richtung offen! Wenn man unsere Kirche wegen den mit den drei Inō-Brüdern zusammenlebenden Frauen kritisieren sollte, wollen wir dieser Kritik gemeinsam entgegentreten. Die Glaubensartikel, die wir verfechten und befolgen wollen, sind noch vage. Ist es da nicht dankenswert, wenn wir eine Verhaltensregel festlegen können, auch wenn dies auf äußeren Druck geschieht?

Auch ist das Motiv, das die drei Inō-Brüder dazu bewegt hat, zu uns zu kommen, in Wirklichkeit noch unklar, und wir wissen nicht, was für Vorstellungen sie von unserer Kirche haben. Doch selbst wenn der Hof für sie einfach ein Ort sein sollte, an dem sie freiwillig arbeiten, und die Kirche als solche für sie lediglich *dazugehören sollte*, wäre das für mich kein Grund, sie zu kritisieren. Denn sogar für mich ist die Kirche im Augenblick nichts Substanzielles ...

Eigentlich glaube ich, dass die drei Inō-Brüder nur so lange hier in den Wäldern arbeiten und bei den Versammlungen in der Kirche erscheinen werden, wie es für sie interessant ist, und dass sie genauso unbekümmert, wie sie kamen, auch wieder verschwinden. Und sollten die jungen Frauen dann mit ihnen gehen, wäre das doch völlig in Ordnung, oder? Wenn ich mir jedenfalls jetzt die Beziehungen zwischen den drei Inō-Brüdern und den Frauen ansehe, habe ich den Eindruck, dass es das Verlässlichste ist, was es momentan auf dem Hof und in der Kirche gibt ...

An dem Tag, als die drei Inō-Brüder in ihrem altmodischen, aber gut ausgestatteten Citroën auf den Alten Hof gefahren kamen, hatten Bruder Gii, Mitsu und ich als Angehörige einer Kirche, die damals erst wenige Mitglieder zählte, mit den drei neuen auf dem Dielenboden zu Abend gegessen. Eigentlich zählte auch Tā, der sich von der Anklage nicht hatte beeinflussen lassen, als Mitglied, aber er war an diesem Tag nach Matsuyama gefahren, um Verbindung mit einem Hotel herzustellen. Bei diesem Essen kam mir irgendwie – ich hatte damals noch keine Ahnung, dass ich später einmal über unsere Geschichte schreiben sollte – die Rolle zu, die drei Brüder nach ihrem Entschluss zu befragen, auf dem Hof unserer Kirche zu arbeiten.

— Der Hof der Kirche, so haben wir das eigentlich nicht gesehen, aber es stört uns natürlich überhaupt nicht … Stimmt doch, oder?

Ich erinnere mich noch deutlich, wie die anderen beiden Brüder zustimmend nickten. Darüber, welcher der drei Inō-Brüder an diesem Abend vor allem sprach, gibt mir mein Gedächtnis jedoch keinen genauen Aufschluss mehr.

— Unser Großvater hat uns ein Auto geschenkt, und wir waren gerade bei ihm, um uns zu bedanken. Er hat uns dabei ziemlich deutlich mitgeteilt, er erwarte, dass wir alle drei nach unserem Studienabschluss in seine Firma eintreten – es ist eine Firma für Kühltechnik, die größte in der Kansai-Region. Zwar hat ihm zu diesem Zeitpunkt keiner von uns eine klare Antwort gegeben, aber als wir wieder in unser Auto stiegen und uns auf den Rückweg machten, klagten wir alle drei, dass damit unser Leben besiegelt sei.

Wir waren, was nur selten vorkommt, ganz niedergeschlagen, und in dem Restaurant vor der Autobahnauffahrt war keinem von uns nach reden. So lasen wir in einer Zeitschrift herum, die zufällig auf dem Tisch lag, und stießen auf diesen Skandalartikel über die Werkstatt und den Hof, der sich als gerechter Protest tarnt, in Wirklichkeit aber lediglich nach Sensation giert. Eine Stunde später hatten wir den Entschluss gefasst, uns von der Universität beurlauben zu lassen und hierher zu kommen, um zu arbeiten!

— Wie kommt es denn, dass dieser Artikel eine solche Anziehungskraft besaß, fragte Bruder Gii neugierig, obwohl er nicht richtig sprechen konnte, denn es war noch keine Woche seit der Anklage vergangen und seine Zähne schmerzten und das Gesicht war immer noch ganz geschwollen.

— Dem Artikel zufolge wird jeder, der arbeiten will, auf dem Hof ohne Bedingungen aufgenommen, und man scheint auch über die Tätigkeit frei bestimmen zu können … außerdem dachten wir, dass wenn der Hof so böse kritisiert wird, einige Leute bestimmt die Lust daran verlören.

— Wir sind schon ziemlich viel auf den japanischen Inseln herumgekommen, aber aus irgendeinem Grund waren wir noch nie auf Shikoku …

— In dem Artikel wurde vor allem kritisiert, dass es sich bei dem Hof hier um eine Kommune handele, die jedoch weder Regeln noch Organisation besitze, und dass es somit keinerlei Ordnung gebe, nicht? Und entschuldigen Sie, aber es stand auch geschrieben, dass es sich bei den *Predigten* des Anführers lediglich um momentane Einfälle handele, und dass dem Ganzen, obwohl es einen religiösen Anstrich habe, jede Basis fehle. Wir meinten, dass vielleicht gerade das angenehm sei, fasste einer der drei Inō-Brüder, der bis dahin geschwiegen hatte, zusammen.

Das war wahrscheinlich alles, was die drei bei unserem ersten gemeinsamen Essen erzählten. Bruder Gii hatte daraufhin in wenigen Worten die gegenwärtige Lage des Hofes und die dringend anstehenden Arbeiten dargestellt. Da sein einer Arm verletzt war, konnte er selbst nicht arbeiten, doch er versprach, ihnen am nächsten Morgen früh auf den Feldern zusammen mit Tā den Ablauf der Arbeiten zu erklären. So besehen, blieb Bruder Gii gar keine andere Möglichkeit, als sich schon bei der ersten Begegnung wohl oder übel für die Aufnahme der drei Inō-Brüder zu entscheiden.

Ich hatte dabei eine Sorge. In der Zeit vor und nach Großmutters Tod hatte ich sowohl von Bruder Gii selbst als auch vom Generalkonsul und von Onkel K. einiges über dessen Beziehungen zur Revolutionären Fraktion erfahren. Was wäre, wenn die Fraktion, die ihrem abgefallenen Genossen gegenüber unversöhnliche Rache empfand, oder aber auch eine gegnerische Fraktion Bruder Gii in der Zeitschrift, in der ein ohne sein Wissen aufgenommenes Foto von ihm abgebildet war, entdeckt hätte und nun ihre Kampfgenossen schickte?

Als wir an diesem Tag in unserem Schlafzimmer im Speicherhaus allein waren, musste ich ihn danach fragen. Bruder Giis Antwort war eindeutig. Aus der Art, wie er antwortete, gewann ich den Eindruck, dass er seit der Erfahrung der Anklage einen deutlichen Schritt nach vorn gemacht hatte. Die sexuelle Erfahrung mit mir hatte bei ihm eher frühkindliche Seiten zum Vorschein gebracht, und ich wusste genau, dass ich nun gerade seine Aktivitäten in der Kirche unterstützen musste. Doch in Wirklichkeit war es Bruder Gii selbst, der weit über meine Überzeugung hinaus seinen Entschluss bekräftigte …

— Weißt du, Satchan, obwohl ich aus jahrelanger Gewohnheit Leuten gegenüber, die von außen kommen, außerordentlich vorsichtig bin, glaube ich nicht, dass die drei zur Revolutionären Fraktion gehören. Sie machen eher den Eindruck von jungen Soldaten, wie ich sie als Kind oft in Düsseldorf gesehen habe, wenn sie an ihren freien Wochenenden nach Hause kamen und später wieder in ihre Kasernen zurückfuhren.

Es ist schon lange her, dass ich aus der Bewegung ausgetreten bin, und mit meiner Vorstellung von den damaligen Kämpfern läge ich wahrscheinlich ziemlich daneben, aber in der Fraktion und auch bei den Teilnehmern der Bürgerinitiativen gab es solche Typen nicht. Keinen von den dreien!

Doch selbst wenn mich meine Beobachtung trügen sollte und die drei eine von meiner ehemaligen Fraktion oder von der Gegenfraktion ausgesandte Kampftruppe sind, gibt es für mich keinen Grund, sie abzulehnen.

... Das klingt jetzt vielleicht etwas übertrieben, aber ich vermute, dass auch in der Anfangszeit bei Jesus und Mohammed, wenn man die verschiedenen christlichen oder islamistischen Fraktionen nach ihnen betrachtet, die Sektenführer separatistische Gruppen kannten, die sich nicht einfach als Verräter bezeichnen lassen. Immer, wenn ich etwas über die Geschichte der Religionen las, kam mir das seltsam vor.

Mittlerweile glaube ich, dass das notwendig so war. Denn die Zukunft einer Bewegung, die nach den Fragen der Seele fragt, ist selbst für ihre Führer nicht mehr voraussehbar. Das gilt umso mehr für jemanden wie mich, dem sein Ziel noch unklar ist. Ich wäre daher mit der Kritik, dass solch ein ›Erlöser‹ undenkbar ist, ganz und gar einverstanden.

Mir ist jetzt etwas klar geworden, Satchan. Für Gruppen, die nach den Fragen der Seele suchen, hat auch das Leid Bedeutung für das Erreichen der nächsten Stufe, selbst wenn das ihre völlige Zerstörung implizieren sollte. Es entsteht dort möglicherweise etwas, das tiefer und schwerer ist als die Ebene, die einem zuvor bewusst gewesen war, glaube ich. Nimm zum Beispiel die Geschichte von der Unterdrückung der Ōmoto-Sekte*.

Vielleicht sind die so tüchtigen und fröhlichen Inō-Brüder gekommen, um sich irgendwann dieser Kirche und der sich dort versammelnden jungen Leute (die momentan pausieren, aber bald zurückkommen werden) zu bemächtigen. Aber auch wenn das so wäre und wir an den Rand gedrängt würden, wäre das in Ordnung. Sollte aus ihrer Mitte ein neuer ›Erlöser‹ kommen, würde ich ihm gerne folgen.

... Ich bin mir jetzt sicher, dass ich beginne, mich um die *Belange der Seele* zu kümmern, und dass dies, wenn ich einmal begonnen habe, egal, welchen Weg ich verfolge, nicht völlig umsonst sein wird ... du weißt, dass das auch das Einzige war, von dem ich während der Anklage, die mich vollkommen zermürbt hat, überzeugt war. Und jetzt bin ich mir ganz sicher, dass weniger ich begonnen habe, mich um die *Belange der Seele* zu kümmern, als dass – ich nehme einmal das »ich« als Nominativ beiseite, was nicht heißt, ich wäre deswegen neutral – die *Belange der Seele* selbst begonnen haben, und wenn das so ist, wird dies nicht völlig umsonst sein. Diese Einsicht scheint mir viel mühsamer als alles andere zuvor.

Die drei Inō-Brüder hatten gesagt, dass sie sich von der Universität hätten beurlauben lassen, aber darüber, wo sie immatrikuliert gewesen waren, verloren sie kein Wort. Doch da ich ihre drei Freundinnen in T-Shirts mit den Logos der Orientierungsclubs der Jōchi-Universität und der Kansai-Gakuin-Universität gesehen hatte – die ihnen bis an die Schenkel reichten und deren Ärmel sie umgekrempelt hatten –, vermutete ich, dass sie von dort stammten.

Wenn die drei Brüder morgens und abends in einer Schnelligkeit die Waldwege entlangjoggten, dass sogar jenen unter der ›Waldjugend‹, die an die Arbeit in den Bergen gewöhnt waren, seufzend ein »das gibt's doch nicht« entfuhr, machten sie trotz der Logos der Orientierungsclubs eher den Eindruck von Spitzensportlern eines Vereins. Überraschenderweise interessierten sich die drei Inō-Brüder auch für Yeats. In Anlehnung an Bruder Giis Methode, Gedichte zu lernen, die der gestorbene Schmied als wichtige Lehrmethode von diesem übernommen hatte, hatte ich es mir zur Gewohnheit gemacht, die Verse Yeats', die ich auf Karten abgeschrieben hatte, im Büro an den

Fensterrahmen vor dem Tisch mit Stecknadeln anzuheften. Den drei Inō-Brüdern gefiel die zweite Strophe eines Gedichts namens *Kreisel*, die auf einer dieser Karten stand, besonders die letzten beiden Zeilen. Ich gebe die zwei Verse hier in einer Übersetzung wieder, die ich – der Methode des *früheren* Bruder Gii folgend – mit Bleistift dünn auf den Rand der Seite notiert habe. »Was tut es? aus der Höhle kommt die Stimme / Die kennt den einen Rat nur: »sei beglückt –*rejoice*!«*

Ich selbst hatte das Gedicht auf die Karte geschrieben, weil ich von der letzten Zeile der ersten Strophe fasziniert war: »Wir lachen nur, schaun zu in tragischer Lust«** ... Auf jeden Fall schrieb einer der drei Inō-Brüder das Gedicht im Original in ein Notizbuch mit dicken Seiten ab, das er aus seiner Hosentasche hervorholte. Die Gewohnheit, in dieses Notizbuch Besonderheiten der Gegend in Form einer Karte einzutragen, stammte wahrscheinlich aus dem Orientierungsclub her und war auch einer der Gründe, der die drei Inō-Brüder später in einer engen Freundschaft mit Zachary K. Takayasu verband. Und als ich in der folgenden Woche auf den Hof ging, um Mitsu Bescheid zu geben, dass sie im Büro auf ein Telefongespräch aus Tōkyō warten sollte, riefen sich die drei Brüder bei ihrer Arbeit die beiden Zeilen des Gedichts wie eine Art Slogan zu:

»What matter? Out of cavern comes a voice,
And all it knows is that one word ›Rejoice‹!«

Ich erinnere mich auch daran, wie sie neben dem Schuppen mit den Ukotsu-Hühnern, den sie sauber gemacht hatten, herumzimmerten, um ihn zu vergrößern. Und wie sie sich um die Schar der stattlichen Ukotsu-Hühner und um die Nagoya-Kōchin-Chinahühner kümmerten, die in einer Einfriedung auf dem Hof gehalten wurden, und um die Schweine, die in einem hellen und sauberen Stall aufwuchsen. Als die jungen Leute von der ›Waldjugend‹ damals nicht mehr auf den Hof kamen, waren dies die dringendsten Arbeiten. Die drei Inō-Brüder hatten das schnell erfasst und übernahmen die Tierpflege. Seitdem versuchten sie ihren Bereich stetig zu erweitern. Und während sie ihre Arbeiten verrichteten, deklamierten sie immer geschickter laut Yeats-Verse. In meinen Ohren klang das, als hätten sie früher einmal Theaterunterricht genommen.

Ich habe an diesem Tag nicht genau darauf geachtet, wann welcher der drei Inō-Brüder sprach, aber angenommen, die Reihenfolge lautete Ai, Iku und Ei, so sagte zuerst Ai: What matter? Und Iku anwortete mit: Out of cavern comes a voice. Im Anschluss daran sagte Ei mit gleich lauter Stimme: And all it knows is that one word. Zum Schluss fielen dann die drei Mädchen, die ebenfalls fleißig arbeiteten, im Chor ein: Rejoice! Dieser von den drei Inō-Brüdern in Umlauf gebrachte Schlussruf wurde unter den sich in der Kirche versammelnden jungen Leuten, deren Aktivität am Hof bald wieder auf das Ausmaß vor der Anklage angewachsen war und sogar immer weiter zunahm, zum Gruß und diente gar als Gebet ...

Der Generalkonsul hat sich einmal über die drei Inō-Brüder in Zusammenhang mit den Yeats-Versen geäußert. Es war kurz, nachdem er auf den Alten Hof zurückgekehrt war und Bruder Gii ein gemeinsames Abendessen veranstalten wollte, um ihn den drei Brüdern vorzustellen. Die drei Inō-Brüder, die von Mitsu die Nachricht erhalten hatten, ihre Arbeit früher zu beenden und zum Alten Hof zu kommen, nahmen aber erst, es war noch am Ende des Frühlings, nackt ein Bad in der Untiefe des Kamekawa, begleitet von den Freudenschreien der Mädchen. Der Generalkonsul hatte einen Spaziergang flussabwärts bis hinter den *Hals* gemacht, und als ich mit dem Fahrrad losfuhr, um ihn zum Abendessen zu holen, saß er auf dem »Große Reuse« genannten Felsen und betrachtete die jungen Leute beim Baden. Der Generalkonsul, der sich der jungen Generation gegenüber keineswegs nur tolerant zeigte, brachte damals eine fast schlichte Bewunderung zum Ausdruck:

— Diese jungen Leute halten sich kerzengerade, sie haben nichts Schüchternes an sich ... Ich muss unwillkürlich an die Yeats-Wendung von den *upstanding men* denken, an die Männer in dem Gedicht, wo es heißt: »Ich wähle aufrechte Männer, / Die flussaufwärts klimmen hin / Bis zum Quell und im Morgendämmer / Den Fang am tropfenden Fels«.* Oder auch an die Zeilen: »Ich vermache Glauben und Stolz / Jungen aufrechten Männern, / Die den Berghang erklimmen, / Um unterm vorbrechenden Dämmern / Die Angelfliege zu werfen;«* …

Ich wusste, dass beide Stellen aus dem Gedicht *Der Turm* stammten. Und auch, dass der zuerst vom Generalkonsul zitierte Teil auf die Zeile »Zeit ist nun für mein Testament«** folgte. Ich spürte auch, dass der Generalkonsul, während er im Licht der frühen Abendsonne den jungen Leuten zusah, wie sie zu einer Jahreszeit, in der die Einheimischen nie in den Fluss steigen würden, vergnügt im Wasser badeten, konkreten Gedanken über den Tod nachhing. Als ich dann mein Fahrrad neben ihm herschiebend zum Alten Hof zurückging, musste ich hin und wieder einen Laufschritt einlegen, um nicht zurückzubleiben. Seit er in die Wälder zurückgekehrt war, war sein Gesicht – im Vergleich zu der Zeit vor Großmutters Beerdigung – braun gebrannt, und es gab keinerlei Anzeichen dafür, dass in seinem Körper eine schwere Krankheit schwelte. Ich dachte an die Strophe, die mit der Zeile »Zeit ist nun für mein Testament« beginnt und der eine gebändigte Energie innewohnt. Genauso ließ sich beim Generalkonsul, auch wenn er Ende fünfzig war, eine für sein Alter übermäßige Vitalität erkennen. Die Erfahrung, eine schwere Krankheit überwunden zu haben, schien alles Überschüssige weggewaschen und eine erstaunliche Erneuerung hervorgebracht zu haben …

Das war wohl nicht nur mein Eindruck. Auch Izumi, die nach der Rückkehr des Generalkonsuls zum ersten Mal auf den Alten Hof kam und ihren alten Freund nach langer Zeit wieder sah, sagte:

— Ich habe den Generalkonsul durch Zufall kennen gelernt, als ich in Paris mit einer Freundin in einem evangelischen Wohnheim für ausländische Studentinnen wohnte; er war etwas aufdringlich, aber er war gut erzogen und sah gut aus, eher etwas schmal. Wenn er hin und wieder zu meinen Konzerten in Tōkyō oder Moskau erschien, wirkte er wie ein melancholischer junger Adliger. Jetzt erscheint er mir überraschend gesund und stark. Endlich ist es ihm gelungen, dem Alltag zu entfliehen, und sein Körper und Geist sind ganz erfrischt. Als ich gestern mit ihm und Herrn Fu essen war, äußerte dieser, dass der Generalkonsul unter einem neuen Premierminister wohl Botschafter in Frankreich werden und zu seinem alten Diplomatenleben zurückkehren würde …

Ich glaube, der Anblick von Bruder Giis Lebensweise hat ihn neidisch gemacht. Er sagt zwar, dass er, auch wenn er jetzt hier lebt, Distanz zur Kirche hält, aber dafür hätte er nicht extra tief in die Wälder ziehen müssen, nicht wahr? Er hat sich doch sogar von seiner Frau getrennt … Ist es nicht also doch die Anziehungskraft der Kirche?

Der Generalkonsul lief damals, immer gut ausgerüstet, vor allem aber in eleganten Trekkingschuhen über die Waldhänge am Tal und über den Bergkamm bis auf die andere Seite der Berge. Doch seine Wanderungen machten trotz der sorgfältigen Vorbereitung den Eindruck, als treibe ihn eine anarchische Kraft. Ein Taifun hatte das Muroto-Kap gestreift und auch in unsere Gegend heftige Regenstürme gebracht. Am Morgen hatten sich Regen und Sturm zwar wieder gelegt, aber auch in der Umgebung des Alten Hofs waren Kiefernadeln und Eichenlaub zusammen mit kleineren Ästen von den Bäumen gefallen, und überall lagen Eicheln, die leider noch ganz grün waren. Der Generalkonsul ging durch die vom Regen feuchte, nach Laub riechende Luft in den Wald. Als er bei Sonnenuntergang noch immer nicht im Tal zurück war, berieten sich die jungen Leute von der ›Waldjugend‹, von denen damals wieder gewöhnlich etwa zehn im Alten Hof wohnten, darüber, wie sie am nächsten Morgen in aller Frühe den Wald durchsuchen sollten. Da an vielen Stellen die Wegränder durch die starken Regenfälle beschädigt zu sein schienen, fürchteten sie, der Generalkonsul könnte ausgerutscht sein und nun irgendwo, unfähig sich zu bewegen, liegen …

Nur Bruder Gii geriet nicht aus der Fassung, da der Generalkonsul, wie er sagte, nicht nur mit richtiger Kleidung und festem Schuhwerk ausgestattet, sondern auch in der Tat ein erfahrener Berggänger sei, und er erzählte sogar Geschichten aus dessen Kindheit. Und tatsächlich kehrte der Generalkonsul in einem Taxi zurück, das er im Alten Stadtgebiet aufgetrieben hatte. Als er an einem der Zai-Bergkämme entlanggelaufen war, hatte er die Gleise der neuen Eisenbahnlinie nach Matsuyama gesehen und war in deren Richtung abgestiegen, was ihn aber unerwartet viel Zeit gekostet hatte.

Was mir der Generalkonsul dann erzählte, nachdem er im Speicherhaus geduscht, sich einen Bademantel angezogen hatte und noch ganz erschöpft an dem hölzernen Esstischchen saß, während ich ihn bediente, wirkte auch für jemanden, der in dieser Gegend geboren und aufgewachsen war, neu.

— Bei genauer Betrachtung der Geschichte und Geographie dieser Gegend in K.-chans Romanen rückten bei dem Bauernaufstand doch sowohl die aufständischen Bauern als auch die ehemaligen Clane mit ihren Heeren zur Niederschlagung des Aufstandes auf diesem Weg vor, der am Kamekawa entlangführte, nicht wahr? Für den kleineren Verkehr gab es noch einen anderen Pfad, der zur Clangrenze nach Tosa hinaufführte. Diese beiden Wege waren in dieser Gegend hier die einzige Verbindung zur Außenwelt. Entsprechend entstanden auch die Geschichten entlang dieser Wege.

Mir erschien das aber seltsam. Nehmen wir zum Beispiel an, ich hätte wie der erfolglose Anführer des Aufstandes, Meisuke-san, vor den bisherigen Kameraden und auch vor der Macht der Clane fliehen müssen! Ich hatte mir vorgestellt, dass ich, wenn ich mich einfach durch den Wald schlagen würde, einen dritten Weg finden müsste. Doch als ich es nun ausprobiert habe und nach genauestem Studium einer Karte im Maßstab 1: 50 000 mit einem Kompass die neue Strecke entlanggewandert bin, kam ich schließlich doch genau dort neben den neuen Gleisen heraus, wo auch die Aufständischen heruntergekommen waren. Es ist doch interessant, dass ich, fast zweihundert Jahre später, genau wie die Leute damals von der Beschaffenheit der Gegend hier gemaßregelt wurde.

Das war der Eindruck meiner heutigen Wanderung, einer Wanderung gewissermaßen »ohne Ausgang«. Doch dabei bin ich auf einen besonderen Baum gestoßen, den K.-chan einmal erwähnte und der mich seitdem immer wieder beschäftigt hat.

Dieser Baum, von dem mir K.-chan erzählte, hat mich auf die Idee gebracht, beziehungsweise hat mich unter anderem dazu veranlasst, den Rest meines Lebens hier zu verbringen. Man kann K.-chans Art zu schreiben oder zu sprechen ja nicht gerade als realistisch bezeichnen, aber seine Schilderung traf diesen Baum genau. Es ist eine riesige

Bergulme, der du bestimmt schon einmal begegnet bist, als du in deiner Jugend öfters in den Wald gingst. In ihren Wipfel ist ein Blitz eingeschlagen, der ganze Baum ist verdreht, und alle seine Zweige hängen zum Boden herunter, was ihm eine seltsame Gestalt verleiht. (Ich nickte.)

Im Garten der Residenz, in der ich kurze Zeit in Brüssel wohnte, stand ein sehr ähnlicher Baum. Als K.-chan nach Belgien kam und einen Abend bei uns übernachtete, erzählte ich ihm davon. Es war ebenfalls eine Ulme, aber sie stammte ursprünglich aus Nordeuropa. Es ist eine Ulmenart, die für Japaner keinerlei Ähnlichkeit zur Bergulme zu besitzen scheint, und dass K.-chan sofort auf die Verwandtschaft zu den Bäumen in den Wäldern Shikokus verwies, zeigt seine Sensibilität für Bäume.

In Belgien nennt man diesen Baum die Ulme »der Weinenden«, den *orme pleureur.* Wenn ich jetzt behaupten würde, dass ich meine Arbeit in der Europäischen Union in Brüssel nicht vermisste, wäre das gelogen. Noch mehr aber vermisse ich den *orme pleureur* in der Residenz. Ich habe mich seitdem immer nach diesem großen Baum mit seinen herabhängenden Zweigen gesehnt, den K.-chan als dessen Äquivalent bezeichnet hatte.

Heute bin ich nun endlich in den Wald gegangen, um den Baum zu suchen, und es hat sich gelohnt. Der gestrige Taifun hatte die Äste des dichten, jungen Unterholzes im Umkreis der Bergulme heruntergefegt, und ich konnte die herabhängenden Zweige gut erkennen. Im Wald leben die Bäume unter der Form der Auslese, bei einem Taifun beispielsweise treffen sie eine Wahl oder – müsste man vielleicht eher sagen – werden erwählt.

In diesem Ton erzählte der Generalkonsul, der zumindest in dieser Welt seinen früheren anstrengenden Pflichten enthoben war, viele Stunden lang. Ich möchte jedoch weniger seine Geschichten als solche wiedergeben, als sie vielmehr zusammen mit der Schilderung der großen Geschehnisse niederschreiben, die sich ungefähr ein Jahr, nachdem der Generalkonsul sein Amt in Belgien angetreten hatte, ereigneten.

Bei Großmutters Beerdigung hatten der Generalkonsul und Yumiko – über den Posten des Botschafters bei der Europäischen Union in Brüssel, für den die neue Residenz errichtet worden war, war bereits entschieden – Bruder Gii aufgefordert, sein Leben zu verändern. Ich habe bereits erwähnt, dass das feine Gesicht des Generalkonsuls damals ockerfarben und ohne jeden Glanz war, und dass er, nachdem er am Jahresende nach Belgien abgereist war, schon im Herbst des folgenden Jahres krank wurde. Onkel K., der zufällig an einem in Paris stattfindenden Symposium über die französische Übersetzung japanischer Literatur teilnahm, besuchte ihn ein paar Tage in seiner Residenz in Brüssel. Wir erfuhren davon nach seiner Rückkehr durch Asa, aber damals steckten wir mit unserem Alten Hof in solchen Schwierigkeiten, dass wir die Sache nicht weiter verfolgten.

Onkel K., der sich etwas befangen fühlte, wurde von dem Generalkonsul und Yumiko, die bereits den Rat mehrerer Ärzte eingeholt hatten, gastlich aufgenommen. Wenn man dem Weg folgte, der das Haupthaus mit einer mit Schießscharten versehenen Schutzmauer verband, kam man zu einer Art großen Bauernscheune – der Plan war übrigens, Bruder Gii hierher zu holen –, in deren ersten Stock Onkel K. übernachtete. Im Hof standen zwei große Ulmen, die aussahen wie zwei sich aneinander lehnende Riesen in Regenmänteln, *orme pleureur*. Der Generalkonsul, der, was Sprachen betraf, für Onkel K. schon früh die Rolle eines Lehrers innegehabt hatte, erklärte beim Frühstück, dass *pleureur*, der Weinende, dem englischen *weeping* entspräche und die Gestalt des Baumes mit seinen hängenden Zweigen beschreibe. Onkel K. erzählte ihm daraufhin von den besonderen Bäumen in den Wäldern um unser Tal, die in ihrer Gestalt den Ulmen Nordeuropas ähnelten. Er nimmt die Erinnerungen an die Wälder seiner Heimat immer in die ganze Welt hin mit!

Eine Woche nach Onkel K.s Rückkehr nach Japan kam der Generalkonsul in das zur medizinischen Fakultät der katholischen Universität Löwen gehörende Sankt-Lukas-Hospital und wurde dort an einem der inneren Organe operiert. Kurze Zeit später kam er aus dem Krankenhaus und reichte bald darauf beim Außenministerium seinen Rücktritt ein. Natürlich hat mir der Generalkonsul nicht direkt erzählt, was damals in ihm vorging. Was ich jetzt darüber schreibe, beruht auf den Briefen, die er vom Krankenhausbett aus an Onkel K. schrieb. In dem Koffer der Kirche mit den »Aufzeichnungen der zu Heilenden« befanden sich ein paar vom Generalkonsul auf Englisch verfasste Aufsätze, die in einer Zeitschrift für diplomatische Angelegenheiten publiziert worden waren, sowie einige an Onkel K. adressierte Briefe, die er später von diesem zurückerhalten hatte.

Der Generalkonsul schrieb an Onkel K., dass er zwei Möglichkeiten habe. Die eine sei, so schnell wie möglich wieder zu Kräften zu kommen und die in Brüssel begonnene Arbeit fertig zu bringen. Was sollte man tun, wenn jetzt eine große Wende in der von Amerika initiierten Diplomatie in Europa eingeleitet würde? Japan habe dazu noch nicht eindeutig Stellung bezogen. Was sollte man tun, wenn beispielsweise der Irak kriegerische Auseinandersetzungen herbeiführe? – Die Furcht davor war im Golfkrieg schnell zur Realität geworden. – Er selbst wolle zumindest seine Grundabsicht bestärken, das Treffen zwischen dem Präsidenten der Europäischen Union und dem japanischen Premierminister und dessen Frau zu organisieren.

Die andere Möglichkeit bestünde darin, einer Ahnung zu folgen, die ihn im Zusammenleben mit dem *orme pleureur* überkommen sei, und bei dieser Gelegenheit das Amt im Außenministerium niederzulegen. Sogar ein junger Mann wie Takashi widme sich ganz den *Belangen der Seele*, ohne auf seinen wirklich attraktiven Vorschlag einzugehen. Und selbst wenn er die einzige Person im Außenministerium sein sollte, die während der mit den Veränderungen in Osteuropa in Zusammenhang stehenden größten Krise Europas in der Lage sei, ein neues Beziehungssystem zwischen Europa und Japan aufzubauen.

— Es mag vielleicht komisch erscheinen, Thomas Mann auf Englisch zu zitieren, doch ich habe im Moment das Original nicht zur Hand. Beschreibt aber dessen Ausspruch »In our time the destiny of man presents its meaning in political terms«* die Einstellung der Menschen zu ihrem Schicksal hinreichend? Auch wenn es noch besser klingt als: »Aber ach, noch einmal jung zu sein / Und sie in meinem Arm!«** …

Soweit ich weiß, sind Manns Worte ein Epitaph auf Yeats' Gedicht

Politik, und da das Zitat die letzten beiden Zeilen des Gedichtes wiedergibt, hatte der Generalkonsul also schon bei seinem ersten Aufenthalt im Sankt-Lukas-Hospital in Löwen angefangen, diesen Dichter intensiv zu lesen.

Bei dem Abendessen nun, bei dem die drei Inō-Brüder dem Generalkonsul vorgestellt wurden – nach wie vor saßen wir auf dem Dielenboden des Herdhauses unter dem *Blasebalg* um den Irori* herum –, fragte einer der drei Brüder, die alle offenbar so gut erzogen waren, dass sie mit jedem unbekümmert ein Gespräch führen konnten:

— Wie kommt es, dass Sie jeder hier Generalkonsul nennt? Wir haben gehört, dass die Leute hier in den Wäldern früher eine Zeit lang isoliert vom Clan lebten, und haben daraus den voreiligen Schluss gezogen, dass als eine Auswirkung dessen der japanische Staat auch noch heute hier ein Konsulat unterhält, hahaha!

Der Generalkonsul nahm von dem vor seinen Knien stehenden Esstischchen ruhig eine in Butter gebratene Marokko-Bohne und – nachdem er sich über die Bohnenart bei der aus Kōbe zurückgekehrten Osetchan, die für die Hausarbeiten auf dem Alten Hof zuständig war, vergewissert hatte und erwähnt hatte, dass er diese Sorte in seiner Zeit als Botschafter in Algerien oft gegessen habe – kaute sie sorgfältig, wobei sich sein Unterkiefer leise bewegte und sagte dann:

— Ich dachte, dass nur die Leute auf dem Alten Hof die Gewohnheit hätten, mich Generalkonsul zu nennen.

— Alle hier in der Gegend haben den Namen vom Alten Hof übernommen, erklärte Bruder Gii. Das war schon so, als ich hierher kam.

— Du bist doch vor sieben oder acht Jahren auf den Alten Hof gekommen, wandte sich der Generalkonsul ihm zu und schluckte seinen letzten Bissen hinunter. Damals war ich mit Sicherheit schon nicht mehr Generalkonsul. Ich erinnere mich noch, dass K.-chan mich in Wien wiederholt aus dem Ausland anrief und muss also dort Gesandter gewesen sein. Davor war ich, glaube ich, für kurze Zeit Generalkonsul in San Francisco.

— Auf jeden Fall wirst du doch hier in der Gegend wahrscheinlich deshalb schon seit Ewigkeiten Generalkonsul genannt, weil dich die weise Frau so genannt hat. Aber auch Onkel K. nennt dich so, oder? Und alle, die dich über Onkel K. kennen, nennen dich so. Die von der ›Waldjugend‹ wiederum stehen alle direkt oder über ihre Eltern mit der weisen Frau in Beziehung.

Ich machte dazu die folgende Erklärung:

— Der Name Generalkonsul hat sich auch unter Leuten dieser Gegend eingebürgert, die Sie gar nicht direkt kennen. Das liegt, glaube ich, zweifellos daran, dass Großmutter diesen Namen so in Ehren hielt. Auch nachdem Sie Generaldirektor der Europa- und Ozeaniaabteilung und später außerordentlicher und bevollmächtigter Botschafter der japanischen Regierung bei der Europäischen Union – so der offizielle Amtstitel – wurden, blieb dieser Name wie eine Art Eigenname bestehen. Dass sogar Onkel K. Sie so nennt, liegt anscheinend daran, dass ihm »Generaldirektor« oder »Botschafter« als Name nicht besonders gefiel, während er Großmutters Bezeichnung »Generalkonsul« irgendwie lustig fand, oder?

— Er hat mir einmal direkt davon erzählt. Unter K.-chans Lieblingsbüchern gibt es einen langen Roman, den ein unheilbarer Alkoholiker verfasst hat, und in diesem Roman kommt ein *consul* vor, der noch erbärmlicher ist als der Autor selbst. Seine Frau haut mit einem anderen Mann ab, und am Ende wird der *consul* erschlagen und zusammen mit Hundekadavern in einen großen Graben – in eine *barranca*, denn es spielt in Mexiko – geworfen …

— Onkel K. hat auch mit mir über Malcom Lowry gesprochen. Und ich erinnere mich noch sehr gut daran, wie Großmutter, kurz bevor ich von hier fortging, um an der Universität zu studieren, den Ausdruck Generalkonsul zum ersten Mal verwendete. Auch Sie erinnern sich bestimmt daran, wenn ich Ihnen davon erzähle, denn es gab einen eindeutigen Anlass.

Damals hatte uns eine Frau besucht, deren Eltern, die hier aus dem Dorf stammten, mit ihr als Baby gleich nach der Geburt nach Kalifornien ausgewandert waren, und nun war sie als alte Frau zurückgekommen. Sie waren damals, ihrem Namen entsprechend, Generalkonsul in San Francisco, und hatten dieser Frau ein Empfehlungsschreiben geschrieben ... Die alte Frau blieb ungefähr eine Woche auf dem Alten Hof.

Der Generalkonsul sah mich äußerst interessiert an, zog die Augenbrauen in die große runde Stirn hoch und nickte.

— Der Erzählung der alten Frau hier im Herdhaus zufolge war das im Jahr 1900, in einer Zeit, als in Amerika und Kanada ausländerfeindliche Bewegungen ihren Höhepunkt erreichten und die japanische Regierung alle Präfekturen anwies, Auswanderungen zu beschränken. Die unter großen Mühen fast beendeten Vorbereitungen für ihre Auswanderung zu stoppen, hätte für die Familie jedoch den finanziellen Ruin bedeutet. Der damalige Hausherr des Alten Hofs, Großmutters Vater, machte ihnen Mut, indem er sagte, dass auch die Anweisung eines Außenministers nicht zwingend sei. Als sie dann schließlich nach Amerika fuhren, war die Situation zwar äußerst schwierig, doch sie hatten ihre ursprüngliche Absicht umgesetzt. In der ganzen darauf folgenden Zeit war es für die alte Frau eine Art Hausgesetz gewesen, dass sie sich bei Großmutters Vater bedanken müsse, und nun habe sie dies endlich tun können.

Bei ihrer Rückkehr nach Japan hatte der Generalkonsul der alten Frau netterweise bei den Formalitäten, einschließlich finanzieller Unterstützung, geholfen, und da nun wieder eine Verbindung zum Alten Hof bestand, benutzte die Frau mehrfach den Ausdruck Generalkonsul. Großmutter war der Wiederholung zwar etwas überdrüssig, aber sie sagte, dass obwohl er auch einen eigenen Namen besäße, der Name Generalkonsul gut zu ihm passe und dass er vielleicht von Geburt an zum Generalkonsul bestimmt gewesen sei! Und seitdem wurden Sie von allen Generalkonsul genannt, glaube ich.

— Satchan, du sprichst so unvoreingenommen über die alte Frau, aber kam es nicht ihretwegen zu allen möglichen Unannehmlichkeiten? Und bin ich als Generalkonsul samt diesem Namen nicht deshalb unvergessen, weil er sich mit all den Ereignissen, die im Zusammenhang mit dieser Frau standen, ins Gedächtnis eingeprägt hat? Ich habe auch schon von K.-chan allerlei über den Wirbel gehört, den diese alte Frau verursacht hat.

Und was die Sache angeht, dass ich ihr in San Francisco behilflich war, so gehörte die Frau zwar zu einer der wenigen erfolgreichen Einwandererfamilien, wurde aber von ihren Leuten als Verrückte betrachtet. Doch sie wurde auch durch diesen Familienzentralismus geschützt, der japanischer wirkte als in Japan selbst. Es wäre der Familie peinlich gewesen, wenn die älteste Frau des Familienclans nach Japan zurückgekehrt wäre und dort der Hilfe der Polizei bedurft hätte, und daher hinderte sie sie daran, mit ihrer Bankkarte ein Flugticket zu kaufen ...

Gewiss war es immer ihre Absicht gewesen, den seit ihrer Auswanderung am Ende des neunzehnten Jahrhunderts, also seit fast einhundert Jahren überlieferten Wunsch zu erfüllen, den Nachkommen des Alten Hofs ihren Dank auszusprechen. Es fällt mir nicht ganz leicht, jetzt vor Bruder Gii darüber zu sprechen, aber die alte Frau sagte, dass die Bewohner des Alten Hofs, die ihren Eltern in einer Zeit, in der es schwer war, als Auswanderer das Land zu verlassen, Mut gemacht hatten, besondere Menschen gewesen seien, und dass es damals sogar hieß, dass am Ende dieses Jahrhunderts ein ›Erlöser‹ aus ihrer Mitte hervorgehen würde.

Ich hatte bereits vorher von einer etwas verrückten Alten gehört, die sich seit einiger Zeit im Generalkonsulat über merkwürdige Dinge beklagte. Obwohl es ihre Pflicht sei, so klagte sie, nach Japan zurückzukehren, um den ›Erlöser‹ zu treffen, hindere ihre Familie sie daran. Bei einem so genannten »Japan-Tag« habe ich diese alte Frau dann zufällig kennen gelernt. Als sie im Lauf unseres Gesprächs, das ich eher widerwillig führte, erfuhr, dass ich in Verbindung zum Alten Hof stand, wurde sie plötzlich furchtbar aufgeregt. Sie meinte schon, ich müsste dieser ›Erlöser‹ sein!

Die drei Freundinnen der Inō-Brüder kicherten. Sie fanden den Ausdruck ›Erlöser‹ lustig und zeigten dies offen. Ich musste bei ihrer Reaktion an meine Reaktion von damals denken, als jene seltsame »amerikanische Alte« im Alten Hof wohnte. Begleitet von einer Bekannten aus Tōkyō, die in Amerika geboren, aber nun nach Japan zurückgekehrt war, blieb sie eine Woche im Alten Hof, ohne einen Fuß vor die Tür zu setzen, und fuhr dann nach Tōkyō zurück – und ich, jung wie ich damals war, kümmerte mich kaum um sie.

— Tatsächlich benutzte auch sie den Ausdruck ›Erlöser‹. Und dieser verbreitete sich, genau wie der Ausdruck »Generalkonsul«, auch außerhalb vom Alten Hof. Jetzt scheint es mir, als sei er in Verbindung mit Bruder Gii langsam wieder aufgetaucht. Da wir die »amerikanische Oma« aber lustig fanden, wurde der Ausdruck ›Erlöser‹ am Anfang, und auch noch später, glaube ich, eher als Scherz verstanden.

— Für Takashi war das eine bedauernswerte Entwicklung, sagte der Generalkonsul.

— Mit einem Mal wurde der Ausdruck ›Erlöser‹ als ein Negativsymbol, das sich voller böser Absicht gegen Bruder Gii richtete, hier herumposaunt ...

Die drei Frauen kicherten nicht mehr. Aber sie wirkten auch nicht eingeschüchtert, sondern machten den Eindruck, als würden sie an der Seite der ernst dreinschauenden Inō-Brüder etwas Neues lernen.

— Wie ist es denn jetzt? Wird der Ausdruck ›Erlöser‹ immer noch genau wie der des »Generalkonsuls« verwendet? Seit ich hier bin, habe ich ihn, glaube ich, noch keinmal gehört ...

Das stimmte. Der Ausdruck schien aus der Gegend hier in den Wäldern verschwunden zu sein ... Obwohl die jungen Leute, die auf den Hof zurückgekehrt sind, die Kirche als feste Instanz betrachten und die Sonntagsversammlungen hier auf dem Dielenboden zur Gewohnheit geworden sind. Ich dachte an die Mutter des herzkranken Kindes, die den Ausdruck ›Erlöser‹ am ehesten hätte verwenden können. Und das machte mir auch sofort begreiflich, wie es sich gegenwärtig in unserer Gegend mit dem Ausdruck ›Erlöser‹ verhielt. Kurz nach der Anklage hatte sich Bruder Gii, da es keine anderen Patienten gab, die zur Behandlung kamen, ganz der des herzkranken Noboru gewidmet. Und als ungefähr einen Monat später Noboru vollkommen geheilt schien, deutete die Mutter an, dass sie Bruder Giis täglichen Besuche in ihrem Haus, das oben an einem Bach stand, wo haufenweise Gemüseampfer wuchs, nicht mehr wünsche.

— Bruder Gii hat seine Heilkraft konzentriert eingesetzt, und dank dieser starken Kraft ist Noboru nun gesund! Von jetzt an aber wird es für Noboru wichtig sein, ein normales Leben zu führen. Ich werde versuchen, ihn daran zu gewöhnen, mit den normalen Kindern dieser Gegend zusammen zu sein! Für jemanden wie Schmied war es ein Glück, bis zu seinem Tod ganz eng an Bruder Giis Seite sein zu können. Aber im Leben der normalen Menschen gibt es Dinge, die nicht so einfach zu bewerkstelligen sind!

Ich dachte daran, wie sie, kurz bevor die Anklage gegen Bruder Gii begonnen hatte, vor den herbeigeeilten Schaulustigen unter lautem Wehgeschrei Reden hielt, und ich erinnerte noch ihr Flehen, als Asa sie in der Garage fand, wo sie zusammen mit ihrem Kind hockte, um am nächsten Morgen behandelt zu werden. Als ich von Bruder Gii hörte, dass sie seine Besuche nicht mehr wünschte, hatte es mir einen Moment die Sprache verschlagen.

Noborus Mutter hatte unbedingt gewollt, dass die Herzkrankheit ihres Kindes geheilt würde, und wenn die Heilkraft Bruder Giis ihr einziger Verlass war, so scheute sie es nicht, sich allein gegen die Leute in den Wäldern und gegen die von den Bewohnern der Dörfer flussabwärts locker gebildete Gemeinschaft zu stellen. Als aber Noboru seine Krankheit überwunden hatte, sollte er gerade in dieser lockeren Gemeinschaft leben, und es war für sie selbstverständlich, das Kind von Bruder Gii, der durch die Anklage deutlich isoliert worden war, zu lösen und zu versuchen, in die Gemeinschaft zurückzukehren. Obwohl die jungen Leute der ›Waldjugend‹ auf den Hof zurückkehrten und ihre Tätigkeiten wieder aufnahmen, zeigte dies doch, dass die Leute dieser Gegend Bruder Gii gegenüber allgemein eine andere Haltung einnahmen als vorher.

Bei dem Abendessen mit dem Generalkonsul, den drei Inō-Brüdern und ihren drei Freundinnen sowie Bruder Gii ging es nicht besonders lebhaft zu, die Atmosphäre war eher ruhig. Es war durchaus normal, dass ich, als das Gespräch abbrach, meinen Gedanken über Noborus Mutter nachhing. Doch dann kam Ai – ich erinnere mich noch genau, dass es der älteste der drei Inō-Brüder war – auf ein neues Thema zu sprechen, das sich von dem bisherigen Gespräch, in dem es um die Herkunft des Namens des Generalkonsuls gegangen war, abhob.

— Glauben Sie selbst, Bruder Gii, dass Sie wirklich ein ›Erlöser‹ sind? In dem Artikel der Zeitschrift, durch den wir von dem Hof erfuhren, machte sich der Journalist über den Ausdruck ›Erlöser‹ lustig, und auch wir hatten eher den Eindruck, dass es sich um einen Scherz handele. Als wir aber hierher kamen, gab es diese Kirche ... Was für ein ›Erlöser‹ wollen Sie sein, Bruder Gii? Falls Sie wirklich ein ›Erlöser‹ sind ...

Bruder Gii – und auch der Generalkonsul – hörten zu essen auf und sahen den Fragenden genau an. Ich spürte, wie es in Bruder Gii arbeitete, bevor er das, was er immer dachte, in Worte fassen und aussprechen würde. Und auch der Generalkonsul machte den Anschein, als wolle er sich auf die neue Wendung des Gesprächs einlassen. Zunächst aber ergriffen Iku und Ei das Wort:

— Dass Ai heute beim Abendessen die Frage nach dem ›Erlöser‹ auf den Tisch bringt, hat mit unseren Gesprächen gestern und heute zu tun, bei denen wir zu keinem gemeinsamen Schluss kamen. Bei unserer Lektüre des Zeitschriftenartikels waren wir alle überzeugt, dass es sich bei dem jetzigen ›Erlöser‹ um eine Art Scherz handelte. Aber ich und Ei kümmern uns neben unserer Arbeit auf dem Hof auch nicht darum, ob Bruder Gii ein ›Erlöser‹ ist oder nicht, obwohl diese Ausdrucksweise selbst schon etwas komisch ist. Da geht es dir anders als uns, Ai, und deshalb musst du auch deutlich machen, dass es deine persönliche Meinung ist, wenn du Bruder Gii diese Fragen stellst.

— Würden wir uns wirklich ernsthaft fragen, was für ein ›Erlöser‹ Bruder Gii sein will, müssten wir fleißig in seine Kirche gehen. Dann könnten wir einen eigenständigen Einblick gewinnen, nicht? Aber unter dem Vorwand, dass es auf dem Hof so viel zu tun gebe, und auch, weil wir morgens früh nicht aus den Betten kommen, haben wir von Anfang an nicht an den Sonntagsversammlungen teilgenommen. Meistens bist du es, Ai, der schläft! Auch unabhängig von der Frage nach dem ›Erlöser‹ haben wir bisher mit Spaß gearbeitet und unser Vergnügen gehabt. Was soll das jetzt, Bruder Gii nach seinen Gedanken als ›Erlöser‹ zu fragen? Wollen wir seine Apostel werden? Könnten wir das überhaupt?

Die Freundinnen der beiden kicherten wieder. Sie hatten ihre leicht bebenden Schultern aneinander gelehnt und demonstrierten eine Einheit, die parallel zur Allianz von Iku und Ei stand. Die dritte Freundin hatte ihre Augenbrauen zusammengezogen, sodass sie aussahen, als seien sie zusammengewachsen. Damit drückte sie wohl ihre Zustimmung gegenüber Ai aus, der sich von Iku und Ei nicht abschrecken ließ und sein fragendes Gesicht geradewegs Bruder Gii zuwandte.

— Man hat dich eine Zeit lang als ›Erlöser‹ bezeichnet, und auch jetzt lehnst du es nicht ab, so genannt zu werden … es ist zudem ein Fakt, dass du die Kirche gegründet hast, und auch ich möchte dich daher fragen, wie du dazu stehst. Die Kirche scheint keine direkte Verbindung zum christlichen Glauben zu haben (auch wenn sie nicht ganz ohne Bezug zu ihm ist), und ich will deshalb auch nicht gleich den Sprung zum Heiland (Saviour) oder zum Erlöser (Redeemer) machen. Ich will dich, Takashi, auf keinen Fall mit Jesus gleichsetzen.

Der Generalkonsul ließ deutlich erkennen, dass er auf der Seite von Ai und dessen Freundin stand, und wandte sein schönes Gesicht, das von seinem nicht sehr vollen, eingeölten Haar umrahmt wurde, Bruder Gii zu, der am Esstischchen neben ihm saß. Bruder Gii wiederum sah betrübt zu mir herüber, die ich weit entfernt, aber doch ihm direkt gegenüber saß. Ich hatte das Gefühl, dass er sich, so wie er dasaß, sehr zu konzentrieren versuchte, was ganz im Gegenteil zu seiner anfänglichen Verweigerung stand.

— Weder der Generalkonsul noch Ai oder die anderen beiden Inō-Brüder waren bei der Anklage zugegen, und ich weiß daher nicht, ob es richtig ist, bei dieser Erfahrung damals zu beginnen, aber da mich der Ausdruck ›Erlöser‹ in jenem Moment unmittelbar berührt hat, möchte ich damit anfangen.

Ich habe bei der Anklage ehrlich darauf geantwortet, aber mir selbst war bis dahin vollkommen unklar, ob ich wirklich die Kraft habe, zu heilen. Allerdings gibt es Menschen, die mich als ›Erlöser‹ betrachten und in ihrem tiefsten Innern an meine Kraft glauben. Das halte ich jedoch für unmöglich, und ich stand deshalb dem Namen des ›Erlösers‹ wie ein fassungsloser Zuschauer gegenüber.

Doch machte ich mir manchmal Gedanken darüber, wie ein ›Erlöser‹ überhaupt entstehen könnte. Würde eine Stimme der Offenbarung den Betreffenden überkommen oder würde etwas als Epiphanie in Erscheinung treten? Würde ihn eine Kraft erfüllen … vielleicht ist die Metapher komisch, aber ich muss oft denken, dass ›Erlöser‹ zu werden, einen Prozess beinhaltet, der wie ein rot und fiebrig anschwellendes Geschwür ist, über dessen Mitte dann die Haut aufplatzt. Darüber dachte ich nach. Jedenfalls würden mir, wenn ich mich in der heutigen Zeit zu einem ›Erlöser‹ wandeln sollte, natürlich nicht wie Jesus Prophezeiungen auferlegt sein, wie sie das Alte Testament durchziehen, sondern mich würde gleichsam das wahnhafte Gedächtnis der »amerikanischen Oma« führen …

Nun, ich wurde angeklagt, beschimpft und geschlagen, und dabei stellte ich fest, dass ich über keine mystischen Erfahrungen verfügte und nicht genau wusste, ob ich Heilkräfte besaß. In mir war also nicht der geringste Keim, mich selbst als ›Erlöser‹ zu verstehen. Trotzdem überkamen mich damals Gedanken wie der Folgende. Der *frühere* Bruder Gii war in dem Wasser am Damm, an dem man mich anklagte, ermordet worden. Auch er glaubte wohl nicht, dass er ein ›Erlöser‹ war. Aber spürten die, die ihn töteten, nicht etwas großes Unheimliches in ihm, das sie zwang, so weit zu gehen? Hätten sie sich nur davon bedroht gefühlt, dass das Wasser des von den heftigen Regenfällen angefüllten, künstlichen Sees immer weiter anstieg, so hätten sie ihn doch einfach an die große Zypresse in der Himmelssenke, die sich jetzt vor meinen Augen erhob, fesseln und so daran hindern können, nachts den Damm zu sprengen. War nicht die Tatsache, dass die Leute von einer so großen Angst umgetrieben wurden, dass sie den *früheren* Bruder Gii töten mussten, selbst bereits ein *Zeichen*?

Wenn das so wäre, hätte es einen Sinn, dass ich an demselben Damm, von dem aus man den künstlichen See überblickt, als neuer Bruder Gii erschlagen würde. Da dies einem neuen Bruder Gii den Weg bereiten würde, würde dieser neue Bruder Gii vielleicht ein wirklicher ›Erlöser‹ sein. Dieser Gedanke gewann mit der Zeit immer mehr Kraft in mir, und ich glaube, ich hatte keine Angst mehr, sondern war vielmehr voll Mut, wie immer ich auch nach außen hin gewirkt haben mag. Das war das Mysterium, das ich erlebte. Denn ich hatte bis dahin meinen eigenen Tod noch nie als relativiert empfunden. Von meiner Kindheit an bis zum Eintritt in die Universität litt ich die ganze Zeit unter einer Furcht vor dem Tod, die mich nicht losließ. Sie bildete auch das stärkste Motiv, mich um die *Belange der Seele* zu kümmern …

Bruder Gii hatte lange gesprochen. Danach sah er mit einem drängenden Blick wieder direkt zu mir herüber.

— Ich habe gesagt, dass ich Bruder Gii unmittelbar nach der Anklage als ›Erlöser‹ entdeckt, verstanden und akzeptiert habe. Und ich habe auch gesagt, dass ich eine Kirche bauen wollte, deren Mittelpunkt Bruder Gii als ›Erlöser‹ bildete.

— Ich habe dich so verstanden, dass du an die Ankunft eines *neuen* Bruder Gii glaubst, und dass du mir mit dieser Hoffnung vermittelst, dass ich zumindest einer derer sei, die dem ›Erlöser‹ den Weg bereiten. Wenn du so denkst, bin ich fest dazu entschlossen, in der Rolle des provisorischen ›Erlösers‹, der dem wahren ›Erlöser‹ den Weg bereitet, zumindest aber in diesem Bewusstsein, die Kirche zu führen … Onkel K. hat gesagt, dass der Anti-Christ nicht nur einen Gegen-Christus bezeichnet, sondern auch die Bedeutung eines Vor-Christus haben kann.

Ich spürte in diesem Moment, dass Bruder Gii, der mit dieser an sich selbst gerichteten Rede schloss, noch weitere Ideen zu einer mystischen Glaubenslehre hatte, die auch ich teilte, über die wir aber noch schweigen sollten …

— … Das heißt also, dass wir neuen Teilnehmer die Frage nach Bruder Gii als ›Erlöser‹ augenblicklich besser nicht allzu weit verfolgen sollten?, fragte Ai und fasste damit die sehr lange Rede von Bruder Gii ziemlich kurz zusammen …

— Ich müsste auf diese Frage eigentlich selbst noch eine klarere Antwort finden …

— Die Kirche macht in Wirklichkeit einen eher freien Eindruck. Als Regel gilt doch nur, dass jeder, der zur Versammlung kommt, für sich meditieren oder etwas Ähnliches tun soll. Diese *Konzentration* übrigens … vermittelt den Teilnehmern das Gefühl des Ganzen, und auch wir befinden uns letztendlich in dieser Einheit.

— Ja, das stimmt!, sagten Iku und Ei einstimmig.

— Wie verhält man sich dann aber, wenn es zu Spaltungsversuchen kommt? Oder wenn jemand erscheint, der die Kirche dann, wenn sie über viele Mitglieder und auch über Macht verfügt, in seine eigene Richtung zu ziehen versucht, fragte Mitsu, die später zum Abendessen dazugekommen war und nun zum ersten Mal etwas sagte. Sogar im Kloster des Heiligen Franz von Assisi hat es so etwas gegeben, nicht?

Sind Sie, Bruder Gii, hierin den neuen Kirchenmitgliedern gegenüber nicht vielleicht zu offen und schutzlos? Ich mache mir Sorgen deswegen. Mit dir, Tā, habe ich heute im Auto auch schon darüber gesprochen, nicht wahr?

Tā, der zusammen mit Mitsu aus Matsuyama zurückgekommen war, machte ein verwirrtes Gesicht und fiel dann in das Lachen der drei Mädchen ein, das Mitsu mit ihrer durch die Erwähnung Franz von Assisis etwas übertrieben wirkenden Rede ausgelöst hatte. Aber Ai und auch Iku und Ei schienen jeder auf seine Weise von Mitsus Worten berührt zu sein. Auch Tā schien mit dieser Reaktion gerechnet zu haben.

— Stimmt das etwa nicht?, vergewisserte sich Mitsu, die in solchen Situationen zumindest an der Logik der Behauptung festzuhalten suchte, nochmals bei dem neben ihr stehenden Tā.

— Die Kirche ist doch gerade erst gegründet, und selbst wenn es jemanden geben sollte, der solche Absichten hegte, würde das noch eine Weile dauern, oder?, antwortete Tā.

Der Generalkonsul, der sein Leben lang Diplomat gewesen war, reagierte sensibel und doch irgendwie gelassen auf den politischen Aspekt der Frage. Er schien sich auch ohne jede Häme für die etwas peinliche Situation der drei Inō-Brüder zu interessieren. Und er führte ein etwas leichter zu behandelndes Problem in die Diskussion ein. Um es deutlicher zu sagen, sorgte er sich darum, dass die Diskussion trotz des schwierigen Themas nicht die auf dem Dielenboden um die Esstischen sitzenden Personen spaltete.

— Um das Problem des ›Erlösers‹, Takashi, solltet ihr euch eher in eurem künftigen Programm kümmern. Ich habe zudem den Eindruck, dass Satchan da möglicherweise klarer ist als du, oder nicht? …

Auf jeden Fall ist es offenkundig, dass ihr die Kirche gegründet habt. Und auch wenn sie jetzt noch unscheinbar ist, werden sich ihre Tätigkeiten gewiss entwickeln. Diesen Eindruck konnte ich auch dadurch gewinnen, dass ich hin und wieder freiwillig an eurer *Konzentrations*-Stunde teilgenommen habe.

Das *Zeichen* des »Grünen Baums in Flammen« symbolisiert die Kraft eurer Kirche. Die jungen Leute werden richtig ehrfürchtig vor Satchans geschnitztem Brett aus Kirschbaum. Ich muss dabei an die Kraft des Symbolismus beziehungsweise der Metapher denken.

Obwohl sie den Anführer der Kirche am Alten Hof ›Erlöser‹ nennen, weiß er selbst noch nicht, was für ein ›Erlöser‹ er ist. Es ist auch durchaus denkbar, dass er gar keiner ist. Die jungen Leute, die sich in der Kirche versammeln, werden dazu angeleitet, in *Konzentration* zu meditieren, aber sie scheinen nicht zum Gebet geführt zu werden. Als ich noch vor der Gründung der Kirche zur Beerdigung der weisen Frau kam, hielt Takashi dem Jungen, der bald an Krebs sterben sollte, eine mir auch heute noch unvergessliche Predigt. Jetzt hingegen scheint er eher selten zu predigen.

Ich sehe jedoch eine Bedeutung darin, dass in eurer Kirche die jungen Leute angesichts dieses *Zeichens* auf das Gebet zurückgreifen. Und diese Bedeutung wird von dem Symbolismus beziehungsweise der Metapher des »Grünen Baums in Flammen« getragen. Kurzum, ich glaube, dass die jungen Menschen von Yeats geführt werden. Auch denen, die Yeats nicht gelesen haben, vermittelt jenes *Zeichen* die Weltanschauung oder Menschensicht dieses Dichters.

Wie Satchan weiß, bin ich zurzeit ausschließlich mit der Lektüre Yeats' beschäftigt. Doch da ich die ganzen Jahre über, seit ich Anfang zwanzig war bis jetzt in meine Fünfziger hinein, als Diplomat tätig war, verstehe ich die Gedichte nicht richtig. Natürlich ahne ich, dass darin etwas Wichtiges ausgedrückt wird, aber ich gelange als Leser nicht an die zentralen Punkte, sondern bewege mich die ganze Zeit im Kreis. Deshalb stütze ich mich hin und wieder auf Biographien oder literaturwissenschaftliche Aufsätze zu Yeats. Gedichte sind weniger für Diplomaten geeignet als Prosa.

Im Moment lese ich gerade eine Aufsatzsammlung von Yeats mit dem Titel *Essays und Einführungen*, die ich mir aus der Bibliothek des *früheren* Bruder Gii genommen habe. Dort gibt es einen anscheinend sehr frühen Text mit dem Titel »Magie«. Yeats zufolge gibt es drei praktische Grundsätze, die hinsichtlich ihrer Philosophie und Praxis nur als »Magie« bezeichnet werden können. Der Erste ist, dass sich die Grenzen unseres Geistes ständig verschieben. In den Geist eines Menschen fließen viele Geister ein. Das Gedächtnis etwa. Das individuelle Gedächtnis ist nur ein Teil eines großen Gedächtnisses, nämlich des Gedächtnisses der Natur (*Nature* mit großem N), das ist der zweite Grundsatz. Und der dritte Grundsatz besteht darin, »dass dieser große Geist und dieses große Gedächtnis durch Symbole heraufbeschworen werden können«.*

Ich stimme diesen drei Bestimmungen zu. Besonders die dritte halte ich für ganz und gar richtig. Das Symbol eurer Kirche, Takashi, die du mit Satchan gegründet hast, hat zweifellos die Kraft, zu erwecken. Dann aber ist es schließlich auch möglich, dass aus dem »großen Gedächtnis« dieser Gegend hier ein ›Erlöser‹ erwachen wird. So, wie es die »amerikanische Oma« gesagt hat. Und ich hätte als Vater Mitleid mit dir, wenn du schließlich nicht umhin kämest, dich mit dem »großen Herzen« deiner Kameraden zu identifizieren.

Jedenfalls drückt das Symbol die vorwärts strebende Kraft eurer Kirche aus. Vielleicht sogar mehr, als dir selbst bewusst ist. In den Versen eines klassischen Theaterstücks, das ich in meiner Zeit als Botschaftsattaché zum ersten Mal in der *Comédie Française* sah, war genau von solch einer vorwärts strebenden Kraft die Rede, nämlich von *une force qui va*. Das war eine Zeit lang mein Lieblingssatz, und Izumi hat über mich als *vorwärts strebenden Mann* gespöttelt …

— Dank der englischen und französischen Wörter, die einem in dieser super-altmodischen Wohnküche um die Ohren fliegen, sind wir in den Genuss einer erstklassigen Fremdsprachenlektion gekommen, sagte Ei. Verdutzt bekundeten diesmal auch die anderen beiden Inō-Brüder ihre Zustimmung, und die drei jungen Frauen brachen in ein befreites Lachen aus.

ZWEITES KAPITEL

Die Höhle im Zentrum

Wir hatten das *Zeichen* mit dem aus Kirschbaum geschnitzten Relief des Grünen Baums in Flammen am Sturz des großen Herdhaustores befestigt. Denn das unter dem Dach des Alten Hofes befindliche Herdhaus bot den größten Raum und fungierte als Ort für unsere Versammlungen. Und so gesehen, passte der von dem *früheren* Bruder Gii entworfene trichterförmige *Blasebalg* aus Kupfer zu dem Kirchenraum.

Noch bevor wir den Ausdruck Kirche verwendeten, hatte Bruder Gii manchmal den jungen Leuten der ›Waldjugend‹ lange Ansprachen gehalten. Diese Reden hörten auch Menschen, die kamen, um sich von ihm mit seinen heilenden Händen behandeln zu lassen, und auch die Leute, die an seinem Tun seelisch Anteil nahmen. Wann aber bürgerte es sich ein, dass wir diese Reden Predigten nannten? Am Anfang benutzten wir das Wort halb im Spaß, glaube ich. Als sich der Generalkonsul und Yumiko zu Großmutters Beerdigung hier aufhielten und Bruder Giis Rede an Schmied hörten, bei dem bereits Metastasen festgestellt worden waren, hatten sie diese ganz von selbst als Predigt aufgefasst. Und direkt vor der Anklage, als Bruder Giis Beliebtheit ihren Höhepunkt erreicht hatte, hatte die Pianistin Izumi sogar eine Broschüre mit den Aufzeichnungen seiner Predigten angefertigt und verteilt.

Doch nach der Gründung der Kirche wurden die Reden, die Bruder Gii besonders zu Anfang hielt, viel einfacher. Folglich hat sich mir aus der Anfangszeit der Kirche weniger der *predigende* Bruder Gii eingeprägt, als vielmehr der, der schweigend auf den Dielen unter dem *Blasebalg* saß und sich *konzentrierte*. Der versunken den Geräuschen lauschte, die von der Anhöhe des Waldes durch den *Blasebalg* drangen …

Nach der Anklage verschwanden die Leute, die sich von Bruder

Giis Heilkraft behandeln lassen wollten. Hier wurde unmittelbar der äußere Konsensus deutlich, der den Alten Hof umgab und der sich bei der Anklage in geballter Form zeigte. Auch bei Noboru, dem einzigen Patienten, den Bruder Gii noch behandelt hatte, bat die Mutter, wie bereits erwähnt, die Besuche in ihrem Haus einzustellen, da er vollständig genesen zu sein schien.

Etwa einen Monat lang kamen weder die Leute, die auf Bruder Giis Heilkräfte vertraut hatten, noch die, die gewissermaßen geistig mit Bruder Gii und dem Hof sympathisiert hatten. Die Bewohner des Tals, der Zai-Siedlung und auch des Alten Stadtgebiets waren demnach über die Anklage, die sich an der Himmelssenke ereignet hatte, gut unterrichtet. In einem größeren Ausmaß, als ich es geahnt hatte, waren sogar Leute aus dem Umkreis von Matsuyama gekommen, um der Anklage beizuwohnen. An jenem Morgen müssen schon in der Früh in allen möglichen Richtungen Telefonate getätigt worden sein. Und in zwei Regionalzeitungen aus Matsuyama waren wohl Artikel über die Anklage erschienen, die ich aber aus Zeitgründen nicht las. Tā zufolge ließen sie sich als nachträgliche Bestätigungen der von dem Reporter Hanada in der Zeitschrift verfassten kritischen Artikel zusammenfassen. Auch Mitsu, die sicherlich bereute, interne Informationen unvorsichtig ausgeplaudert zu haben, sagte deprimiert:

— Die lokalen Blätter sind immer voll Ressentiment gegen die großen Zeitungen, gerade deswegen aber bringen sie manchmal originelle und interessante Artikel, doch in den Herzen ihrer Reporter schwelt die Bewunderung für die populären Schreiber aus Tōkyō.

Ich machte mir unterdessen Sorgen, wie wohl die Pianistin Izumi die Informationen über die Anklage verarbeitet haben mochte. Zwei Monate nach der Anklage hatte sie uns zunächst etwa hundert Exemplare der selbst verlegten Broschüre mit den Aufzeichnungen der Predigten Bruder Giis geschickt. Es war ein kleines Heft von acht Seiten inklusive Umschlag, dem – bis dahin hatte es keinen Titel gehabt – nun ganz neu die Aufschrift »Etwas länger als ein Augenblick« als hellgrüner Holzschnitt aufgedruckt war. Izumi beschrieb in diesem Heft ihre Erfahrungen während ihrer Trekkingtour im Himalaja und brachte darin zugleich ihre Gedanken über die Anklage von Bruder Gii zum Ausdruck.

Ihre Erzählung begann damit, dass sie beschrieb, wie sie mit einer Gruppenreise in den Himalaja gekommen sei. Obwohl die Strecken für das Trekking gut ausgewählt gewesen seien, hätten sie auch steile Bergpfade hinaufsteigen müssen, und für Frauen wie sie, die das mittlere Alter bereits überschritten haben, sowie für die gleichaltrigen männlichen Kollegen, hätte dies eine ziemliche Kasteiung bedeutet. Nach Katmandu abgestiegen, habe sie die ausführlichen Berichte über die Ereignisse in den Wäldern gelesen, die ihr der Manager Fu aus Matsuyama in das Hotel gefaxt hatte. War ihr aber nicht das, worüber dort berichtet wurde, schon in einer Nacht während der Trekkingtour deutlich als Fata Morgana erschienen? Ihr war, als habe sie beim Laufen die ganze Zeit über deren Bedeutung nachgedacht. »Ich möchte das kurz zusammenfassen«, schrieb Izumi in Form eines an alle Kameraden am Hof und in der Werkstatt adressierten Briefes.

»Das Erstaunen in dem Moment, als der Mount Everest durch einen Nebelspalt direkt vor meinen Augen seine schneebedeckte glitzernde Gestalt entblößte, und die einfachen Sherpa und Träger, bei deren Anblick man überrascht ist, dass Menschen so unschuldig lachende Gesichter haben können, und dann der Spaß, wenn wir mit ihnen in den Küchen der Häuser vor dem Herdfeuer singen und tanzen ... Beseelt von solchen Erlebnissen während des Trekkings, schlagen wir meist am Ende eines Tages unsere Zelte im Hof eines Wohnhauses auf und schlafen dort zusammen mit Kühen und Lämmern; so sieht unsere Reise aus. Nach unserer Ankunft hocken wir noch eine Weile erschöpft und kalt, unsere Knie umschlossen, regungslos da.«

An einem dieser Tage entdeckte Izumi morgens in dem Hof, in dem sich, wie sie glaubte, außer ihren Zelten nur noch Haustiere befanden, noch eine weitere Person. An der Lehmmauer saß unter einer bengalischen Linde ein Kind, das eine Plastikplane über die sich horizontal ausbreitenden niedrigen Äste gehängt und sich mit zwei weiteren dünnen Ästen einen Unterschlupf geschaffen hatte. Unter dem über der Brust weit geöffneten gelben Polohemd, an dem die Knöpfe fehlten, war es von der Brust bis zu den beiden Armen mit prächtigen Kreiden geschminkt. Auch im Gesicht fanden sich hässliche Spuren verwischter Schminke, und das schwarze Haar war so sehr mit Tierfett eingeölt, dass man es mit einer einfachen Wäsche nicht hätte sauber bekommen können.

Die Frau des Hauses, die sich nicht um das Frühstück von Izumi und den anderen kümmerte, tat etwas Essen in einen kleinen Metallnapf und ging zu dem Kind. Das Kind aber zeigte sich der Frau gegenüber, die ihm – wie Izumi vermutete – das Essen als Almosen schenkte, seltsam hochmütig, vielleicht geschah dies aber auch nur aus Abneigung gegen die fremdländische Frau, die sie betrachtete. Es streckte seinen Körper, als wolle es sich in die Brust werfen, und machte nicht einmal den Versuch, die Schüssel entgegenzunehmen. Izumi hatte nur so weit zugesehen, dann zeigte man ihr den Waschplatz, an dem schon alles vorbereitet war, und sie entfernte sich vom Hof. Die Sachen waren schon alle gepackt – jemand anders war für das Zusammenpacken der Zelte verantwortlich –, und als sie den Ort verließ, an den sie nicht mehr zurückkehren würde, fesselte sie der Gedanke, dass dieses Kind der Bruder Gii des Dorfes gewesen sein könnte.

»Katmandu, wo ich lange nicht mehr gewesen bin, ist binnen kürzester Zeit eine moderne Stadt geworden, seine idyllische Schönheit, die es früher besaß, hat es ganz und gar verloren; die Stadt versinkt jetzt im Smog. Ein Jammer, dass all das, was nepalisch anmutete, verschwunden ist. Ein alter Bergsteigerfreund von mir, der am Hang des Himalaja ein Hotel gebaut hat, brachte uns nach Paragaon, einer Stadt in der Umgebung. Als ich Paragaon das erste Mal vor siebzehn Jahren frühmorgens besuchte, war ich von der mittelalterlich anmutenden Stadt und dem Leben der Menschen beeindruckt gewesen. Diesmal aber kam ich in einer Mondnacht an, kein Mensch war zu sehen, und auf dem Kopfsteinpflaster der wie aus Ruinen wirkenden Stadt ging schweigend ein lang gestreckter Hochzeitszug an uns vorbei, an dessen Ende wir mitliefen. Auch in diesem Moment musste ich wieder an das Kind denken, an den Bruder Gii des Dorfes, das eine irgendwie wichtige Rolle spielte und dem aus diesem Grund etwas Grausames zugestoßen war, dem es nicht hatte entfliehen können, und das nun in dem Hof darauf wartete, zu genesen.

Genaueres lässt sich darüber nicht mehr in Erfahrung bringen, aber abgesehen davon, ob es stimmte oder nicht, bekam ich am nächsten Morgen ein Fax überreicht, in dem stand, dass Bruder Gii Schreckliches widerfahren sei. *Doch bevor ich davon erfuhr, hatte ich die wichtige Rolle jenes Kindes, dem die gleiche Stellung zukam wie Bruder Gii, und sein darauf beruhendes Leiden erfasst, und zwar so aufrichtig, dass ich es direkt mit Bruder Gii identifizierte und mir fast die Tränen kamen.* Lag darin nicht irgendeine Bedeutung?

Vielleicht erscheinen ja – auch wenn dieser Gedanke Bruder Gii gegenüber vielleicht unhöflich ist – an verschiedenen Orten unseres Planeten viele kleine ›Erlöser‹? Sollten Bruder Gii und jener kleine Junge aus dem Dorf, das als Basisstation auf der Trekkingstrecke durch den Himalaja dient, keine ›Erlöser‹ sein, warum sollten sie dann solch elenden, beschämenden Leiden ausgesetzt sein?

Da ich nie gelernt habe, meine Gefühle in Worten auszudrücken, kann ich den Eindruck der gewaltigen Nobilität des Kindes, das dort in dem Hof des Hauses im Freien übernachtet hatte, und den seiner grausamen Behandlung nicht richtig beschreiben. Doch ich könnte Musikstücke zeigen, die in mir, wenn ich sie spiele, den gleichen Eindruck erwecken. Wenn ich an diese Musikstücke denke, denke ich an Bruder Giis Leiden, die er erfahren hat. Was Bruder Gii an jenem Tag dort in den Wäldern geschah, *dauerte* in der Tat *etwas länger als einen Augenblick* – vielleicht zu lang – und war ungeheuer wichtig. Das habe ich intuitiv begriffen. Hätte ich direkt mitangesehen, was Bruder Gii widerfahren ist, hätte ich es wohl kaum ertragen können, stattdessen aber sollte ich wohl die Qualen dieses Jungen im Himalaja erleben.«

Eine Woche, nachdem der Karton mit den Broschüren per Kurierdienst eingetroffen war, kam Izumi auf dem Rückweg von einem Konzert in Kyūshū bei uns vorbei. Da sich die Hotelkette des Managers Fu um den Konzertsaal und die Übernachtung gekümmert hatte, nahm Herr Fu die Aufgabe wahr, Izumi in seinem Bentley vom Flughafen in Matsuyama abzuholen und auch wieder dorthin zurückzufahren. Es war das erste Mal seit dem Tag vor der Anklage, dass ich Herrn Fu wieder begegnete. Er begrüßte sowohl mich als auch Bruder Gii ganz neutral und einfach, wies darauf hin, dass die Abflugzeit dränge, und vergewisserte sich, dass das Gespräch nach etwa zehn Minuten beendet sein würde.

Über einem dunklen, auberginеblauen Kleid mit weiten Rock trug Izumi einen grasfarbenen Schal aus Wildseide, den sie von ihrer Trekkingtour im Himalaja mitgebracht zu haben schien, und mit ihren von weichen Falten umrahmten Augen unter der breiten Stirn sah sie Bruder Gii und mich, die ihr entgegengingen, auf gleiche Weise an. Ihr Gesicht, das auf jeden klug wirkte und früher zweifellos das eines schüchternen Mädchens gewesen war, wurde von ihrer trotz des reifen Alters immer noch behänden Gestik überlagert.

— Es wäre mir peinlich gewesen, Sie nach ihren furchtbaren Erlebnissen einfach so zu besuchen, und daher habe ich zuerst die Broschüren angefertigt.

Bruder Gii, Mitsu und ich saßen in der Kirche auf den Dielen um Izumi herum und redeten, während Tā und die drei Inō-Brüder Herrn Fu herumführten und ihm auf dem Hof den ausgebauten Hühnerstall zeigten. Es bestand unverändert das Projekt, dass das neue Hotelrestaurant in Matsuyama, das in Kürze eröffnet werden sollte, beim Hof einkaufen sollte, und die drei Inō-Brüder wollten sogar noch mehr Schweine und Hühner produzieren. Auch hier hatte die Anklage keine Auswirkungen auf Herrn Fus Gefühle gezeigt, der sich diesbezüglich angenehmerweise ganz geschäftsmännisch verhielt.

Beim Betreten des Herdhauses holte Izumi aus ihrer Handtasche eine solide silberne Brille hervor und betrachtete eingehend das oben am Türsturz befestigte holzgeschnitzte *Zeichen* des »Grünen Baums in Flammen«. Und als wir uns unter den *Blasebalg* gesetzt hatten, sah sie Bruder Gii und mich erneut in gleicher Weise fest an, wobei sich ihre Augen hin- und herbewegten – das ernste Gesicht der am Rand sitzenden Mitsu wirkte dadurch noch nervöser –, und sagte:

— Bruder Gii und Satchan, ihr habt wirklich eine Kirche gegründet! Man sieht es euch an, eure Gesichter sind gelassener und stärker als früher!

Ich musste an diesem Tag bei Izumis Anblick an die letzte Strophe von Yeats Gedicht *Lapislazuli* denken: Einige Chinesen steigen auf einen Berg. Es ist eine schöne Vorstellung, wie sie unterwegs in einer kleinen, vom Duft süßer, vielleicht Pfirsich- oder Kirschblüten eingehüllten Laube rasten. Dann heißt es in dem Gedicht weiter: »Dort nach den Bergen, dem Himmel den Blick / auf das ganze tragische Schauspiel gewandt. / Dann bittet einer um Trauermusik, / Mit geübtem Finger spielt der Begleiter. / Ihre Augen, inmitten der Runzeln die Augen / Die uralten, funkelnden Augen sind heiter.«*

Trotz meiner Jugend ist es wahrscheinlich unfair, in Izumi eine alte Frau zu sehen, aber mir war, als entdeckte ich in ihren von Fältchen umgebenen runden Augen die *Heiterkeit uralter funkelnder Augen*. Diese Augen hatten auf der Trekkingroute die schneebedeckten Berge des Himalaja durch einen Spalt im Nebel auftauchen gesehen und waren beim Abstieg nach Katmandu in der Basisstation Zeugen einer grausamen Szene mit einem Jungen gewesen, und nun war Izumi mit der *Heiterkeit uralter funkelnder Augen* extra hierher gekommen, um sich unsere Kirche anzusehen.

Doch Izumi machte keine Anstalten, Bruder Gii direkt nach der Anklage zu fragen. Sie fragte auch nicht danach, wie es mit der Kirche seit ihrer Gründung voranging. Auf den glänzend schwarzen Dielen um uns und an den gekreuzten schwarzen Balken am *Blasebalg* schien ein von einer irgendwie neuen Stimmung erfülltes Schweigen zu schweben. Dann holte Izumi aus einer Papiertüte, die sie neben ihrer Handtasche getragen hatte, eine Videokassette und ein quadratisch eingebundenes, pechschwarzes Buch hervor und überreichte beides Bruder Gii. Auf dem dünnen Buch klebte ein Zettel »zur Rückgabe«, und es war lustig, auch einmal Izumis praktische Seiten mitzuerleben.

— Die berühmte Tänzerin Chandralekha kommt zu dem indischen Musikfestival, das im nächsten Frühling zum ersten Mal stattfinden wird. Das Video zeigt sie im Unterricht für klassischen Tanz mit hervorragenden jungen Schülern. Dieses Buch *Fire, counterfire*, das man vielleicht mit »Feuer und das, was sich dem Feuer widersetzt« übersetzen kann, ist eine Sammlung ihrer Gedichte und Zeichnungen.

Bruder Gii legte das quadratische Buch auf seine Knie und schlug es auf. Die kurzen Erzählgedichte waren mit Zeichnungen versehen, und auch Mitsu und ich, die neben ihm saßen, streckten die Köpfe vor und schauten hinein. Die Welt war einst ganz anders als heute, begann das Gedicht. Es war eine an Wasser reiche Welt. Schließlich aber war sie ganz von Wasser bedeckt und ging unter. Als sie wiedererrichtet wurde, war es eine Welt des Feuers. Und die Welt, die aufgrund des Überflusses an Wasser untergegangen war, geht nun aufgrund eines Überflusses an Feuer zugrunde. »Jetzt ist die Zeit, in der wir auf unserer Erde Frieden schaffen, jetzt ist die Zeit, wo wir im Vertrauen auf die Kraft der Frauen, auf die ursprüngliche Energie *śakti*, gegen das Feuer ankämpfen, mit dem, was sich ihm widersetzt, mit dem Innen gegen das Außen.«

Vor langer Zeit hatte ich bei Onkel K. ein getrocknetes Bananenblatt gesehen, auf dem der Göttername »Rāmāyana« gemalt war, und genauso durchdrang auch hier, stellte ich fasziniert fest, mit einfachen Strichen ein moderner Eindruck wie bei James Thurber die Erzählung des Gedichts.

— Es wäre doch schön, wenn ihr in eurer Kirche eine Sammlung von Gedichten schaffen würdet, die als eine Art Evangelium fungieren könnte, sagte Izumi, nachdem sie sich vergewissert hatte, dass wir mit dem Lesen fertig waren. Du, Satchan, mit deinem Talent, das du bei der Holzschnitzerei zu Bruder Giis Predigten bewiesen hast, könntest sie illustrieren, oder? Den Druck übernehme ich.

— … Zeit bedeutet, sich Zeit zu schaffen, und das Leben strömt eben wie das Wasser. Das wäre doch ein schöner Vers, meldete sich Mitsu, die früher bei einer Jugendzeitschrift englische Texte übersetzt hatte, umgehend zu Wort.

Sie wollte damit meines Erachtens auf ihre Weise andeuten, dass sie Izumi noch etwas fragen wollte. Aber Herr Fu und die anderen kamen bereits vom Hof zurück, und Izumi erhob sich. Mitsu, die dadurch in ihrem Vorhaben gestört worden war und schwieg, lief Izumi jedoch hinterher, und als der Hotelmanager Fu die Tür des Bentley öffnete und wartete, sprach sie Izumi, die sich gerade niederbeugte, um auf dem Beifahrersitz Platz zu nehmen, mit nachdenklicher Stimme an.

— Kann ich Sie noch zwei Minuten sprechen, Izumi? Sie betrachten doch die Angriffe, die Bruder Gii erfahren hat, als Leidensweg, nicht wahr? Weil Sie glauben, dass Bruder Gii eine wichtige Aufgabe zukommt. Ich stimme Ihnen zu! Doch lässt es sich vereinbaren, dass sich Bruder Gii als ›Erlöser‹ solcherart offenbart und Sie zugleich auch in einem Dorf am Fuße des Himalaja einen ›Erlöser‹ entdeckt haben? Mir ist nicht ganz klar …

Izumi richtete sich auf und drehte sich zu Mitsu um. Im Unterschied zu ihrem Gesicht, das aufgrund der vielen Erfahrungen alt gewirkt hatte, schien ihre Miene jetzt kämpferisch und jung.

— Sie konnten wohl meinem flüchtigen Stil keine richtige Bedeutung entnehmen? Aber Sie sind doch Redakteurin, nicht? Dann muss es ja anderen noch unklarer gewesen sein!

— Nein, das meine ich nicht … die Sätze verstehe ich, aber …

— Sie sind also mit der Bedeutung nicht einverstanden? Hierzulande benutzt man zwar häufig diese Art von Redewendungen, aber mit »mir ist nicht ganz klar« hat das meiner Meinung nach dann nichts zu tun.

— … Wenn jetzt viele kleine ›Erlöser‹ erschienen, erführe Bruder Gii dann nicht eine Relativierung? Ich glaube, auch Sie widmen sich ganz den Predigten Bruder Giis …

— Ich widme mich nicht nur den bisherigen Predigten Bruder Giis, sondern Bruder Gii selbst, der eine neue Kirche gegründet hat und dort mit Gebeten als Grundlage eine Lebensform zu festigen versucht. Das steht in keinem Widerspruch zu der Erkenntnis, dass auf diesem Planeten viele kleine ›Erlöser‹ erscheinen. Jetzt ist die Zeit des großen Feuers, und zwei oder drei Feuer, die sich diesem widersetzen, würden nicht ausreichen, nicht wahr? Auch in diesem einfachen Gedicht kamen nacheinander die Atombombe, die Wasserstoffbombe, die Neutronenbombe und die anderen neuen Feuer unserer Zeit vor. Ohne das Erscheinen unzähliger ›Erlöser‹, die Lager für Gegenfeuer bilden, werden wir, glaube ich, in den bestehenden Feuern verbrennen. Und auch wenn Bruder Gii nur einer von diesen vielen ›Erlösern‹ sein sollte, halte ich ihn für wichtig. Warum sollte das nicht möglich sein?

— Ich glaube keineswegs, dass das unmöglich ist, vielen Dank, antwortete Mitsu zutiefst gehorsam, doch die Adern auf ihrer blassen Stirn traten so stark hervor, dass sie fast kantig wirkte.

Spielten solche gelegentlichen Gespräche in der Anfangszeit der Kirche des Grünen Baums in Flammen nicht die Rolle eines Dialogs über die grundlegende Glaubenslehre? Das zeigte sich auch in unseren Gesprächen mit dem Generalkonsul, in denen es meistens um Yeats ging. Doch erst Zachary K. Takayasu begann eine direkt theologische Diskussion mit Bruder Gii und schuf damit die Grundlage für weitere Erörterungen.

Ich erwähnte bereits, dass Zachary wieder am Alten Hof auftauchte, aber ich möchte zunächst berichten, wie das zur Wiederaufnahme unserer Beziehung führte. Zachary war erneut nach Japan gekommen, um am Forschungsinstitut für Produkttechnologie der Universität Tōkyō zu studieren. Vor allem in den ersten sechs Monaten sah sein Zeitplan so aus, dass er in der ersten Wochenhälfte zum Unterricht ins Institut fuhr und dann die zweite Wochenhälfte über im Alten Hof wohnte. Viele derer, die sonntags zur Versammlung zum Alten Hof kamen, hielten ihn, glaube ich, für ein ständiges Mitglied. Aber am Anfang zögerte Zachary eher, das Innere der Kirche zu betreten, wofür es genügend Gründe gab.

Bis zu dem Zeitpunkt, als Zachary mich nach sieben Jahren plötzlich vom Internationalen Kulturzentrum in Roppongi aus anrief, hatte ich in mir warme Erinnerungen an seine zärtliche Sorge bei unserem letzten Abschied bewahrt und daran, was kurz zuvor im Alten Hof geschehen war. Als er sich aber dafür zu rechtfertigen begann, dass er so lange nichts von sich habe hören lassen, verhielt er sich, ganz untypisch für ihn, wie ein Fremder. Außerdem schien er mit seinen Worte herausfinden zu wollen, wie ich reagierte … Anfangs erzählte ich noch lebhaft, voll von Erinnerungen, aber nach und nach konnte ich meine vielen angestauten, kleinen Gefühlsschwankungen nicht mehr ignorieren. Zachary wiederum schien plötzlich seine defensive Haltung abzulegen und ganz wie ein amerikanischer Student daherzureden.

— Es fällt mir schwer, K. zu sagen, dass ich nach so langer Zeit gern einmal wieder den Alten Hof besuchen möchte, denn er hat sich über das, was ich ihm über dich berichtet habe, geärgert. Aber wie dem auch sei, du könntest mich doch einmal einladen?

Ich war verwirrt. Doch als ich nachfragte, was er damit meine, spürte ich Wut. Denn was Zachary jetzt erzählte, war mir völlig neu.

Es ging um die Art und Weise, wie Onkel K. seine Romane schrieb. Ich wusste aus Essays, die Onkel K. als eine Art Berichterstattung über seine laufenden Arbeiten schrieb, dass er sich seit einigen Jahren mit dem Schlussteil einer Romanserie beschäftigte, die die Gegend hier in den Wäldern zum Thema hatte. Onkel K. schrieb schon seit fast zwanzig Jahren Familienromane, die um Hikari kreisten, wobei der Autor dem Icherzähler entsprach. Die eigentliche Konzeption der Romanserie schien darin zu bestehen, dass – bei Ausweitung dieses Erzählstils – der Tod der Großmutter das Ende des Alten Hofs bedeutet und damit die ganze Serie endet. Von Asa aber hatte ich vor kurzem gehört, dass die Konzeption keine Fortschritte mache und dass Onkel K. sein erstes Manuskript, an dem er lange gearbeitet hatte, verbrannt habe.

— Die neue Bewegung, die sich zurzeit in den Wäldern formiert, hat zwar mit der Geschichte und den Überlieferungen dieser Gegend zu tun, aber in K.-chans Art, selbst als Erzähler zu fungieren, lässt sich die ganze Geschichte wohl nicht mehr beschreiben, oder? Selbst für uns, die wir alles vor Ort erleben und beobachten, ist es nur schwer zu fassen …

K.-chan schreibt zwar fleißig an seinem Entwurf, aber wenn er ins Grübeln gerät, verbrennt er alles. Er gehört zu denen, die meist erst einmal einen dicken Entwurf schreiben und dann beim Kürzen die Endfassung erstellen. Er weiß, dass er kein Genie ist und dass der erste Entwurf daher natürlich keine Originalität besitzt. Dass er sein erstes Manuskript vernichtet hat, scheint ihn nicht besonders zu stören.

Als der *frühere* Bruder Gii aus dem Gefängnis kam und auf den Alten Hof zurückkehrte und Osetchan heiraten wollte, ist er doch erst einmal, da er außer der Gegend hier in den Wäldern und Tōkyō nichts kannte, durch ganz Japan gereist. Auch dir erging es ähnlich, oder, Satchan? Als die ehemaligen Mitglieder der *Basis* voller Angst aber auch voller Hoffnung darauf warteten, dass Bruder Gii nach seiner Rückkehr das Dorf wieder aufbauen würde, war er bereits fest dazu entschlossen, sich im Alten Hof einzuschließen. Vorher aber wollte er noch durchs ganze Land wandern.

Am Ende seiner Reise erschien er dann bei K.-chan in Seijōgakuenmae. Es war zu Beginn des Winters jenen Jahres, als K.-chan von der Universität in Mexiko nach Japan zurückkam. Ich erinnere mich noch, dass Bruder Gii erzählte, dass der von Oyū begonnene Umbau, der eigentlich bis zur Rückkehr Onkel Ks. beendet sein sollte, noch nicht fertig und die Hälfte des demontierten Hauses mit Planen abgehängt gewesen sei, auf die der Puderschnee fiel, was dem Ganzen einen ziemlich desolaten Anblick verliehen habe.

An diesem Abend verbrannte K.-chan, während er mit Bruder Gii über Dante sprach, den Romanentwurf, an dem er bis dahin geschrieben hatte, im Kamin. Bruder Gii machte sich Sorgen, dass etwas, was er gesagt hatte, dazu geführt haben könnte, aber danach begann K.-chan die Geschichte und die Überlieferungen dieser Wälder erneut aufzuschreiben.

Oyū meinte, dass der Grund dafür, dass K.-chan auch jetzt wieder geäußert habe, er wolle das Manuskript, an dem er bisher gesessen hatte, wegwerfen und alles neu schreiben, vielleicht darin liege, dass er zu Großmutters Beerdigung gekommen sei, der Geburt des neuen Bruder Gii beigewohnt und von neuem über den *früheren* Bruder Gii nachgedacht habe.

Aber zufällig kam in diesem Moment gerade Zachary zu Besuch und rettete die zweite Hälfte des im Ofen Kapitel für Kapitel verbrannten Manuskripts. Zachary bat K.-chan, ihm das restliche Manuskript zu überlassen, unter der Bedingung, dass er es niemals veröffentlichen würde. Von Zachary erzählt man sich doch auch, dass er seiner Stiefmutter viel Geld gezahlt habe, um an die nachgelassenen Schriften seines verstorbenen Vaters zu gelangen, nicht wahr? Er interessiert sich für solche Sachen, allerdings lebt K.-chan ja noch …

Wahrscheinlich gibt es einen Zusammenhang zwischen dem

Grund dafür, dass Onkel K. es aufgab, die Geschichten der Gegend in den Wäldern hier in seinem bisherigen Stil aufzuschreiben, und seinem Rat an mich, das, was ich erlebt hatte, zu notieren. Daran denkend habe ich Asas ganze Geschichte aus meinem Notizbuch abgeschrieben.

Also hatte die abweisende Haltung, die Zachary mir gegenüber an den Tag legte, direkt mit Onkel Ks. nicht zu Ende geführtem Romanentwurf zu tun. Als Zachary vor sieben Jahren vom Alten Hof abgereist war, war er über Kyūshū nach Tōkyō zurückgefahren und wieder in Seijōgakuenmae zu Besuch gewesen. Natürlich war die Neuigkeit, dass ich mich von einem jungen Mann in eine junge Frau »verwandelt« hatte, auch bis dorthin gelangt, und Onkel K. hatte versucht, Zachary, der bei der Verwandlung dabei gewesen war, nach Details auszufragen. Und Zachary hatte erzählt, was das Zeug hielt!

Zachary entdeckte in Onkel K.s Entwurf viele Details, von denen er ihm berichtet hatte. Und er vermutete, dass Onkel K. den Inhalt seines aufgegebenen Romanprojekts als eine Art vorbereitende Skizze zu Papier gebracht und bereits veröffentlicht habe. Das entsprach jedenfalls Onkel K.s Art zu schreiben. Und in diesen sieben Jahren hatte Zachary geglaubt, dass ich mich bestimmt darüber ärgern würde, dass er als Informationsquelle über meine Geheimnisse gedient hatte, die Onkel K. dann in Kurzgeschichten oder Essays dargestellt hatte.

Als ich Zachary K. Takayasu wieder traf und mir seine oben ausgeführte Rechtfertigung anhörte, antwortete ich ihm, dass ich nichts dagegen einzuwenden habe, was auch immer über meine Verwandlung beziehungsweise über die damit in Zusammenhang stehende Beziehung zwischen mir und ihm geschrieben stünde, solange es den Tatsachen entspräche. Was aber beunruhigte ihn an seiner Plauderei? Zachary schwieg auf meine Frage, aber nachdem er nach Tōkyō zurückgekehrt war, schickte er per Fax eine Kopie der Teile von Onkel K.s Entwurf, die ihm besondere Sorgen bereiteten. Er schrieb dazu, dass er versprochen habe, den Entwurf nicht zu veröffentlichen, aber mit Onkel K.s Einverständnis schreibe ich die folgende Passage hier ab:

»Zufällig sah ich Satchans Brüste. An diesem Frühsommermorgen, in der frischen Morgenluft, die für das Klima in den Bergen Shikokus typisch ist, war er noch ein Junge. Auch im Schlaf waren Bewusstsein und Unterbewusstsein die eines Jungen. Wie ein zerknittertes Stück Stoff schien sein Schlafanzug auf dem Rücken zu kleben. Ich sah, dass er die Brüste eines jungen Mädchens hatte. Und ich sah sie nicht nur an diesem Tag. Doch da sich Satchan nach dem Aufstehen trotz seiner Mädchenbrüste unbefangen wie ein Junge benahm, vergaß auch ich tagsüber seine Brüste. Mir blieb nichts, als mich normal zu verhalten. Ich hatte jedoch keine Ahnung, wie ich mit einem jungen Mann mit Mädchenbrüsten eine natürliche Art des Umgangs schaffen sollte, und ich konnte daher auch nicht leichthin darüber sprechen. Für einen Amerikaner aus dem Mittelstand mag das nicht ungewöhnlich sein, doch darüber zu sprechen, wäre einem Gefühl zu sündigen gleichgekommen, so, als würde ich ein religiöses Tabu verletzen.

Doch dann hatte ich einen großen epileptischen Anfall. Da ich schon Jahre lang mit dieser Epilepsie zu tun hatte, war es mir im Nachhinein unvorstellbar, dass ich damals kein Anzeichen für das Näherkommen eines großen Anfalls gespürt hatte. Warum hatte ich die Dosis des Antiepileptikums nicht erhöht? Wahrscheinlich war ich durch das geschäftige Programm meiner Waldspaziergänge so in Anspruch genommen, dass ich vielleicht sogar vergessen hatte, meine Medikamente einzunehmen. Und hatte ich mich nicht in einer Situation, die ich bei klarem Bewusstsein unmöglich hätte meistern können, auf die Kraft der Epilepsie verlassen wollen? So sehr, kurz gesagt, hatten mir Satchans junge Mädchenbrüste zugesetzt. Er = Sie hingegen schien mich für einen unbekümmerten Amerikaner zu halten, den nur die Bodenbeschaffenheit und die Vegetation der Wälder faszinierten …

Der epileptische Anfall war vor Mittag bereits abgeklungen, aber ich war körperlich und seelisch noch in Aufruhr, und mir war schlecht (bei einem epileptischen Anfall, heißt es, wird eine bestimmte Menge von Gehirnzellen zerstört, und nach einem Anfall überkommt mich oft die Angst, einen großen Verlust erlitten zu haben, sodass mir, wie ich bis dahin war, etwas abhanden gekommen sein könnte), doch als ich die Augen wieder aufschlug, kniff ich in die von einem rosafarbenen Hof umfasste Brustwarze Satchans, der mit unbekleidetem Oberkörper neben mir auf dem Futon schlief. Und das kastanienbraune eingesunkene Ding erhob sich, als ich meinen Arm ausstreckte und es mit den Fingern antippte.

Die Geschichte ist etwas verdreht, aber als ich Satchans Brustwarzen in die Finger nahm, hatte ich weniger das Gefühl, dass ein junger Mann die Brust einer jungen Frau berührt, als vielmehr, dass die junge Frau in mir ihre Finger nach der Brust der neben ihr liegenden jungen Frau ausstreckte. Ich musste flüchtig an ein Bild aus der Schule von Fontainebleau denken, das ich in einer Gemäldesammlung gesehen hatte, auf dem Gabrielle D'Estrées und ihre Schwestern ein Bad nehmen. Obwohl Satchan mir sofort danach seine Genitalien zeigte, kann ich nicht mit Sicherheit sagen, ob die Bezeichnung »androgyn« wirklich auf ihn = sie zutrifft. Aber in dem Zimmer, in das durch die Shōji* hell das Vormittagslicht fiel, erschien mir der auf dem dünnen Futon neben mir liegende Satchan, dessen Brustwarzen ich berührt hatte, wirklich als Frau. Ich meinerseits glaube, dass eine mir innewohnende androgyne Latenz zum Vorschein kam.

Anders formuliert, hat mich der schlafende Satchan – ich sage nicht: Der so tat, als ob er schlief –, bewusst oder unbewusst, in seiner Androgynität verführt. Kurz bevor er in tiefem Schlaf versank, hatte er sich fast ganz entkleidet. Hieß dies nicht, dass er es, auch wenn nur wegen der Hitze, zuließ, dass seine Brustwarzen, die er bald darauf nicht mehr genau wahrnahm, den neben ihm liegenden jungen Mann verführten?

Ich vermute, dass Satchan in diesem Sommer, stimuliert durch mich, seinen jungen männlichen Mitbewohner, unter seinem sexuellen Verlangen als junge Frau gelitten hat. Für den Besitzer eines androgynen Körpers ist es schwer, seine Triebe auf natürliche Weise zu stillen. Außerdem lebte er eingesperrt in dem Waldtal. Vielleicht würde er sein Verlangen sein ganzes Leben lang unterdrücken müssen. Satchan litt darunter, dass ihm alle Wege verschlossen waren. Hatte ihm aber nicht mein epileptischer Anfall einen Ausweg aufgezeigt?

Was die Entwicklung der sexuellen Beziehung zwischen mir und Satchan betrifft, die sich so natürlich ergeben hatte, so kannte ich, erschöpft von meinem großen epileptischen Anfall, nicht mehr das Gefühl des moralischen Tabus, und Satchan seinerseits konnte sich dem Verlangen eines so niedergeschmetterten jungen Mannes nicht verweigern. Diese Erfahrung führte ihn = sie aus der Sackgasse heraus, in die er = sie lange eingesperrt gewesen war, und gab ihm, glaube ich, die Freiheit, sein androgynes Ich aufzurichten. Auch für mich stellte das Ganze ein seltsames Erlebnis dar, und während meiner Reise durch Kyūshū musste ich immer wieder darüber nachdenken und gelangte zu der oben geschilderten Einschätzung.

— Willst du also wieder zum Alten Hof zurück und mit Satchan zusammenleben? Falls eure Erfahrungen, wie du sie eben beschrieben hast, verstanden werden sollten?, fragte ich. (Schrieb Onkel K.)

— Nein. Ich glaube, ich könnte mich zurzeit Satchans androgynem Körper und Geist nicht richtig widersetzen. Ohne eine große Kraft, die meine noch jungen Fähigkeiten übersteigt, könnte ich dies nicht auffangen. Die sexuelle Spielerei ginge noch ... Es wird noch einige Jahre dauern, bis ich wieder vor ihr = ihm erscheinen und ihm = ihr richtig begegnen kann. Er = sie ist wirklich etwas Besonderes, das hat aber nicht nur mit der körperlichen Besonderheit zu tun ...«

Doch auf den Alten Hof zurückgekehrt, kümmerte sich Zachary K. Takayasu, zumindest oberflächlich, nicht weiter um unser Verhältnis. Mit den auf dem Hof arbeitenden jungen Leuten und auch mit den drei Inō-Brüdern knüpfte er problemlos Freundschaften. Mit jenen teilte er das Interesse für die Bodenbeschaffenheit in den Wäldern, und mit den drei Inō-Brüdern, vor allem mit ihren drei Freundinnen, das für Musik. Obwohl die jungen Frauen jünger waren als Onkel K.s Tochter Māchan, kannten sie sich in Zacharys Musikerleben gut aus. Vor und nach der Versammlung war es meist Zachary, der Bruder Gii gegenüber ungeniert das Wort ergriff. Ich erinnere mich zwar, dass er Großmutter gegenüber eher zurückhaltend gewesen war, aber Großmutter war tot. Wenn ich mich jetzt an ein Gespräch zwischen Bruder Gii und Zachary aus der Anfangszeit zu erinnern versuche, in dem es um die Ausrichtung der Kirche ging, kommt mir als erstes Zacharys freimütige Art in den Sinn.

Zachary war an diesem Tag wie immer mit dem Auto gekommen, das er auf einem in der Nähe des Flughafens von Matsuyama gemieteten Parkplatz abgestellt hatte. Er machte sich auf dem Hof sofort an die Arbeit und fand kaum einmal Zeit, uns zu begrüßen, verbrachte dann Stunden mit der begonnenen Untersuchung über die Bodenbeschaffenheit in der Umgebung der Himmelssenke, und kam später, wahrscheinlich auf der Suche nach Bruder Gii, dem ich gerade die Speditionslager auf dem Hof erklärte, ins Büro. Er wartete, bis wir mit der Überprüfung der Rechnungsbücher fertig waren. Bruder Gii, der ein ungefähres Programm beschlossen hatte, betraute mich mit den Kleinigkeiten und wandte sich dann Zachary zu, der ausgestreckt – seine Schuhe über die Lehne ragend – auf dem Sofa lag.

— In deiner Kirche gibt es also keinen Gott?, fragte Zachary mit lauter Stimme. Eine komische Kirche. Sozusagen ein Haus ohne Bewohner?

Natürlich antwortete Bruder Gii nicht gleich. Aber die Frage schien ihn auch nicht einzuschüchtern, sondern er schien über etwas nachzudenken, das er, durch die Frage angeregt, zum ersten Mal für sich erforschte. Ich musste an einen japanischstämmigen GI aus einem alten Kriegsfilm denken, der in Europa, das Maschinengewehr im Arm, ehrfürchtig eine halb zerstörte Kirche betritt.

— … Wir haben bisher nicht darüber diskutiert, ob es in unserer Kirche einen Gott gibt oder nicht, und deshalb finde ich deine Metapher vom Haus ohne Bewohner sehr zutreffend. Ich stelle mir eine Art Kokon vor, der innen vielleicht leer ist, leer ist vielleicht sogar besser. Auf diese Leere gerichtet, *konzentrieren* wir uns. So verbringe ich tatsächlich mit den jungen Leuten die Zeit in der Kirche. Man könnte auch sagen, dass ich auf diese Weise die Kirche leite. Ich habe nie einen Gott definiert, der im Innern des Kokons existieren soll. Was mich jedoch persönlich betrifft, so bin ich überzeugt, dass ich die Stärke begreife, die darin besteht, sich dem Kokon zugewandt zu *konzentrieren*. Es wird zu einer immer festeren Gewohnheit meines Lebens. Manchmal funkelt der Kokon auch hell.

Ich glaube zwar, dass sich mein Denken während der *Konzentration* verändert beziehungsweise in einem Prozess befindet, aber für mich zumindest ist es unwichtig, was sich in dem Kokon befindet. Das ist nicht mein zentrales Interesse.

Ich bin sogar der Meinung, dass es gar nicht meine Aufgabe ist, festzustellen, was sich in dem Kokon befindet. Vielleicht wird irgendwann aus dem Kokon, unabhängig von uns, ein furchtbares Etwas erscheinen. Sollte aus dem Kokon Gott treten, wäre es sinnlos, dass wir uns im Vorhinein alle möglichen Gedanken über dieses Etwas machten. Denn das, was aus dem Kokon treten wird, wird sein Wesen schlagartig offenbaren. Uns bleibt nichts anderes, als voller Furcht zu erkennen, dass das *too much* ist. Ich ahne dieses Furchtbare vielmehr, so wie ein schutzloses Kind, das schon im Voraus auf etwas verzichtet.

Davor bleibt mir nichts anderes, als mich, dem Kokon zugewandt, zu *konzentrieren*, aber dies allein ist schon, wie ich meine, eine erfüllte Lebensform. Zumindest habe ich das Gefühl, direkt durch die Kirche zu leben. Und rührt dies Gefühl nicht eindeutig daher, dass ich eine Kirche geschaffen und mir die Gewohnheit zu Eigen gemacht habe, in *Konzentration* zu leben? Diesem Gefühl entsprechend könnte man sagen, dass der Kokon, ich habe ihn eben funkelnd genannt, auch ein leerer Kokon sein könnte, dessen Falter schon entflogen ist. Was sollte an einer Kirche, als Haus ohne Bewohner, falsch sein? Sie zu füllen oder von dort aus zu erscheinen, ist, ich habe es bereits gesagt, die Aufgabe von jenem Etwas oder Gott. Es kann meiner Meinung nach nicht in unserer Verantwortung liegen.

Zachary K. Takayasu hörte mit einer wirklich kindlichen Unbefangenheit zu. Sie ähnelte seinem Auftreten in den Chorstunden, die er dem von ihm gerade neu gebildeten, aus den Freundinnen der drei Inō-Brüder bestehenden Gesangstrio gab, vielleicht war sie sogar noch stärker. Doch was Zachary dann sagte, als Bruder Gii geendet hatte, wich, womöglich absichtlich, von dessen Beschreibung ab.

— Ein mit K. befreundeter Kulturanthropologe spricht von der »Höhle im Zentrum« als einer für die japanische Kultur spezifischen *Form*, nicht? Will man beispielsweise die Macht des japanischen Staates vor dem Krieg analysieren, so sieht man, dass der Ort des Tennōs im Zentrum schließlich eine Höhle bildet, dass es Niemanden gab, der zuletzt die Verantwortung übernahm. Beziehungsweise steht im Zentrum der Großstadt Tōkyō, auch das hat mit der Kaiserfamilie zu tun, der Kaiserpalast und bildet eine grüne Höhle. Auch der vielleicht leere Kokon Bruder Giis ist eine »Höhle im Zentrum« und stellt eben eine typisch japanische *Form* des Glaubens dar, oder?

— Ist die »Höhle im Zentrum« aber, wenn man genau darüber nachdenkt, wirklich gerade den Japanern eigen? Beruht nicht auch die Quantentheorie bereits auf dieser Metapher? Und die gilt doch sowohl für Europäer, als auch für Amerikaner und Asiaten ...

Jedenfalls stört es mich nicht, dass, wenn ich mich auf die »Höhle im Zentrum« des Kokons *konzentriere*, oder besser ausgedrückt, wenn ich ihr zugewandt bete, dort nichts erscheinen wird. Das der »Höhle im Zentrum« zugewandte Gebet als *Konzentration*, als menschliche Tat, erweckt in mir zurzeit überhaupt keinen Widerspruch.

— Warum soll man der »Höhle im Zentrum« zugewandt beten, fragte Zachary K. Takayasu, diesmal ohne jeden spielerischen Anflug.

— Warum kann man beten, ohne sich der »Höhle im Zentrum« zuzuwenden? ... Nun, so gesehen, ist der Ausgangspunkt unserer Versammlungen vielleicht der, dass sich Betende und Nicht-Betende mit solchen Fragen begegnen.

— Ich würde dein Denken, Bruder Gii, der Kategorie des Atheismus beziehungsweise dem menschlichen Nihilismus oder dem Denken der Existenzialisten zuordnen, dem Onkel K. in seinen jungen Jahren angehörte, sagte Zachary K. Takayasu. Daher scheint es mir auch gerade interessant, dass Menschen, die dieses Denken geprägt hat, sogar eine Kirche errichten wollen.

Und dann wandte sich Zachary, was in letzter Zeit selten vorkam, direkt mir zu und sagte:

— Es war gut, noch einmal zum Alten Hof zu kommen, Satchan. Und viel Spaß bei der Musik heute Abend in der Versammlung! Ich habe lange nicht mehr gespielt, wahrscheinlich wird es schrecklich, aber die Frauen und die Instrumente sind ziemlich gut.

Da es wohl noch einiges dafür zu erledigen gab, beendete Zachary das Gespräch und verließ vergnügt das Büro. Während ich über den Rechnungsbüchern saß, machte Bruder Gii einen etwas unzufriedenen Eindruck. Und kurz darauf machte er eine Bemerkung, mit der er das, was er zu Zachary gesagt hatte, mir gegenüber zu korrigieren beziehungsweise zu ergänzen schien.

— Ich habe davon gesprochen, dass wir, einem leeren Kokon zugewandt, beten, und davon, dass in dem Bemühen darum momentan unser Schwerpunkt liegt … aber du hast meine Unklarheit diesbezüglich sicher durchschaut, nicht?

Ehrlich gesagt, ist mir das Etwas in dem Kokon nicht völlig egal. Tatsächlich spüre ich bei den jungen Leuten, die sich zusammen *konzentrieren*, immer Anzeichen für dieses Etwas. Aber ich bin mir nicht sicher, was dieses Etwas sein könnte. Manchmal denke ich auch an Yeats, den du und der Generalkonsul lest. Zum Beispiel an das Gedicht *Schwankungen*, dessen Übersetzung hier hängt. Da steht ein Baum, dessen eine Hälfte brennt und dessen andere Hälfte grün von feuchtem Tau ist, und dann heißt es weiter: »Und er, der Attis' Bildnis hängt dorthin, / In starrend Zorn und blindes volles Blatt / Kennt nicht sich selbst, doch kennt er auch kein Leid.«*

»Zorn« gehört als Attribut zu dem brennenden, »blind« aber zum grünen Baum. »Attis« ist schwer zu verstehen, es scheint sich um einen Gott zu handeln, in dessen Glauben ein Fest gefeiert wird, bei dem sich die fanatisierten Anhänger entmannen – Bruder Gii machte ein etwas verlegenes Gesicht –, nun, hier lässt sich »Attis« wahrscheinlich als ein Dichter interpretieren, der dem halb brennenden, halb grünen Baum seinen Respekt erweist, also als Yeats selbst, oder?

Vielleicht bin ich ja übrigens der Mensch, *der sich selbst nicht kennt*. Zumindest habe ich die Aufgabe übernommen, das *Zeichen* der Kirche aufzuhängen, den »Grünen Baum in Flammen«. Aber das Folgende ist noch viel schwieriger zu verstehen.

— … Im Original steht für Leid »grief«. Damit assoziiere ich, dass es »grief« war, was den *früheren* Bruder Gii, kurz bevor er ermordet wurde, und den damals noch jungen Onkel K. interessierte. Beide waren sich damals dessen bewusst, dass sie älter geworden waren. Onkel K. erwartete in Zukunft *ein stilles Leid*, während der *frühere* Bruder Gii darauf wartete, dass ihn plötzlich ein *wildes Leid* wie eine Gegenströmung anfalle …

Da du dich aber mit der Zeile »doch kennt er auch kein Leid« in Vergleich setzt, bist du, glaube ich, weiter als die beiden vorgedrungen.

An diesem Abend gab Zachary K. Takayasu in einer Sonderversammlung der Kirche, so wie er es uns angekündigt hatte, ein Konzert. Die Freundinnen der drei Inō-Brüder spielten auf seine Anweisung Gitarre, Keybord und Schlagzeug, und er selbst sang *The Forest Path to the Spring*, das auch auf der Platte war, die er in seiner Zeit als Musiker aufgenommen hatte. Sie benutzten dabei Lautsprecher, die fest an den an dem hohen Walmdach versetzt gerichteten Dachbalken installiert waren. Zuerst war es nur ein Gebet, das wie ein tiefes Gemurmel klang, aber bei der Wiederholung fiel der Rhythmus ein und unbemerkt begann Zachary zu singen, und zusammen mit dem Chor der Mädchen steigerte sich das Ganze zu einem harmonischen Einklang. An diesem Tag waren die Anhänger der Kirche vom »Grünen Baum in Flammen« so gerührt wie nie zuvor seit ihrer Gründung.

Noch bevor Bruder Gii von den Massenmedien kritisiert und schließlich angeklagt worden war, war ein junger Mann auf unseren Hof gekommen, der einmal als Tontechniker mit einer Fernsehproduktion des NHK bei uns gewesen war, dann seine Arbeit gekündigt hatte und nun auf dem Hof mitmachte. Mit seinen großen tiefschwarzen Augen schien er immer in Gedanken versunken zu sein, doch dieser Nakazato, der aus Okinawa stammte und, wie seine Kündigung gezeigt hatte, zu schnellen Entschlüssen fähig war, war während Zacharys Unterrichtsstunden für das Abmischen der Instrumente der Mädchen zuständig. Bei den ersten Erweiterungsarbeiten am Hof, an denen auch Schmied beteiligt gewesen war, hatte Bruder Gii ein Silo für die Tabakpflanzenzucht mit dem dazugehörigen Grundstück gekauft, und dieses Gebäude benutzte Zachary nun als Übungsraum, in dem er die Frauen unterrichtete.

Die drei Frauen, die uns, da die drei Inō-Brüder sie in der Disco in Dōgo kennen gelernt hatten, trotz ihrer fleißigen Arbeit auf dem

Hof nur auf Vergnügen aus zu sein schienen, waren alle Absolventinnen der Kunitachi Musikhochschule und besaßen so genügend Grundkenntnisse für Zacharys Unterricht. Und Izumi wiederum, der es angeboren zu sein schien, immer im *Kreuzpunkt* seltsamer Zufälle zu stehen, war nicht nur in ihren Teens – wie irgendwann ans Licht geworden war – mit dem Generalkonsul befreundet gewesen, sondern hatte außerdem, wie sich später herausstellte, diesen drei Frauen Klavierunterricht gegeben. Besonders an eine der drei erinnerte sie sich noch gut, und als sie sie in der Versammlung sah, sagte sie:

— Nanu, Ihre Mutter erzählte mir, Sie seien in London, aber ich sag es nicht weiter! Eine Kommune, die so stoisch und doch so voller Freude ist, findet man heute in England wohl nicht!

Nakazato nahm auch das Konzert im Herdhaus auf. Zachary hatte gesagt, dass er gerne Hikari und Māchan eine Kassette nach Tōkyō schicken würde. Nach einer Weile kam eine Karte von Hikari, auf die er mit Bleistift in kleiner Schrift geschrieben hatte: »Sehr großartig, finde ich. It's great.« Zusammen mit dieser Karte kam auch von Māchan eine ausführliche Antwort. Als ich Māchan mitteilte, dass ich ihren Brief, der in dem Koffer mit den »Aufzeichnungen der zu Heilenden« aufbewahrt wurde, gern in dieser Geschichte zitieren wolle, antwortete sie, dass sie es eigentlich, auch in den Romanen ihres Vaters, ablehne, direkt zitiert zu werden, dass ich jedoch in zusammengefasster Form frei über den Brief verfügen dürfe.

Māchan schrieb, dass sie fände, dass die jetzige Aufnahme besser *zu dem Text passe* als auf der Platte aus Zacharys Musikerzeit, die sie besitze. Ihr Vater habe in einem seiner Romane geschrieben, dass Zachary in seinen Konzerten lediglich die Texte Malcolm Lowrys rezitiere und dass man enttäuscht würde, wenn man musikalische Elemente erwarte, aber sie fände das nicht. Zacharys Rhythmus, der voller Abwechslung und Humor stecke, sei originell, und auch bei dem jetzigen Stück gäbe es im Hin und Her von Melodiestimme und Zusammenspiel zwischen dem dreistimmigen Frauenchor und Zacharys Solo viel Neues. Den Jugendlichen, die meist die in Japan in letzter Zeit populären New-Music-Gruppen hörten, bei denen auch koreanische Instrumente und Melodien aus Okinawa hineinspielten, würde das bestimmt gefallen, schrieb sie …

Mittlerweile hat sich Zachary bestimmt von Nakazato Musik aus Okinawa vorspielen lassen und sie schon übernommen. So weit ich den Originaltext von Malcom Lowry verstehen konnte, den ich einmal in Onkel K.s Übersetzung bei ihm in Seijōgakuenmae gelesen hatte, beeindruckte mich eine Passage besonders. – Zachary, der manchmal überraschend sorgfältig sein kann, sprach den Text so deutlich wie ein Engländer aus, damit die jungen Leute in der Kirche ihn alle gut verstehen konnten. – Ich zitiere den Text so, wie er ihn gesungen hat:

»Dear Lord God, I earnestly pray you to help me order this work, ugly chaotic and sinful thought it may be, in a manner that is acceptable in Thy sight … It must also be balanced, grave, full of tenderness and compassion and humor.«

Dieser Musikabend schuf eine tiefe Beziehung zwischen dem Generalkonsul und Zachary K. Takayasu. Bis dahin war das Verhältnis der beiden eher kühl gewesen, was auch damit zu tun hatte, dass Zachary, der neu hier aufgetaucht war, wie bereits erwähnt, Doktorand im Forschungsinstitut für Produkttechnologie war. Als ich Zachary das erste Mal bei Onkel K. traf, hatte er seine Musikerkarriere bereits aufgegeben und studierte japanische Geschichte. Der Zweck seines Besuchs am Alten Hof waren Untersuchungen über das Verhältnis zwischen Onkel K.s Romanen und den ›semiotischen Stätten‹ dieser Gegend gewesen, die mit seinem Spezialbereich in Zusammenhang standen. Doch im nächsten Semester, als er an die Universität von Chicago zurückkehrte, hatte sich Zachary wieder als *undergraduate student* für Architektur immatrikuliert. Und nach sieben Jahren hatte er sich bereits genügend Wissen angeeignet, um als Spezialist für einen Auslandsforschungsaufenthalt an das Forschungsinstitut der Universität Tōkyō kommen zu können. Da Onkel K. zufällig mit dem Architekten Ara, der als Professor an jenem Institut lehrte, befreundet war, hatte er die Bürgschaft für Zachary übernommen. Asa erzählte er einmal am Telefon Folgendes:

— Zachary scheint bereits genügend Grundkenntnisse als Architekt zu besitzen. Er absolviert sein Studium mit einer ungewöhnlichen Konzentration und ist sowieso ein begabter Kerl. Ara vom Forschungsinstitut, der eine der klügsten Personen ist, die ich in meinem Leben kennen gelernt habe, schätzt ihn besonders …

Aber der Generalkonsul war misstrauisch gegenüber Typen, die wie Zachary öfters ihre Fächer wechselten. Kurz, nachdem der Generalkonsul zum Alten Hof zurückgekehrt war, hatten wir ein gemeinsames Abendessen veranstaltet, um ihn mit Zachary bekannt zu machen. Bei diesem Essen fragte Zachary weltgewandt nach den Zukunftsaussichten in den Beziehungen zwischen der Europäischen Union und Japan und Amerika, doch der Generalkonsul wies ihn barsch ab, obwohl dies doch sein damaliges Aufgabengebiet betraf, für das er lange gearbeitet hatte. Damit gab er vielleicht seiner Auffassung Ausdruck, dass eine Person, die sich in keinem Gebiet als Spezialist ausweisen kann, nicht einfach den Spezialbereich eines anderen betreten dürfe.

Zudem führte sich der Generalkonsul zuweilen, auch darin folgte er Yeats, wie ein *verrückter alter Mann* auf, wie ein *mad old man*. Damals war in Japan gerade die New Music mit ihren ziemlich sentimentalen Liedern in Mode. Ich erinnere mich, wie die jungen Leute der ›Waldjugend‹ irgendwann einmal das Lied eines populären Sängers vor sich hinsummten, in dem er fragt: — Stirbt das Meer? Sterben die Berge? Und der Generalkonsul, angewidert von diesem Lied, führte sich auf einmal wie ein *verrückter alter Mann* auf.

— Was für ein reaktionäres Lied! Wenn man ein altes japanisches Lied aus dem klassischen Manyōshū* nachdichten will, kann man das doch besser machen, oder? Yeats hatte schon als junger Mann nichts mit solchen Sentimentalitäten im Sinn. »Und Berge und Wälder / Es kommt der Tag, an dem sie sterben, dieser Tag kommt«**, heißt es bei ihm! Vergleicht doch mal die Wiederholungen in den beiden Texten! Gibt es ein anderes Land, in dem solch reaktionäre sentimentale Lieder heutzutage so ungeheuer populär sein können? Was soll aus diesem Land bloß noch werden?

Doch als derselbe Generalkonsul in der Kirche im Herdhaus das Lied von Zachary und den Frauen hörte, war er so offensichtlich berührt, dass ihm fast die Tränen kamen. Er ging entschlossen auf Zachary K. Takayasu zu und teilte ihm rasch seine Eindrücke auf Englisch mit – anscheinend scheute er sich davor, dass ihn die umherstehenden jungen Männern und Frauen verstehen könnten. Für mich, die ich zusammen mit Bruder Gii neben Zachary stand und alles mitanhörte, klang das Englisch des Generalkonsuls so fließend wie das eines Ausländers, dass es schon fast an mir vorbeirauschte. Auch Zacharys Englisch, das im Tonfall anders klang, als wenn er Japanisch sprach oder sang, war beeindruckend. Später gestand mir Bruder Gii, als ich ihn fragte, dass der Generalkonsul bald sterben müsse, und er erzählte auch, dass sich der Generalkonsul wünsche, dass nach seinem Tod das eben gespielte Stück wie eine Art Musikgebet zu seinem Gedenken gespielt werde.

Ich muss auch noch über Makio schreiben, ein weiteres neues Mitglied, das bald nach der Gründung der Kirche auf dem Alten Hof eingezogen war. Als er im Jahr der Anklage mit seiner Mutter Osetchan zum Alten Hof kam, waren die Aktivitäten der Kirche, deren Zentrum der Hof bildete, wieder voll im Gange. Vor allem der Fleiß der drei Inō-Brüder war bewundernswert, aber auch die jungen Leute der ›Waldjugend‹ kehrten schon bald auf den Hof zurück. Das weiß ich mit Sicherheit, denn eine Gruppe von jungen Leuten, die zur ›Waldjugend‹ gehörte und in der Werkstatt ausgebildet worden war, hatte die Wohnung für Osetchan und Makio hergerichtet.

Osetchan, die eigentlich auf dem Alten Hof groß geworden und nach ihrer Heirat mit dem *früheren* Bruder Gii die Herrin im Alten Hof gewesen war, hatte uns vor der Anklage ihren Entschluss mitgeteilt, dass sie von ihrem zeitweiligen Aufenthaltsort in Kōbe zum Alten Hof zurückkehren wolle. Und sie setzte diesen Plan so zuverlässig in die Tat um, wie auch Izumis tiefe Hingabe an Bruder Gii nicht durch die Anklage beeinflusst wurde. Es waren noch keine zehn Tage vergangen, seit Osetchan und Makio in den Alten Hof gezogen waren, als der Generalkonsul zurückkehrte. Ich erinnere mich noch deutlich, dass er immer ganz offen über Makio sprach. Die Leute vom Alten Hof, die Osetchan empfangen hatten, taten hingegen, als ob sie Osetchan glaubten, und machten nie eine Bemerkung darüber, dass ein anderer als der *frühere* Bruder Gii Makios Vater sein könne …

— Der Junge hat in seiner Statur nicht die geringste Ähnlichkeit mit Osetchan, aber man hat erst recht nicht das Gefühl, dass er das einzige Kind des *früheren* Bruder Gii sein könnte, erklärte der Generalkonsul. Ich meine das keineswegs diskriminierend, eher im Gegenteil, aber der Junge stammt doch nicht von dem japanischen Inselvolk ab, oder? Auch japanische Kinder sind heutzutage aufgrund der veränderten Ess- und Lebensgewohnheiten ihrer Eltern oft schön gebaut, aber beim Gesichtsschnitt verhält es sich anders …

Über das Nebenhaus des frisch renovierten Alten Hofs, in dem Osetchan und Makio wohnen sollten, sagte der Generalkonsul:

— Seht ihr dort Makio, wie er aus dem Fenster in den Garten schaut? K.-chan wäre sicher erstaunt, wenn er ihn sehen könnte. Er war zwar sechs oder sieben Jahre älter als Makio jetzt, als er damals zusammen mit dem *früheren* Bruder Gii hier lernte, aber er gehörte einer weniger üppigen Epoche des japanischen Volkes an. Auf den Vorschlag des *früheren* Bruder Gii hin brachte ihm Osetchans Mutter dort in dem Nebenhaus bei, zu masturbieren. Aber das hat wohl aufgrund mangelnden Ehrgeizes oder mangelnder Fähigkeiten nicht so gut geklappt.

Wenn der Generalkonsul in seinen Ferien zu Besuch zum Alten Hof kam, sprach er mit mir – wahrscheinlich fühlte er sich an die Zeit erinnert, als ich ihn bei seinen Spaziergängen in die Berge begleitet hatte – wie mit einem Jugendlichen und wandte seinen Blick dabei von mir ab. Dann sah er mich wieder an, und machte, gemessen an seinem sonst eher autoritären Gehabe, einen fast verwirrten Gesichtsausdruck. Zwischen dem Nebenhaus und dem Haupthaus gab es einen kleinen Teich, daneben den Baumstumpf einer alten Eiche und den eines Phönixbaumes. Als Student hatte der Generalkonsul, wenn er in den Sommerferien im Alten Hof wohnte, seine Lernstube in eben diesem Nebenhaus gehabt, und am Fenster des Nachbarzimmers hatte der vom *früheren* Bruder Gii eingeladene Onkel K. gelernt. Der *frühere* Bruder Gii lag in der Hängematte, die zwischen der

Eiche und dem Phönixbaum gespannt war, deren Stämme sich damals noch senkrecht in die Höhe streckten, und las eine zweisprachige Dante-Ausgabe, wobei auf seinem Bauch ein englisch-japanisches Handwörterbuch und auf der neben ihm stehenden Mandarinenkiste der *Concise Oxford Dictionary* und ein italienisch-englisches Wörterbuch lagen.

Wenn der rote und der schwarze Stift, die er mit einer Schnur zusammengebunden hatte, auf den Boden fielen, rief der *frühere* Bruder Gii laut nach der kleinen Osetchan. Diese wartete die ganze Zeit in dem kleinen Zimmer des westlichen Teils des Nebenhauses, das jetzt mit einem neuen Waschtisch und einer Toilette versehen ist. An dessen zum Garten zeigenden Fenster lagen in einer Reihe angespitzte rote und schwarze Stifte, die paarweise mit Drachenschnur zusammengebunden waren. Jedes Mal, wenn Osetchan vom *früheren* Bruder Gii gerufen wurde, sprang sie wie ein kleines geschmeidiges Tier lautlos durch das Fenster in den Garten, lief flink zu ihm und reichte ihm ein neues Paar Stifte.

Der *frühere* Bruder Gii, der wegen eines Sexualverbrechens, das, trotz seines Geständnisses, getötet zu haben, zumindest was den Indizienbeweis anging, auch ein Unfall gewesen sein könnte, ins Gefängnis gekommen war, heiratete Osetchan, nachdem er seine Strafe abgesessen hatte. Aber während ihrer Schwangerschaft – jedenfalls behauptete sie das – ereignete sich dieser schreckliche Vorfall, bei dem der *frühere* Bruder Gii an einem stürmischen Abend an der Himmelssenke erschlagen wurde. Osetchan war damals aus Angst vor den Mördern, die als angeblich unbescholtene Bürger nach wie vor frei herumliefen, nach Kōbe geflohen. Mit dem Kind, das dort geboren worden und bei ihrer Mutter Sei aufgewachsen war, kehrte sie nun zum Alten Hof des neuen Bruder Gii zurück. Sie wohnte im Nebenhaus und übernahm die Aufgabe, die vielen Personen im Herdhaus zu bekochen.

Der Generalkonsul sprach völlig freiheraus über Makio, der das erste Mal hier war. Hätte Osetchan Makio als legitimes Kind des *früheren* Bruder Gii aufgezogen und das Erbrecht für den Alten Hof beansprucht, wäre das ein wirkungsvolles Zeugnis gewesen. Aber seit

Osetchans Rückkehr aus Kōbe gab es nicht die geringsten Anzeichen dafür, dass sie Makios Rechte geltend machen wolle ...

Ich erinnere mich, wie ich, unter die Schaulustigen gemischt, die im künstlichen See bei der Himmelssenke treibende Leiche des *früheren* Bruder Gii gesehen hatte und mit einem unheimlichen Gefühl hörte, dass Osetchan schwanger sei. Es ging auch das gespenstische Gerücht um, dass Osetchan morgens früh in den Wald gehe und mit einer Schnelligkeit den Wildpfad entlanglaufe, dass es sogar die Männer, die in den Bergen arbeiteten, in Angst und Schrecken versetze. Selbst ich als Junge spürte die Andeutung der Erzähler, Osetchan wolle das Kind absichtlich abtreiben ... Andererseits gab es auch wieder Gerüchte, die dem ganz und gar widersprachen. So hieß es, dass sich Osetchan gewünscht habe, schwanger zu werden, Bruder Gii aber gestorben sei, bevor dies Wirklichkeit geworden wäre, und sie deswegen vor lauter Verzweiflung verrückt geworden sei und nicht anders könne, als bei Tagesanbruch in den Wald zu gehen ...

Als ich Osetchan, die im Alten Hof aufgenommen worden war, kennen lernte, arbeitete sie nicht nur im Büro der Werkstatt, sondern bestellte dazu noch das Gemüsefeld am Alten Hof und übernahm die Hausarbeiten für Großmutter und mich, und entsprach somit in keiner Weise dem damaligen Gerücht über ihre wunderlichen Gefühlsausbrüche. Besonders in den ersten Jahren, als ich noch unter Großmutters Protektion lebte, wechselte ich kaum ein direktes Wort mit ihr – sie war auch nicht der Typ, der sich gut mit Kindern unterhalten konnte. Als ich dann als Jugendlicher im Büro behilflich war, kamen wir darüber ins Gespräch, aber auch damals entwickelte sich keinerlei freundlicher Austausch zwischen uns. Und wenn wir uns einmal unterhielten, so war es Osetchans Gewohnheit, das Gespräch mit einem ihrer geschnaubten »Pahs!« zu beenden.

Dieselbe Osetchan war mir, als ich nach meinem Entschluss, als Frau zu leben, mit Kleidern und Kosmetikartikeln aus Matsuyama zurückkam, auf dem Weg zum Alten Hof im Dunkeln mit dem Auto entgegengefahren. Und als sei die Schweigsamkeit der vielen Jahre plötzlich gebrochen, hatte sie mir im Auto eröffnet, dass sie nun, da ich ja als junge Frau im Alten Hof wohnen würde, fortgehen wolle.

Als Trumpf, der mich von der Richtigkeit ihres Vorhabens, nach Kōbe zu gehen, überzeugen sollte, sagte Osetchan, dass sie das gemeinsame Kind mit dem *früheren* Bruder Gii dort in Obhut gegeben habe.

Als Großmutter von Osetchans Wunsch hörte, zu ihrem Kind nach Kōbe zu ziehen, war sie sofort einverstanden. Sie weinte aus Reue darüber, dass sie bis dahin nicht geglaubt hatte, dass Osetchan in Kōbe ein Kind des *früheren* Bruder Gii zur Welt gebracht hätte, und auch darüber, dass sie nicht bemerkt hatte, dass Osetchan schon lange vom Alten Hof fort wollte.

Asa zufolge, die sich damals um die Bankangelegenheiten kümmerte, hatte Großmutter daraufhin das Mietshaus, das sie im Alten Stadtgebiet besaß, verkauft und den gesamten Erlös Osetchan gegeben. Da sie sich dabei nicht um die Steuer gekümmert hatte, musste sie im nächsten Jahr, um diese abzuzahlen, mit Hilfe von Doktor Okada einen Kredit bei der Bank aufnehmen. Asas Interpretation zufolge empfand es Großmutter, seit sie erfahren hatte, dass Osetchan ein Kind des *früheren* Bruder Gii hatte, wohl als selbstverständlich, diesem sein väterliches Erbe zukommen zu lassen. Der Boden mit dem Alten Hof war jedoch auf Großmutters Namen eingetragen, und der *frühere* Bruder Gii hatte für die *Basis*-Bewegung immer wieder finanzielle Unterstützung von Großmutter erhalten. Die Werkstatt sei zwar auch jetzt noch als der einzige erfolgreiche Arbeitsbereich in Betrieb, aber wenn man die Schulden für die *Basis*-Bewegung einmal zusammenrechnen würde, so würde für den *früheren* Bruder Gii dabei keine positive Bilanz herauskommen, meinte Asa.

Laut Asa hatte Onkel K., als er erfuhr, dass Osetchan ein Kind des *früheren* Bruder Gii zur Welt gebracht habe und dieses in Kōbe in der Obhut von Sei aufwachse, Folgendes gesagt (es war zugleich seine Antwort auf die Information, dass ich darauf verzichte, im Herbst nach Tōkyō zu gehen und mich stattdessen dazu entschieden habe, als junge Frau im Alten Hof zu leben, die ihm Asa am Telefon mitgeteilt hatte):

— Die Frauen im Alten Hof sind allesamt schneidige Kerle. Und nun gesellt sich also auch noch Satchan als Frau dazu! Das ist ebenfalls eine Entscheidung, die von Schneid zeugt. Sie will in dieser verschlossenen Gegend Mauern überwinden, die nur mit äußerster Anstrengung zu überwinden sind! Also Asa, gib ihr Rückendeckung!

Aber was das andere große Ereignis betrifft: Ist das einzige Kind des *früheren* Bruder Gii ein Junge oder ein Mädchen? (Tatsächlich hatte Osetchan nichts dazu gesagt, und ich und Großmutter hatten, als wir davon hörten, nicht gefragt!) Seit Osetchan wusste, dass der *frühere* Bruder Gii an Krebs erkrankt war, hat sie sich ein Kind von ihm gewünscht, und ich selbst habe in dieser Sache eine ziemlich komische Rolle übernommen. In Wahrheit aber habe ich nie geglaubt, dass der Versuch Erfolg haben würde. Als ich sie bei der Beerdigung des *früheren* Bruder Gii traf, hat Osetchan mir gegenüber auch keinerlei Andeutung gemacht.

... Auf jeden Fall hat Osetchan wohl ihr Ziel erreicht! Aber dass sie das Kind die ganze Zeit bei Sei aufwachsen ließ, halte ich wiederum für eine *schneidige Idee*. Ich spüre ihre deutliche Absicht, dass sie das Kind des *früheren* Bruder Gii nicht an einem Ort aufziehen wollte, an dem man seine Mörder nicht zur Rechenschaft zieht. Herrje, die Frauen des Alten Hofs sind wirklich unergründbare Wesen!

Ich vermute, dass es etwas mit der Entdeckung dieser neuen Wahrheit über Osetchan zu tun hatte, dass Onkel K. danach in seinem Roman über den Tod des *früheren* Bruder Gii seine eigene *ziemlich komische Rolle*, von der er im Telefonat mit Asa gesprochen hatte, genau darlegte. Als ich den Roman kurz nach seiner Veröffentlichung las, hatte ich, obwohl ich über die seit ihrer Kindheit währende Beziehung zwischen dem *früheren* Bruder Gii und Onkel K. Bescheid wusste, jedoch Zweifel, ob dieses sexuelle Verhältnis zwischen Osetchan und dem *früheren* Bruder Gii, das Onkel K. vermittelte, wirklich der Wahrheit entsprach. Was mich später davon überzeugte, dass es doch möglich gewesen sein könnte, waren meine sexuellen Erfahrungen mit dem neuen Bruder Gii.

Asa, die den Roman damals auch gelesen hatte, sagte daraufhin etwas zu Onkel K., aufgrund dessen man auch ihr, finde ich, das Attribut »unergründlich« zuschreiben sollte:

— Als ich neben Osetchan und dem *früheren* Bruder Gii auch dich nackt stehen sah, musste ich an euch als Kinder denken. Doch der Roman vermittelt doch insgesamt den Eindruck, als sei gar keine Befruchtung zustande gekommen, oder? Wolltest du nicht vielleicht einen Gegenbeweis gegen Osetchans jetzige Behauptung anführen?

Doch wenn Osetchan den *früheren* Bruder Gii nur mit der Hand zur Ejakulation gebracht haben sollte, hätte sie das doch ohne deine Beteiligung gekonnt, oder? Und wäre es dann nicht auch möglich gewesen, dass Osetchan es allein organisiert hätte, die Spermien ins Rot-Kreuz-Hospital in Matsuyama zur Kryokonservierung zu geben? Vielleicht hat Osetchan ja – über deine Kenntnis hinaus – wirklich das einzige Kind des *früheren* Bruder Gii zur Welt gebracht.

Als Osetchan mit Makio zum Alten Hof zurückkehrte, holte ich sie mit dem Landrover der Werkstatt am JR-Bahnhof im Alten Stadtgebiet ab, und war beeindruckt, dass Makio, der kaum über zehn Jahre alt sein konnte, Osetchan an Körpergröße überragte. Mit seinen bereits muskulösen Armen verstaute er das Gepäck seiner Mutter schnell auf dem Rücksitz des Landrovers.

Dabei vermied er es deutlich, sich direkt mir zuzuwenden. Makio hatte einen seltsam langen Kopf mit einer hohen schmalen Stirn, die bis zum Scheitel reichte und der eines holzgeschnitzten Arhats ähnelte. Aus Schlitzaugen, die stärker als Kinderaugen zu leuchten schienen, sah er mich verstohlen an. Osetchan hatte ihm von meiner Verwandlung erzählt und vielleicht hatte sie ihn angewiesen, nicht zu zeigen, dass er darüber Bescheid wisse.

Während ich neben Osetchan und Makio, der in unserer Mitte auf dem Vordersitz saß, das Auto lenkte, spürte ich bei den beiden irgendetwas Komisches, das aber nichts Böses implizierte. Ich kann mich zwar nicht mehr besonders deutlich an das Gesicht des *früheren* Bruder Gii erinnern, aber so wie er in meiner Erinnerung auf dem ansteigenden Weg, der am Fluss entlang und durch die Wälder führt, mit nach unten gerichtetem Blick schnell an mir vorbeilief, sah Makio ihm ganz und gar nicht ähnlich. Und als er Schulter an Schulter neben Osetchan stand, wirkten die beiden so unterschiedlich wie zwei verschiedene Tiere. Ich war mir vollkommen sicher, dass dieses

Kind wirklich nichts mit dem Alten Hof zu tun hatte! Bei Osetchan wiederum, die mit der Behauptung zurückgekehrt war, dass Makio das Kind von ihr und dem *früheren* Bruder Gii sei, spürte ich eine Entschlossenheit, und auch wenn ich ihre Absicht nicht ganz erfasste, amüsierte mich das.

Im Auto erzählte ich den beiden, dass die jungen Leute von der Kirche das Nebenhaus, das lange Zeit gesperrt gewesen war, repariert und auch den vorderen Garten und den Teich gesäubert hätten. Und dass wir einverstanden wären, wenn Osetchan und Makio dort wohnten.

— Pah! schnaubte Osetchan wie früher, als würde sie über mich die Nase rümpfen. Und dann sagte sie: Dieser verfallene Schuppen, in dem auch Wölfe wohnen könnten! Repariert haben sie ihn, sagst du, aber ... Nun, ich bin dankbar, wenn wir beide ein Zimmer zum wohnen haben! Als wir auf dem Weg hierher in der Eisenbahn mit jedem Tunnel tiefer in die Berge vordrangen, machte sich Makio schon Sorgen, dass in den noch entlegeneren Bergregionen die Menschen womöglich in Höhlen wohnen könnten ...

Die Formalitäten für Makios Umschulung in die fünfte Klasse der Grundschule im Tal erledigte Osetchan in direkter Absprache mit Hayashi, der im Rathaus von Makimachi arbeitete. – Hayashi war es übrigens auch, der Fotos vom Hof gemacht, einen kleinen Text dazu geschrieben und mit Hilfe eines Kopiergeräts daraus eine kleine Broschüre verfasst hatte; und in wichtigen Momenten vor Bruder Giis Anklage war er als mein Verbindungsmann im Alten Hof geblieben. – Doch auch Hayashi schien mir in letzter Zeit aus dem Weg zu gehen.

Makio wurde jedenfalls ohne jede Probleme in der Grundschule des Tals aufgenommen. Sowohl in der Schule als auch im Alten Hof schien er sich ruhig und unauffällig an das neue Leben zu gewöhnen. Er bewahre aber unabhängig davon seinen eigenen Lebensstil und war schon zu dieser Zeit ein exzentrisches Kind. Doch bei mir hatte sich zu viel Arbeit für Hof, Werkstatt und Kirche angehäuft, die dringend erledigt werden musste, als dass ich genau auf Makios Charakter hätte achten können.

Ich war daher sehr überrascht, als es zu einem durch ihn verursachten Vorfall kam. An einem wechselhaften Samstag zu Beginn des Frühlings, an dem morgens noch die Sonne geschienen hatte, war Makio mit ein paar Kindern in den Wald gegangen, um sich an einem Wiesenstück, das *Schwertscheide* genannt wurde, weil die Bäume dort eine tiefe Lichtung umschlossen, die gerade erblühten Bergkirschbäume anzusehen. Die Kinder hatten auf der Wiese ein Zelt aufgeschlagen und waren dort geblieben, und als es Abend wurde und ein starker Regen fiel, waren sie noch nicht zurück. Es mutete schon seltsam an, dass Jungens aus der Grundschule in den Wald gingen, um sich die Kirschblüten anzusehen, noch dazu in Begleitung dreier Mädchen aus der Mittelschule. Makio habe ihrem Wunsch entsprochen, hieß es. Die Zusammensetzung der Gruppe deutete jedoch bereits auf die Art des *Vorfalls* hin.

Anfangs hatte niemand etwas von den Begleiterinnen gewusst. Die Mittelschülerinnen hatten ihren Müttern wohlweislich erzählt, dass sie sich bei einer Freundin träfen, um sich auf die Semester-Abschlussprüfungen vorzubereiten, und sie damit beruhigt. Als die Kinder zum Abendessen immer noch nicht zurück waren – zu dieser Zeit regnete es bereits heftig –, kam als erste Osetchan ins Büro, um sich mit mir zu beraten.

— Ich mache mir Sorgen, dass Makio allein nach Kōbe zurückgefahren sein könnte, sagte sie mit dem besorgten Gesicht einer alten Frau.

Doch der Generalkonsul, der sich nach dem Abendessen, bevor er sich an seine Abendlektüre machte, zum Ausruhen auf das Sofa im Büro gelegt hatte, erriet sofort, wo Makio war.

— Makio war bei mir, hat sich ein Zelt und Campingzeug ausgeliehen und ist dann in den Wald gegangen. Er schien die Erlaubnis seiner Mutter zu haben. Es gibt doch diese Orientierungskarte, Satchan, auf der die drei Inō-Brüder Zacharys Karte korrigiert haben. Makio sagte, er sei zum Hof gegangen und habe dort eine Kopie dieser Karte erhalten sowie die schwierigen Stellen der Strecke erklärt bekommen. Er ist ein ziemlich vorsichtiger Junge. Als er beim Klassenausflug zur Himmelssenke so gerührt von der Bergkirschblüte war, hat ihm jemand erzählt, dass es eine noch viel schönere Stelle, nämlich die *Scheide* gebe.

— Bergkirschblüten? Makio! Pah!

Osetchans Reaktion erinnerte mich an etwas. Ich hatte bei Onkel K. ein Foto gesehen, auf dem Oyū vor ihrer Heirat in der *Scheide* im Wald unter den Blüten einer Bergkirsche stand, deren Äste wie übereinander schwebende weiße Hängeregale aussahen. Auf dem Foto neben der jungen Oyū stand der *frühere* Bruder Gii mit seinem altertümlich schönen Gesicht, das an ein Portrait aus der Meiji-Zeit erinnerte.

— Das Zelt ist zwar klein, aber es ist ein gutes österreichisches Zelt, das diesem Regen durchaus standhält. Wenn Sie sich aber Sorgen machen, gehe ich morgen in aller Frühe in den Wald. Das letzte Mal hat man einen Suchtrupp nach mir ausgeschickt, und sollte es wirklich dazu kommen, wird Makio zu seiner Schande in der Schule getadelt werden.

Osetchan war zwar noch nicht zufrieden, aber sie kehrte, scheinbar in Gedanken versunken, ins Nebenhaus zurück. Dort brannte bis spät in der Nacht Licht. Sobald der Morgen dämmerte – der Regen hatte noch nicht nachgelassen –, ging der Generalkonsul, in einer Kluft wie ein europäischer Feuerwehrmann, in den Wald. Im Rucksack hatte er ein Mobiltelefon dabei, das er sich nach seinem vorigen Bergspaziergang, bei dem er sich verspätet hatte, besorgte und das wohl außer ihm niemand sonst in der Gegend besaß. Als erste Nachricht teilte er uns mit, dass er Makios Zelt gefunden habe und dass dieser wohlauf sei. In dem Zelt befänden sich auch die drei Mittelschülerinnen, die seit dem letzten Abend in der heftigen Natur einiges mitgemacht hätten und emotional etwas verunsichert seien. Er fragte, ob es nicht besser sei, mit ihnen direkt die Hauptstraße am Fluss entlang hinunterzugehen.

Ich antwortete dem Generalkonsul, dass ich zu Asa hinübergehen und die Lage mit ihr besprechen würde, und bat ihn, uns dort nach einer halben Stunde wieder anzurufen. Als Erstes teilte ich Osetchan die Nachricht vom Generalkonsul mit und fuhr dann mit dem Fahrrad den Fluss entlang. Mehr konnte und musste ich nicht tun. Denn

Asa, die die Frau des Rektors der Mittelschule ist und sich in den Beziehungen der Menschen hier in der Gegend bis ins Kleinste auskennt, hatte bereits in aller Schnelle Maßnahmen getroffen.

Vor meinen Augen rief sie die Eltern einer Schülerin aus der Mittelschule an und belog sie ungerührt, dass die Mädchen zu einer Besprechung bei ihr zu Hause seien. Da sie von allen Eltern die näheren Umstände erfahren wolle, bitte sie Sie, auch die anderen beiden Familien anzurufen und am Nachmittag alle zusammen die Kinder bei ihr abzuholen ... Dann machte Asa mit dem Generalkonsul aus, die Mittelschülerinnen am Ausgang des Waldwegs, der am Fluss unterhalb vom *Hals* liegt, in Empfang zu nehmen. Bevor sie mit dem Auto dorthin losfuhr, rief sie noch eine befreundete Ärztin aus dem Alten Stadtgebiet an, die in der Hygieneabteilung der Präfektur gearbeitet hatte, und bat sie, zu ihr nach Hause zu kommen.

Das fest verschnürte Gepäck mit dem Zelt und den übrigen Sachen auf dem Rücken kam Makio ruhig und natürlichen Schrittes neben dem Generalkonsul zum Alten Hof zurück. Osetchan, deren Befürchtung, Makio könnte allein nach Kōbe zurückgekehrt sein, sich nicht bewahrheitet hatte, ging ihm mit einem »Pah!« signalisierenden Gesichtsausdruck entgegen ...

Am Mittag des vorangegangenen Tages hatten Makio und die Mädchen ihr Zelt in Anbetracht der Tatsache, dass sie Wasser fürs Kochen bräuchten, am Ufer des Wildbaches aufgestellt, der durch die Mitte der *Scheide* floss und in der Wiese einen Graben geschnitten hatte. Makio war dann in der Nacht von dem Geräusch des anschwellenden Wildbaches wach geworden und hatte das Zelt an den Waldhang verlegt. Er hatte die Mädchen beruhigt, die sich vor dem Donner fürchteten. Als der Generalkonsul dort ankam, war der Großteil der *Scheide* bereits von großen Wassermassen überflutet, und das grüne Gras wogte im Strom. Makios Entscheidung, in dem heftigen Regen und im Dunkeln das Zelt abzubrechen, sei beachtenswert und auch dass er einen neuen Platz gefunden hatte, an dem er das Zelt errichten konnte, sei großartig, urteilte der Generalkonsul. Der Platz befand sich unter einer riesigen, etwa vierhundert Jahre alten Magnolie, die oben auf dem Abhang stand und deren herabgefallenen große Blütenblätter auf dem Boden ringsherum eine dicke Schicht bildeten und so das Zelt warm gehalten hatten.

Nicht nur in dieser Gegend bezeichnete *Scheide* auch das weibliche Geschlechtsteil. Somit war der Name eine Metapher für ein großes weibliches Geschlecht mitten im Wald. Das Gerücht, dass der *frühere* Bruder Gii mit Oyū vor der Heirat hierher gekommen sei und ihr die Blüten der Bergkirschbäume gezeigt habe, spielte auch mit hinein. Makio wurde nach diesem Vorfall von den Rüpeln aus der Zai-Siedlung, die hin und wieder am Fluss auftauchten, ständig verhöhnt:

— Was hast du denn da Tolles in der *Scheide* gemacht? riefen sie ihm zu. Makio aber schwieg immer nur mit unerschütterlicher Miene.

Noch eine Sache erfuhr ich damals zum ersten Mal. Bis dahin hatte ich geglaubt, dass der Ursprung des Namens Makio von der Stadt Makimachi her stammte, aber aus irgendeinem Anlass erwähnte Osetchan einmal, dass dies der Name des *früheren* Bruder Gii gewesen sei, bevor er sich umgenannt habe! Dabei fällt mir ein, dass es eine Bildrolle gab, auf die der Vater von Großmutter, der auch als Kalligraph tätig gewesen war und die meisten Gedenksteine an den Schreinen der Gegend beschriftet hatte, ein Gedicht aus dem Sankashū* notiert hatte: »Der Mond, der tief in den Wäldern die Blätter der Steineiben (maki) teilt, war heftig und fürchterlich.« Am Todestag des *früheren* Bruder Gii hängte Großmutter dieses Gedicht immer in das Tokonoma** im Empfangszimmer. Bald darauf kam mir zu Ohren, dass die jungen Leute aus der Zai-Siedlung – eine der Gruppen, die sich gegen unsere Kirche gegründet hatten – auf ihren Versammlungen Makio als *Magio* verspotteten. Während »Scheide« das Hauptwort zur Bezeichnung des weiblichen Geschlechts ist, benutzt man in dieser Gegend »magu« als Verb für den Beischlaf.

DRITTES KAPITEL

Gibt es, ehrlich gesagt, einen Gott?

An jenem Morgen ließ ich den noch schlafenden Bruder Gii im Speicher zurück und ging zum Alten Hof. Es war zwar früher als gewöhnlich, aber ich hatte das Gefühl, dass in der Kirche im Herdhaus irgendetwas vor sich ginge, das ich nicht verpassen sollte. Als ich bei der Werkstatt um die Ecke bog, neigte der kleine Vogel, der jeden Morgen oben auf dem keilförmigen Metallbeschlag des Strommasts saß, bedeutungsvoll seinen Kopf und sah zu mir herunter. Ich hatte ihn immer für einen Star gehalten, aber Zachary hatte mir erklärt, dass es ein Kleinspecht sei. Mir fiel auf, dass der Specht an diesem Morgen nicht mit seinem Schnabel an den Metallbeschlag klopfte. Vielleicht war das der Grund für das seltsame Gefühl, das mich an diesem Tag schon vor dem Aufwachen wie eine bange Ahnung überfallen hatte.

Wenn der Kleinspecht auf der Spitze des Strommastes seinen Kopf zu mir drehte, sah er zu mir herunter, drehte er ihn zur anderen Seite, konnte er das große Tor überblicken, auf das mir die große Bergkamelie die Sicht versperrte. Jetzt schien der Vogel, nachdem er mich für einen Moment aufmerksam betrachtet hatte, seinen kleinen schwarzen Kopf wieder zur anderen Seite der Bergkamelie zu richten. Beobachtete er vielleicht einen Fremden, der schon die ganze Zeit dort vor dem großen Tor stand, noch bevor ich aufgewacht war?

Mit der Person, die ich vor dem großen Tor entdeckte, von wo aus man zu dem holzgeschnitzten *Zeichen* des »Grünen Baums in Flammen« hinaufsehen konnte, hatte ich nicht gerechnet. Der Mann trug einen zu großen Anorak, eine alte Baumwollhose und neue Joggingschuhe aus Kunstleder. Er stand mit dem Rücken zu mir, drehte sich dann jedoch, als ob ihm irgendwie das rechte Gleichgewicht fehlte, steif und langsam zu mir um und starrte mich an.

Es war Kamei. Kamei stammte aus einer alten Familie von Waldbesitzern im Alten Stadtgebiet und hatte das Familienunternehmen geerbt, eine Sägemühle mit einem Holzlager auf dem großen Gelände am ausgetrockneten Flussbett des Makikawa. Er hatte außerdem an der Spitze derer gestanden, die die Anklage gegen Bruder Gii führten ... Das letzte Mal hatte ich ihn gesehen, als er und ein paar Einflussreiche aus dem Alten Stadtgebiet mit Bruder Gii und den jungen Leuten der ›Waldjugend‹ das Gespräch vom Alten Hof an den Damm bei der Himmelssenke verlegen wollten. Kamei, der sich jetzt etwas verkrampft umgedreht hatte und ohne etwas zu sagen und auch ohne jedes Anzeichen, mich begrüßen zu wollen, darauf wartete, dass ich mich ihm näherte, sah so verändert aus, dass ich über die Überraschung seines Auftretens hinaus erschrocken und schockiert war.

Ich kannte seine provokante Eloquenz zwar nur von der Aufnahme der Anklage mit einem DAT-Recorder, hatte aber sogar jetzt noch das Gefühl, als hätte ich neben dem beschuldigten Bruder Gii gestanden und gesehen, wie jenes *Ding*, an dem ein Bündel Reisig als Boje befestigt war, in den Fluten des künstlichen Sees in der Himmelssenke herantrieb. Die Energie und Vitalität aber, die Kamei bei der Anklage von Kopf bis Fuß erfüllt hatten, waren ganz von ihm abgefallen, und er glich nur noch der abgestreiften Hülle seines Selbst.

Ich blieb auf der harten Wurzel der Bergkamelie stehen, die aus dem Boden des Gartens herauswuchs, und schwieg weiter. Wie sollte ich ihn begrüßen? Am Abend vor der Anklage hatte ich lange mit der Gegenseite telefoniert und ihnen alles, was in meiner Macht stand, mitgeteilt und so schließlich die Abmachung erreicht, dass die Anklage nicht im Alten Hof stattfand. Ich glaube, ich tat dies weniger, weil ich mir um Bruder Giis Schicksal Sorgen machte, als vielmehr aus Respekt für den Frieden im Alten Hof ...

Kamei wackelte unschlüssig mit seinem Oberkörper und trat einen Schritt vor.

— Das also ist aus meinem Körper geworden, sagte er wie ein verschrobenes Kind. Er machte eine Geste, als wolle er den nicht mehr vorhandenen Arm aus dem gestutzten Ärmel des Anoraks heben.

— Es muss schrecklich für Sie gewesen sein, antwortete ich und empfand meine Antwort selbst als beschwichtigend.

Ich hatte von den jungen Leuten aus dem Alten Stadtgebiet, die langsam wieder zu unserer Kirche zurückkehrten, gehört, dass Kamei gleich nach der Anklage einen Unfall gehabt habe. Ich erinnere mich, dass sie sich genauso wie ich ihm gegenüber bereits eher neutral verhielten und von der Rolle, die er bei der Anklage gespielt hatte, absahen. Kamei hatte sich bei einem Unfall in der von ihm geführten Sägemühle, in der die Motoren wegen der lang andauernden Flaute in der Forstwirtschaft kaum zehn Tage im Monat liefen, den rechten Arm unterhalb des Ellenbogens abgetrennt. Ein Oberschüler aus der Nachbarschaft, der sein Schreien gehört hatte, war herbeigelaufen gekommen und hatte gesehen, wie Kamei den abgerissenen Jackenärmel herunterzog und damit die Wunde abdrückte, aus der das Blut in großen Mengen tropfte. Als Kamei den Jungen erblickte, versuchte er den einen Arm, der auf den Sägespänen lag, mit dem Fuß hinter die Holzstämme zu stoßen, als wäre es ihm peinlich …

— Es ist nichts Besonderes, Satchan, ich dachte nur, ich müsste irgendwann einmal Bruder Gii »guten Tag« sagen, stieß Kamei heiser hervor, wobei er seine andere Körperhälfte nach vorne schwang. Ich dachte, ich könnte mir heute Morgen, bevor die Leute im Alten Hof aufstehen, einmal das Schild an der Kirche ansehen. Ich habe davon gehört und bin neugierig geworden …

Aus Kameis Gesicht, das nicht vor Schmutz, sondern vor Erschöpfung so dunkel war, strömte Alkoholgeruch.

— Als Doktor Tokuda von dem *Zeichen* der Kirche erzählte, hatte ich das Gefühl, als hätte ich es schon einmal gesehen. Ich wurde neugierig und bin ich einfach vorbeigekommen, um es mir einmal anzuschauen. Als ich es dann am Sturz des großen Tores hängen sah, wusste ich sofort: Das ist es. Bei der Anklage von Bruder Gii stand ich auf dem Damm, der als Bühne diente, und sprach fröhlich – als sänge ich Karaoke – ins Mikrophon, und da war es mir einen Moment so, als sähe ich, wie die große Zypresse auf der Insel mitten in der Himmelssenke nur auf einer Seite brenne …

Aber das glaubst du mir nicht, was, Satchan? Damals waren unheimlich viele Menschen dort, und keiner hat gesehen, was ich gesehen habe … Trotzdem halte ich es für möglich. Die Menschen, die dort versammelt waren, hatten ihren Blick alle auf den angeklagten Bruder Gii gerichtet. Nur ich und vielleicht noch Bruder Gii haben gesehen, wie die Abendsonne auf die große Zypresse der Insel fiel. Das wäre doch möglich, oder?

Mir stockte der Atem. Hatte nicht auch Bruder Gii davon gesprochen, dass er während der Anklage beim Anblick der großen Zypresse in der Himmelssenke von dem grünen Baum in Flammen geträumt habe ... Während er redete, wiegte Kamei seinen Körper leicht hin und her und sah mich mit seinen blassen, blutunterlaufenen Augen forschend an. Ich hatte das Gefühl, als sei sich Kamei selbst über alle Maßen bewusst, dass seine Schultern zwischen dem vollen und dem leeren Ärmel ohne Balance waren, und als schwanke sein Oberkörper deswegen hin und her. Doch obwohl er angespannt und entkräftet war, waren seine Worte voll Schärfe.

— Ich habe das *Zeichen* nach der Anklage geschnitzt, als mir Bruder Gii von seiner Vorstellung erzählte, aber ursprünglich entstammt es einem Gedicht von Yeats.

— Ich hatte das Gefühl, dass sich der Anblick der Zypresse und dieses *Zeichen* irgendwie ähnelten, aber wahrscheinlich ist das bloß eine Illusion. Seit meinem Unfall fühle ich mich emotional irgendwie labil, ich wache nachts auf und kann nicht mehr schlafen. Deshalb trinke ich auch ständig, obwohl ich eigentlich nicht viel vertrage.

Es ist vielleicht nicht ganz normal, so frühmorgens zu Jemandes Haus zu gehen und da herumzulungern, aber ich dachte, dass, wenn die Leute von der ›Waldjugend‹ zum Alten Hof kämen, sie mich bestimmt fragen würden, was ich hier wolle, und mich verprügeln würden ... Bei einem Invaliden wie mir sitzt die Feigheit weniger im Geist als im Körper. Jedenfalls habe ich Glück gehabt, dass nur du wach geworden bist.

Während er so redete, kam mir Kamei wie ein kleines Kind oder wie ein gut erzogenes Haustier immer näher und berührte mich fast, doch ich wich ihm aus. Er roch nicht nur nach Alkohol, sondern auch nach verdorbenem Fleisch, und ich spürte, wie Mitleid in mir aufkam. Aber da er das Haupt der Anklagefraktion gewesen war, blieb ich vorsichtig, denn ich hatte den Verdacht, dass er auf kompliziert verdrehte Weise das *Zeichen* unserer Kirche verspottete. Deshalb wollte ich auch nicht ernsthaft über den grünen Baum in Flammen erzählen, wie ihn sich Bruder Gii während der Anklage beim Anblick der großen Zypresse vorgestellt hatte. Stattdessen sagte ich:

— An jenem Tag, als Bruder Gii angeklagt wurde, scheint er sich oben auf dem Damm so gefühlt zu haben, dass er froh ist, *jetzt hier an dieser Stelle zu existieren.*

Kamei schwieg, so als kaue er meine schwer verdaulichen Worte, die es jedoch verdienten, mit viel Zeit verdaut zu werden, wieder. Doch dann schien sein zerbrochener Körper von innen heraus wieder Form zu gewinnen. Diesen Eindruck vermittelte besonders die Energie, die plötzlich aus Kameis erschöpften, geschrumpften Augen strahlte.

— Könntest du mir nicht, wenn noch etwas Zeit bleibt, bis Bruder Gii aufwacht, einmal die Kirche von innen zeigen, Satchan, nur einen Moment?

— Das einzig Kirchenartige, was es gibt, ist das *Zeichen* hier am Eingang ... aber wir haben nichts dagegen, wenn jemand die Kirche von innen sehen möchte – also, wenn Sie wollen ...

Ich ging durch die stark riechenden Ausdünstungen seines Körpers an Kamei vorbei ins Herdhaus hinein und machte die Lampe an, die im Lehmboden-Bereich hing. An der Seitentür verlor Kamei die Balance und taumelte auf den gestampften Boden, blieb aber dank einer ungewöhnlichen Behändigkeit stehen. Er näherte sich der hölzernen Einfassung, die den höher gelegenen Dielenboden umfasste, und sah sich nachdenklich um, stieg aber nicht auf die Dielen.

— Es kommt mir viel größer vor als das letzte Mal ...

— Wir haben die Schränke, die hier immer standen, in den Speicher gestellt ... An den Wänden sieht man noch die Spuren. Auch die Bretter des Irori, die wir vorher immer hin- und hergeräumt haben, lassen wir jetzt liegen. So besehen, ist der Rauchfang sinnlos geworden. Aber im Winter ...

— Es ist ein sehr schöner Bau und sieht irgendwie wie eine richtige Kirche aus. Hier hält Bruder Gii also seine Predigten?

Bruder Giis Predigten waren zwar damals eher kurz, aber er hielt sie hier, da hatte Kamei Recht. Er saß dabei auf dem Platz, auf dem Großmutter immer gesessen hatte, als noch das ganze Jahr über im Irori Feuer gemacht wurde, und oft schienen sich Bruder Gii und die Leute der ›Waldjugend‹ nicht nur bei den Predigten sondern auch sonst hier zu *konzentrieren*, während sie den Geräuschen von der Anhöhe des Waldes lauschten, die durch den *Blasebalg* drangen.

— Die alten Häuser in der Gegend sind alle im gleichen Stil gebaut, auch unser Haus. Aber hier im Alten Hof stoßen die Holztüren des Dielenraums nicht direkt auf den Eingang, das Empfangszimmer und das Ostzimmer.

— Irgendwann hat jemand von der Präfektur eine Untersuchung durchgeführt und erklärt, dass hier alles umgekehrt wie bei den gewöhnlichen Häusern sei. An den Lehmboden am Eingang schließt das Empfangszimmer an, aber dazwischen liegt noch der im Speicherstil gebaute Dachfirst. Das rührt von der Erfahrung her, dass das Haus beim Bauernaufstand einmal zerstört wurde ...

Doch Kamei interessierte sich schon nicht mehr für die Struktur des Herdhauses beziehungsweise der Kirche.

— Ich wollte dich übrigens noch etwas anderes fragen, Satchan. Wie betet ihr eigentlich in eurer Kirche?

— Wie wir beten? Bei uns gibt es keine besonderen Gebete.

— Was? Doktor Tokuda meinte, dass Bruder Giis Gruppe zwar keine Abspaltung des Christentums sei, dass aber alle die Bibel läsen ...

Aber wenn ich darüber nachdenke, ist es wahrscheinlich normal, dass sich eine im Aufbau befindliche Kirche, zu der nur Gleichgesinnte kommen, auf keinen bestimmten Kanon stützt. Ist es aber nicht schwer, sich eine Kirche ohne Gebete vorzustellen? Du bist doch heute Morgen in aller Frühe zur Kirche gekommen, um zu beten, oder? Und da bist du unerwartet auf mich gestoßen, als ich gerade zum *Zeichen* eurer Kirche hinaufsah ... Wäre ich nicht gewesen, hättest du doch irgendwelche Gebete gebetet, oder?

Aus dem *Blasebalg* tönte das Klopfen des Spechts. Kamei erschrak und schien davon abgelenkt zu werden. Welche Gebete hatte ich bis jetzt gebetet? überlegte ich. Wie der kleine Specht, der jeden Morgen oben auf dem Strommast gegen den Metallbeschlag hämmerte, hatte ich mich einfach *konzentriert* und mich dem Gefühl des Betens hingegeben ...

— In der Kirche ist es so, dass wir ganz normal um Bruder Gii auf dem Dielenboden sitzen und etwa eine Stunde lang meditieren. Wir nennen es *konzentrieren* ... Danach hält Bruder Gii, allerdings nicht immer, eine Predigt, in der er uns allen von seinen Gedanken während der *Konzentration* erzählt. Auch schon vor der Anklage beziehungsweise vor unserem Entschluss, eine Kirche zu gründen, war das so. Nach Ihrer Anklage ist Bruder Gii allerdings in seinen Predigten vorsichtiger geworden. In letzter Zeit *konzentriert* er sich während der ganzen Versammlung, und oft enden die Versammlungen, ohne dass er über etwas gesprochen hätte. Wir nennen es zwar Versammlung, aber eigentlich ist es ein Treffen, bei dem sich jeder für sich *konzentriert*. Manche kommen auch erst später dazu, und andere gehen vorher, so wie es ihnen passt.

— Aber dieses *Sich-konzentrieren* ist doch beten, oder? Immerhin ist es doch eine Kirche. Und wenn man betet, muss es doch Gebete geben, oder? Ich kann gut verstehen, wenn du aus Vorsicht vor mir schweigst, Satchan ...

Als ich darüber nachdachte, hatte ich das Gefühl, als kämen mir, wenn ich mich neben Bruder Gii *konzentrierte*, eher Bilder als Worte in den Sinn. Ich musste auch an die drei Inō-Brüder denken, die zwar in den Versammlungen keinen besonderen Eifer an den Tag legten, die sich aber, wenn sie mit ihren Freundinnen in die Kirche kamen, zu sechst in einiger Entfernung zu den anderen jungen Leuten *konzentrierten* und sich zum Schluss gegenseitig das englische Wort »Rejoice« zuriefen.

— Einige von uns rufen sich ein Wort zu, das sie in den gesammelten Gedichten Yeats' gefunden haben. Aber ich glaube nicht, dass man das als Gebet bezeichnen kann.

— Wie verhält es sich bei Bruder Gii selbst?, fragte Kamei, als erwache in seiner aufgequollenen Gestalt sein Scharfsinn, den er früher ohne Zweifel besessen hatte. Ist Bruder Gii ganz frei von einer allgemeinen Idee der Kirche oder des Gebets, wie wir sie uns vage vorstellen? ... Würde mir Bruder Gii zum Beispiel, wenn ich in eure Kirche käme und ihn darum bäte, mir die Worte zu verraten, die er sich in seinem Innern hersagt, offen und ehrlich antworten?

Kamei, der nicht unbedingt eine Antwort zu erwarten schien, schwieg eine Weile und wandte sich dann zur Seitentür. Während ich ihm folgte, machte ich mir Sorgen über seine Art zu laufen, aber diesmal ging Kamei ohne große Schwierigkeiten. Er stieß beim Hinausgehen nur leicht am Türrahmen an und richtete seinen Blick in den Himmel, der ihn trotz der Wolken blendete. Als er den kleinen Specht erblickte, der auf der Spitze gegen den metallenen Beschlag hämmerte, zeigte sich auf seinem Gesicht ein Ausdruck der Erleichterung.

— Ich dachte schon, ich bilde mir das ein … Es ist ja nicht möglich, dass Bruder Gii den Vögeln predigt und sie beauftragt, die Kirchenglocken zu läuten. Na, nun will ich mich mal fleißig um meine Rehabilitation kümmern, und wenn sich Körper und Geist ein wenig erholt haben, werde ich mich mal in der Kirche blicken lassen. Bestell das bitte Bruder Gii, Satchan! Vielleicht findet er das ja aber auch unverschämt.

Auch an diesem Tag saßen wir, als der Abend dämmerte, unter dem *Blasebalg*, jeder an seinem angestammten Platz, rund um den mit Brettern bedeckten Irori herum, so wie ich es Herrn Kamei erzählt hatte, und begannen mit der Versammlung. Tā war dabei – musste jedoch zwischendurch, als ein Fax für einen Termin mit der Spedition des Hofes ankam, ins Büro zurück – und auch die drei Inō-Brüder und ihre Freundinnen, die schon nach zehn Minuten wieder gingen, um mit ihrem Auto herumzufahren; aber dieses Hin und Her störte die *Konzentration* der anderen Teilnehmer nicht. So war eben unsere Kirche, die sich bereits konsolidierte. Auch Doktor Tokuda nahm an der Versammlung teil, saß zwischen mir und Bruder Gii und las in der Bibel.

Als an diesem Tag die Versammlung ohne Predigt von Bruder Gii zu Ende ging und die Teilnehmer in kleinen Gruppen hinausgingen, sprach Doktor Tokuda, wie ich es irgendwie geahnt hatte, Bruder Gii auf Kamei an.

— Kamei ist am Vormittag zur ärztlichen Untersuchung gekommen … Die Wunde am Arm ist verheilt, und auch sonst gibt es keine besonderen Rehabilitationsmaßnahmen mehr. Er kommt meist zu mir, um die Zeit totzuschlagen, aber heute sprach er mit einem schon seltsamen Eifer über die Kirche. Er meinte, eine Kirche bedürfe doch einer Glaubenslehre, und dass der grundlegende Ablauf einer Zeremonie sicherlich schwierig sei, wenn nicht zumindest Gebete festgelegt würden.

— Heute Morgen stand Kamei ganz früh am großen Tor und sah sich das *Zeichen* an. Ich habe ihm die Kirche gezeigt und auf seine Fragen geantwortet.

— Trifft er vielleicht Vorbereitungen für einen erneuten Angriff?, fragte Mitsu etwas aufgeregt, aber Doktor Tokuda beschwichtigte sie:

— Kamei plant unmöglich eine neue Anklage. Im Unterschied zu den Journalisten aus Tōkyō ist er nicht der Typ, der es genießt, seinen nach Gerechtigkeit lechzenden Sadismus von oben herab zu befriedigen. Und wenn man in so einer engen Gegend eine solche Anklage erhebt, kommen auch die Kläger nicht ohne Blessuren davon. Außerdem hatte Kamei einen Unfall.

— Aber es ist wirklich nicht nur die körperliche Verletzung, Kamei scheint sich, auch wenn dies vielleicht übertrieben klingen mag, vollkommen verändert zu haben, so weit sogar, dass das Fundament seiner Person ins Wanken geraten ist. Er sagte, dass er sich demnächst in der Kirche blicken lassen wird und dass ich Bruder Gii einen Gruß ausrichten soll.

— Wir wollen ihn nicht abweisen, aber …

— Wenn jemand wie Kamei, der so ungeniert auf der Seite der Ankläger gestanden hat, bei unserer Kirche mitmachen will, schöpft man Verdacht. Er hat durchaus Selbstbewusstsein, und nach langem Überlegen hat er mich in eine Diskussion über etwas wie die Glaubenslehre unserer Kirche verstrickt.

— Kamei scheint jetzt von seinen Freunden, mit denen er die Anklage geplant hat, isoliert zu sein, das hat mir mein Bruder erzählt, meldete sich ein junger Mann zu Wort, der in der Gruppe, die als erste aus dem Alten Stadtgebiet zu unserer Kirche gekommen war, die

Rolle des Chauffeurs für Doktor Tokuda übernommen hatte. Außerdem berichtete er, dass Kameis Großvater vor kurzem gestorben sei und dass die Familie über das Erbe von Sägewerk, Spedition, Wald und anderem Grund und Boden in Streit geraten sei. Kamei habe daraufhin eine Art Neurose bekommen, und manche Leute glaubten sogar, der Unfall sei ein Selbstmordversuch gewesen.

— Wenn er sich mit der Kreissäge umbringen wollte, wäre er ein ziemlich harter Typ, sagte der Generalkonsul, der ein wenig abseits von uns stand, erstaunt.

— Ich glaube nicht, dass Kamei den Entschluss gefasst hatte, sich mit der Motorsäge umzubringen. Aber vielleicht hatte er unterbewusst die Absicht, sich selbst zu bestrafen, und ist dabei zu weit gegangen. Auch als Besitzer des Sägewerks kennt er die Arbeit dort sehr gut, deshalb war es für all die, die den Verletzten in mein Krankenhaus brachten, kaum vorstellbar, dass ihm eine Unachtsamkeit unterlaufen sein könnte …

Jedenfalls hatte Kamei offensichtlich vor, in unsere Kirche zu kommen, und ich konnte mir ein paar bissige Bemerkungen nicht verkneifen. Dass zum Beispiel, wenn der abgetrennte Arm noch gelebt hätte, Bruder Gii ihn an die Wunde hätte halten und so durch die Kraft seiner Hände vielleicht hätte heilen können …

Aber Kamei ärgerte das nicht. Er sagte stattdessen, dass er sich nicht auf Bruder Giis Heilkräfte verlassen, sondern an dessen Experiment teilnehmen wolle. Und er sagte weiter, dass Bruder Gii für sein Experiment bestimmt Geld brauche, und ob er nicht die Kosten übernehmen könne. Ich vermute, dass Kamei in diesem Punkt schon fest entschlossen ist und dass sich auch die Erbstreitigkeiten seiner Familie deshalb so schwierig gestalten.

Kamei ist ein praktischer Mann, aber er ist zu Wagnissen bereit. Wenn er Kontakt zu unserer Kirche herzustellen versucht, so geschieht das nicht aus einer bloß vagen Neugier heraus. Tatsächlich fragt er schon danach, wie wir es mit den Gebeten halten.

Nach diesem Gespräch machte ich mir Sorgen, dass Kamei dem Alten Hof erneut einen Besuch abstatten könnte. Von dem durch den Verlust des halben Arms hervorgerufenen körperlichen Ungleichgewicht – diese Absonderlichkeit schien Bruder Gii übrigens nicht zu kümmern – würde er sich zwar wahrscheinlich nicht so schnell erholen können, doch ich hatte die Befürchtung, dass, wenn Kamei so betrunken wie das letzte Mal hierher kommen sollte, sich zwischen Bruder Gii und ihm ein Streit entwickeln könnte.

Daher war ich ganz erleichtert, als der Generalkonsul ganz wie ein Diplomat heimlich ein Treffen zwischen Bruder Gii und Kamei organisierte und dies ohne mein Wissen umsetzte. Ich erinnere mich zugleich daran, dass ich die unbestimmte Angst empfand, es sei vielleicht nicht gut, wenn ich *fernab* solcher Entwicklungen unserer Kirche stünde. Das bedeutete wohl zweierlei. Zum einen war mir damals bereits meine Aufgabe bewusst, die Aufzeichnungen unserer Kirche zu schreiben, und ich bereute oft, dass ich aus Feigheit nicht am Schauplatz der Anklage, dem künstlichen See an der Himmelssenke, gewesen war, sondern mich stattdessen in meinem Schlafzimmer im Speicherhaus versteckt hatte. Zum anderen ahnte ich zu diesem Zeitpunkt bereits, dass Kamei schon bald eine wichtige Person in unserer Kirche werden sollte.

Das Motiv dafür, dass der Generalkonsul eine Unterredung zwischen Bruder Gii und Kamei vermittelte, lag wohl darin, dass die väterliche Liebe des Generalkonsuls gegenüber Bruder Gii zum Tragen kam, auch wenn sich diese seit seiner Rückkehr zum Alten Hof sonst kaum bemerkbar gemacht hatte. Als der Generalkonsul nach der gelungenen Versöhnung mit Kamei zusammen mit Bruder Gii zum Alten Hof zurückkehrte und sich kurz im Büro blicken ließ, sagte er mit dem zufriedenen Gesichtsausdruck von jemandem, der seine Arbeit erledigt hat (die sich, verglichen damit, ein Gespräch zwischen dem Präsidenten der Europäischen Union und dem japanischen Ministerpräsidenten zuwege zu bringen, ohne Zweifel einfach gestaltet haben musste):

— Der reuige Ankläger und der ›Erlöser‹, der ohne Kenntnis des genauen Kurses in See gestochen ist, haben eine Allianz gebildet, Satchan. Ich bin Kamei heute das zweite Mal begegnet, das erste Mal traf ich ihn auf dem Rückweg von Großmutters Beerdigung im Makimachi Inn. Er war einer der Vertreter des ›Vereins zum Schutz natürlicher Gewässer‹. Es waren Typen dabei wie der Besitzer einer Sake-Brauerei, der mit seinem neu erworbenen Wissen selbstbewusst daherredete, doch Kamei blieb immer etwas zurückgezogen, obwohl er ernst zu nehmender wirkte als all die anderen. Gerade deshalb erinnere ich mich so gut an ihn. Aber als ich ihm jetzt begegnete, machte er den Eindruck von jemandem, der zupackt. Hat er sich nach all dem, was geschehen ist, so verändert? Auf jeden Fall wird mit Kameis Teilnahme die Kirche in Bewegung kommen. Alles, was er sagte, klang praktisch.

Am Tag, der auf die letzte Versammlung gefolgt war, hatte sich der Generalkonsul mit Hilfe von Doktor Tokuda der Absicht Kameis vergewissert und umgehend einen Termin für das Treffen festgesetzt. Dann lud er Bruder Gii zu einer Wanderung in die Berge ein, und am höchsten Punkt des Forstweges im »Götterwald« trafen sie Kamei, der mit seinem Jeep vom Alten Stadtgebiet aus dort hinauf gefahren war.

— An der T-Kreuzung, wo zwei Forstwege aufeinander treffen, gibt es auf einer tiefer gelegenen abgemähten Bergwiese einen lichten Platz, von dem aus man über die Täler und Bergketten blickt. Immer, wenn ich in den Wald gehe, mache ich dort eine Rast. An einem so lichten Ort würde man, vermutete ich, bestimmt nicht wie Lohengrin »in düstrem Schweigen« verharren. Danach suchte ich oben im Wald nach Pilzen, doch ich kenne mich nur in Österreich aus, und die, die ich hier sammle, sollte man sicherheitshalber nicht essen.

Dass der Generalkonsul von Kamei den Eindruck gewonnen hatte, er packe etwas an, lag wahrscheinlich daran, dass er sich nach der Unterredung mit Bruder Gii und Kamei noch einmal mit diesem getroffen hatte.

— Als ich Bruder Gii an diesem Abend berichtete, dass es im Gespräch mit Kamei zu konkreten Vorschlägen gekommen und auch das Gespräch als solches dynamisch gewesen sei, gab er etwas nachdenklich zur Antwort:

— Das war bestimmt nicht alles …

Von der folgenden Woche an war Kamei Mitglied unserer Kirche, er erschien bei allen Versammlungen, ohne eine auszulassen, und war natürlich stets nüchtern. Kameis Haltung in der Kirche sowie seine immer häufiger werdenden Äußerungen wirkten zuweilen, ganz so wie der Generalkonsul es beobachtet hatte, etwas komisch. Er war jemand, der handelte, und er war ein reumütiger Ankläger!

Ich weiß nicht, ob sich Kamei auf der Bergwiese, von der aus man über die Berge blickt, die sich in mehreren Ketten um unsere Gegend schließen, dafür entschuldigte, dass er Bruder Gii angeklagt hatte. – Es war zweifellos ein lichter Ort. Sah man in ihm eine Allegorie zu der Oper, deren Verse der Generalkonsul, der keine Radiosendung mit Wagner-Musik ausließ, extra auf Deutsch zitierte, so herrschte dort eine Lichtheit wie das Glitzern des Harnischs des Helden, der kommt, um das Schweigen der von dunklem Klagen befallenen Menschen zu zerschlagen. – Doch nach außen hin machte Kamei, der den jungen Leuten, seinen ehemaligen Widersachern, viele praktische Ratschläge erteilte und als zentrale Figur bereits alles Mögliche erledigte, den Eindruck einer reuigen Person. Der wesentliche Grund dafür war sicherlich, dass Kamei seinen Unterarm verloren hatte.

Ein weitere körperliche Auffälligkeit war seine Kleidung. Als Kamei das erste Mal nach der Anklage auf dem Alten Hof aufgetaucht war und das *Zeichen* der Kirche betrachtet hatte, war sein Äußeres völlig derangiert gewesen und schien seine verwahrloste und desolate Lage zu offenbaren. Doch seit er ein ständiges Mitglied unserer Kirche war, trug er eine besondere, ihm eigene Art von Uniform, nämlich eine Jacke aus einem matten grasgrünen Stoff mit einem weich anmutenden schwarzen Kragen und Hirschhornknöpfen, die er bis unter den Hals knöpfte. Als der Herbst näher kam, tauschte er diese gegen eine wollene milchkaffeefarbene Winterjacke im selben Design mit dunkelgrünem Kragen aus. Kamei erklärte, dass es sich um Souvenirs aus der Schweiz und Österreich handele, wohin er nach dem Dammbau zur Besichtung von Projekten zur Wiederherstellung natürlicher Flussläufe gefahren war, und schüchtern ergänzte er, dass er vielleicht geahnt habe, dass er diese Sachen irgendwann einmal tragen würde.

Der Generalkonsul meinte, er habe diese Winterjacke des Öfteren gesehen, als er in Innsbruck Skilaufen gewesen sei, aber Mitsu, die

Redakteurin einer Graphikzeitschrift für junge Leser gewesen war, kannte sich noch genauer aus.

— Bei dieser Art von Jacke wird normalerweise nur der dritte Knopf von oben zugeknöpft, aber so wie Kamei alle Knöpfe bis unter den Hals zu schließen, wirkt streng und interessant. Ich finde, die Männer in Japan achten meist viel zu wenig auf ihre Kleidung, das gilt übrigens auch für Bruder Gii!

Kamei erschien also gewöhnlich tagtäglich in dieser Jacke – und mit kurz geschnittenen Haaren auf dem für die Männer aus den hiesigen alten Familien typischen langen und großen Kopf – im Alten Hof. Keiner in der Werkstatt und auf dem Hof erwartete von Kamei, dessen einer Ärmel unter dem Ellenbogen umgefaltet war, Hilfe bei körperlichen Arbeiten. Sein Einsatz bestand zunächst darin, die Abwicklung der geschäftlichen Dinge bei mir im Büro zu verbessern.

Da er Besitzer eines Sägewerks war, waren die Formalitäten einer Spedition sein Fachgebiet. Kamei brachte das, was ich mir bis dahin bloß abgeschaut hatte, in ein ordentliches System. Als Erstes musste das Zahlungsverfahren der Versicherungssumme, die wir bei der Verschickung der Möbel unserer Werkstatt an das Hotel in Tōkyō übernahmen, verbessert werden, was jedoch nicht zur Spesenreduzierung des Empfängers führte. Auch die jährlichen Preisanpassungen unserer Erzeugnisse müssten überprüft und neu veranschlagt werden, meinte Kamei. Das würde sich auch sofort auf den Handel mit dem Hotel in Matsuyama auswirken, mit dem wir wieder ernsthaft ins Geschäft kommen wollten.

Kameis Ratschläge waren insofern ungewöhnlich, da sich alles, was er vorschlug, immer hundertprozentig umsetzen ließ, und er, wenn er sah, dass Tā und ich bei der Durchführung einer Arbeit nicht weiterkamen, diese sofort selbst übernahm. Ein Jahr nach Kameis Einstieg war durch das Anwachsen der Kirche und dem damit in Zusammenhang stehenden größeren Angebot von Arbeitskräften auch die Produktion des Hofs rapide angestiegen, und die Arbeit im Büro, die diese kontrollieren sollte, ging schon bald über meine und Tās Fähigkeiten. Kamei vereinheitlichte und systematisierte daraufhin auf sehr einfache Weise die gesamten Abläufe, und seitdem arbeiteten Tā und ich mit diesem System.

Kameis zentrales Anliegen, unserer Kirche beizutreten, waren natürlich die Gespräche mit Bruder Gii. Schon vor der Aussöhnung mit diesem hatte er gehofft, so wie er es mit Doktor Tokuda diskutiert hatte, dass Bruder Gii irgendwann eine Glaubenslehre für die Kirche sowie Regeln für das alltägliche Verhalten ihrer Mitglieder verkünden würde. Wenn ich an die Gespräche mit Bruder Gii aus der Anfangszeit der Kirche zurückdenke, taucht zuallererst ganz automatisch Kamei auf, wie er sich in seiner Tiroler Volkstracht und dem kurz geschorenen Kopf auf dem aufrechten Oberkörper an diesen Gesprächen beteiligt. Eins dieser Gespräche möchte ich, so wie ich es erinnere, genau wiedergeben. In seiner direkten Art richtete sich Kamei energisch an Bruder Gii:

— Bruder Gii, lass uns ein »Evangelium« schreiben; ich finde, wir brauchen so etwas auch für die Versammlung, als eine Art Handbuch.

— Solange wir uns alle als *Belange* einzelner *Seelen konzentrieren* beziehungsweise meditieren, besteht keine Notwendigkeit, hastig eine Entwicklung festzulegen. Aufgrund meiner Erfahrungen bin ich vielmehr der Meinung, dass das keinen Sinn hat. Wir können nur warten, dass die Zeit langsam reif dafür wird ...

Doch da wir uns jetzt in der *Form* der Kirche als Gruppe entwickeln, müssen wir auch an die Zeit denken, wenn diese Entwicklung schneller sein wird als die der Einzelnen. Es kann eine Zeit kommen, in der wir ganz bewusst einen anderen Gang einlegen müssen. Und so gesehen, brauchen wir für eine lebendige, in Bewegung befindliche Kirche sicher ein Handbuch. Denn wenn die Energie einer neuen Bewegung unsere Kirche erfüllt, bleibt uns bis zum Erreichen der nächsten Stufe vielleicht nicht viel Zeit. Tatsächlich mussten wir bereits vor der Gründung unserer Kirche einen kleinen Berg beziehungsweise eine Kurve überwinden, die wir nur mit Tempo meistern konnten: die Anklage nämlich.

Auf Kameis Gesicht erschien bei Bruder Giis Worten ein Ausdruck der Verbitterung, wie man sie bei Männern seines Alters zuweilen sieht. Doch schon bald hatte er zu seiner vor Energie sprudelnden Selbstinszenierung zurückgefunden, die er sich seit seinem Beitritt zur Kirche zu Eigen gemacht hatte und die sich von dem Verhalten anderer älterer Verantwortungsträger in der Gegend unterschied. Gerade in dieser Zeit wickelte Kamei mit seiner insistenten Lebenshaltung nicht nur Bruder Gii ein, sondern auch Zachary K. Takayasu und sogar den Generalkonsul und übernahm quasi die Leitung der Kirche. Und ohne Zweifel hatte sein Beitritt die Kirche auf eine neue Stufe gehoben.

— Bruder Gii, ich glaube, wir sollten ein »Evangelium« oder etwas Kürzeres wie das »Apostolische Glaubensbekenntnis« schreiben. Nicht nur, weil dies gerade jetzt nötig ist, sondern auch, weil es möglich ist. Es gibt genügend Gründe dafür.

Als der *frühere* Bruder Gii starb … nachdem er das Wasser im künstlichen See in der Himmelssenke gestaut hatte, und es zwischen ihm und uns Bewohnern des unteren Kamekawa zu einer immensen Spannung gekommen war, hatte ich bereits vernommen, dass er, mein direkter Widersacher (Kamei machte eine Geste, als würde er etwas Bitteres schlucken), die Grundsätze seiner Aktivitäten in einer Schrift zusammengefasst hätte. Ich hörte, dass er vorhabe, in der Zeitung ein Manifest zu veröffentlichen, nachdem wir alle, samt unserer Vermögen, mit der Sprengung des Damms weggeschwemmt worden wären. Das entfachte meine feindliche Gesinnung ihm gegenüber noch mehr. Jetzt hat sich meine Einstellung ins Gegenteil verkehrt, und möglicherweise könnte das, was der *frühere* Bruder Gii geschrieben hat, falls es noch existiert, hilfreich für uns sein, dachte ich.

Wie ich gehört habe, hat Satchan die Bibliothek und die Notizen des *früheren* Bruder Gii geordnet. Gibt es unter den von ihm zurückgelassenen Aufzeichnungen nicht auch Texte darüber, was er – ausgehend vom Alten Hof – für unser Tal plante und was für Ideen ihm dabei vorschwebten?

— Ich habe die Schriften des *früheren* Bruder Gii bisher noch nicht dahingehend untersucht, antwortete ich nur.

— Dann tue es doch bitte einmal, sagte Kamei. Auch Bruder Gii zeigte großes Interesse und stimmte ihm zu.

Ich machte mich also daran, die Aufzeichnungen des *früheren* Bruder Gii noch einmal zu lesen. Doch ich wusste, dass es nichts Derartiges gab. Ich tat es trotzdem, weil ich damals hoffte, unter den Schriften des *früheren* Bruder Gii etwas zu finden, was für die Lehre der Kirche hilfreich sein könnte. Kameis Interesse hatte also auch mich angesteckt.

Bald darauf entschloss ich mich, Asa, die mit dem *früheren* Bruder Gii bis zu seinem tragischen Unfall befreundet gewesen war, einen Besuch abzustatten. Osetchan wollte ich nicht zum *früheren* Bruder Gii befragen, denn wenn ich es täte, würde sie doch nur mit ihrem besagten »Pah!« antworten. Außerdem hatte ich die Absicht, mir Asas Antworten von Onkel K. in Tōkyō bestätigen zu lassen.

— Der *frühere* Bruder Gii war ein eher praktischer Typ, und er stand einem religiösen Glaubensbekenntnis distanziert gegenüber, sagte Asa als Erstes. Aber natürlich hatte er, da er einen beträchtlichen Teil seines Lebens damit zugebracht hat, immer wieder Dante zu lesen, durchaus religiöse Seiten. Was die Verbindung zwischen dem praktischen und dem religiösen Bruder Gii angeht, muss ich an die folgende Geschichte denken. K.-chan hat darüber bereits in einem seiner Romane geschrieben. Ich glaube, es war zwei Tage nach Bruder Giis Krebsoperation, als K.-chan kam, um ihn zu besuchen. Damals erzählte ihm Bruder Gii einen Traum …

Der *frühere* Bruder Gii besaß ein eigenartiges Schamgefühl. Er fing also an, K.-chan, der schon als Kind eine Art Schülerverhältnis zu ihm hatte, weitschweifig die unterschiedlichen Stile der drei Bände von Dantes *Göttlicher Komödie* zu erklären. Diese Erklärungen stehen in K.-chans Buch *Briefe an die verlorenen Jahre*. K.-chan hat mir dieselbe Geschichte direkt nach dem Tod des *früheren* Bruder Gii erzählt und hat sie, glaube ich, so wie sie war, aufgeschrieben. Er ist in seiner Grundstruktur ein Schülertyp und erinnert sich an alles, was sein Lehrer gesagt hat.

In dem Wohnzimmer, in dem es außer den Angelgeräten ihres Mannes, des Rektors der Mittelschule, nichts Dekoratives gab, kam Asa gleich auf die zentralen Punkte zu sprechen, doch leider holte sie nicht Onkel K.s Buch, um mir die entsprechenden Stellen zu zeigen.

Das sah Asa, die eher sportlich war und sich sonst gern bewegte, gar nicht ähnlich, aber ich kannte den Grund. Doch Asa rechtfertigte sich diesbezüglich nicht und erzählte unbekümmert, solange sie Lust dazu hatte, und ich war wie immer amüsiert von ihrem Humor.

Asa schien alle neuen Bücher von Onkel K. zugeschickt zu bekommen. Und zweifellos war sie, besonders was seine Beschreibungen der Gegend hier anging, eine besonders aufmerksame Leserin. Doch hin und wieder kam einer der neuen Grund- und Mittelschullehrer, die sich für Onkel K.s Werke interessierten, zu ihr zu Besuch, und dann schenkte sie ihm eins seiner Bücher, nachdem sie das signierte Titelblatt herausgerissen hatte. Einmal war ich sogar dabei, als sie es vor den Augen von Onkel K. herausriss. Onkel K. war ziemlich überrascht, aber Asa faltete das Blatt zweimal ordentlich zusammen und steckte es in ihre Tasche, um ihm so die entsprechende Höflichkeit zu erweisen.

Als ich zum Alten Hof zurückkehrte, suchte ich in Onkel K.s Romanen die Stellen heraus, auf die Asa verwiesen hatte. Tatsächlich hatte der *frühere* Bruder Gii direkt nach seiner Operation begonnen, ausgehend von einer Studie des Literaturwissenschaftlers Frecero die unterschiedlichen Beschreibungsmodi in den drei Bänden der *Göttlichen Komödie* zu analysieren. Sein Zuhörer war Onkel K., der durch den kalten Matsch des bereits tauenden Schnees ins Krankenhaus gekommen war. Bei Dante entdecken die Pilger in der Hölle – genau wie in dieser Welt – mit ihren fünf Sinnen das, was ihnen begegnet. Im Fegefeuer stoßen sie dann im »Drama der Herzen« beziehungsweise in der »Vision der Träume«, also mittels ihrer Phantasie, auf neue Dinge. Im Buch des Paradieses hingegen schildern die geschriebenen Worte weder die wirklichen Dinge noch zeigen sie Visionen, wie sie die Phantasie spinnt, sondern die Worte selbst sind Realität. Mit diesen Worten, die Realität als solche sind, wird der Himmel ausgedrückt. Das Wort = Realität, das den Schluss dieser Ausdrücke bildet, ist – so Frecero – »Liebe«, »l'Amor«, mit dem in der letzten Zeile – »die Liebe, die beweget Sonn und Sterne« – die *Göttliche Komödie* als Ganzes schließt. Tatsächlich waren dem *früheren* Bruder Gii diese Worte immer unverständlich gewesen … Aber er träumte einen

Traum, in dem sich ihm diese schwierige Passage auf einmal erschloss:

— Ich erwachte gerade aus einem tiefen Schlaf, in den ich aufgrund der Tropfen, die meine Wundschmerzen lindern sollten, gefallen war … Bruder Gii wollte weitersprechen, doch Osetchan, die ihn am Krankenbett pflegte, gebot ihm mit den Worten, er habe schon zu viel geredet, Einhalt.

— Wenn ich nicht darüber spreche, kann ich über gar nichts sprechen, beharrte Bruder Gii. Mein Traum war kein Traum vom *Paradiso* als solchem, sondern ein Traum vom künstlichen See in der Himmelssenke. Das Wasser staute sich bis oben, und es schwamm ein kleines Schiffchen darauf. Das Boot hatten wir vorher bereitgestellt … Ich sitze im Traum in dem kleinen Boot, und auf mein Zeichen hin wird der Damm gesprengt. So wie es die Gegner vom unteren Flusstal befürchtet hatten. Zusammen mit dem pechschwarzen Wasser werde ich wie eine plötzlich anschwellende Wasserflut hinausgetrieben. Diese pechschwarze gerade Linie ist also die Essenz meines Lebens und zugleich die Kritik an all den Menschen in der ganzen Welt. Es ist gerade das Gegenteil der Liebe … Mit diesem Gedanken und dem Gefühl, alles verstanden zu haben, wachte ich auf. … Doch mit dem Aufwachen verschwamm die Bedeutung meines Traums in ihrer Klarheit immer mehr.

Als ich ihm die Kopie dieser Seite zeigte, sagte der neue Bruder Gii entschlossen:

— Gut, das wird der erste Teil unseres »Evangeliums«. Nach diesem Anfang sammeln wir Texte aus allen möglichen Büchern, Filmen, Theaterstücken oder auch Liedpassagen, die für uns von Bedeutung sind, und schreiben in einer Art Collage ein »Evangelium« für unsere Kirche.

Kurz nach Beginn meines ersten Studiums erschien ein Roman von Onkel K., in dem er eine revolutionäre Studentenfraktion durch eine Jugendbande ersetzt. Die ihn kannten, lasen den Roman als ein lehrreiches Gegenbeispiel, doch ich selbst verheimlichte, mit Onkel K. verwandt zu sein. Eine Stelle aber, wo er Dostojewskij zitiert, empfand ich als so wahr, dass sie mir tief ins Herz drang. Er hat sie auf

Englisch zitiert, und sie war mir daher schnell vertraut, denn Englisch war mir damals noch näher als Japanisch ... Such doch auch diese Stelle bitte raus, Satchan, und mach eine Kopie davon.

Dem Hinweis von Zachary K. Takayasu folgend, der das gesamte Werk von Onkel K. ausführlich gelesen hatte, kopierte ich, so wie Bruder Gii gesagt hatte, die auf Englisch zitierte Passage aus Takuya Haras Übersetzung von *Die Brüder Karamasow.* Es handelte sich um zwei Zitate, die beide aus den Predigten des Kirchenältesten Sosima stammen.

»O Mensch, überhebe dich nicht über die Tiere: Sie sind ohne Sünde, du aber in deinem Größenwahn hast mit deinem Erscheinen die Erde mit Fäulnis angesteckt und hinterläßest allerorten deine eitrige Spur – wehe, fast jeder von uns! Liebet die Kindlein vor allen anderen, denn auch sie kennen keine Sünde, gleich den Engeln, und sie leben um unserer Innigkeit, um der Läuterung unseres Herzens willen und sollen uns eine Art Fingerzeig sein. Wehe dem, der einem Kind eines Leides tut!«*

»Jüngling, vergiß das Gebet nicht. Jedesmal wird in deinem Gebet, wenn es aufrichtig ist, ein neues Gefühl aufleuchten und in ihm ein neuer Gedanke, den du vorher nicht kanntest und der dich von Neuem ermutigt; und du wirst erkennen, daß das Gebet eine Erziehung ist.«**

Besonders das zweite Zitat wurde bei den Versammlungen in der Kirche immer wieder von verschiedenen Mitgliedern vor oder nach der *Konzentration* vorgelesen. Voller Eifer schufen wir damals, so könnte man es vielleicht beschreiben, ein aus einer Zitatcollage bestehendes »Evangelium«. Hierzu habe ich in meinen Aufzeichnungen die folgende Begebenheit notiert. Es waren der Generalkonsul und Zachary K. Takayasu sowie Doktor Tokuda zugegen, der offensichtlich ein Anhänger unserer Kirche geworden war, seit er ständig Personen vom Alten Hof behandelte. Alle sprachen über Texte, die sich ihnen in bestimmten Phasen ihres Lebens eingeprägt hatten, der Generalkonsul aber sprach über die Musik Wagners, die er, noch mehr als die Gedichte Yeats', seit vielen Jahren liebte.

— Habt ihr einmal Isoldes Arie aus dem letzten Akt von *Tristan und Isolde* gehört? Es ist meines Erachtens die luzideste Verbildlichung der Haltung eines Menschen, der seinen Tod annimmt. Darüber würde ich gern reden. Die Musik lasse ich beiseite, ich spreche nur über den Text, obwohl das vielleicht gar nicht geht, wenn ich Wagners Deutsch in mein banales Japanisch übertrage …

Zachary K. Takayasu machte hierzu einen gescheiten und praktischen Vorschlag. Da er früher Musiker gewesen war, kannte er sich bei den Platten, die es im Alten Hof gab, gut aus. Es war beeindruckend, wie genau er sich an seinen ersten Besuch erinnern konnte, bei dem er die Bibliothek des *früheren* Bruder Gii geordnet hatte.

— In dem Regal mit den Langspielplatten des *früheren* Bruder Gii gibt es doch eine Abteilung mit Platten von Wagner oder, Satchan? Darunter müsste sich auch die von Solti dirigierte Einspielung des *Tristan* befinden, in der Birgit Nilsson die Isolde singt. Wir könnten sie doch holen, und dann kann der Generalkonsul sprechen, während wir uns den letzten Teil anhören. Ich werde sie mal suchen gehen.

— Du meinst die Platte von den Wiener Philharmonikern, nicht? Die habe ich dem *früheren* Bruder Gii geschickt, als er krank im Bett lag. Es war diese deprimierende Zeit, als ich Beamter im Büro für wirtschaftliche Zusammenarbeit war und völlig fanatisch die neuesten ausländischen Platten sammelte.

Damals trug der *frühere* Bruder Gii bei einer Demonstration gegen den amerikanisch-japanischen Sicherheitsvertrag eine schwere Kopfverletzung davon. Es war in dem Jahr, als K.-chan und Oyū heirateten. Die Hochzeit war im Februar, und im Mai reiste K.-chan zusammen mit einer Delegation von Schriftstellern nach China. Im Juni fuhr dann der *frühere* Bruder Gii nach Tōkyō und rief bei K.-chan an, aber niemand kam ans Telefon. Er dachte, Oyū sei zu der Demonstration gegangen, und mit der Absicht, sie zu finden und zu beschützen, fuhr er in Richtung Parlamentsgebäude, aber wie wollte er Oyū in dieser großen Menschenmenge finden? Schließlich wurde er selbst von einer Gruppe rechter Randalierer am Kopf verletzt. Aber auch der *frühere* Bruder Gii scheint seine Gegner erheblich verletzt zu haben.

Der Fortgang der Geschichte, die der Generalkonsul erzählte, schien auf den mir schräg gegenüber sitzenden Doktor Tokuda eine Wirkung zu haben, als habe man ihm einen Schlag gegen den Körper versetzt. Um den *früheren* Bruder Gii, der bei der Demonstration angegriffen worden war, hatte sich damals eine Schauspielerin für Neues Theater namens Shige gekümmert, die daraufhin hierher kam und mit dem *früheren* Bruder Gii zusammenlebte. Am Ende wurde sie allerdings das Opfer des so genannten Vorfalls. Bei dem *Anlass* aber, der zu diesem Mord beziehungsweise zu dem Unfall mit Todesfolge führte, hatte der junge Tokuda, noch bevor er Medizin studierte, keine kleine Rolle gespielt ...

— Anfangs konnte der *frühere* Bruder Gii noch keine Platten hören, aber zu Neujahr des folgenden Jahres, als er sich schließlich erholte, schenkte ich ihm *Tristan und Isolde* in einer Aufnahme des Jahres, in dem er verwundet worden war. Bis dahin hatte er allerdings – genau wie K.-chan – Wagner rundweg abgelehnt.

Zachary entnahm der Hülle, die er aus der Bibliothek geholt hatte, die entsprechende Platte, legte sie auf und reichte dem Generalkonsul die beiliegende Broschüre. Wir lauschten der langen Arie der dem Tode nahen Isolde, die aus den neben dem *Blasebalg* befestigten Lautsprechern erklang. Während der Generalkonsul den deutsch-japanischen Text in der Broschüre las, erklärte er mit wenigen Worten, aber so, dass seine Botschaft umso deutlicher wurde:

— ... Mir gefällt besonders der Begriff des »Welt-Atems« am Schluss, *sekai no iki* würde man auf Japanisch sagen ... Tristan ist tot, aber der Hauch seines Lebens geht in Isolde ein und breitet sich wie eine Welle auch auf ihre Umgebung aus, bis alles in diesem Welt-Atem enthalten ist. Isolde taucht tief darin ein und wendet sich der höchsten, das Bewusstsein übersteigenden Lust zu. Dort verschmelzen Liebe und Tod. Wenn ich mir einen solchen Tod für mich vorstelle, erschrecke ich. Ich bin zwar nicht mehr in dem Alter, in dem man sich Vorstellungen von der Liebe als etwas Eigenem hingibt ... aber ich habe doch zumindest das Recht, mir über den Tod Gedanken zu machen. Dieser Ausdruck des *Welt-Atems* hat eine sehr tiefe Bedeutung.

Als ich zum ersten Mal eine Predigt des jetzigen Bruder Gii hörte, sprach er von *einem Moment, der etwas länger dauert als einen Augen-*

blick. Damals dachte ich, dass dies eine Zeit beschreibe, in der der Welt-Atem vorbeiweht. Habt nicht auch ihr, als ihr jetzt diese Arie hörtet, die höchste Lust *eines etwas länger als einen Augenblick dauernden Moments* gespürt?

— Auch ich empfinde, wenn ich *Tristan und Isolde* höre, was Sie beschreiben. Die höchste Lust eines *etwas länger als einen Augenblick dauernden Moments* ist dafür wirklich ein guter Ausdruck, sagte Zachary. Außerdem ist es eine *Zeit, die sich mit der Ewigkeit vergleichen lässt.*

— Lasst uns auch eine Passage von Wagner in das »Evangelium« unserer Kirche hineinnehmen, sagte Kamei. Auch ich habe in K.s Romanen nach anderen guten Textstellen gesucht außer denen, über die wir bereits gesprochen haben, aber es findet sich dort nichts, was sich für unser »Evangelium« gebrauchen lässt.

— K. geht in letzter Zeit sogar so weit zu behaupten, er sei ein Mensch ohne religiösen Glauben, antwortete Zachary. Vielleicht ist das ja für ihn eine Selbstverständlichkeit.

— Kann man das wirklich so einfach abtun?, fragte der Generalkonsul. Ich lese gerade K.-chans Bücher in zeitlich umgekehrter Reihenfolge. Für dich, Zachary, steht momentan dein Architekturstudium an erster Stelle, und K.-chans Romane sind für dich vielleicht lediglich Material, um über Architektur nachzudenken. Du machst dir wahrscheinlich keine Vorstellung davon, aus welch drängender Situation heraus er schreibt, nicht wahr?

— Lassen Sie uns über dieses Problem noch einmal in Ruhe diskutieren, gab Zachary zur Antwort. Dies war keineswegs eine Ausflucht, sondern seine Antwort zeugte vielmehr davon, dass er sich schon oft Gedanken darüber gemacht hatte.

— Ich glaube, die von Onkel K. in einem Essay zitierte Passage von Eliade eignet sich gut, sagte Bruder Gii vermittelnd. *Die Unzerstörbarkeit der menschlichen Existenz* heißt es da oder *the indestructibility of human existence*, wie er auf Englisch zitiert. Es stammt aus der englischen Übersetzung von Eliades Tagebuch …

Wenn ich höre, wie sich die drei Inō-Brüder mit dem englischen »Rejoice!« begrüßen, muss ich daran denken, dass sie damit auf ihre

Art *die Unzerstörbarkeit der menschlichen Existenz* bestätigen und sich – kommen was wolle – »Rejoice!« zurufen, nicht? …

Dies bildete meines Erachtens den Anlass dafür, dass die Anrede »Rejoice!« seitdem nicht nur den drei Inō-Brüdern zur Begrüßung diente, sondern dass auch die anderen jungen Leute, die an den Versammlungen der Kirche teilnahmen, sie beim Abschied benutzten.

Neben seinem Einsatz zur Verbesserung der geschäftlichen Angelegenheiten des Hofes und zur Erstellung eines »Evangeliums« für unsere Kirche arbeitete Kamei an einem noch bedeutenderen Großprojekt, das schon nach kurzer Zeit realisiert wurde. Irgendwann, als die gesamte Kirche die Umsetzung dieses Projekts betrieb, machte Kamei mir gegenüber dazu eine unerwartete Äußerung. Er sagte, dass sich der Gedanke daran in ihm zu regen begonnen habe, als er das erste Mal zum Alten Hof gekommen sei und mir auf dem Lehmboden im Herdhaus gegenüberstanden habe, während durch den *Blasebalg* zu hören war, wie der Kleinspecht gegen die *Glocke* hämmerte. Und dann fügte er hinzu:

— Wenn ich dich so vor mir sehe, Satchan, spüre ich, dass sich die Grenzen meines Denkens, an die ich mit dem Verstand nicht herankomme, mit viel Mut irgendwie überspringen lassen. Du hast etwas, was das möglich macht. Ich glaube, diese Kraft hat mir damals geholfen!

Um diese Grenzen des Denkens zu überspringen, fasste Kamei den Entschluss, das Vermögen, das ihm blieb, nachdem er die Beziehungen zu seiner Familie abgebrochen hatte, für die Kirche zu nutzen. Konkret bestand sein Plan darin, ein Gebäude für die Kirche zu bauen. Kamei hatte zuvor das Erbe seines Vaters mit seinen Geschwistern geteilt und auch seiner Frau einen ausreichenden Betrag gegeben. Er hatte nur eine Tochter, und seine Frau hatte in ihrem Testament diese zur Erbin ihres Vermögens bestimmt. Mit der Verteilung des Erbes traf er Vorbereitungen dafür, frei über sein privates Vermögen verfügen zu können, und begann, über die Verwendungsweise seines Vermögens für unsere Kirche nachzudenken.

Doch unsere Kirche vom Grünen Baum in Flammen war noch

keine juristische Person, und würde er uns eine Schenkung machen, würden steuerliche Probleme wie das der Schenkungssteuer entstehen. Aber Kamei ersann hierzu einen sorgfältigen Plan. Man würde einen Vertrag schließen, in dem die Partei des Alten Hofes den Abhang südlich des künstlichen Sees in der Himmelssenke, ein Teil des gesamten Grundstücks, das Bruder Gii von Großmutter geerbt hatte, an Kamei verpachtete. Dort würde Kamei unter seinem Namen das Kirchengebäude errichten. Die Baupläne insgesamt hatten eine erhebliche Dimension und sollten bald die Pläne des *früheren* Bruder Gii übertreffen, der dort einst das »schöne Dorf« hatte bauen wollen. Natürlich konnte Kamei mit seinem Privatvermögen nicht für das Ganze aufkommen. Die erste Etappe sah vor, eine Kapelle zu errichten. Sobald wir uns als juristische Person registrieren lassen könnten, würde die Kapelle der Kirche geschenkt, und wir könnten uns dann mit mehr Zeit der Umsetzung der Gesamtplanung zuwenden.

Als Kamei seinen Plan in der Versammlung vorstellte, hielten die Mitglieder der Kirche dies für Aufschneiderei und deckten ihn mit fröhlichen »Rejoice!«-Rufen ein. Aber Kamei, der fest davon überzeugt war, dass sein Plan kein Traum sei, ließ sich durch die Reaktion nicht abschrecken. Einen Monat später überzeugte er die Stammmitglieder unserer Kirche, darunter auch Bruder Gii und mich, von seinem Vorhaben. Und er nahm einer Person, die für die Planung optimal geeignet war, das Versprechen ab, mit ihm zusammenzuarbeiten: Zachary K.Takayasu, der ja gerade in Japan Architektur studierte. Zachary wiederum wandte sich an Professor Ara vom Institut für Produkttechnologie und dessen Architekturbüro. Für Kameis und Zacharys Planung war es ein Glück, dass Ara sich stets für die Romane seines Freundes Onkel K. interessiert hatte, die in dem Tal tief in den Wäldern spielten.

Wie dem auch sei, kurz nachdem Kamei der Kirche beigetreten war, wurde in einem Gespräch in der Versammlung die Erstellung eines »Evangelium« beschlossen, und gleichzeitig begann Kamei zusammen mit Zachary, die konkrete architektonische Planung der Kapelle ernsthaft voranzutreiben. Seine Emsigkeit war – daran war kein Zweifel – die besondere Eigenschaft eines Mannes, dem in einem alten Familienclan die Verantwortung für die gesamte Verwandtschaft oblegen hatte.

Doch auch wenn Kamei einiges Talent besaß, darf man nicht übersehen, dass unsere Kirche, wie Onkel K. es einmal treffend ausgedrückt hat, als *aktivierendes* Moment für dieses Talent eine wesentliche Rolle spielte. Ohne die Kirche hätte Kamei trotz seines großen Talents zumindest nach außen hin letztlich ein ruhiges Leben geführt, so wie all seine Vorfahren vor ihm. Und solch ein Leben hätte seiner Erscheinung und Haltung durchaus entsprochen. Die Anklage war eigentlich der Anlass, der Kamei in ein besonderes Licht gestellt hatte, und hätten sich die jungen Leute von der ›Waldjugend‹ einfach vom Hof fern gehalten und wäre die Kirche nicht zustande gekommen, wäre der Unfall im Sägewerk nicht passiert, und Kamei hätte wahrscheinlich wie sein Großvater sein Leben damit beschlossen, dass er vom Bürgermeister von Makimachi zum Abgeordneten der Präfektur aufgestiegen wäre.

Das Gleiche gilt auch für das Oberhaupt der Familie des Alten Hofes, ebenfalls einer großen Waldbesitzerfamilie. Unter den näheren Vorfahren gab es einen, der zu einer Hochzeitsfeier nach Edo gefahren war und an einer Versammlung mit Atsutane Hirata* in einem Gasthaus in Kanda teilgenommen hatte, sowie einen anderen, der als hiesiger Dichter, der Gedichte im chinesischen Stil verfasste, mit Shōyō Nakano verglichen wurde. Die *Basis*-Bewegung des *früheren* Bruder Gii war ein Unternehmen, das dem Oberhaupt des Alten Hofs ganz und gar nicht passte. Im Alten Hof gingen die Männer fleißig unauffälligen Berufen nach und traten eher selten an die Öffentlichkeit, während die Großmütter seit Generationen in dieser Gegend die Rolle von mit Zauberkraft ausgestatteten Priesterinnen inne hatten. Als jedoch der *frühere* Bruder Gii mit seiner *Basis*-Bewegung begann und diese durch die Unterstützung und Beteiligung der jungen Leute an Lebendigkeit gewann, wurde deutlich, dass der Wille und das Wissen, mit denen er diese leitete, etwas war, was die Familienoberhäupter des Alten Hofes über Generationen besessen hatten. Etwas, das latent existiert hatte, war durch die Teilnahme und die Tätigkeit der jungen Leute im *früheren* Bruder Gii aktiviert worden …

Als die Aktivitäten der jungen Leute von der ›Waldjugend‹ auf dem Hof immer größere Ausmaße annahmen, waren es weniger die Bewohner des nahe gelegenen Tals und der »Zai«-Siedlung, die mit Drohungen reagierten, als vielmehr die Leute im Alten Stadtgebiet. Als dann Bruder Gii mit seinen heilenden Händen immer mehr Leute zum Alten Hof zu locken begann, kam es zu einer vornehmlich vom Alten Stadtgebiet ausgehenden Antipathie, obwohl gerade von dort viele zur Behandlung kamen und auch nicht wenige von ihnen dankbar für deren Erfolg waren. Das Ganze erreichte schließlich ein kritisches Niveau und mündete zuletzt in der Anklage. Über die Rolle, die Kamei dabei spielte, und über das, was die Leute im Alten Stadtgebiet über ihn sagten, als er später zu unserer Kirche stieß, stellte Doktor Tokuda die folgende Analyse an:

— Kamei kann sich der Verantwortung dafür, dass er die ganze Sache bis zur Anklage betrieben hat, nicht entledigen, aber er hat sich damit auch selbst in die Enge getrieben. Er ist nicht nur, wie Bruder Gii, verwundet worden, er hat auch noch an der Wunde herumgefingert, und außerdem … Bruder Gii und Satchan haben sich nach der Anklage hingegen entschlossen der Arbeit der Kirche gewidmet. Die jungen Leute sind zurückgekehrt, und Werkstatt und Hof florieren mehr als je zuvor. Die Leute, die zur Behandlung kamen, sind nicht mehr da, und Bruder Gii kann sich jetzt stärker dem Hof widmen, und darüber hinaus sind neue tüchtige Mitglieder dazugekommen …

Aber die Leute im Alten Stadtgebiet taten so, als wüssten sie von nichts. Das Wespennest in dem Baumloch ist größer geworden, und die Wespen gehen in seinem Innern mit großem Gesumm ihrer Arbeit nach, aber weiter weg stört das keinen. So ist die Situation. Tatsächlich bin ich niemandem begegnet, der sich wie früher irgendwie kritisch geäußert hätte. In meinem Beruf begegne ich täglich Menschen in allen möglichen Lebenslagen. Für Kamei war das bestimmt nicht einfach, aber für die meisten hat die Anklage eine Katharsis mit sich gebracht. Das Ganze war ein zeitlich begrenztes, großes Fest.

Aber jetzt verhält es sich plötzlich anders. Wenn das Oberhaupt einer der großen alten Familien dieser Gegend sein gesamtes Privatvermögen in unsere Kirche investiert, ist das ein unerhörter Skandal! Der Geschäftsführer des städtischen Krankenhauses sprach sogar von der Wiederkehr des Tenri-Sekten-Syndroms* aus der Meijizeit, in das auch seine Familie damals verwickelt gewesen sei. Das Interesse der Bewohner des Alten Stadtgebiets für unsere Kirche hat sich wieder angeheizt. Das wird alle möglichen Unannehmlichkeiten zur Folge haben. Für Bruder Gii mag das einen entscheidenden Punkt auf dem Weg zu einer neuen Stufe bedeuten, und Kamei, der für diese Entwicklung verantwortlich gemacht wird, wird natürlich bei der Bewältigung dieser Situation eine wichtige Rolle als Ratgeber zukommen.

Die erste Unannehmlichkeit, die Doktor Tokuda angekündigt hatte, passierte ausgerechnet mir. Als ich mit der Absicht, wie immer meinen Einkauf für die nächsten zehn Tage zu tätigen, im Supermarkt am Fluss das Regal für Nudelfertiggerichte suchte, klopfte mir jemand mit eindeutig feindseliger Absicht auf die Schulter. Ich drehte mich um, und vor mir stand Kameis Frau, das sonnenverbrannte Gesicht wie zu gebeiztem Papier erstarrt, mit einem leeren Plastikkorb. Hinter der kleinen Frau stand fünf oder sechs Hausfrauen aus dem Viertel am Fluss, die ich alle vom Sehen kannte. Ehrlich gesagt, war es merkwürdig, dass Kameis Frau extra aus dem Alten Stadtgebiet in den Supermarkt im Tal zum Einkaufen kam.

— Aha!, sprach mich Kameis Frau an. Ihre Stimme glich ihrem Finger, mit dem sie mir vorher provokativ auf die Schulter geklopft hatte. Du bist ja richtig weiblich geworden! Deswegen also trägt Kamei diese Sachen, die er in Europa gekauft hat, ohne auf sein Alter zu achten! Wirklich, du siehst aus wie eine richtige Frau!

Sie zog die krausen Haare fest nach hinten, neigte ihr erstarrtes Gesicht, das von den losen Haaren wie eingerahmt wirkte, etwas zur Seite und betrachtete mich von oben bis unten. Ich kannte Kameis Frau aus meiner Oberschulzeit im Alten Stadtgebiet, als sie Hauswirtschaft unterrichtet hatte. Ihr herzförmiges Gesicht, das jetzt vom Alter schrecklich gezeichnet war, war damals, mit den großen glänzenden Augen, von einer beinahe gefährlichen Schönheit gewesen.

— Kamei mag Frauen, er interessiert sich für ihre Hintern. Mir tat das weh, aber er wollte immer was Perverses. Das ist es doch! Darum hat er sich in dich verliebt ... Und auch wenn du jetzt ganz wie eine Frau aussiehst, warst du früher ein Junge!

Ich drückte mich, ohne etwas im Korb, an den Frauen vorbei und eilte zur Kasse. Ich fühlte mich wie ein Backfisch, der verwirrt die Flucht ergreift. Die ehemalige Lehrerin lief mir in ihren klappernden Sandalen nach und versuchte mir an der Kasse, an der die junge Frau vom Supermarkt verlegen stand, zuvorzukommen. Als ich mich irgendwie an der Kasse vorbeizwängte, stieß sie ihr Kinn von dem zurückgebogenen Hals nach vorn und zischte mir keuchend ins Ohr:

— Du besessenes Luder! Als wäre eure Religion nicht schon schlimm genug für die Erziehung unserer Kinder, musst du auch noch unsere Männer verführen! Bruder Gii, den Amerikaner und nun auch noch meinen Kamei, nicht gerade wenige! Du bist keine richtige Frau, du bist pervers, ein Mannweib-Luder! Aber ich lasse nicht zu, dass ihr euch arglistig an Kameis Vermögens macht! Mein Schwager führt einen Prozess, in dem Kamei entmündigt wird! Da verdrückst du dich, ohne was zu sagen, du Luder!

An diesem Sonntag nahm an der Versammlung auch Izumi aus Tōkyō teil, die nach einem Konzert mit indischer Musik und Tanz eine Pause einlegte. Aus diesem Grund war auch der Generalkonsul, der gewöhnlich nicht immer bei den Treffen in der Kirche erschien, von Anfang an bei der Versammlung zugegen. Bei Izumi, fand ich, verband sich die Seele einer mystischen Phantastin mit einem praktischen Geist. Die ganze Zeit über saß sie, zurückgenommen, da sie kein ständiges Mitglied der Kirche war, in einer Ecke auf den Dielen, *konzentrierte* sich und ähnelte dabei einem unnahbaren Profi, der bereits in Nepal und an vielen anderen Orten meditiert hatte. Zugleich aber richtete sie, kaum war die *Konzentration* zu Ende, offen an jeden ihre Kommentare und Vorschläge.

Die jungen Leute der Kirche rezitierten verschiedene Mantren, was damit begonnen hatte, dass Izumi als Ersatz bis zur Erstellung eines »Evangelium« Kopien eines mit *kana** beschriebenen langen schmalen Zettels verteilt hatte.

Als Izumi, nachdem sie sich auch an diesem Tag etwa eine halbe

Stunde *konzentriert* hatte, schließlich zum *Blasebalg* kam, unter dem sich die Mitglieder versammelt hatten, fragte sie Bruder Gii mit ihrer strahlend tiefen Stimme auf ruhige, aber energische Art, die keinen Einspruch duldete und ihre Erziehung und Karriere widerspiegelte:

— Ich wollte dich das schon immer fragen, Bruder Gii. Wann bist du das erste Mal auf die Idee gekommen, dich um die *Belange der Seele* kümmern zu müssen? Ich meine nicht, wann du dich dazu entschlossen hast, beim Verlag aufzuhören und hierher zu kommen, sondern ich meine den Wendepunkt in deiner persönlichen Geschichte ...

Könntest du uns, soweit du dich daran erinnerst, über dein erstes Motiv berichten? Auch wenn sich die *Belange der Seele* inhaltlich für dich bestimmt seitdem geändert haben.

Bruder Gii antwortete nicht gleich, sondern dachte nach und senkte seinen zunächst auf Izumi gerichteten Blick zu der Maserung der schwarz glänzenden Dielen. Dann begann er in einem gleichmäßig anhaltenden Tonfall, den er sich angewöhnt hatte, seit er in der Kirche redete, zu sprechen. Izumi setzte sich mit ihrem ausgestellten, langen Schottenmusterrock bequem hin und machte sich eifrig Notizen. Und obwohl Bruder Gii von Beginn an auch über ihn sprach, schien der Generalkonsul, der neben Izumi saß, beinahe geistesabwesend die schillernd weißen Haare in dem in einem dunklen Kastanienbraun gefärbten Haar seiner Jugendfreundin zu betrachten.

— Das erste Mal habe ich über die *Belange der Seele* nachgedacht, als ich sechs Jahre alt war, allerdings habe ich es nicht so genannt. Ich kann mich noch genau daran erinnern. Es war an dem Tag, als mich der Generalkonsul in seinem gebrauchten weißen Cadillac von Boston nach New York mitnahm, um mit mir in die Oper zu gehen. Ich erinnere mich, dass er, als nach der Oper der Wagen nicht ansprang, dem Parkplatzwächter, der uns half, ein Trinkgeld gab und murmelte: Das ist doch ein Cadillac, der muss doch bei jeder Kälte ... – Es war also zur Winterspielzeit. Wir hatten *Lohengrin* gesehen.

Da mir der Generalkonsul auf der Hinfahrt erzählt hatte, dass ein großer Schwan ein Schiff ziehen würde, richtete ich mein Opernglas in der betreffenden Szene auf den Bühnenhintergrund, aber nirgends war ein Schwan zu sehen, und ich war sehr enttäuscht – so klein war ich damals noch. Zuletzt erschien der Prinz, der sich vom Schwan wieder in einen Menschen zurückverwandelt hatte, und ich war fasziniert davon, dass er genauso alt aussah wie ich. Kurz vor dem Schlussvorhang beeindruckte mich noch die Szene, in der der Prinz auf die Zauberin trifft …

— Ortrud. Damals, als ich dich zum ersten Mal mit in die Oper nahm, hatte eine englische Sopranistin, die heute immer noch auftritt, diese Partie übernommen.

— Gwyneth Jones war das.

— Gwyneth?, fragte Izumi.

— Gwyneth, sagte der Generalkonsul überzeugt und stimmte Bruder Gii zu. Sie stammt aus Wales. Aber sie hat nichts mit dem dunklen Bier zu tun.

Damals war der Generalkonsul Erster Botschaftssekretär in den Vereinigten Staaten und zugleich Forschungsmitglied am Institut für Internationale Fragen in Harvard gewesen, wie er mir später erklärte. Danach wurde er Botschaftsrat in Laos, eine Karriere, die Schule machte und eine neue Stufe auf der Karriereleiter im Außenministerium schuf, nämlich von der Universität Harvard zuerst nach Laos zu gehen. Nach dem Opernbesuch bekam Bruder Gii auf der anstrengenden Rückfahrt Fieber, und sie mussten einen Bekannten aus dem Schlaf holen, der in den USA Medizin studierte.

— Seit ich zum Alten Hof zurückgekehrt bin, habe ich oft über Wagner gesprochen. Vielleicht hat das damit zu tun, dass ich unbewusst an das Wiedersehen mit Takashi dachte, sagte der Generalkonsul später.

— Obwohl ich die Oper damals überhaupt nicht verstand, spürte ich, dass die Männer und Frauen, die dort auftreten, geboren werden und sterben, und dass ihr Lebenslauf genau bestimmt ist …

Würde man den Ablauf eines Lebens in einem Diagramm aufzeichnen (diese Art zu denken, beruhte auf meiner naturwissenschaftlichen Veranlagung, ich begeisterte mich als Kind für Lego), so würde dessen *Form* deutlich werden. Es gibt eine feste *Form*, und schließt sich die Linie, die diese *Form* zeichnet, nimmt das Lebende ein Ende und stirbt. Beziehungsweise es entschwindet zu einem fern und hoch in den Bergen gelegenen Schloss. Auch Lohengrins Art des Verschwindens stellte für mich einen Weg zum Tod dar.

Verglichen damit war der Ablauf meines Lebens – ich war zwar noch ein Kind, hatte aber auch schon einige Jahre gelebt – noch nicht festgelegt. Nur mein Körper, der immerfort weiterlebte, wuchs immer weiter. In meinem Leben gibt es keine *Form*, dachte ich. Damals kannte ich das Wort »amorph« noch nicht, aber ich spürte seine Bedeutung. Es war das Leben eines weichen schwachen Wesens ohne *Form*, eines Kindes, das jederzeit sterben konnte. Sogar die Zauberin, die wusste, dass all ihr Tun fehlgeschlagen war, steht majestätisch da und wirft dem Kind und dem König, die sie bis dahin grausam behandelt hat, grausame Blicke zu. Der Lebenslauf steht also fest! An jenem Abend in der Oper war es Ortrud, die mich am meisten beeindruckte, und der Beweis dafür ist, dass ich mich noch heute an den Namen ihrer Interpretin erinnere.

Der Gedanke, dass Kinder weiche schwache Wesen ohne *Form* seien und jederzeit sterben könnten, war in mir entstanden, als ein enger Freund aus der japanischen Schule in Boston bei einem Verkehrsunfall ums Leben kam. Als ich mit meiner Mutter hinging, um zu kondolieren, zwangen mich seine Eltern, den Leichnam in dem kleinen Sarg anzusehen. Der tote Freund war zwar geschminkt, doch das Skelett unter seiner Haut war zertrümmert und sein weiches, in der *Form* undeutliches, rundes Gesicht lächelte …

Nachdem dies geschehen war, fragte ich mich: Ich könnte als Kind sterben, aber selbst, wenn ich mit dem Leben davonkäme, wäre ich dann in der Lage, die feste *Form* meines Lebens bis zu meinem Tod zu zeichnen? Die Personen in dieser Oper können es …

Wenn ich es einmal in meinen jetzigen Worten auszudrücken versuche, lautete meine Furcht damals: Wenn ich ohne eine feste *Form* des Lebenslaufs sterbe, ist das schrecklich und ungerecht. Seitdem hatte ich, wenn ich an das Erlebnis dieses Tages zurückdachte, damals nach einiger Zeit immer das Gefühl, dass mein Lebenslauf keine *Form* besäße und weich und amorph sei. Ohne Zweifel wird auch für ein Kind die verbleibende Zeit, in der sich ihm Fragen hinsichtlich der Art zu leben, aber auch nach der Art des Todes stellen, immer kürzer …

Seitdem verspüre ich den Drang, mich um die *Belange der Seele* kümmern zu müssen.

Als Bruder Gii geendet hatte, machte sich Izumi mit gesenktem Blick auf den Knien immer noch Notizen. Der Generalkonsul sah zu den schwarz glänzenden, gestaffelten hohen Deckenbalken empor – Zachary zufolge gab es so hohe Decken in den japanischen Großstädten nicht –, und schien seinen Gedanken nachzuhängen. In dieses Schweigen hinein sprach ein älterer Student der Universität von Matsuyama, der erst seit kurzem in unsere Kirche kam und hinter den Mitgliedern der ›Waldjugend‹ saß, Bruder Gii an:

— Ich verstehe den Prozess gut, wie Sie von dem Leben als etwas Weichem, Amorphen zu den *Belangen der Seele* gelangt sind. Auch ich habe darüber nachgedacht …

Aber gibt es dabei nicht ein Problem? Wenn man die *Belange der Seele* verfolgt, stößt man zuletzt auf Gott, nicht wahr? Sie haben doch Gott schon genau ergründet und dadurch ihrem eigenen Leben eine *Form* verliehen, nicht wahr, Bruder Gii? Dann aber sollten Sie uns unmittelbar von Ihrem Gott erzählen. Dann könnten auch wir uns, ohne Umweg, diesem Ziel zuwenden, nicht wahr? Doch bei Ihren Reden in der Kirche oder auch bei den Gesprächen in der Versammlung fällt niemals das Wort »Gott«, nicht wahr? Ich finde das verwirrend. Gibt es dafür einen Grund?

Bruder Gii schien immer noch dem Widerhall seiner eigenen Worte zu lauschen. Ungeduldig über Bruder Gii, der sich nur langsam bewusst der Frage zuwandte, fuhr der junge Mann fort.

— Gibt es, ehrlich gesagt, einen Gott?

— … Keine der Antworten, die ich dir auf deine Frage nach einem Gott geben könnte, würde dich wahrscheinlich zufrieden stellen, sagte Bruder Gii mit gesenkten Augen, um die herum er leicht errötete.

— Hat nicht der Reporter Hanada von der *Morgenpost* diese Art zu antworten gerade als »weltliche Lebenskunst« bezeichnet? Hanada hatte doch vor, aus den Artikeln, in denen er unsere Kirche kritisiert hat, ein Buch zu machen, und hat auch K. um einen Beitrag gebeten. Und als dieser ablehnte, ist er – so Mitsu – erneut zum Angriff übergegangen. Seine Kritik an K. ist doch aber zutreffend, nicht wahr?

Einer meiner Freunde ist Redakteur bei einem Zeitschriftenverlag in Tōkyō. Er schrieb, dass der Begriff der *Unzerstörbarkeit der menschlichen Existenz*, den Bruder Gii beim Gebet in der Versammlung verwendet, von K. ursprünglich als eine *weltliche Lebenskunst* verwandt wurde, das heißt als ein Mittel, um der Notlage zu entkommen, wenn er etwas behauptet, aber nicht beweisen kann ...

Bruder Gii folgte dem Gespräch, hob jedoch seinen Blick und starrte irgendwo neben den tiefschwarzen Herd, der in dem weiträumigen Lehmbodenbereich stand und in dessen noch dunkleren Schatten sich der Hausaltar von Meisuke-san befand. Dann begann er ruhig zu sprechen, so wie er es immer tut, wenn er auf eine Frage nicht direkt antwortet, sondern vielmehr Gedanken entwickelt, die sich in ihm angesammelt haben.

— Während Gläubige spüren, dass es einen Gott gibt, scheint uns diese Entdeckung von uns aus nicht möglich zu sein. Es ist eher so, dass Gott uns ergreift. Was aber Menschen betrifft, die noch nicht zum Glauben gefunden haben, was also mich betrifft, so habe ich das Gefühl, noch gar nicht darüber nachdenken zu können, ob es einen Gott gibt oder nicht. Ich kann nur sagen, dass ich einem vorläufig angenommenen Gott entgegenrufe und bei ihm Erlösung suche. Haben wir Menschen nicht in Wirklichkeit schon immer in unterschiedlicher Weise diesen Drang verspürt und unser Leben in der Suche nach einem Gott geführt ...?

— Egal, welcher Gott das auch sei?

— Für Gläubige klingt der Ausdruck *welcher Gott das auch sei* wahrscheinlich nach argem Unsinn. Es ist, als würde man sie schelten oder verachten. Aber ist es nicht eine Tatsache, dass die Wendung *welcher Gott das auch sei* manchmal notwendig in uns auftaucht? Nennen wir das nicht vielmehr Leben? Wenn dem so ist, müssen wir das anerkennen und davon ausgehen, dass wir nicht umhinkönnen, aus Verzweiflung Gott anzurufen. Das ist es, was ich denke.

Auf der nächsten Stufe ist es dann nicht mehr notwendig, danach zu fragen, ob es einen Gott gibt. Und es ist auch nicht mehr unnatürlich, dass wir das Wort »Gott« selten direkt aussprechen, wenn wir uns in unserer Kirche *konzentrieren* und miteinander reden, oder? Mir erscheint es in keiner Hinsicht falsch, dass wir unsere Kirche, die gerade erst am Anfang steht, auf diese Weise vorantreiben.

— Auch der eben erwähnte Ausdruck von der *Unzerstörbarkeit der menschlichen Existenz,* den alle oft beim Beten verwenden, sollte als eine Epiphanie verstanden werden, die sich als ein Ereignis eines uns umgebenden *etwas länger als einen Augenblick dauernden Moments* zeigen kann, oder? Das ist doch dann aber eine Gottestat. Sie fürchten sich davor, das Wort »Gott« für sich zu definieren, und bewegen sich dabei gleichzeitig wie eine Libelle, deren Schwanz an einem Faden festgebunden ist, ständig darum herum, oder?

— Das Bild von der Libelle an dem Faden leuchtet ein, auch gerade, was mich betrifft, sagte Bruder Gii amüsiert wie ein Kind und blickte den jungen Mann ungezwungen an. Ich spüre, dass sich in dem Zentrum, um das ich mich drehe, während ich versuche zu fliehen, Gott befindet, aber ich spüre auch, dass ich, je mehr ich mich drehe, desto deutlicher seine Nichtexistenz bestätige.

Wenn es aber keinen Gott gibt, können wir uns auf andere Weise unserer Lebens*form* vergewissern? Dafür jedenfalls, dass wir momentan wirklich leben, gibt es starke Anhaltspunkte. Was nicht ausschließt, dass man dies als großes Unglück auffassen kann. Wenn wir jetzt wirklich leben, können wir der Angst vor einer nicht bestimmten Lebens*form* sowieso nicht entkommen. Ist das nicht aber der Grund dafür, dass wir anfangen herumzutasten, während wir uns unwillkürlich im Kreise drehen?

Von der Libelle an dem Faden aus gesehen, ummessen wir jedoch umgekehrt das sich im Kreise drehende Zentrum. Vielleicht stellt dies momentan die einzig mögliche Realität unserer Gebete dar. Aber können wir nicht damit zufrieden sein? Wir rufen uns doch nicht deswegen »Rejoice!« zu, weil es uns einfach Spaß macht, zusammen mit Freunden in der Kirche zu sein.

Doch vielleicht heißt das, dass wir einen Weg gehen müssen, der noch mühsamer und stockender ist als die zurückliegende Anklage, und auf dem das Stocken jedes Einzelnen mit dem der Kirche insgesamt zusammenfällt.

Kamei ruckte mit seinem Rücken in dem dunklen milchkaffeefarbenen Wolljackett unruhig hin und her. Als ich ihn so direkt vor mir sah, musste ich darüber nachdenken, dass, wie Bruder Gii gesagt hatte, jeder Einzelne von uns und auch die Kirche als Ganze immer wieder ins Stocken geraten könnte. Nur Kamei würde vielleicht auch dann sein inneres Leben fortführen, Gott anzurufen. Und er würde uns vielleicht sogar erklären können, dass das Stocken jedes Einzelnen einen Sinn hat ...

— Weder ich noch all die anderen dürfen diesem Stocken ausweichen, fuhr Bruder Gii mit seiner Rede fort. Vielmehr offenbart sich uns vielleicht mitten in diesem Stocken beziehungsweise in der Ansammlung noch natürlicherer Gebete von *dort*, ich benutze den Ausdruck, den du eben verwandt hast, die Epiphanie der *Unzerstörbarkeit der menschlichen Existenz*. In diesem Moment wird unsere Kirche tatsächlich geboren, glaube ich.

Wenn ich das so sage, weicht meine Vorstellung natürlich von der Epiphanie der Christen und Muslime ab. Ich glaube nicht, dass uns die Epiphanie und die Begegnung mit Gott nur einseitig von dort aufgedrängt wird. Wenn wir sie erhoffen und sie sich uns zeigt, muss sie, wie ich meine, insoweit wir selbst sie erleben, *unsere* Aufgabe sein. Wäre es beispielsweise denkbar, dass sich die Epiphanie insgeheim auf der Rückseite des Mondes vollzieht, an einem Ort also, an dem keine Menschen leben, die auf sie hoffen und sie annehmen?

Bruder Gii kehrte von seinem Predigerstil wieder zu seiner normalen Art zu sprechen zurück und wandte sich an den neben Izumi sitzenden Generalkonsul:

— Vor kurzem sprachen wir bei Satchan im Büro doch über ein Gedicht von Yeats ... Es ging um die Stelle »Welche wüste Bestie, deren Stunde nun gekommen ist, / Schlampt gegen Bethlehem in ihre Geburt?«* Der Leser dieses Gedichts stellt sich dabei zwar gewiss eine Szene in der Wüste vor, doch angenommen, dieses Drama spielte sich an einem Ort ab, an dem niemand lebte, der es beobachtete, hätte der Prozess bis zu seiner Entstehung doch eigentlich keinen Sinn, auch wenn sich dies Drama den Menschen als Jüngster Tag offenbaren sollte, nicht?

Die Antwort des Generalkonsuls war völlig simpel und trocken. Er war in seinem Charakter ganz der Elitediplomat geblieben und konnte über Yeats nur aufrichtig, so wie er ihn verstand, sprechen, auch wenn das möglicherweise der Entfaltung von Bruder Giis Predigt schaden könnte.

— Bei dem Gespräch galt unser Interesse dem starken Bild eines Löwenkörpers mit dem Kopf eines Menschen. Es handelte sich dabei eindeutig um ein im Gedicht von einem *Ich*-Subjekt vorgestelltes Bild, und deswegen ist deine Interpretation Unsinn. »Der Jüngste Tag! Kaum sind die Worte entschlüpft, / Ist meine Sicht verstört von einem ungeheuren Bild, / Ausspiegelung des Spiritus mundi:«*, heißt es dort …

— Genau, also muss aus *meinem* Mund das *veranlassende* Wort kommen, und *ich* muss meine Augen öffnen, das heißt mein Sehen darauf einstellen und warten. Dann kommt die Epiphanie. Auch wenn ich nicht so weit gehe zu behaupten, dass durch diese erneute Bestätigung das absolute Anderssein der Epiphanie neutralisiert würde … Nicht nur bei Yeats' Bestie, wir müssen es noch vorsichtiger formulieren, auch in Jesu Verwandlung …

Wird nicht irgendwann auch unsere Kirche auf eine unausweichliche Epiphanie treffen und sie schließlich annehmen müssen? In meinen Augen ist das durchaus möglich. Zugleich habe ich das Gefühl, dass nicht ich es sein werde, der die Kirche dann leitet und die Epiphanie annimmt. Deshalb möchte ich die Kirche so solide bauen, dass der, der nach mir kommen wird, dieser Epiphanie begegnen kann.

Damit beschloss Bruder Gii seine Predigt. Niemand sagte etwas. Durch den *Blasebalg* hallten die Geräusche von der Anhöhe des Waldes wider.

— Ich bin damit einverstanden, die Kirche solide zu bauen, sowohl was den geistigen als auch den wirklichem Bau des Gebäudes angeht, sagte Izumi, die neben dem Generalkonsul ihre Notizen beendet hatte und ihren Blick über die Schweigenden gleiten ließ. Aber warum bist du dir so sicher, Bruder Gii, dass dein Nachfolger der Epiphanie begegnen wird? Gibt es dafür einen Grund?

Bruder Gii richtete seine Augen, als würde er geblendet, auf Izumi, doch er schien noch von den Gedanken gefangen genommen zu sein, die sich während seiner Rede in ihm gerade erst entwickelt hatten. Der Generalkonsul antwortete an seiner Stelle:

— Weshalb stellst du die Frage nach dem *Warum* nicht vielmehr an die Gewissheit, mit der Bruder Gii davon ausgeht, dass diese Kirche irgendwann einer eigenen Epiphanie begegnen und sie annehmen wird? Wäre es nicht logisch, zu fragen, welchen Grund es gerade dafür gibt?

— *Weshalb*? gab Izumi voller Kampfgeist zurück. Darf es in dieser Kirche keine Epiphanie geben? Wenn du schon vor eineinhalb Jahren hier gewohnt hättest, würdest du vielleicht auch fragen, weshalb die Anklage gegen Bruder Gii möglich war, oder?

— ... Ich werde wahrscheinlich sowieso nicht mehr hier sein, egal, ob es in dieser Kirche eine Epiphanie geben wird oder nicht. So, wie ich vor eineinhalb Jahren nicht hier war. Es wird also die Aufgabe der jungen Leute dieser Kirche sein, der Epiphanie zu begegnen. Dich, Izumi, eingeschlossen.

— Wie überzeugt du das sagst, sagte Izumi und starrte den Generalkonsul an.

Die meisten spürten sicher, dass Izumi mit ihrer Frage nicht implizierte, dass der Generalkonsul schon bald des Lebens in den Bergen überdrüssig sein könnte und sich eine Stelle als Gastforscher an einer Universität im Osten der USA oder als Berater bei einer großen Handelsfirma suchen würde. Der Generalkonsul schien seiner alten Freundin genau darüber berichtet zu haben, wie es um ihn bestellt war ... Aber in der für sie typischen, fast schon ungewöhnlichen Offenheit sprach Izumi weiter über das, was ihr gerade in den Kopf kam.

— Bei einer Beerdigung versammeln sich die Freunde und Bekannten des Toten zu seinem Gedenken, nicht wahr? Normalerweise, meine ich. Es wäre schön, wenn sich aber nicht nur die Lebenden, sondern auch die Toten versammelten, um den neu dazugekommenen Toten zu empfangen, und wenn die beiden Gruppen vermittels des Toten, des neu Dazugekommenen, freudig miteinander umgehen könnten. Meinst du nicht, dass in dieser Kirche zum Beispiel … eine solche Beerdigung möglich wäre?

VIERTES KAPITEL

Der Rückkopplungseffekt des Wetters

In dem Koffer mit den »Aufzeichnungen der zu Heilenden« gibt es eine Mappe, in der sich alle Schriften befinden, die mit dem Generalkonsul zu tun haben. Ihren Großteil bildet ein Romanmanuskript, das Onkel K. geschrieben hat, bevor die Kirche Grüner Baum in Flammen gegründet wurde. Die Schriften umfassen auch die kritischen Anmerkungen des Generalkonsuls zu diesem Manuskript sowie einige darauf basierende, von ihm verfasste, letztendlich aber nicht realisierten Pläne zur Weiterentwicklung des Romans. Onkel K. hatte dem Generalkonsul das Romanmanuskript gegeben, und dieser hatte vorgehabt, es als eigenen Roman weiterzuschreiben. Doch nachdem auch er auf die Fertigstellung verzichtet hatte, landete alles in dem Koffer.

Angefangen hatte alles, als Asa nach langer Zeit wieder einmal auf ein Gespräch bei mir im Büro vorbeikam. Der Generalkonsul war gerade von seinem Haus am nördlichen Abhang der Himmelssenke heruntergekommen und saß im Büro. Und wie immer fing er an, über Yeats zu reden. Dass er seinen Ausführungen ungewöhnlich viele Erklärungen beifügte, lag meines Erachtens an der Anwesenheit Asas, in deren Leben es seinem typisch elitären Vorurteil zufolge gewöhnlich keine Berührung mit ausländischen Dichtern gab.

— Satchan, ich habe dir doch einmal von *Der Mann und das Echo* erzählt. Je öfter ich dieses Gedicht lese, desto mehr erschreckt es mich. Vielleicht flößen einem alle Gedichte Yeats' aus den *Letzten Gedichten*, wenn man sie so angstbesetzt liest, Furcht ein. Mich schaudert, wenn ich nur daran denke. Ich habe auch nicht mehr die Zeit, sie sorgfältig und in allen Einzelheiten zu lesen … heute Morgen überkam mich beim Lesen wieder das Gefühl, als würde ich von der großen Hand des Dichters geschlagen, allerdings geschah das in einer anderen Strophe als der, die ich das letzte Mal zitiert habe. Gib mir doch mal deine *Papermac*-Ausgabe.

Als ich ihm das neben dem Telefon liegende Buch reichen wollte, zögerte ich. Und wie erwartet, richtete der Generalkonsul seine Aufmerksamkeit auf die von mir rot unterstrichenen Stellen.

— Was denn, das ist dir auch aufgefallen? Auch für mich stellt diese Strophe ein Problem dar: »Da er noch leiblich lebt im Sein, / Betäubt von Liebe oder Wein. / Im Wachen dankt man Gott, dass man / Den Leib hat, in der Dummheit Bann, / Doch mit dem Leib vergeht auch Schlaf, / Solange bis der Geist sich rafft / Auf eine klare Ordnung zu / Und so nachdenkt, wie ich es tu«.*

... Ich sterbe, aber die *Seele* existiert auch danach irgendwie weiter. In meinem Realismus als Diplomat, der mich in den vielen Jahren prägte, habe ich mir darüber nie Gedanken gemacht. Seit ich aber hier lebe und mich in Bruder Giis Kirche zu *konzentrieren* versuche, kommt ein anderes Denken in mir auf. Ich lebe jetzt mit einer Seele. Und ich denke über den Tod nach. So versuche ich das Problem meiner *Seele*, mit der ich jetzt lebe, zu lösen. Und ich glaube, die Hypothese aufstellen zu können, dass meine *Seele* auch nach meinem Tod existieren und in Kontinuität zu meinem lebenden Jetzt stehen wird. Das ist gegenwärtig meine grundlegende Einstellung zur *Seele*.

Aus der Tatsache, dass man irgendwann keinen Körper mehr haben wird, folgt der Gedanke, dass man dann keine berauschende Wirkung mehr von der Dummheit des Körper erwarten kann, worin auch immer diese bestehen mag. Man wird immerzu wach sein und das wahrscheinlich im Dunkeln (denn da ich auch keine Augen mehr haben werde, die Teil des Körpers sind, werde ich wohl auch Licht nicht mehr wahrnehmen können), *und so nachdenken, wie ich es tu*. Das wird hart sein ...

So besehen, wäre es angenehmer, sich vorzustellen, dass nicht nur der Körper, sondern auch die *Seele* verschwindet, dass alles vergeht. Doch dann würden auch die Aufgaben meiner *Seele* als jetzt Lebendem mit einem Schlag ihren Sinn verlieren. Es ist gleichsam das Gefühl, etwas zu schnell zu altern und zu verkalken, und nicht zu wissen, was man tun soll. Auch wenn ich sicher nicht mehr besonders lange leben werde, erscheinen mir diese letzten Lebensjahre so unermesslich, dass ich nicht weiß, wie ich mit ihnen umgehen soll. Was soll ich machen? Gibt es eigentlich eine gesunde Art, diese Zeit zu verbringen, die für eine sorgfältige Lektüre von Yeats' *Letzten Gedichte* zu kurz, aber erschreckend lang ist, wenn man auf die Probleme der *Seele* verzichtet?

Ich dachte, dass der Generalkonsul nur wieder eine seiner rhetorischen Fragen stellte, auf die man nur unbestimmt schweigen konnte. Asa jedoch, die ihm wie ich zugehört hatte, war diese Art der Nichtbeachtung seiner Zuhörer nicht vertraut. Sie wartete, bis der Generalkonsul zu Ende gesprochen hatte, und machte dann einen praktischen Vorschlag.

— Als ich gestern Abend zufällig mit K.-chan telefonierte, machte er sich Sorgen, wie es Ihnen in Ihrem neuen Haus gehen möge. Er weiß bereits, dass Sie jeden Tag Yeats lesen …

Ich erzählte ihm, dass Sie, als ich letzte Woche kurz in der Kirche war, dort neben den sich *konzentrierenden* jungen Leuten gesessen und einen seiner Romane gelesen hätten … Ich erzählte ihm auch, dass wir nach der Versammlung noch kurz geredet hätten und Sie gesagt hätten, K.-chan habe einer Zeitung gegenüber geäußert, dass er diesen Science-Fiction-Roman in drei Teilen konzipiert habe, und dass Sie gespannt seien, wann der abschließende Band erscheinen würde – Sie selbst hätten die ersten beiden Bände gelesen und machten sich allerlei Gedanken.

Daraufhin erzählte mir K.-chan am Telefon, dass er keine Lust mehr habe, den dritten Teil zu schreiben … Und ob nicht Sie, wenn Sie Interesse hätten und überdies die Zeit dafür aufbringen könnten, den dritten Band schreiben wollten. Unabhängig davon, ob man ihn veröffentlichen würde oder nicht …

Mir kam dieser Vorschlag völlig unrealistisch vor, aber der Generalkonsul war, als er dies hörte, zwar etwas überrascht, geriet aber zugleich in eine nostalgische, gelöste Stimmung, wie ich sie in letzter Zeit nicht an ihm bemerkt hatte.

— Dabei fällt mir ein, Asa-chan, dass K.-chan und ich, angestiftet vom *früheren* Bruder Gii, in unserer Studentenzeit einmal zusammen einen Roman schreiben wollten. Ich hielt mich damals im Alten Hof auf, um mich auf mein Examen als Diplomat vorzubereiten. Doch je mehr ich mich in die Vorbereitungen vertiefte, desto mehr rückte der Roman in die Ferne. K.-chan aber, der im Grunde ein ernsthafter Mensch ist, schrieb eifrig. Er verfasste eine Kurzgeschichte, die im Rahmen eines Literaturwettbewerbs in der Studentenzeitschrift von Komaba* gedruckt wurde. Das erste Werk in seiner schriftstellerischen Laufbahn hatte also eigentlich ein Gemeinschaftswerk mit mir werden sollen.

Mehr sagte der Generalkonsul nicht, aber die Tatsache, dass er so offen von früher erzählt hatte – was selten vorkam –, muss daran gelegen haben, dass Asas Vorschlag seine Neugier geweckt hatte. Asa, die viel Menschenkenntnis und eine reiche Beobachtungsgabe besaß, war das bestimmt nicht entgangen. Noch in derselben Woche schon kam sie mit einem Postpaket aus festem Karton ins Büro, das Onkel K. geschickt hatte. Als ich dem Generalkonsul das Paket übergab, nahm er es mit einem Gesichtsausdruck entgegen, als habe er bereits darauf gewartet. Dann ging er, in der einen Hand das Paket, in der anderen einen Vorrat an Fertiggerichten, mit einer Emsigkeit, die an die Energie seiner jungen Jahre während der Vorbereitungen für das Diplomatenexamen und des gemeinsamen Romanprojekts erinnerte, zurück in sein Haus in der Himmelssenke. In den folgenden drei Tagen kam er noch nicht einmal zur Zerstreuung zum Alten Hof herunter.

Wenn ich mir jetzt in den »Aufzeichnungen der zu Heilenden« die Mappe ansehe, in der sich auch die Texte des Generalkonsuls befinden, liegen dort zunächst Onkel K.s Notizen für den dritten Band des *Therapieturms* und das unvollendete Manuskript des tatsächlich begonnenen Anfangteils. Darüber hinaus gibt es die Notizen des Generalkonsuls für den weiteren Verlauf der Geschichte und vor allem das Konzept für den Schlussteil des gesamten Werks. Als der Generalkonsul damals Lust bekommen hatte, die Fortsetzung des Romans zu schreiben, hatte er anscheinend öfters in Seijōgakuenmae angerufen und sich mit Onkel K. besprochen. Daher fällt es vielleicht schwer, das Konzept ganz dem Generalkonsul zuzuschreiben …

Onkel K.s erste Notizen für den dritten Band der Trilogie, *Die Kinder des Therapieturms*, waren so simpel, dass einem Zweifel kommen konnten, ob sich damit wirklich ein Roman eröffnen ließe.

1. Dreißig Personen, die von der Nachrichtenanstalt des Satelliten Titan ferngesteuert werden und mit besonderen Fähigkeiten ausgerüstet sind, bilden eine Mannschaft wie in Balzacs *Geschichte der Dreizehn* und wollen die Erde vor der Katastrophe retten. Ihr letztes Ziel ist die Versöhnung mit den intelligenten Wesen des Fernen Kosmos, die in der Lage sind, unseren Planeten zu zerstören. Intelligente Wesen ... unterscheiden sich von Menschen oder anderen Lebewesen. In ihren Funktionen ähneln sie riesigen Computern, doch es sind keine Maschinen.

2. Unter den Vorzeichen des sich anbahnenden großen Zusammenbruchs der Welt macht die Versöhnung mit dem Fernen Kosmos Fortschritte, zugleich aber wird deutlich, dass auch die Lebewesen des Fernen Kosmos vom Untergang bedroht sind. Das Zeichen ihrer letzten Hoffnung ist die Menschheit auf unserem Planeten. Am Fernen Kosmos hängen in einer riesigen Zeichenstruktur die Worte Senancours: »Wir mögen untergehen. Vielleicht. Aber wir wollen uns widersetzen! Und sollte uns nur das Nichts vorbehalten sein, werden wir uns damit nicht einverstanden erklären!« Die Übersetzung stammt von Kazuo Watanabe*.

3. Ich (der Autor) glaube an die *Weltreligion*. Also muss in der Erzählung eine verdeckte, aber überzeugte Religionsanschauung zum Ausdruck kommen.

4. Der Plot entfaltet sich zunächst dahingehend, dass einige der dreißig Personen, die eine Sekte gegründet haben, in der es auch Frauen gibt, ein seltsames großes Verbrechen planen. (Zur Legitimierung stellen sie übertriebene, abstruse Behauptungen auf.) Sie und die restlichen der dreißig, die sich ihnen widersetzen, führen einen Kampf, in dem beide Lager spezielle Fähigkeiten entwickeln und der den Charakter der später wieder vereinigten Organisation bestimmt.

5. Der Prolog beginnt mit einem Wunder, das sich in der komplexen Bauanlage des Atombombendoms ereignet und wie ein Witz wirkt.

Als ich Onkel K. fragte, ob ich aus den ersten beiden Kapiteln seines unvollendeten Manuskript von *Die Kinder des Therapieturms* zitieren könnte, antwortete er, dass er es zusammen mit den Rechten zur Veröffentlichung dem Generalkonsul anvertraut habe, und dass wir, wenn es dessen letztem Willen entspräche, für die Aufzeichnungen der Kirche frei darüber verfügen dürften. Doch ohne die vorangegangenen ersten beiden Bände *Der Therapieturm* und *Planet Therapieturm* gelesen zu haben, wäre es wahrscheinlich schwierig, der Geschichte und den Personen folgen zu können. Ich hoffe allerdings, dass das Gespräch zwischen dem Generalkonsul und Onkel K., das ich an anderer Stelle wiedergeben werde, zur Klärung beitragen wird, und möchte hier als Erstes den Romanentwurf unter Zuhilfenahme einiger Zitate zusammenfassen.

Die Geschichte von *Die Kinder des Therapieturms* beginnt zwanzig Jahre nach der in *Planet Therapieturm* beschriebenen »Kinderkreuzzugsarmee des Kosmos«, deren Jungen und Mädchen von dem Saturnsatelliten Titan und der Erde eine Behandlung erfahren haben. Tai, einer der Jungen, wird Architekt und vollendet eine komplexe Bauanlage, die den Atombombendom in Hiroshima mit einschließt. Bei der Gedenkfeier kommen alle, bis dahin über die ganze Welt verstreuten Mitglieder der »Kinderkreuzzugsarmee des Kosmos« zusammen. Die Erzähler des Romans beobachten deren private Zusammenkunft am Abend vor der Feier.

»Endlich nach zwanzig Jahren sahen wir die Mitglieder der ›Kinderkreuzzugsarmee des Kosmos‹ wieder. Das Ganze war in einen Glanz getaucht, der ohne Zweifel künstlich war, jedoch wirkte, als handele es sich um Mondlicht und dessen Reflexe in einem grünen Wald. Ich, der Angestellte Ri aus der Editionsabteilung, in der ich schon als Lehrling gearbeitet hatte, sowie die alte Dame Yanagida, die mir erst an diesem Tag vorgestellt worden war, befanden uns im Wartezimmer neben der großen Halle. Wir saßen auf Stühlen, die sich seltsam sicher anfühlten, und blickten durch eine durchsichtige Wand in die ovale Halle. Auch der Boden war durchsichtig und wie die Stühle detailliert bearbeitet, sodass es unter uns aussah wie der Grund eines weiten Tals. Im Mittelpunkt stand glänzend der Atombombendom. Weiter vorn oben, an dem Ort, der früher Friedenspark-Slum hieß, ruhte wie ein niedriges Gebirge ein dunkler Wohnkomplex, dessen Lichter vor der morgigen Eröffnung alle gelöscht waren. Und über dem durchsichtigen Gewölbe über uns breitete sich der Sternenhimmel aus.

Die jetzt erwachsenen Mitglieder der ›Kinderkreuzzugsarmee des Kosmos‹ machten es sich auf den in der großen Halle beliebig verteilten Stühlen bequem. Sähe man von unten zu ihnen hinauf, bekäme man wahrscheinlich den Eindruck, zu einem in seiner Gestalt frei erfundenen Sternbild hinaufzusehen. Die heutige Zusammenkunft war inoffiziell, und die etwa dreißig locker und sportlich gekleideten Mitglieder wirkten in dem fahlen Licht beinahe wie junge Männer und Frauen aus guten Familien, die auf etwas Vergnügliches warteten, dass ihnen demnächst geboten würde, oder wie Kinder, die ganz still den explosionsartigen Start eines spannenden Spiels erwarteten.

Der Platz, an dem wir verborgen saßen, sah aus wie eine Hutgarderobe im Eingang eines alten Gebäudes, wie man sie zuweilen in Operetten sieht. Ri zufolge war die durchsichtige Wand, die uns von der großen Halle trennte, mit einer Art dünnen Seidengaze beschichtet, sodass es auf unserer beleuchteten Seite aussah, als steige in der Halle Nebel auf. Die jungen Männer und Frauen auf der anderen Seite konnten uns nicht sehen und verhielten sich wohl deshalb auch so unbefangen.

Ri teilte mir dies alles jedoch nicht mit Worten mit, sondern durch die von uns beiden erlernte Fähigkeit, Gedanken zu lesen. Aber auch die schöne alte Dame mit ihren tief liegenden Augen unter der klaren Stirn, der gegenüber ich Zurückhaltung wahrte und auf die ich meine inneren Antennen nicht richtete, dachte das Gleiche wie Ri, allerdings wusste sie besser Bescheid. Sie sagte leise und deutlich:

— Sie sind wirklich unbekümmert ... Schon vor zwanzig Jahren habe ich auf sie hinabgesehen. Auch damals war ich für sie unsichtbar, so wie jetzt ... An der Oberfläche des tiefen Schwimmbeckens konnte ich nur ihre schleimigen kokonförmigen Kapseln sehen. Ich sah auf sie hinunter und spürte Schmerz, aber diese Menschen, die damals noch Kinder waren, schliefen wahrscheinlich genauso unbekümmert wie jetzt, versunken in ihre kindlichen Träume.

— Auch wir haben von der Behandlung gehört. Sie haben sich sicherlich Sorgen gemacht.

— Mir war klamm ums Herz. Jedes dieser Kinder, das dort in dem fünfhundert Meter unter der Erde errichteten Becken schwebte und mit dem Kosmos korrespondierte, jedes mit seinem kleinen ganzen Körper ... Ich glaube, alle Bewohner dieses Landes, ausgenommen die Betroffenen selbst, machten sich Sorgen. Es kam zu Unruhen, und eine Gruppe von Demonstranten, die vor Lebendexperimenten mit Kindern warnte, belagerte das Gebäude der Japan-Starship-Corporation. Zwei Menschen kamen dabei ums Leben.

Trotzdem wurde die Behandlung durchgeführt, und schließlich schlüpften die Kinder wohlbehalten aus ihren Kokonkapseln. Die Nachrichtenanstalt aber, die ihnen die außerkosmische Botschaft übermittelt hatte, verschwand zusammen mit der Besatzung des Raumschiffs bei einem Unfall, der sich direkt nach der Behandlung ereignet hatte.

Nun, die Kinder von der ›Kinderkreuzzugsarmee des Kosmos‹, die die Botschaft hier bestimmt empfangen hatten, haben, wie Sie wissen, in den zwanzig Jahren keine nennenswerte Arbeit geleistet. Ich befinde mich in der besonderen Lage, dass mein Mann als Sender des Satelliten Titan eine zentrale Rolle spielte und mein Sohn einer der Empfänger war. Aber ich konnte bei meinem Sohn keine auffälligen Veränderungen vor und nach der Behandlung feststellen. Mein Sohn und ich haben in diesen zwanzig Jahre nie über die Behandlung gesprochen. Das gilt wohl auch, glaube ich, für die anderen dreißig. Sie kommen ja auch heute noch ganz unbefangen und individuell gekleidet zusammen.

— Und zwar in dem von Ihrem Sohn errichteten Gebäude, sagte ich und verbarg nicht, dass auch ich mir gewisse Informationen hatte verschaffen können.

— Warten sie nicht einfach darauf, dass etwas passiert?, fügte Ri, der viel stärker als ich die Gabe der Vorhersehung besaß, hinzu.«

Im Anschluss daran entwickelt der Roman das *wie ein Witz wirkende Wunder*, wie es in Onkel K.s Notizen heißt.

»Bald begann der dünne Vorhang aus Seidengaze am anderen Ende der Längsachse der ovalförmigen Halle zu flattern. Der transparente Fahrstuhl bewegte sich. Der Vorhang flatterte wieder, und drei Männer in antiken khakifarbenen Armeeuniformen und Stirnbändern mit der roten Sonne der Nationalflagge, die aussah wie ein frischer Blutfleck, traten in die Halle. Jeder von ihnen trug vor seiner Brust wie eine Opfergabe ein Päckchen in der Größe eines kleinen Koffers. Die drei Männer schritten langsam vorwärts und hielten dann mitten zwischen den in der Halle stehenden Stühlen, die willkürlich platziert gewesen zu sein schienen, in Wirklichkeit aber so aufgestellt worden waren, um irgendwann diese Männer zu empfangen.«

Dem Erzähler und seinen Kameraden war sowohl die Kleidung der Männer als auch ihre Art zu gehen fremd, aber die alte Dame erzählte, dass es sich dabei um den »Patrioten-Look« handele, der vor zwanzig oder noch mehr Jahren in Japan Mode gewesen sei.

»Die drei Männer, ein Glatzkopf um die fünfzig und zwei bärtige Jünglinge, die in den Zwanzigern zu sein schienen, standen in ihrem ›Patrioten-Look‹, der schon damals anachronistisch gewirkt haben muss, ehrfurchtsvoll mit ihren eckigen Päckchen vor der Brust da. Einen Moment lang schien es, als probten sie einen Bühnenauftritt für die morgige Feier zur Fertigstellung des Gebäudes. Sie wirkten fast wie eine Maschine, die irgendeine Kraft dazu zwang, mit den Päckchen vor der Brust die ganze Zeit dazustehen, und sich nicht dagegen zu wehren vermochte …

Aber nirgendwo waren Polizisten oder Wachmänner mit Laserwarnwaffen, die die drei starr dastehenden Männer bewachten. Und auch die dreißig Personen, die dort beliebig vor ihnen herumstanden, wirkten ganz entspannt. Ich glaubte zu beobachten, wie sie sich alle anlächelten, ohne dabei zu plaudern und in der Halle eine Pause machten, und dass dann die drei Männer in ihrem ›Patrioten-Look‹ hereinkamen und aufrecht ihre Päckchen haltend einschliefen.

Bald darauf trat eine kleine Person mit runder Brille – unter den dreißig wohlgestalteten Rückkehrerkindern war er der Einzige, der einen eigentümlichen Eindruck machte – besonders ruhig und höflich vor die drei Männer. Er machte eine Geste, die aussah wie das Flaggensignal eines jungen Boten, und schon wurde das Päckchen des Glatzkopfs immer schwerer. Der etwa fünfzigjährige Mann wahrte seine Haltung, doch kostete es ihn sichtlich Kraft, Nacken und Schultern gerade zu halten.

Der Mann mit der Brille drehte sich zu seinen Kameraden um und machte eine weitere Geste. Yanagida, der das Gebäude entworfen hatte und den ich bis dahin nicht entdeckt hatte, erhob sich, ging auf die transparente Wand zu und klopfte auf die ebenfalls transparente Schrifttafel, um die Steuerung in Gang zu setzen. Sofort öffnete sich wie eine Flügeltür der Mittelteil des Gewölbes über uns, und es erschien der tief violette Abendhimmel mit seinen klaren Sternenketten. Der Mann mit der Brille und Yanagida kehrten zu ihren Stühlen zurück, und nur die drei etwas dumm wirkenden Männer blieben mit ihren Päckchen vor der Brust stehen.

Im nächsten Moment wurde das Päckchen des Glatzkopfs in die Höhe gehoben, so als entreiße es ihm ein aus dem Himmel gestreckter Arm mit großer Kraft. Es hielt noch einmal plötzlich an und stieg dann mit einer kontrollierten, konstanten Geschwindigkeit durch die Öffnung des Gewölbes in den Himmel auf. Während wir dem schwarzen quaderförmigen Ding nachsahen, das gerade noch am Himmel auszumachen war und sich westlich des Gebäudes zum Asanogawa hin bewegte, leuchteten etwa fünf Sekunden nach seinem Verschwinden für einen Moment der Wohnkomplex auf der anderen Seite des Ufers, die Biegung des Asanogawa und die Streben der transparenten Kuppel des Atombombendoms diesseits des Flusses hell auf. Es folgte der laute Knall einer Explosion. Man vernahm sogar das Geräusch vieler kleiner Splitter, die auf die Wasseroberfläche und die Ufer des Asanogawa fielen.

Jetzt gerieten die drei Männer in dem ›Patrioten-Look‹, als erwachten sie mit einem Mal, in großen Aufruhr. Die beiden jüngeren legten ihre Päckchen zu Boden, lösten zappelnd ihre Hände, und zusammen mit dem, dem das Päckchen entrissen worden war, schüttelten sie ihre Arme und Beine ohne Sinn und Verstand nach allen Seiten. Dann sprangen alle drei in das Wartezimmer herein, in dem wir saßen – Ri und auch die ruhige alte Dame schreckten auf. Sie traten jedoch sofort auf den Treppenabsatz hinaus und rannten mit großer Geschwindigkeit die Treppe hinunter.«

Die Erzähler erinnerten sich daran, dass im Fernsehsender ein Drohbrief eingetroffen war, in dem man mit der Sprengung des Doms gedroht hatte, und stimmten darin überein, dass es sich bei der Aktion um eine witzige Gegenmaßnahme gehandelt habe, aber die alte Dame zeigte sich überrascht von der Einigkeit unter den Mitgliedern der »Kinderkreuzzugsarmee des Kosmos«, die seit der Behandlung vor zwanzig Jahren untereinander keinerlei Affinität gespürt zu haben schienen. Würden sie, angefangen mit ihren gerade unter Beweis gestellten besonderen Fähigkeiten nun mit vereinter Kraft zu weltweiten Aktivitäten ansetzen? Doch ohne Zweifel hatten einige unter ihnen auch arglistige Motive, und stellte nicht, so die Furcht der Erzähler, die Auseinandersetzung zwischen den »Bösen« und den übrigen Mitgliedern die erste Aufgabe der ehemaligen »Kinderkreuzzugsarmee des Kosmos« dar? Man konnte bereits ein kleines Ereignis erkennen, das darauf anspielte.

Der Roman kam nun auf das Ereignis in der ehemaligen »Kinderkreuzzugsarmee des Kosmos« zu sprechen, von dem die Erzähler an dem auf diesen Vorfall folgenden Tag von der alten Dame hörten.

»Als Ri und ich die alte Dame am nächsten Morgen abholten und mit ihr zusammen frühstückten, erzählte sie uns von dem Verlauf des spät in der gestrigen Nacht erfolgten Gesprächs mit Yanagida, der spät ins Hotel zurückgekehrt und heute Morgen schon früh zu den Vorbereitungen für die Feier zur Fertigstellung aufgebrochen war. Ich versuche ihre Erzählung so, wie ich es mittels des von mir trainierten Gedächtnisses erinnere, wiederzugeben.

... Ich wollte auch noch von meinen Erinnerungen an Sakuchan erzählen, neben dem ich in dem Hotel in Hiroshima in einem Doppelbett schlief, bevor er zu seiner letzten Reise mit dem Raumschiff aufbrach. Tai sah übrigens müde aus. Nach der Versammlung gingen die neunundzwanzig Kameraden alle, obwohl die kontroverse Diskussion noch nachwirkte, zusammen die Wendeltreppe bis ins Erdgeschoss des Doms hinunter und erzählten mir von dem Ereignis, das sich während des Rundgangs, bei dem Tai das Beleuchtungssystem des Atombombendoms erklärte, ereignet hatte.

Als die Kameraden zu den Streben der den Atombombendom überdachenden Kuppel hinaufsahen, fiel einer von ihnen auf dem Rasen vor dem Dom auf die Knie, küsste die Erde und schrie: »Meine ganze Seele *bebt in der Berührung mit anderen Welten*!« Ich – und vielleicht auch die anderen – spürte, wie ich vor Mitgefühl mit dem Kameraden bebte, der durch das transparente Gewölbe in den Sternenhimmel hinaufsah und schrie ...

Tai löschte die Lampe neben seinem Bett. Auch ich versuchte, ohne noch etwas zu sagen, einzuschlafen. Denn ich spürte, dass Tai und auch die meisten anderen natürlich das Zitat bemerkt hatten, das sich in dem seltsamen Benehmen und Schrei ihres Kameraden versteckte ...

Aber ich hatte keinerlei Vermutung, woher das Zitat stammte. Ri ging es genauso. Als wir Yanagidas Mutter fragten, klärte sie uns auf, obwohl sie behauptete, sich nicht gut in der Literatur auszukennen. Bevor die Großmutter der alten Dame gestorben war, hatte sie einige Jahre Symptome einer Altersdemenz gezeigt. Daraufhin hatte die alte Dame alles Mögliche ersonnen, um die Großmutter wieder in die Wirklichkeit zurückzuholen.

Eine ihrer Methoden bestand darin, ihr täglich ein Stück aus *Verbrechen und Strafe* vorzulesen. Das Lesen wurde ihr dabei selbst so zur Gewohnheit, dass sie nach dem Tod der Großmutter trotz einiger Unterbrechungen das gesamte Werk Dostojewskijs las. Was der Kamerad der ehemaligen »Kinderkreuzzugsarmee des Kosmos« zitiert hatte, stammte, so meinte sie, aus *Die Brüder Karamasow.* Und zwar aus dem Teil, der mit »Vom Gebet, von der Liebe und von der Berührung mit anderen Welten« aus »Aus den Gesprächen und Belehrungen des Starez Sosima« überschrieben ist.

Ich kaufte mir sofort eine Taschenbuchausgabe und las die Stelle nach, die lautete: »Vieles auf Erden ist uns verborgen, dafür aber ist uns im Inneren ein geheimes Gefühl unserer lebendigen Verbindung mit einer anderen Welt gegeben, einer höheren und erhabeneren Welt, und auch unsere Gedanken und Gefühle haben ihre Wurzeln nicht hier, sondern in anderen Welten. Deshalb meinen auch die Philosophen, daß man das Wesen der Dinge auf Erden nicht erfassen könne. Gott hat die Samen aus anderen Welten genommen und sie auf dieser Erde ausgesät, und hat Seinen Garten wachsen lassen, und alles ist aufgegangen, was aufgehen konnte, aber alles Wachsende lebt und hat Teil am Leben allein durch das Gefühl der Berührung mit anderen geheimnisvollen Welten, und wenn dieses Gefühl in dir ermattet oder gar abstirbt, dann stirbt auch das, was Gott in dir hat wachsen lassen.«*

Dann küsste Aljoscha, der Schüler des Starez Sosima, die Erde, und was er dabei unter Tränen empfand, waren genau die Worte, die der Kamerad der *ehemaligen* »Kinderkreuzzugsarmee des Kosmos« hinausgeschrien hatte. »Als schwacher Jüngling war er auf die Erde gestürzt und erhob sich als ein fürs ganze Leben gehärteter Kämpfer, er fühlte es und war sich dessen bewusst, schon im Augenblick seiner Begeisterung. Und nie, niemals in seinem ganzen Leben, vergaß Aljoscha diesen Augenblick. ›Jemand hatte meine Seele in diesem Augenblick aufgesucht‹, pflegte er später in seinem Glauben an seine Worte zu sagen.«**

Die Fortsetzung des Romanentwurfs überlasse ich den »Aufzeichnungen der zu Heilenden« und möchte stattdessen über ein Gespräch berichten, das ich mit dem Generalkonsul dazu geführt habe. Vier Tage nach dem Eintreffen des Pakets kam der Generalkonsul vormittags ins Büro und zeigte mir Onkel K.s Entwurf sowie sein eigenes Konzept. Als ich gerade bei der oben zitierten Stelle angelangt war, streckte er plötzlich seinen Kopf vor und fragte:

— Hast du die ersten beiden Bände gelesen? Was hältst du davon? Meinst du, K.-chan ist schriftstellerisch im Lot, wenn er jetzt auch so was schreibt? Der Roman birgt keinerlei wissenschaftliche Entwicklung, nur einen etwas dünnen Okkultismus, findest du nicht? Dass er nach wie vor an Dostojewskij festhält, akzeptiere ich noch, aber der Teil davor gefällt mir nicht. Er muss das selbst gemerkt haben, deswegen hat er doch aufgehört zu schreiben, nicht wahr? Ist das eigentlich richtiger *Science Fiction*, was er da schreibt?

— Ich lese selten *Science Fiction*, aber ich mag es, wenn solche Bücher voll gestopft sind mit detaillierten wissenschaftlichen Informationen. Das interessiert mich mehr als die Darstellung sentimentaler Szenen und Personen, die in der nahen Zukunft spielen …

Der Generalkonsul starrte mich die ganze Zeit an – ich erinnerte mich, dass Onkel K. einmal erzählt hatte, der Generalkonsul habe die Angewohnheit, sein Gegenüber beim Sprechen zu fixieren, was daran läge, dass in seiner Familie alle Ärzte waren – und fuhr dann mit einem Gesichtsausdruck, als habe er mich reingelegt, fort:

— Eigentlich war ich unzufrieden mit diesem Roman, den K.-chan einen Roman aus der nahen Zukunft nennt. Wenn man *Science Fiction* schreibt, muss man Wissenschaft und Technik hineinbringen. Man braucht sie ja nicht gleich zum Fetisch zu erklären …

Was die neuesten naturwissenschaftlichen Entwicklungen angeht, habe ich selbst übrigens auch keinerlei Kenntnisse oder Erfahrungen vorzuweisen und möchte diesbezüglich nur meine Unzufriedenheit als eifriger Leser von *Science Fiction*-Romanen zum Ausdruck bringen. Doch was mich jenseits dessen wirklich aufregt, ist die Tatsache, dass K.-chan auch keinerlei konkrete Konzeption in Bezug auf Wirtschaft oder Diplomatie bietet, obwohl sein Roman vor dem weltpolitischen Hintergrund der nahen Zukunft spielen soll. Dass er den Zusammenbruch der Sowjetunion nicht vorausgeahnt hat, ist zwar komisch, aber noch zu verstehen. Die meisten japanischen Intellektuellen leben völlig isoliert, und überhaupt ist hier nicht das Milieu, wo man in den Cafés auf die mit allen Wassern gewaschenen osteuropäischen Exilanten trifft, die nur darauf warten, zu erzählen.

Aber eine Informationsquelle besaß er zumindest, nämlich mich als zuverlässigen Zuträger. Ich habe ihm auch ziemlich viele nicht offizielle Informationen gegeben. In den bisher erschienenen Bänden spiegelt sich aber überhaupt nichts davon wieder. Das war für mich schon ziemlich seltsam. Und jetzt kommt der Entwurf des dritten Bandes. Ich habe ihn voller Erwartung verschlungen, aber auch dort geht es nur wieder um Telepathie und die Kunst, Gedanken zu lesen.

— Sie wollen den Roman also nicht mehr weiterschreiben? fragte ich. Doch der Generalkonsul fragte zurück:

— Wieso das denn!? Er riss seine Augen noch weiter auf. Natürlich werde ich schreiben. Es ist doch wohl offensichtlich, dass ich den Roman in Bezug auf meine eben genannte Unzufriedenheit sowie K.-chans Schwachpunkten gerade ergänzen kann. K.-chan hat mir das Manuskript doch wohl deshalb anvertraut, weil er selbst darauf spekuliert hat. Den Entwurf für den Schluss habe ich bereits mit ihm besprochen und ausgearbeitet.

Der Generalkonsul zeigte mir ein prächtiges, in Leder gebundenes Notizbuch, das ich vorher noch nie bei ihm gesehen hatte. Ich aber hielt seinen durchdringenden Aktivismus, ich glaube, den ersten seit seiner Rückkehr, für gefährlich.

Knapp ein Jahr lang war ich von montags bis freitags zu Onkel K. nach Seijōgakuenmae gefahren und hatte beobachtet, wie er seine Romane schrieb. Nachmittags besuchte Oyū ihre Mutter, die im Krankenhaus lag, und Onkel K. saß währenddessen in dem neben dem Eingang gelegenen Wohnzimmer in einem Lehnstuhl und arbeitete – während er zwischendurch ans Telefon ging und Post und Pakete entgegennahm – an einem Zeichenbrett, auf dem sein Schreibpapier lag. Jeden Tag, wenn er ein gewisses Pensum erreicht hatte, legte er sich aufs Sofa und las, wobei er wie der *frühere* Bruder Gii einen rot-schwarzen Stift auf seiner Brust liegen hatte. Am Abend steckte er ein Buch, das er ohne Lexikon lesen konnte und in das er nichts hineinzuschreiben brauchte, in seine Umhängetasche und fuhr erst mit der Odakyū–Linie und dann mit der JR-Linie nach Nakano zum Schwimmen. Während er im Schwimmbad eintönig seine tausend Meter hin- und zurückschwamm, entwickelte er offenbar den weiteren Verlauf der Geschichte für den jeweils nächsten Tag und kam auf entsprechende Details. Das wiederholte sich Tag für Tag. Seit ich nicht mehr dort bin und Hikari wegbringe und wieder abhole, rauben ihm solche Dinge wahrscheinlich viel Zeit, die er sonst für seine Romane oder zum Bücherlesen hätte …

Was die Fortsetzung seines Romans anging, zeigte Onkel K. für einen Neuansatz also nicht den Übereifer wie der Generalkonsul. Von außen betrachtet, war in seinem Leben ein Tag wie der andere, sodass ich mich schon wunderte, warum es ihm nicht langweilig wurde. Gehörte aber nicht gerade dieses eintönige Leben zur notwendigen Grundeinstellung, um Romane und vor allem lange Romane schreiben zu können? Der Generalkonsul hingegen legte einen Eifer an den Tag, als ob er Vorbereitungen für die Unterzeichnung neuer Verträge träfe …

Ich weiche vielleicht etwas vom Thema ab, aber ich frage mich, ob sich in dem Koffer mit den »Aufzeichnungen der zu Heilenden« überhaupt noch die vom Generalkonsul mit dem Wordprocessor geschriebene Fortsetzung von *Die Kinder des Therapieturms* befand. Nicht eine Seite des Entwurfs ist im Stil des Romans geschrieben. Ich hege Zweifel, ob nicht der Generalkonsul in seinem Perfektionismus, der zu seiner Vergangenheit als Elitediplomat passte, vor seinem als sicher geltenden Tod Dutzende von Seiten auf den Disketten gelöscht hatte.

Stattdessen findet sich unter den Aufzeichnungen ein Entwurf für den Schluss des Romans, der deutlich ein Telefongespräch mit Onkel K. widerspiegelt. Ich glaube übrigens, dass schon die zurückgelassenen Notizen ein *Zeichen* dafür sind, dass für den Generalkonsul der Entschluss, einen Roman zu schreiben, richtig war. War er damit nicht zumindest in den letzten Monaten seines Lebens der Yeats'schen Vorstellung entkommen, unter der Menge der zu überwindenden Zeit zu leiden? Im Fall des Generalkonsuls war diese Menge zwar beschränkt, aber bestimmt hatte er mit der für ihn typischen Sorgfalt Vorbereitungen getroffen, die bis zum Schreiben der Notizen für den Entwurf reichten. Soweit ich weiß, ließ er sich von einem Spezialisten, mit dem er seit seiner Zeit als Botschafter in Frankreich befreundet war und der jetzt bei der UNESCO den Rahmen ihrer weltpolitischen Arbeit mitentwarf, per Fax Berichte über die weltweit anormale Wetterlage zuschicken.

Es gibt noch ein weiteres Indiz dafür, dass im Generalkonsul eine Leidenschaft für das neu entdeckte literarische Schreiben erwachte und er sich perfektionistisch darauf vorbereitete. Um ihn richtig handhaben zu können, übte er nämlich fleißig auf seinem neuartigen Wordprocessor, den er sich extra zu diesem Zweck gekauft hatte. Für seine langjährige Freundin Izumi tippte er die Predigten Bruder Giis, bei denen sie selbst nicht zugegen sein konnte, mit dem Wordprocessor ab und stellte sie ihr für die Herstellung ihrer Broschüren zur Verfügung. Das macht womöglich auch das etwas verdrehte Interesse des Generalkonsuls für Bruder Giis Predigten deutlich. Im Folgenden zitiere ich einen Teil dieser Predigten:

»Ich habe schon öfter darüber gesprochen, aber seit meiner Kindheit glaube ich, dass man sich mit den *Belangen der Seele* beschäftigen muss. Als ich in die Oberschule kam, dachte ich außerdem über den *Wendepunkt* im Leben nach. Da man, einmal mit den *Belangen der Seele* beschäftigt, sich damit nicht den Unterhalt verdienen könnte, müsste man bis zu diesem *Wendepunkt* so viel Geld zusammensparen, dass es bis zum Tod reichte … Über solch kindisches Zeug dachte ich ernsthaft nach. Als ich dann später tatsächlich eine Anstellung fand, konnte ich mich nicht den *Belangen der Seele* widmen, doch der Gedanke daran ging mir nicht aus dem Kopf.

Als wir in unserer Klasse eine Biographie über Schliemann lasen, überfiel mich ein Furcht erregender Gedanke: Siehst du, ein gewissenhafter Mensch wie Schliemann hat seinen *Wendepunkt* immer vor Augen, er bereitet ihn vor und setzt ihn um. Ich aber war immer nur unentschlossen. Weit davon entfernt, mich endlich den *Belangen der Seele* zu widmen, suchte ich noch nicht einmal in meiner Zukunft nach dem *Wendepunkt* in meinem Leben.

Ganz plötzlich aber musste ich meine Arbeit im Verlag beenden. Onkel K., den ich um Rat fragte, empfahl mir, hierher zu kommen. Damit kam es zu einem *Wendepunkt*, ohne dass ich ihm selbst den Weg gebahnt hätte. Ich habe Onkel K. damals zwar erzählt, dass ich mich um die *Belange der Seele* kümmern wolle. Aber war ich wirklich dazu bereit? Erst die weise Frau hat mir, unentschlossen, wie ich war, diesen *Wendepunkt* so zu Bewusstsein gebracht, dass er nicht mehr rückgängig zu machen war.

Durch einen von Onkel K.s Romanen bin ich auf eine Stelle vom Anfang der Fegefeuer-Gesänge aus der *Göttlichen Komödie* gestoßen. Die Menschen, die sich eigentlich eifrig um die *Belange der Seele* bemühen sollten, kümmern sich schon lange nicht mehr darum und geben sich stattdessen kleinen Vergnügungen hin. Doch dann tritt ein würdevoller alter Mann auf, schilt sie wegen ihrer Trägheit und treibt sie auf einen Bergweg hinauf, um sie zu den *Belangen der Seele* zu führen ... Auch ich bin solch einem würdevollen alten Menschen begegnet. Der weisen Frau nämlich ...

Am ersten Abend, als ich hierher kam und im Alten Hof übernachtete, erzählte ich der weisen Frau, wie in mir das Gefühl entstanden sei, mich um die *Belange der Seele* kümmern zu wollen. Zu meiner eigenen Verwunderung rollten mir, als ich weitersprach, unaufhörlich die Tränen über die Wangen. Aber das Herz der weisen Frau schien sich von den Tränen eines jungen Mannes nicht rühren zu lassen. Erleichtert dachte ich, dass sie mich vielleicht auch unter der dunklen nackten Glühbirne gar nicht richtig sehen könnte. Aber die weise Frau schien sich mit ihrem ganzen kleinen Körper auf meine Erzählung zu konzentrieren. Ich erzählte ihr von *Lohengrin*, den ich zusammen mit meinem Vater in New York gesehen hatte, und über meine Beziehung zur Revolutionären Fraktion in den ersten Jahren meiner Studienzeit, bis heute. Als ich mit meiner langen Geschichte zu Ende war und mir die Tränen abwischte, fragte sie mich, wobei sie ihre leuchtenden Augen, mit den sie mich zweifelsohne gut sehen konnte, auf mich gerichtet hatte – ich erinnere mich noch, wie ich bei ihrem Tod mein Bedauern darüber spürte, dass nun auch diese stark leuchtenden Augen verschwunden seien:

— Und ist jetzt der *Wendepunkt* gekommen? Wirst du dich von nun an um die *Belange der Seele* kümmern?

— Ich möchte schon. Aber wenn ich darüber nachdenke, wie ich es anfangen soll, weiß ich nicht wie. Ich habe diesen *Wendepunkt* nicht selbst gewählt und fürchte daher, ich könnte ihn Stück für Stück wieder zunichte machen.

— So Stück für Stück lebe ich schon seit langem. Der so genannte *Wendepunkt* kommt doch eigentlich von dort drüben her! ... Wenn du das akzeptierst und eine Weile hier wohnst, könnte ich dir die Überlieferungen dieser Gegend erzählen, nicht? Es sind keine Mythen oder Legenden, und auch keine historischen Erzählungen oder Sagen. Doch ich glaube, sie sind voll mit den hiesigen *Belangen der Seele*! Das heißt aber nicht, dass sie deswegen für deine *Belange der*

Seele von direktem Nutzen sind. Trotzdem meine ich aufgrund der Erfahrungen meines langen Lebens, dass, obwohl die *Belange der Seele* je nach Person verschieden sind, sie doch unerwartete Verbindungen untereinander aufweisen!

Und was dein Leben in dieser Zeit angeht, wird es schon irgendwie werden. Da du Landwirtschaft studiert hast, kann dir der Hof hier sicherlich von Nutzen sein. Und hast du dir erst einmal eine Grundlage geschaffen, wird dir der Hof, egal, wie lange du hier wohnen wirst, nicht mehr entkommen!

Ich weiß jetzt, dass das, was sie mir an diesem ersten Tag sagte, auch mit der Verteilung des Erbes vom Alten Hof nach ihrem Tod zu tun hatte. Die weise Frau war auch in geschäftlichen Dingen umsichtig. Ich vergesse nie, was sie mir am Schluss jenes Tages sagte:

— Ich werde bald dem Tod gegenüberstehen, doch ob ich für die von dir erwähnten *Belange der Seele* bereit bin, weiß ich nicht. Wenn es bei mir einen *Wendepunkt* gab, so ist das bestimmt schon lange her! Es erfüllt mich mit Dank und ermutigt mich, dass es jemanden gibt, der, obwohl er noch so jung ist, diesen *Wendepunkt* schon erfahren hat und sich den *Belangen der Seele* widmen will!«

Ich glaube, es waren noch keine drei Monate vergangen, seit sich der Generalkonsul für die Geschichte der *Kinder des Therapieturms* interessierte, als Onkel K., der einen Vortrag an der Volkshochschule in Kōchi gehalten hatte, am Alten Hof vorbeikam. Er hatte eigentlich gleich wieder zurückfliegen sollen, doch der Flughafen war am Tag nach seinem Vortrag wegen starker Regenfälle und Stürme geschlossen. Obwohl Taifune, wie er selbst schüchtern bemerkte, ihn immer etwas ängstigten, ließ sich Onkel K. von dem Veranstalter ein Auto zur Verfügung stellen und fuhr damit trotz des Taifuns durch die Berge zu uns.

Onkel K. erreichte die Autobahn von Kōchi, kurz bevor diese aufgrund des Sturms für den Verkehr gesperrt wurde. Auf der Brücke an der Präfekturgrenze gab der heißblütige Autofahrer dann Gas und verlor in dem Sturm fast die Kontrolle über das Steuer. Auch bei uns, diesseits der Berge, war der Taifun zu spüren, in der Nacht hatte es heftig geregnet, jetzt aber hatte sich der Regen gelegt. Onkel K. war zwar schon am Morgen im Tal angelangt, musste sich jedoch erst einmal ausschlafen und wieder zu Kräften kommen. Danach traf er den Generalkonsul. Das war in der ersten Oktoberwoche.

Ich glaube, es gab ein geheimes Motiv für den etwas theatralischen, plötzlichen Besuch von Onkel K. Zehn Tage zuvor hatte der Generalkonsul im Hotel von Herrn Fu seinen behandelnden Arzt aus Tōkyō getroffen, der bei einer Konferenz in Matsuyama als Gastredner geladen war. Infolge des Gesprächs wurden Vorkehrungen für eine genaue Untersuchung im Rot-Kreuz-Hospital getroffen, und der Generalkonsul blieb über Nacht in Matsuyama, um sich ihr am nächsten Tag zu unterziehen. Das Ergebnis wurde Yumiko mitgeteilt, die in Tōkyō ein neues Geschäft eröffnet hatte, und ich vermute, dass sie Onkel K. beauftragt hatte, nach dem Befinden des Generalkonsuls zu sehen.

Am Nachmittag, als der Himmel wieder in vollkommenem Blau strahlte, kam der Generalkonsul gegen drei Uhr zu Asas Haus am Fluss hinunter, wo Onkel K. sich ausgeruht hatte und wohin auch Bruder Gii und Zachary vom Alten Hof kamen. Sie beschlossen, zur Himmelssenke hinaufzugehen. Der Generalkonsul wollte, da er jetzt hier lebte, Onkel K. einen herzlichen Empfang bereiten, doch in Wirklichkeit übernahm Zachary die Rolle des Führers und erklärte Onkel K., dem Generalkonsul, Bruder Gii und mir zum ersten Mal ganz konkret die architektonische Konzeption der Kirche.

Nur Kamei, der Sponsor des Kirchenbaus, hatte mitteilen lassen, dass er nicht zum Alten Hof kommen könne, da er in seinen Wäldern die Sturmschäden inspizieren müsse. Die im Alten Stadtgebiet berühmte Kamei-Familie hatte trotz des Zwists über die Vermögensregelung, der seinen Ursprung in dem religiösen Erwachen ihres Oberhaupts hatte, die Verantwortung über das Familienunternehmen nach wie vor dem Verursacher des Skandals übertragen.

Onkel K. wusste es zu schätzen, dass alle extra zum Fluss heruntergekommen waren, und sein Vorschlag, nach der Besichtigung des direkt hinter Asas Haus entlangfließenden Kamekawa zur Himmelssenke hinaufzugehen, richtete sich unter anderem an den Amerikaner

Zachary, der eine Karte der ›semiotischen Stätten‹ angefertigt hatte, die Onkel K.s Romane mit der Gegend hier in den Wäldern verknüpfte.

Wir liefen den Furchenpfad neben der großen Scheune der Sojasoßenbrauerei hinunter, die sich – jetzt leer stehend – auf einem Gelände befand, das früher auch einmal zum Alten Hof gehört hatte, und erreichten den Damm, von dem aus man über den leicht angeschwollenen Fluss blicken konnte. Jenseits des Grabens, der den Furchenpfad auf der einen Seite abschloss, wuchsen rotschwarze Kanna und ein Dickicht aus bereits welkenden, dunklen Amaryllis. Onkel K. schien ganz davon gefesselt zu sein und fragte Asa später scherzend, aber völlig aufrichtig:

— Waren diese roten Blumen in unserer Kindheit nicht noch dunkler? Ihr Rot war doch fast schon schwarz. Ist das vielleicht ein *Vorzeichen*?

Dann zeigte er auf eine Katzenweide, die in einer Senke unterhalb eines weich geschwungenen Felsens stand, der sich im rechten Winkel zum Fluss hinstreckte, und sagte zu Zachary:

— Ich erinnere mich noch, wie ich die Blütenköpfe dieser Weide gepflückt und mit ihnen gespielt habe. Sie steht also mindestens fünfzig Jahre dort. Wie oft ist sie vom Hochwasser überschwemmt worden, und es hat ihr nichts anhaben können. Die Wurzeln von Weiden sind zäh. Ich erinnere mich sogar, dass das Wasser des Flusses so hellgrün war wie die Weidenblätter und wie jetzt angeschwollen dort entlangfloss …

Genau unter der Weide gab es damals eine große Untiefe, die wir »Drachenabgrund« nannten. Mittlerweile hat der Damm den Flusslauf verändert, und die Untiefe ist zugeschüttet geworden, aber damals bin ich dort getaucht und habe etwa hundert Ida* gesehen. Der in Japan allgemein gebräuchliche Name ist, glaube ich, Ugui**. Mit ihren gelbgrünen Leibern, die wie Blütenknospen schimmerten, schwammen diese hundert Elritzen so langsam den Fluss hinauf, dass es schien, als ständen sie still. Ich tauchte unter den Felsen und sah ihnen zu. Ich hatte das Gefühl, als hätte ich etwas von der Ewigkeit entdeckt. Für mich war das *ein Moment, der länger dauert als einen Au-*

genblick. Als ich hörte, wie Bruder Gii und der kranke Junge über die »Ewigkeit« sprachen, tauchten vor meinem Auge als Erstes diese hundert gelbgrünen Leiber auf. Und das ist also schon Jahrzehnte her?

Onkel K. bezog also auch Bruder Gii mit ein. Dann wandte sich der Generalkonsul an ihn:

— Seit ich mich hier niedergelassen habe, bin ich viel herumspaziert, um die Bodenbeschaffenheit zu untersuchen. Einmal habe ich dabei einen Schwarm von gut über dreißig Zentimeter langen Fischen an einer etwas tieferen Stelle schräg gegenüber dem Felsen gesehen, an dem du uns gerade die Weide gezeigt hat.

— Wirklich? Das Wasser ist jetzt leider gestiegen und etwas trübe, und man kann daher nicht auf den Grund sehen! Aber es sind bestimmt die Nachfahren der Elritzen von damals! Auch wenn die Untiefe, die über viele Jahre ihre Heimat war, zugeschüttet wurde, wollen sie den Ort trotzdem nicht verlassen. Diese Orte besitzen eine Kraft, die Fische anzieht.

Als wir wieder auf den Weg oben am Fluss kamen, stand ein junger Mann von der ›Waldjugend‹ mit einem Minibus da. Bruder Gii setzte sich ans Steuer, und wir fuhren zum Alten Hof. Asa, die an ihrem Haus zu uns in den Minibus stieg, fragte, was wir am Fluss gesehen hätten, und als sie die Antwort hörte, sagte sie vergnügt:

— Na K.-chan, du hast doch bestimmt wieder damit angegeben, dass du einmal eine über einen halben Meter große Ida am Drachenabgrund aufgespießt hast, oder?

— Nein, davon habe ich nichts erzählt, ich bin mit den Jahren bescheiden geworden, erwiderte Onkel K., ging aber freudig zur Erklärung der Geschichte über. Nachdem ich an jenem Tag den Schwarm Ida gesehen hatte, bin ich noch einmal in die Untiefe hinabgetaucht und habe versucht, sie mit meiner Harpune mit Gummiabzug zu schießen. Aber es ist mir noch nicht einmal gelungen, die Fische ein bisschen in Aufregung zu versetzen.

Als ich dann später zum Lernen zum Alten Hof ging, habe ich dem *früheren* Bruder Gii mein Leid beklagt. Wie ärgerlich es sei, dass Kinder keine Kraft besäßen ...

Ungefähr eine Woche darauf ließ der *frühere* Bruder Gii vom

Schmied – dem damals noch jungen Vater des kleinen Schmied – eine von ihm selbst entworfene Harpune, die eine Reichweite von einem Meter zwanzig besaß, anfertigen. Sie war dreimal so lang wie eine normale Harpune. An ihr befestigte er den Abzug, der das Gummiband losschnellen ließ; das Bambusrohr, in dem die Harpune steckte, verstärkte er mit dem Griff einer alten Hacke …

Der *frühere* Bruder Gii setzte sich auf den Felsen neben dem Abgrund und sah zu, wie ich glücklich in die Tiefe tauchte. Ich schoss dem größten Fisch im Schwarm hinter die Kiemen, er zuckte hin und her, und als ich ihn herauszog, war er schon tot. Doch als ich zum zweiten Angriff runtertauchen wollte, nahm mir der *frühere* Bruder Gii die Harpune weg und zerbrach sie. Schon damals achtete er auf das ökologische Gleichgewicht.

— Du hast doch als Kind eine Anthologie englischer Gedichte gelesen, die du von der Besatzungsarmee geschenkt bekommen hast. Für ein Kind, das so tief in den Wäldern lebte, war das bestimmt eine Seltenheit. Aber der *frühere* Bruder Gii hat dich auch in dem idyllischem Leben eines Jungen auf dem Land unterwiesen.

— Wäre das nicht so gewesen, würde ich jetzt keine Romane schreiben.

— … Orte besitzen wirklich eine Kraft, sagte daraufhin der Generalkonsul. Auch Aristoteles soll gesagt haben, dass *ein Ort Kraft besitzt.* An fast jeder Stelle im Fluss spielt die Strömung mit den Elritzen-Schwärmen zusammen, ein Eindruck, der sich einem Kind, das dort taucht, tief einprägt und auch nach fünfzig Jahren nicht verschwunden ist.

— Professor Ara hat die Kraft der Orte analysiert, die K. in seinen Romanen der Gegend hier beimisst, führte Zachary scheinbar ungeduldig fort. Dass er mich freundlicherweise in sein Forschungsinstitut für Produkttechnologie aufgenommen hat, liegt vermutlich daran, dass sich die semiotische Lesart der Romane K.s, die ich ihm vorlegte, mit seinen Interessen deckte.

— Was denkst du denn selbst über die Kraft eines Ortes, K.-chan?

— … Wahrscheinlich ist es eine Kraft, die Erzählungen schafft, antwortete Onkel K. nachdenklich. Aus der Sicht eines Schriftstellers besitzt ein Ort ohne Zweifel eine Kraft, die Erzählungen hervorbringt. Das Märchen von *Momotarō* zum Beispiel ist der Archetyp einer Erzählung von einem Ort. Der Großvater geht in die Berge, um Reisig zu sammeln, und die Großmutter geht an den Fluss waschen, heißt es doch in dem Märchen, nicht wahr? Damit ist bereits der Ort in seiner Längsachse gesetzt, und die Kraft der Erzählung kann sich entfalten. Am Ende der Querachse namens Fluss kann man sich die andere Welt vorstellen. Dort kommt dann ein großer Pfirsich schaukelnd entlanggeschwommen.

Und anstatt dass Momotarō, der aus dem Pfirsich geboren wird, glücklich mit dem Großvater und der Großmutter zusammenlebt, geht er fort. Um der Geschichte eine neue Energie zu verleihen, bedarf es eines anderen Ortes. Momotarō vertreibt die Teufel auf der Teufelsinsel dummerweise gerade vermöge der Kraft ihres eigenen Ortes. Warum heißt es aber »glücklich, glücklich« am Ende des Märchens? Hahaha!*

Während alle in das Lachen von Onkel K. einstimmten, fuhr der Minibus schon unten am Alten Hof vorbei. Als wir oben neben dem Damm angekommen waren, stiegen wir aus. Auf dem schmal ansteigenden Weg, der von dort zum Damm herumführte, sah man noch die Spuren des gestrigen Regens. Ein paar Rinnsale flossen munter den Weg herunter. Da der Weg unter unseren Füßen wegzurutschen drohte, stiegen alle schweigend hinter Bruder Gii in einer Reihe hinauf.

Dass sogar die sonst lebhafte Asa schwieg, lag wahrscheinlich nicht nur an dem Zustand des Bodens unter ihren Füßen, sondern auch daran, dass sie sich gehemmt fühlte, mit Bruder Gii zu dem Ort hinaufzusteigen, an dem er angeklagt worden war. Und auch als sie von der vom Regen sauber gewaschenen Betonfläche des Damms zur Insel in der Himmelssenke mit der großen Zypresse hinübersahen, schwiegen alle noch eine Weile. Die Insel lag hinter den Wipfeln der Pappeln, die als Einzige noch aus dem Wasser ragten, da die Dächer der vom künstlichen See begrabenen Häusergruppe, die der *frühere* Bruder Gii als »schönes Dorf« errichtet hatte, durch den Wasseranstieg nach dem Regen völlig im Wasser versunken waren.

Zachary lenkte den Blick der anderen auf das südliche Ufer des künstlichen Sees. Die Herbstfärbung hatte noch nicht eingesetzt, und die Blätter der Laubbäume waren dunkelgrün. Zachary wies auf den unteren Teil hin, und beschrieb mit seinem Arm, wie es sich für jemanden mit Bühnenerfahrung geziemt, langsam eine horizontale Linie.

— Ihr seht doch den chinesischen Zürgelbaum, der dort schwarz emporragt. Von dort bis zur Waldgrenze aus Zedern- und Zypressen hier auf dieser Seite bauen wir einen fünf Meter breiten Weg, der gerade von Osten nach Westen führt. Als Modell dient uns der Weg, den K. als »Weg der Toten« bezeichnet hat, auf dem die alten Leute, die die Gegend hier erschlossen haben, in den Himmel aufgestiegen beziehungsweise verschwunden sind ... .

An seinem östlichen Ende kann man das Plateau sehen, auf dem wir die Kapelle bauen. Es ist ein zylindrisches Gebäude. Eine zylindrische Halle zu bauen, ist schwer, aber ein Kollege von Professor Ara – eine Autorität auf dem Gebiet der Akustik – wird beim Bau helfen. Ich möchte, dass die Kinder der hiesigen Grund- und Mittelschule die Kirche auch als Musiksaal nutzen können. Es gehört zu Bruder Giis Grundsätzen, das Kirchengebäude für die Leute der Gegend zu öffnen.

— Was macht ihr mit dem Steinwall?

— Der Steinwall bleibt vollkommen erhalten. Der Weg wird oben auf ihm entlangführen.

— Dort, wo der Mischwald anfängt, ist doch ein Sumpf, sagte Asa. Es gibt einen Weg dorthin, der auf der anderen Seite, nicht dort, wo wir hochgestiegen sind, um den Damm herumführt. Dieser Sumpf dort im Schatten am Ende des Weges heißt heute der *Ort, an dem Nishiokas Hund von Hame gebissen wurde*.

Genau in diesem Moment erschienen Kamei und Mitsu mit einem großen Korb und einer Thermosflasche im Arm an dem *Ort, an dem Nishiokas Hund von Hame, also einer Kreuzotter, gebissen wurde* und zu dem alle gerade hinübersahen. Ein Lachen, das ohne jede Arglist war, schallte über den künstlichen See und vermischte sich mit dem Geräusch des Windes, der durch den Wald strich. Asa ging Kamei und

Mitsu entgegen, und half ihnen, den Korb mit den in Bambusblätter eingewickelten Reißklößen und die Thermoskanne mit Tee dort hinzustellen, wo der Damm eine Stufe bildet. Sie erkundigte sich bei Kamei, ob das Inspizieren des Forstes anstrengend gewesen sei. Nach diesem freundlichen Empfang antwortete Kamei, dass er unbedingt Zacharys Erläuterungen zu dessen Bauplan mitanhören wolle und wurde plötzlich gesprächig, als wolle er vermeiden, dass man über ihn als Kapitalquelle sprach.

— Die Reisklöße sind ein schon seit alters her gebräuchlicher Imbiss bei der Arbeit in den Bergen, aber erst die weise Frau vom Alten Hof hat Knoblauch hineingetan und mit dem Schweinefleisch abgestimmt. Das war damals wirklich revolutionär. Direkt nach Kriegsende kam es zu einem Konflikt zwischen den hiesigen Bewohnern und den Koreanern, deren Siedlung am Flussbett zwischen dem Dorf Kamemura und der Stadt Makimachi lag. Auch Leute vom Alten Hof wurden dabei verwundet. Zu der Zeit war das. Die Koreaner waren von der japanischen Regierung verschleppt worden, als die weise Frau vom Alten Hof und mein Großvater mit dem Abholzen des Waldes beauftragt wurden.

... Die Geschichte ist etwas kompliziert, aber jedenfalls hat die weise Frau in der sich immer schwieriger gestaltenden Situation mit den Koreanern, während sie sich um ihr Essen kümmerte, deren Essgewohnheiten genau studiert und so den Imbiss für unsere Arbeit in den Bergen verbessert!

Dann schenkte Kamei Tee aus der Thermoskanne reihum in Styroporbecher, und Onkel K. witzelte, dass er mit seiner Tiroler Trachtenjacke wie ein Kellner in einem österreichischen Hotel aussehe, aber Kamei machte noch einem Kommentar zu dem Kapellenbau und beendete damit das Gespräch.

— Bleiben Sie doch nach dem Essen noch etwas hier! Sehen Sie, wie sich zum Abend hin das Licht am Himmel, in den Wäldern und über dem See verändert. Professor Ara hat gesagt, dass der südliche Abhang dort nicht nur eine Vorstellung von dem Anblick nach der ersten Bauetappe mit Weg und Halle vermittle, sondern auch von dem nach der zweiten und dritten Etappe!

— Und Sie, Herr Kamei, wollen wirklich Ihr gesamtes Vermögen dort hineinstecken?, fragte Onkel K. in einem keineswegs ganz affirmativen Tonfall.

Aber Kamei, der nicht nur wegen seiner Jacke wie ein sich gerade haltender ausländischer Kellner wirkte – im Gegensatz zu seinem Erscheinen bei seinem ersten Besuch unserer Kirche hatte sich auch sein Oberkörper auf ganz natürliche Weise stabilisiert –, blickte ruhig über den künstlichen See in der Himmelssenke und ging nicht darauf ein.

Nachdem alle eine Weile geschwiegen hatten, begannen der Generalkonsul und Onkel K., die nebeneinander auf einem von einer Dammstufe gebildeten Vorsprung saßen, über *Die Kinder des Therapieturms* zu sprechen. Tatsächlich interessierte den Generalkonsul weniger der Bauplan der Kapelle, deren Fertigstellung noch einige Zeit in Anspruch nehmen würde, als vielmehr die momentan dringend anstehende Aufgabe der Entfaltung des Romans. So wie der Generalkonsul sprach, vermittelte er den Eindruck, als spreche er über etwas, über das er schon lange nachgedacht und zu dem er sich alles schon zurechtgelegt habe. Er hatte nicht nur das besagte ledergebundene Notizbuch dabei, sondern auch eine Fächermappe aus Pappe mit dem Logo der Universität Harvard, aus der er bei Bedarf einen Stapel Karten oder auch Kopien von Referenzmaterial hervorzog.

— Wir haben am Telefon schon mehrmals darüber gesprochen, aber ich habe nochmal über das Wetter nachgedacht, das ganz am Schluss des Romans wichtig wird. Ritchan, die nun eine alte Frau ist, spürt intuitiv, dass ihr Mann, der bei einem Unfall in der auf einem Schwarm kleiner Saturn-Satelliten errichteten Nachrichtenanstalt ums Leben kam, zurückkehren wird. Nach dreißig Jahren blickt sie eines Tages in den Himmel (ich dachte an die Szene, wo sie in den westlichen Abendhimmel schaut) und spürt, dass ihr Mann dort oben ist, und seufzt: Sakuchan! Damit beginnt die Kommunikation zwischen Sakuchan, der jetzt mit einer großen Kraft, die sogar das Wetter nach Belieben zu ändern vermag, zur Erde hinabsteigt, und dort …

Diese Idee ist ohne Zweifel hübsch. Aber ich frage mich, was für eine konkrete Botschaft sich durch die Beschreibung des Wetters mitteilen lässt. Und zwar entsprechend den Empfindungen einer alten

Frau, die zum Himmel aufblickt ... Außerdem muss diese Botschaft etwas sein, das schließlich komplizierte außenpolitische Verhandlungen mit den Vereinten Nationen vermitteln kann. Sich das konkret vorzustellen, ist schwierig. Wie sah dein Plan aus, K.-chan?

— Kein Plan, sagte Onkel K. frech.

— Ihr Schriftsteller nehmt euren Beruf wirklich sorglos, gab der Generalkonsul scharf zurück, aber hatte er die Antwort nicht ahnen können?

— Ich bin beim Nachdenken auf zwei Punkte gestoßen: Der eine ist die Luft; der andere das Wetter als deren Bewegung. Was die Luft angeht, so denke ich an die gründliche Dante-Lektüre des *früheren* Bruder Gii, die du in deinen Romanen beschreibst. Du weißt doch, dass das mit der Meteorologie des Aristoteles zu tun hat, nicht wahr?

— Aristoteles definiert die Meteorologie als die Transformation eines der vier Grundelemente in der Luft in ein anderes Element. Es ist ein quantitativ kurzer Text und daher leicht zu lesen. Er enthält auch eine Kritik an sorglosen Schriftstellern, weshalb diese ihn auch zur Selbstprüfung lesen sollten.

»Einige Forscher behaupten, das Meer entstehe, wenn die Erde von der Sonne erwärmt wird, gleichsam wie Schweiß und sei darum auch salzig; Schweiß ist ja auch salzig.«*

Wahrscheinlich um seine Verlegenheit zu verbergen, hatte Onkel K., wie er es oft machte, eine längere Passage zitiert, aber der Generalkonsul, der in seiner Zeit als Botschaftsattaché Griechisch gelernt hatte, meldete sofort seinen Vorbehalt an:

— Man kann Empedokles wohl kaum als Schriftsteller bezeichnen ... Als Virgil und Dante am Ufer der Fegefeuerinsel landen, genießen sie am meisten die Luft, die es in der Hölle nicht gegeben hat. Auch Sakuchan, der im Fernen Kosmos überlebt zu haben scheint, wird sich wohl freuen, wieder in die Atmosphäre zurückzukehren, in was für eine große Struktur er sich auch verwandelt haben mag, nicht wahr? Und dann tauscht er in strahlender Laune durch das Wetter mit Richan seine Gefühle aus ... Das ist wirklich eine hübsche Idee.

— Das Problem ist, wie dieser Gefühlsaustausch über die Entfernung stattfinden soll.

— In diesem Jahr war doch die große Eruption des Pinatubo, die diese unglaublich schönen Sonnenuntergänge mit sich brachte. Als vor etwa zehn Jahren der El Chichón ausbrach, hat sich das ebenfalls auf das Weltwetter ausgewirkt. Auch anormale Wetterlagen scheinen in diesen großen Intervallen stattzufinden. Dadurch verschieben sich die Blütezeiten von Pflaumenbäumen und Löwenzahn, und auch die Schwalben kehren erst später zurück.

Auch in dem Jahr, als Sakuchan vor dreißig Jahren in den Kosmos flog, herrschte eine anormale Wetterlage, und jetzt spürt Ritchan wieder das gleiche Wetter. Und sie sehnt sich nach Sakuchan. Wie wäre es, wenn der Roman damit begänne? Ritchan betrachtet den unglaublich roten Sonnenuntergang ... und in diesem Wetter lässt sich Sakuchans Operation mit seinem großen Gebilde leicht bewerkstelligen, nicht wahr? Als diplomatisches Corps eines fernkosmischen Staates oder einer Staatenvereinigung, die die Macht besitzt, die Menschheit auszulöschen, wird Sakuchan zu unserem Planeten gesandt.

— Das ist eine gute Idee, sagte Onkel K. nachdenklich und wirkte zum ersten Mal wie ein Romanspezialist. Die Erde muss mit jemandem verhandeln, den sie aus ihren bisherigen Erfahrungen nicht kennt. Aber auch für die andere Seite ist es von großer Bedeutung, dass sie zuerst die Menschheit das diplomatische Corps entdecken lässt ... du kennst dich gut aus mit dem Wetter. Wohl doch nicht deswegen, weil du von deinem Auslandsposten aus der japanischen Wetterwarte täglich ein Telegramm schicken musstest, hahaha!

— Ich habe lediglich das Buch des Meteorologen N. gelesen, und was die Auswirkungen der großen Eruptionen des Pinatubo und des El Chichón angeht ...

— N. habe ich einige Jahre lang bei den Rezensionssitzungen einer Wochenzeitschrift getroffen. Sakae Kubo hielt ihn als jungen Mann für eine große Hoffnung, und N. hat das Material für Kubos bekanntes Buch *Das japanische Wetter* zusammengetragen. Darin stellt er die begründete Behauptung auf, dass die Erde, während sie sich auf kurze Sicht erwärme, auf lange Sicht einer Eiszeit entgegensehe. Aber wissenschaftliche Autoritäten kritisierten dies als widersprüchlich ...

— N. ist also in seiner Einstellung unabhängig vom Akademismus.

— Und er besitzt ein starkes Verantwortungsgefühl.

— Ich habe aus N.s Buch noch etwas gelernt. Und zwar über die Plus- und Minus-Rückkopplung, die sich beim Wetter ereignet. Der Begriff Rückkopplung ist mir allerdings ziemlich unverständlich und will mir schon lange nicht aus dem Kopf. Geht dir das nicht auch so, K.-chan? Ist das für dich Takashi, als Naturwissenschaftler, ein einfacher Begriff?

— Er wird im Zusammenhang von Verstärkern im Stromkreislauf benutzt. Es geht um die Methode, einen Teil des Outputsignals auf die Inputseite zurückzuleiten. Das wiederum wirkt sich auf den Output aus.

— ... Aber wenn man den Begriff in der Kulturwissenschaft verwendet, führt das zu Ungenauigkeiten. Ich habe einmal für ein Mitglied der kaiserlichen Familie gedolmetscht und stolperte dabei über dieses Wort. Man kriegt zwar auch eine Übersetzung zustande, wenn man den Begriff »Feedback« als solchen verwendet. Aber ein Fremdwort zu benutzen, das man selbst nicht richtig versteht, kann peinlich werden. Das Mitglied der Kaiserfamilie hätte mich nach der Bedeutung fragen können.

— In Japan ist doch Bateson mit seinem Terminus des *double bind* sehr beliebt, meldete sich Zachary zu Wort. In der zweiten Hälfte der sechziger Jahre, als sich alle für die Umweltverschmutzung interessierten, wurde diese auch in Verbindung mit der Zerstörungsgefahr von Kernwaffen seit 1945 diskutiert. K. kennt das bestimmt, aber jedenfalls bezeichnet Bateson die beiden gemeinsamen Formen als »regenerative feedback«. »Regenerative Rückkopplung« könnte man vielleicht sagen ... Da es keine Rückkopplungsschleife zur Selbstkorrektur gibt, gerät das System außer Kontrolle, sobald sich ein Selbstlaufphänomen ereignet.

— ... Was die Bedrohung durch das Atomwaffensystem angeht, kann ich das gut verstehen. Mit dem Verstärker von vorhin gesprochen, nennt man doch die Leitung, die den Output mit dem Input verbindet, eine Schleife, nicht wahr, Takashi?

An dieser Stelle versuchte auch ich etwas zur Diskussion über Rückkopplung beizutragen, denn es herrschte eine Atmosphäre, die jeden dazu animierte, am Gespräch teilnehmen zu wollen.

— Mein Wissen ist auf die Lektüre eines Buchs zur Kindererziehung beschränkt, aber dort stand, dass, wenn ein Kind in einer Sprache, die noch nicht wirklich Sprache ist, verstärkt durch Gesten und Mimik, spricht, die Mutter diesem Kind antwortet, indem sie dessen Artikulationen in einem richtigen Satz formuliert. Das heißt, sie gibt ihm Rückkopplung. Dadurch lerne das Kind die Sprache, heißt es in dem Buch.

Es folgte ein für alle unerwartetes Schweigen, und dann sagte K. offensichtlich beeindruckt:

— Du bist wirklich eine richtige Frau geworden, Satchan, jetzt liest du sogar Bücher über Kindererziehung!

Ich wurde rot, aber der Generalkonsul, der sich durch das Abweichen vom Thema gestört fühlte und von den Augen bis hinauf zu seiner schönen Stirn errötet war, zog aus seinem Ordner eine Kopie, überflog sie, und nachdem er eine Weile geduldig gewartet hatte, nahm er das Gespräch wieder auf:

— Was ich in N.s Buch besonders lehrreich fand, war die Illustration »Komplexe Rückkopplungsmechanismen in der Atmosphäre«. Zur Erklärung werden grundlegende Beispiele angeführt. Dabei werden mathematische Formeln in eine Sprache übersetzt, die auch geisteswissenschaftlich orientierte Menschen wie uns überzeugen.

Er nennt zum Beispiel die Wolken: Wenn sich die unteren Wolkenschichten ausbreiten, sinkt die Lufttemperatur auf der Erdoberfläche. Die Wolkenbildung ist also eine Minus-Rückkopplung. Zirruswolken in den oberen Schichten hingegen behindern die Sonneneinstrahlung kaum. Durch den Treibhauseffekt, der die von der Erdoberfläche ausgehende Infrarotstrahlung vermindert, erhöht sich die Temperatur, das also ist eine Plus-Rückkopplung.

Dann werden die verschiedenen und komplexen Rückkopplungen in ihrer Korrelation zur Absorption des Sonnenlichts, zur Temperatur, zu der von der Erdoberfläche nach außen strahlenden Infrarotstrahlung, zu latenten und fühlbaren Plus-Energieströmen, zur

Meeresströmung etcetera illustriert. Und ich stelle mir jetzt vor, was geschähe, wenn die gesamten auf der hier aufgeführten klimatischen Rückkopplung beruhenden Veränderungen durch Sakuchans Wirkmechanismus beliebig verändert würden.

Bei der Wettervorhersage bekommen wir doch oft diese Zeitraffer-Filme von Wolkenbewegungen über den Ozeanen zu sehen, die mit Wettersatelliten aufgenommen sind. Das ist wirklich dramatisch. Sie sind wie die Panoramabilder Da Vincis, auf denen verschiedene Wetter nebeneinander existieren. Ich stelle mir vor, wie diese Szenen eine nach der anderen den Leuten präsentiert werden, die mit Ritchan zusammen in den Himmel sehen. Nach dieser Show für die Allgemeinheit wird die eigentliche Botschaft übermittelt, und nach den Verhandlungen zieht Sakuchans Wirkmechanismus in den Fernen Kosmos. Dieser Anblick könnte sein wie »In dem wogenden Schwall, / in dem tönenden Schall, / in des Welt-Atems / wehendem All –«.*

— Dann singt die Menschheit im Chor Wagners Melodie: »ertrinken, / versinken - / unbewusst - / höchste Lust!«** und geht schließlich zugrunde! Das wäre ziemlich extrem, erwiderte Onkel K. immer noch scherzhaft und wurde dann aber schließlich ernst. Die ehemalige »Kinderkreuzzugsarmee des Kosmos« hatte sich – in »Gut« und »Böse« geteilt – bekämpft, aber angesichts der die Menschheit bedrohenden Gefahr versöhnt sie sich. Und sie bemüht sich, dass die Menschheit die durch das Wetter vermittelte, letzte Botschaft des Fernen Kosmos akzeptiert. Damit ist die diplomatische Aufgabe von Sakuchans großem Wirkmechanismus erfüllt.

— Ich glaube nicht an Katastrophen.

— Also, wenn ich noch eine Oper zitieren darf, so folgt die Menschheit dem Rat des Komturs: »Öffne dein Herz der Reue, Dir schlug die letzte Stunde!«***

— Was gäbe es denn sonst für eine Möglichkeit? Wenn die Menschheit = Don Giovanni in deinem Entwurf zu *Die Kinder des Therapieturms* in die Hölle hinabsteigen würde, bliebe dem Sextett, das eifrig singt: »Also stirbt, wer Böses tat! / Ja dem Sünder wird Vergeltung, / Wenn die letzte Stunde naht« nur noch der Ferne Kosmos.

— »Öffne dein Herz der Reue, Dir schlug die letzte Stunde!« ist wirklich die letzte Botschaft, mischte sich Kamei in das Gespräch mit brüchig lauter Stimme, die halb zu jammern, halb in Lachen auszubrechen schien. Was diesen Rat so furchtbar macht, ist nicht, dass er im Grunde nicht zu befolgen ist, sondern gerade dass er zu befolgen ist.

Kamei schüttelte den Kopf und wandte sich der Insel mit der großen Zypresse in der Himmelssenke zu. Der Sonnenuntergang war von einer so ungewöhnlichen Färbung, wie ich es noch nie gesehen hatte. Vermutlich spürte jeder in seinem Innern das Bedürfnis aufsteigen, dies in Worte zu fassen. Und dann sagte der Generalkonsul, ganz wie der Verantwortliche eines diplomatischen Corps, für alle:

— K.-chan, der letzte Satz, den du am Ende von *Briefe an die verlorenen Jahre*, geschrieben hast, handelt von einem solchen Anblick, nicht wahr? Lies ihn doch bitte einmal vor, zusammen mit dem Dante-Zitat. Hierzulande lesen Schriftsteller selten aus ihren Werken, in Europa hingegen habe ich das oft erlebt. Ich würde dich gern einmal aus deinem eigenen Roman lesen hören.

Seinen Worten folgend nahm Onkel K. die vom Generalkonsul vorbereiteten Kopien entgegen und begann, gegen seine Gewohnheit, gehorsam zu lesen.

Bruder Gii, ich denke erneut an den Anblick, der sich uns vom Ufer der Fegefeuerinsel aus bot. Der Pilger und sein Führer, der ihm nach Weisung Catos das in der Hölle schmutzig gewordene Gesicht wäscht und ausgerupftes Schilf um die Hüfte bindet und ihn so zweifach reinigt, treffen auf die mit dem Engelsschiff am Strand eingetroffenen Seelen. »So haben dort an meinem Munde jene / Glückseligen Seelen allesamt gehangen / Und fast den Läuterungsweg darob vergessen.«* Sie hören den Liebesgesang von Dantes ehemaligem Freund Casella. »Wir waren alle völlig hingegeben / An den Gesang, da kam der würdige Alte / Und rief: ›Was soll das heißen, träge Geister? / Was für ein Zaudern und Vergessen? / Eilet zum Berg, euch von dem Fleck zu läutern, / Der euch noch immer Gottes Anblick hindert!‹ Wie wenn, den Weizen und den Lolch zu ernten, / Scharen von Tauben auf den Feldern weiden, / Friedlich, und ohne ihren Stolz zu zeigen, / Wenn etwas kommt, was sie mit Angst erfüllet, / Plötzlich die gute Weide liegen lassen, / Weil eine größre Sorge sie ergriffen, / So sah ich eilig jene neue Herde / Dem Lied entweichen und zum Strande flüchten, / Wie jemand, der nicht weiß, wohin sich wenden.«*

Bei diesem Anblick, Bruder Gii, muss ich auch an den morgendlichen Anblick der Insel mit der großen Zypresse in der Himmelssenke denken. Du, Bruder Gii, liegst auf der Wiese. Etwas weiter rupfen Osetchan und ihre Schwester Gras. Und ich weiß nicht seit wann, aber auch ich liege neben dir, und auch Hikari und Oyū rupfen Gras. Die Sonne strahlt ruhig auf das weiche Grün der jungen Weidenknospen, und auch das dunkle Grün der großen Zypresse ist frisch vom Regen der letzten Nacht. Am anderen Ufer bewegen sich die weißen Blüten der Wildkirschen im Wind. Die Zeit vergeht langsam. Ein würdiger Alter erscheint und schilt uns: *Was für ein Zaudern und Vergessen? / Eilet zum Berg, euch von dem Fleck zu läutern, / Der euch noch immer Gottes Anblick hindert*! Wir laufen eilig zu den Wurzeln der großen Zypresse hoch ... Die Zeit scheint sich im Kreis zu drehen. Wieder liegen du, Bruder Gii, und ich auf der Wiese, Osetchan und ihre Schwester rupfen das grüne Gras, und die wie ein Mädchen aussehende Oyū und ein kleiner unschuldiger Hikari, dessen Behinderung seinen einfachen Charme eher noch verstärkt, gesellen sich zu dem Kreis, der das grüne Gras ausrupft. Die Sonne strahlt ruhig auf das weiche Grün der jungen Weidenknospen, das dunkle Grün der großen Zypresse wird noch dunkler, und die weißen Blüten der Wildkirschen am anderen Ufer schwanken ununterbrochen im Wind. Der würdige Alte müsste wieder erscheinen und etwas sagen, alles erscheint wie ein ruhiges ernstes Spiel in der kreisenden Zeit, und wir, die wir eilig hinaufgelaufen sind, werden wieder auf dem grünen Gras auf der Insel der großen Zypresse spielen ...

Bruder Gii, ich will viele Briefe an uns schreiben, die wir in der ewig sich kreisenden Zeit dieser wehmütig erinnerten Jahre leben. Meine Arbeit wird mit diesem Brief ihren Anfang nehmen und ich werde sie in dieser Welt, in der du nicht mehr bist, bis an mein Lebensende fortsetzen.

In dem Anblick, der sich unseren Augen bot, gab es keine weißen Blüten der Wildkirschen, und die Weiden waren unter der Wasseroberfläche verschwunden. Nachdem der Taifun, der die starken Regenfälle verursacht hatte, abgezogen war, war der Himmel zwar vollkommen aufgeklart, doch die Sonne schien nicht hell. Über den Wald um den künstlichen See hatte sich schon das Dunkel der Dämmerung gesenkt, und nur die glatte Wasseroberfläche spiegelte das ungewöhnliche Abendrot wider. Die große Zypresse auf der Insel mit ihrem ausladenden Gewirr von Zweigen, das der Ruine eines Hauses glich, war Ausdruck für die Energie eines lebendigen Baumes.

Nach dem Lesen ließ Onkel K. seine Brille, die er wegen seiner Weitsichtigkeit abgenommen hatte, noch liegen und blickte aus einiger Entfernung auf die Kopien hinab. Auch wir Zuhörer blieben alle regungslos sitzen. Asa, die der Schwester in dem Text entsprochen hatte, hatte als Einzige von uns beim Unfalltod des *früheren* Bruder Gii gehandelt, und jetzt wirkte sie in dem dämmrigen Licht besonders starr wie eine Puppe aus Ton. Schließlich kehrte Bruder Gii, der die ganze Zeit kaum etwas gesagt hatte, zu dem vorherigen Gespräch zurück:

— Was die »regenerative« Rückkopplung anbelangt, so gibt es viele Beispiele für religiöse Bewegungen, die sich selbst gesprengt oder aus eigener Kraft zerstört haben. Der Ausdruck »aus der Kontrolle geratenes Selbstlauf-Phänomen« scheint auf sie zweifellos zuzutreffen. ... Vielleicht hat ja auch die Anklage, die hier an diesem Platz stattgefunden hat, in Wirklichkeit für unsere religiöse Bewegung eine Rückkopplungsschleife bewirkt.

— Sie hat doch gar nichts genützt!, schrie Kamei voller Entrüstung über sich selbst und die anderen mit noch brüchigerer und lauterer Stimme.

— Aber dadurch sind doch die jungen Leute, die fortgegangen waren, wieder auf den Hof zurückgekehrt, und außerdem hat sie den Anstoß dazu gegeben, die Kirche offiziell zu gründen ...

Mitsu, die sich bei dem Gespräch der Älteren die ganze Zeit zurückgehalten hatte, brachte diesen Einwand hervor, um Kamei irgendwie aufzumuntern, und Asa setzte hinzu:

— Nach der Anklage kamen zwar eine Weile lang immer noch Kranke, die Bruder Giis Heilkraft in Anspruch nahmen, aber das hörte bald ganz von alleine auf, nicht wahr? Und das war doch letztlich auch gut so.

— Ich bin sicher, dass die Besuche wieder aufleben werden, fügte Mitsu, wie in einen Zwiespalt geraten, hinzu.

— Hoffentlich ist das nicht der Beginn einer »regenerativen Rückkopplung«.

— Abgesehen von einer Zukunftssimulation wollen wir jedenfalls den ersten Bauabschnitt abschließen, mischte sich Zachary ein. Heute wurden lauter Zitate angeführt, und falls ich, auch wenn ich mich nur noch schwach erinnere, aus *Candide* zitieren darf, so heißt es dort, dass wir zuerst unseren Garten bestellen müssen!*
Könnt ihr euch vorstellen, dass dort drüben im dunklen Osten das zylindrische Gebäude stehen und auch der befestigte Weg auf dem Steinwall fertig sein wird?

Während er sprach, lenkte Zachary unseren Blick erneut zu den immer dunkleren Gruppen von Laubbaumhainen, die am südlichen Abhang hervorragten, und zeigte auf sie mit einer alles umfassenden Armbewegung.

— Dort entsteht doch die Kapelle, die auch als Musikhalle genutzt werden kann, und der Weg, der dorthin führt, wird im zweiten Bauabschnitt zu einem Patio, an dem dann die Wohnhäuser stehn, nicht?, fragte Onkel K. Das könnte aus anderer Perspektive auch eine ideale Schule abgeben, nicht? Ich habe das Gefühl, dass das Bauvorhaben von Ara und dir nicht nur Bruder Giis Kirche, sondern der ganzen Bevölkerung aus der Gegend, in der auch ich geboren und aufgewachsen bin, offen stehen soll. Das ist ja wohl auch ursprünglich Aras Konzept, und ich bin dafür wirklich dankbar. Denn auch wenn die Kirche verschwinden sollte, würde das Gebäude bestehen bleiben und könnte von den Kindern weiter genutzt werden …

— K.-chan, du wirst als derjenige in den Annalen der Kirche verewigt werden, der als Erster das Unglück verheißende Wort vom »Verschwinden der Kirche« in den Mund genommen hat und das ausgerechnet an dem Ort, der bei der Registrierung der Kirche als juristische Person zum *heiligen Ort* bestimmt werden soll, sagte Asa. Und obwohl auch du mittlerweile beim Lesen die Brille abnehmen musst, ist dein Leichtsinn immer noch der alte ... Aber, Leute, es ist windig geworden und wir sollten zum Alten Hof zurückkehren, bevor der Weg gefährlich wird.

Als wir dann in einer Reihe den an den Seiten mit herbstlichem Gras überwucherten Weg hinuntergingen – einen anderen als den, auf dem wir hinaufgestiegen waren –, sagte der Generalkonsul, als wolle er den zum Schweigen gebrachten Onkel K. trösten:

— War das nicht schön, als die Äste der großen Zypresse auf der Insel im Wind rauschten und sich das Abendrot in der Widerspiegelung veränderte! Es war, als hätte man dahinter glühende Kohle sehen können. Ich war ganz berührt, auch weil ich zurzeit ganz in Yeats versunken bin ...

Onkel K.s gemurmelte Antwort konnte ich nicht richtig verstehen. Der Wind hatte bereits eingesetzt, als Zachary den Bauplan erklärte. Alle richteten ihren Blick auf den für den Bau vorgesehenen Platz, nur der Generalkonsul starrte noch immer auf die Insel mit der großen Zypresse in der Himmelssenke. Mit einem Schlag überfiel mich ein Gefühl der Trauer, und beinahe rutschte ich auf dem nassen und weichen Abhang aus.

FÜNFTES KAPITEL

»Die mathematische Beschreibung eines bis zum Tod reichenden Verfahrens«

Auch Zacharys detaillierte Notizen über den Fortgang des ersten Bauabschnitts der Kirche wurden in dem Koffer mit den »Aufzeichnungen der zu Heilenden« aufbewahrt. Auf das Titelblatt hatte er als Epigraph geschrieben: »Mit der Teilnahme an diesem Bauvorhaben wurde ich neu geboren.« Hatte Zachary, seit er zurück in den Wäldern war, die ganze Zeit über seine Gefühle verdrängt, die er als amerikanischer Intellektueller mit mehr oder weniger ausgeprägtem chauvinistischen Charakter nur selten zeigte? Als ich jedenfalls anhand der Notizen noch einmal alles rekapitulierte, zeigte sich, dass die Planung ein Jahr in Anspruch genommen hatte und die Kapelle in nur zehn Monaten fertig gestellt worden war.

Direkt nachdem wir mit Onkel K. zur Himmelssenke hinaufgestiegen waren, trat die Bauplanung in die Detailphase ein. Von einem Professor der Technischen Universität Tōkyō, der seit vielen Jahren mit Professor Ara zusammenarbeitete, wurden vor Ort Untersuchungen über Bodenbeschaffenheit und -bedingungen am Südhang der Himmelssenke durchgeführt. Als man jemanden aus der Gegend suchte, der den Untersuchungstrupp begleiten und die anfallenden Aufgaben übernehmen könnte, schien Asa am geeignetsten zu sein. Sie war in ihren Gummistiefeln immer emsig dabei und machte währenddessen auch eifrig mit einer Instant-Panorama-Kamera Fotos von der Umgebung des künstlichen Sees. Wenn man sich die ebenfalls in dem Koffer aufbewahrten, normalgroßen Abzüge ansieht, so hatte sie anscheinend die Absicht gehabt, den ganzen Steinwall zu fotografieren.

Der Steinwall erstreckte sich von einer vom Ufer des künstlichen Sees etwas entfernten Erhöhung über etwa fünfzig Meter nach Ost und West. Er bestand aus großen aufeinander geschichteten Feldsteinen, zwischen die schmale längliche Steine eingefügt worden waren;

die Oberfläche aber war völlig verwittert, sodass man bei den Fotos den Eindruck bekommen konnte, sie seien mit Bleistift schraffiert worden. Zwischen den Steinen wucherte Windenknöterich, der wie Strauchwerk aussah und in voller Blüte stand. – Wenn der Knöterich weiß blüht, ist es, wie Kamei sagt, Zeit, um im Kamekawa Flusskrebse zu fangen. – Die Kosmeen, die überall oben auf der Steinmauer blühten, stammten noch immer von den Samen, die Osetchan in Trauer um den Tod des *früheren* Bruder Gii dort ausgesät hatte.

Der auch unter den »Aufzeichnungen der zu Heilenden« befindliche Bericht über die vor Ort durchgeführten Untersuchungen der Bodenbedingungen begann folgendermaßen: *Die Bodenbedingungen auf dem Grundstück sind zwar nicht als weich zu bezeichnen, doch aufgrund einer tektonischen Linie finden sich in der Felsschicht mehrere Bruchstellen, und es wurde durch Verwitterung lehmig gewordener Fels festgestellt.* Das Ergebnis der drei Bohrungen war in einer imaginären Skizze dargestellt, in der drei Schichten unterschieden wurden: *kegelförmige Erdablagerungen*, eine *stark verwitterte Schicht* und in dieser *schwarzer Urtonschiefer.* Kennzeichnend für Professor Aras und Zacharys Baukonzeption ist, dass der Untersuchungsbericht hauptsächlich erklärt, wie man aufgrund dessen den Steinwall in seiner ursprünglichen Form erhalten kann.

Dieser Steinwall hat den Zweck, die Oberfläche des gekappten Bodens zu schützen, er ist nicht zum Schutz gegen Erdrutsch gedacht. Finden aber in der Nähe Bauarbeiten statt, *können Erdschwingungen Verschiebungen in der Schutzmauer verursachen*, und es wäre zudem möglich, *dass sich der Steinwall durch die Zunahme von Gegenkräften im Erdinnern aufgrund der Gebäudebelastung* der Kapelle *teilweise verformt.* Es wurde daher eine weitere Bohrung durchgeführt, um *die Stabilität des Bodens und seine Verformungscharakteristika* zu untersuchen.

Als die Bau- und besonders die Grabungsarbeiten, die mit der Hand und einem kleinen Bulldozer ausgeführt wurden, begannen, wurden wir unruhig. Während der Bauarbeiten wurden jedoch mehrere Neigungsmesser installiert, und dank all dieser Sorgfalt zeigt der Steinwall bis heute keinerlei Deformation. Stattdessen stellte sich heraus, dass sich hinter der Kapelle am Fuß des Berges so große Mengen Quellwasser stauten, dass man einen Abfluss zum künstlichen See legen musste. Aus diesem Grund führt der künstliche See immer genügend klares Wasser, in dem sich die weiße zylindrische Kapelle deutlich widerspiegelt.

An dem Tag, als die Bodenuntersuchungen beendet wurden, veranstalteten wir zusammen mit Koizumi, dem Bauleiter der Firma, die den Zuschlag für den Bau der Kapelle erhalten hatte, ein Bankett mit Flusskrebsen und Saiblingen als Dank an den Professor der Technischen Universität Tōkyō. Ich erinnere mich, dass an diesem Abend auf den Dielen des Herdhauses die verschiedensten Ansichten über den Steinwall, der den Fuß des Berges und das Sumpfgebiet umgrenzt, hin und hergingen.

Als Erstes verkündete Asa, dass der *frühere* Bruder Gii gesagt habe, Großmutters Vater habe den Steinwall gebaut. Zu jener Zeit stand der Alte Hof noch am Fluss. Der lange Steinwall war also weit entfernt vom Alten Hof und den Häusern im Tal sowie von der »Zai«-Siedlung am Südhang der Himmelssenke gebaut worden.

Großmutters Vater war damals in dieser Gegend eine Autoritätsperson. Er hatte von der Quelle in der Himmelssenke Rohre legen lassen und dem Dorf eine Wasserleitung gestiftet. Als diese altersbedingt Defekte aufwies, hatte der *frühere* Bruder Gii sie repariert und zu der Wasserleitung umgerüstet, die auch heute noch in Betrieb ist. Ohne Zweifel war dieser von dem einflussreichen Mann nach eigenem Gutdünken ausgeführte Bau bitteren Verleumdungen ausgesetzt gewesen. Und auch das Einführen der Lockfisch-Angeltechnik mit Saiblingen im Shimantogawa, und die Tatsache, dass er die als Lockfische dienenden Saiblinge umsonst an Leute, die sie haben wollten, verteilte, um die Eiweißversorgung der Menschen im Tal zu verbessern, stieß nicht immer auf Zuspruch. Es hieß, der Herr des Alten Hofes wolle den anderen seinen Geschmack aufzwingen. Vor allem aber der Bau des Steinwalls wurde zusammen mit der Tat des *früheren* Bruder Gii gerüchteweise als Folge eines vererbten Wahnsinns diskriminiert.

Asa zufolge war der Steinwall nicht nach einer Geraden ausgerichtet, sondern bildete lediglich einen Teil eines riesigen Ovals. Professor

Ara hatte dies mit seinen Messdaten bestätigt. Dadurch ermuntert, erklärte uns Asa den Zusammenhang mit dem »Weg der Toten«, dessen Überlieferung in unserer Generation langsam verloren ging.

— Falls morgen früh vorm Abflug noch Zeit sein sollte, zeige ich ihn euch. Auch auf der Anhöhe im Wald, zu der man über den nördlichen Talhang gelangt, gibt es noch Überreste des von Osten nach Westen errichteten gepflasterten Weges. Er wird »Weg der Toten« genannt, aber da Bruder Gii sich am besten mit den Überlieferungen dieser Gegend auskennt, sollte er darüber erzählen.

— Den Anführer, der hier in den Wäldern den Grundstein für die Besiedlung der Gegend gelegt hat, nennt man den ›Zerstörer‹. Über ihn kursiert eine Legende in der Art der Sage vom Riesen, und es heißt, dass er viele Jahre, nachdem hier ein Dorf entstanden war, die anderen Gründer, die von der Küste herübergekommen waren, gezwungen hätte, diesen gepflasterten Weg zu bauen. In der Vollmondnacht muss der fertige Weg wie eine große weiße Schlange ausgesehen haben. Nachdem sie ihre Arbeit beendet hatten, soll der ›Zerstörer‹ die anderen im Mondlicht in einer Reihe auf dem gepflasterten Weg vorwärts getrieben haben. Dann seien ihre Gestalten langsam verschwommen und am Schluss ganz verschwunden, heißt es.

Mir hat diese Legende die Herrin dieses Hauses erzählt, die wir die weise Frau nennen, und sie sagte, dass obwohl die Gründer, die diesen gepflasterten Weg gebaut hätten, alle mit über hundert Jahren gestorben seien, sie sich als Geister noch immer am Rand des Waldes aufhielten, und dass man deshalb eine Gleitbahn errichtet habe, um sie ordentlich ins Jenseits zu schicken. Der Weg heiße der »Weg der Toten«, da die Toten dort auf- und abgingen …

Bis in die Kindheit der weisen Frau hinein schien es die Sitte gegeben zu haben, dass die Kinder beim Obon-Fest mit Laternen den »Weg der Toten« entlangzogen. Die weise Frau erzählte auch, dass dies mit der eigentümlichen Sitte der »Leuchtkäferknaben« kombiniert worden sei, die gerade erst wieder aufgelebt ist …

— Ich kenne eine Geschichte aus der Zeit, als ich noch klein war, das heißt also vor dem Ende des Krieges, übernahm Asa das Gespräch. Zwei Zwillingsbrüder, die sich gut in Astrophysik auskannten, waren in unser Tal evakuiert worden. Sie lehrten in der Volksschule und trugen die Spitznamen Großväterchen Apo und Großväterchen Peri. Es waren überhaupt keine Großväterchen, sie waren, wenn ich es jetzt bedenke, im Gegenteil sehr junge Lehrer …

— Ihnen als Spitznamen die Namen der Punkte auf der Umlaufbahn des Mondes zu geben, die am weitesten und am nächsten von der Erde entfernt sind, ist wirklich witzig, warf fröhlich ein Geologieprofessor ein, der der gleichen Generation wie Asa anzugehören schien.

— Die beiden Brüder zogen in die Wälder und stellten Vermessungen an, über deren Ergebnisse sie in einem naturwissenschaftlichen Vortrag in der Volksschule berichteten. Diesem zufolge bildete der gepflasterte Weg einen Teil eines Ovals, das die untere Seite des den Talkessel umgebenden Waldes horizontal schneidet. Der Hausherr des Alten Hofes vor dem Krieg … der Vater der eben erwähnten weisen Frau, hatte an der Südseite der Himmelssenke dessen Modell errichtet. Und während aus irgendwelchen, uns nicht bekannten Umständen der gepflasterte Weg zerstört worden war, ist der Steinwall, der diesen trug, erhalten geblieben. Es gab allerdings auch die These, dass der Steinwall zuerst errichtet worden sei und dass dann, als man den gepflasterten Weg bauen wollte, das Geld ausgegangen sei …

In Gedanken vertieft, warf der Professor Koizumi einen Blick zu. Doch ungeachtet der Behutsamkeit seitens der Fachleute brachte Kamei voller Eifer seine eigene Meinung vor:

— Doch da der Vater der weisen Frau so einen Steinwall zurückgelassen hat, muss er ja eine bestimmte Absicht gehabt haben. Die Bedeutung des Ovals ist mir nicht ganz klar, aber der »Weg der Toten« bildet genau eine horizontale Ebene. Ihm steht als horizontaler Weg ganz unten noch der Kamekawa gegenüber. Und wollte der Vater nicht zwischen den beiden Wegen, also in der Menschenwelt, noch einen horizontalen Weg bauen? Wollte er nicht damit die Kräfte des Waldes ins Leben der Menschen hier übertragen? Mit solch einer Anlage würde die Himmelssenke zu einem besonderen Ort …

Der *frühere* Bruder Gii hat diese Absicht gespürt und deswegen dort den Damm gebaut, durch den ein künstlicher See entstehen sollte. Wir aber haben ihn verfolgt, bis seine Leiche im künstlichen See trieb. Seitdem ist die Himmelssenke mit einem negativen *Zeichen* behaftet. Vielleicht war auch unsere Anklage gegen Bruder Gii ein Produkt der Kraft dieses Ortes. Wenn aber die Kapelle und der horizontale Weg auf dem Steinwall fertig sind, wird sich das bisherige negative *Zeichen* in ein positives wandeln!

Kameis immer intensivere Beteiligung am Kirchenbau hatte seinen Stand in der Familie und Verwandtschaft noch schwieriger als bisher gestaltet. Der unmittelbare Stein des Anstoßes war besonders die von Ara entworfene, eigenartige Kapelle mit ihrer zylindrischen Form. Man hatte es bereits ahnen können, als das architektonische Modell eintraf. Das Modell enthielt auch die Teile, die in der zweiten Planungsphase gebaut werden sollten, und so konnte man das Ganze in präziser Verkleinerung überblicken. Die Wohnhäuser, von deren Innenhof man den auf dem Steinwall entlangführenden gepflasterten Weg sah, waren in der Grundvorstellung den Häusern der Gegend und dem Dorf nachempfunden und trugen auf ihrer Konstruktion in der Art von Holzschuppen japanische Ziegeldächer. Tatsächlich schienen die Gebäude, wie Onkel K. erwähnte, eine spätere Nutzung als Schule zu ermöglichen. So gesehen, wäre das Gebäude hinten im Hof, mit seinem stufenförmig angelegten Boden, gut als Mehrzweck- und Werkraum geeignet.

Da die Zuständigen für die Bauausführung Aras bisherige Arbeiten schätzten und ganz wild darauf waren, den mit den neuesten Techniken ihrer Firma erstellten Modelltyp zum ersten Mal auf Shikoku vorzuzeigen, fürchteten wir alle das Ausmaß des Budgets. Für Zachary und Koizumi stand die Notwendigkeit einer Neuverteilung des Budgets noch deutlicher an. Auf dieser Stufe des Projekts gab Zachary, in seiner leicht dozierenden Art, die folgende ergänzende Erklärung ab:

— Der einzig runde Versammlungssaal, den ich bisher gesehen habe, ist die Kapelle des MIT. Der Bau ist ein Entwurf von Saarinen und sehr bekannt. Rundhallen sind seit der griechischen und römischen Antike als Versammlungsort immer als wichtig erachtet worden, doch in der zeitgenössischen Architektur gibt es nur äußerst wenige Beispiele, denn sie führen zu etlichen Probleme bei der Akustik.

Die Kapelle, die wir für unsere Kirche errichten wollen, hat eine vollkommen runde Grundform mit einem Durchmesser von sechzehn Metern. In runden Räumen aber bündelt sich der Klang und es entsteht ein Flatterecho. Die Japaner nennen dies das »Phänomen des weinenden Drachen«. Was lässt sich nun dagegen unternehmen?

Herr Ara hat auf Kosten seines Architekturbüros einen Spezialisten, einen Kollegen aus dem Forschungsinstitut für Produkttechnologie, mit der Durchführung eines Experiments beauftragt. Für dieses Experiment wurde ein verkleinertes Modell im Maßstab 1:20 angefertigt. Als Klangquelle verwandte man einen Funkenentladungspuls und dann hat man die so genannte Impuls-Korrespondenz, also die Reaktion an jedem Sitz gemessen. Das Ergebnis war, ich lasse die Details beiseite, dass ein erhebliches Flatterecho entstand. Damit war also klar, dass man die Kapelle ohne Diffusionsvorrichtung nicht für Konzerte nutzen kann.

Aufgrund dessen wurden einige Maßnahmen ergriffen. Man stellt eine vier Meter hohe Diffusionswand auf. Die Fenster und die Ein- und Ausgangstüren werden so gekippt, dass der Widerhall nicht in die Raummitte gerichtet ist. Er wird gleichsam durch die Flächen verschoben. Das spitzförmige Dach soll mit seiner porösen Struktur und dem porösen Material den Schall dämpfen. Letztlich ist zwar die Fertigstellung abzuwarten, doch vom jetzigen Stand der Dinge aus gesehen, darf man auf eine hervorragende Akustik in dieser besonders geformten Halle gespannt sein. Hier an diesem Ort tief in den Wäldern entsteht eine zylindrische Halle mit Weltklasseakustik. Bei zweihundert Gläubigen beträgt die Nachhallzeit etwa 1,4 Sekunden …

Herr Ara war ein Architekt, der seine originellen Entwürfe beharrlich in allen Einzelheiten umsetzte. Und auch Koizumi und seine Kollegen versuchten das konische Dach und die zylindrische Außenwand mit den im Winkel minimal verschobenen Fenstern perfekt zu errichten, indem sie den Zement, der feiner war als je zuvor, unter Hochdruck eingossen. Zu dem Zeitpunkt, als der offizielle Vertrag mit der Baufirma geschlossen wurde, lag der Kostenvoranschlag für die Kirche fünfzig Millionen Yen über dem anfangs veranschlagten Budget!

Wurde deswegen die Abänderung des Entwurfs und der Ausführung gefordert? Dem war nicht so. Ohne zu zögern gab Kamei kund, dass er das neue Budget akzeptierte. Als wir uns Sorgen machten, meinte er, dass er die Verfügbarkeit des Vermögens, die er langfristiger geplant habe, einfach vorziehen könne. Im gleichen Zug machte er sich daran, die Probleme mit seiner Familie und der Verwandtschaft, die vor Gericht ausgetragen wurden, ein für alle Mal zu lösen. Mit einer Geländeerschließungsfirma aus Matsuyama, die Pläne zum Ausbau eines bereits bestehenden Golfplatzes betrieb, schloss er einen Vertrag über die Veräußerung eines Grundstücks, dessen Verkauf er bisher verweigert hatte. Den Gewinn teilte er auf, verzichtete auf die Rechte an seinem alten Hof im Alten Stadtgebiet und ließ sich auch offiziell von seiner Frau scheiden. Und dann zog Kamei in den ersten Stock der Werkstatt im Alten Hof.

Im Verlauf all dessen gab es zwei Dinge, die Kamei Sorgen bereiteten. Erstens, dass es durch den Verkauf des Grundstücks an die Geländeerschließungsfirma zum Dissens zwischen ihm und den Aktivisten der Naturschutzbewegung zum Erhalt der Flussgebiete von Kamekawa und Makikawa kommen könnte. Aber irgendwann nach der *Konzentration* bestärkte ihn Bruder Gii:

— Kamei, sie werden den Golfplatz nicht ausbauen, denn bald wird in ganz Japan das Wirtschaftswachstum zurückgehen, das betrifft auch die Provinz. Beten wir, dass es schnell geschehen möge!

Die zweite Sorge Kameis bestand darin, inwieweit sich die Veräußerung seines Vermögens auf die Steuer auswirken würde. Diesbezüglich nahm der Generalkonsul, der Kamei mittlerweile wohl wollend gegenüberstand, mehrmals die Mühe auf sich, zu der Präfekturbehörde in Matsuyama und zum Bürgermeister in Makimachi zu gehen. Abgesehen davon, ob das konkrete Auswirkungen hatte oder nicht, verbreitete sich während des nun fortschreitenden Bauvorhabens auch in der Stadt die allgemeine Meinung, dass die Kapelle die Rolle eines Kulturzentrums für die Gegend spiele. Der Generalkonsul, der in der Euphorie für den Entwurf von *Die Kinder des Thera-*

pieturms seine Haare hatte wachsen lassen und sich auch nicht rasierte, ließ sich bei dem Barbier am Fluss, der seine Tage, seit immer weniger Kinder und junge Leute hier wohnten, wie im Dauerfeierabend verbrachte, zurechtmachen, und als er in seinem dunklen, dem Schnitt und der Farbe nach zweifellos im Ausland gefertigten Anzug im Auto davonfuhr, sah er zwar sehr erschöpft, aber mit seiner eleganten Autorität überwältigend aus.

Doch dieser kurze Zeitabschnitt bildete eine Ausnahme. Als sich der Generalkonsul wieder in seinem Haus am Nordhang der Himmelssenke einschloss und erneut in den Vorbereitungen zu *Die Kinder des Therapieturms* versank, vermittelte er nicht mehr den Eindruck eines ehemaligen Beamten des Außenministeriums. Und auch die Mitglieder der Kirche merkten, dass der Generalkonsul, auch wenn sie ihn nur selten trafen, zutiefst deprimiert war. Besonders Bruder Gii dachte bestimmt häufig an die fortschreitende Krankheit seines Vaters. Wie wir erfuhren, hatte der Generalkonsul in einer Unterhaltung mit Onkel K. bei dessen Besuch einen Tag nach dem Taifun im Anschluss an Bruder Giis Erklärungen zur Architektur versichert, dass er nicht wieder ins Krankenhaus wollte.

Die folgenden Worte Bruder Giis, der in jener Zeit immer schweigsamer wurde und außer bei seinen Predigten in den Versammlungen nur selten etwas sagte, haben sich mir tief im Gedächtnis eingeprägt:

— An dem Tag, als ich das erste Mal von der weisen Frau mit dem Namen Bruder Gii gerufen wurde, bat sie uns darum, sie nicht aus der Gegend hier in den Wäldern herauszureißen und ins Krankenhaus nach Matsuyama zu bringen. Wir waren entschlossen, den Willen der weisen Frau zu befolgen. Doch als die Lage dann wirklich kritisch wurde, sind wir, Doktor Okada als Erster, zurückgeschreckt und haben sie ins Rot-Kreuz-Hospital gebracht. Die Bitte der weisen Frau beziehungsweise unser Entschluss waren vollkommen bedeutungslos geworden.

Jetzt spüre ich, dass der Tag kommt, an dem die Bedeutung ihrer Worte wieder zum Leben erwacht. Der Generalkonsul möchte sich, auch wenn der Krebs metastasieren sollte, nicht mehr operieren lassen. Er scheint vielmehr gewillt, den Tod zu akzeptieren. Onkel K. zufolge … ist Yumiko darüber informiert und war auch einverstanden, dass der Generalkonsul allein hierher zog.

Mittlerweile glaube ich, Satchan, dass uns die weise Frau ihren letzten Willen erklärt hat, damit wir beim Nächsten, der hierher käme, beim Generalkonsul also, all unsere Kräfte aufböten.

Asa reagierte anders als die Übrigen auf die tiefe Depression des Generalkonsuls und auf seine körperlichen Defekte, die sie zweifelsohne verstärkten. Gerade Asa, die Bruder Giis Behandlung von Patienten durch Handauflegen grundsätzlich ablehnend gegenüberstand, machte diesem in ihrer entschlossenen Art den Vorschlag:

— Wenn die Mutter des herzkranken Jungen hinsichtlich deiner Heilkräfte Recht hat, müssten sie jetzt ziemlich stark sein, da du sie eine Weile nicht benutzt hast, nicht? Streich dem Generalkonsul doch einmal über seinen Rücken oder Bauch? Dann wird es ihm vielleicht etwas besser gehen.

Als in der gleichen Zeit der Generalkonsul nach einer Weile im Büro vorbeischaute, erzählte er mir – sein Gesicht hatte die Farbe von dunklem Elfenbein – eine Geschichte, die auch durch Material in der Sondernummer der Zeitschrift *Life* belegt ist, die den Titel »The year of the killer weather« trägt und die der Generalkonsul bei den »Aufzeichnungen der zu Heilenden« gelassen hat:

— Es ist doch durchaus möglich, dass Sakuchan, der als großer Wirkmechanismus in die Stratosphäre zurückgekehrt ist, bei seinen Verhandlungen mit der Erde drastische Signale aussendet, oder? Diplomatische Mittel sind meistens hart. Unter den Materialien, die mir ein Freund vom Hauptsitz der UNESCO in Paris geschickt hat, ist ein Artikel mit entsprechenden Hinweisen.

Dieser Artikel fasst die Abfolge all der ungewöhnlichen Ereignisse in Amerika in diesem einen Jahr zusammen, angefangen vom Hurrikan Andrew bis hin zu den heftigen Regenfällen, die das Hochwasser des Mississippi verursacht haben. Darunter war auch ein entsetzlicher Blizzard, der im Frühling den Osten Amerikas heimsuchte. Er wurde von 59 000 Entladungen am Boden begleitet, also von Blitzschlägen. Es gibt unglaubliche Fotos. Den Höhepunkt bildeten 5100 Blitzschläge in einer Stunde! In Florida, südlich von Tampa, soll es durchschnittlich einen Blitzschlag auf 0,16 Quadratkilometer gegeben haben. Es kam zu zehntausend Waldbränden, und tausend Menschen wurden vom Blitz erschlagen.

Darauf beruhend möchte ich eine Szene schreiben, in der Saku-chans großer Wirkmechanismus in der Umgebung des Fujisan* große Gewitter, Tornados und Hagelstürme aufkommen lässt. Ich hatte die Idee, dafür das Foto mit den Blitzen in Tampa, Florida in Überblendung mit einem Foto des Fujisan abziehen zu lassen, und wollte diesbezüglich einmal per Fax in Tōkyō anfragen. Könntest du das für mich tun?

In den »Aufzeichnungen der zu Heilenden« ist diese Foto-Collage enthalten. Zuerst assoziiert man eine eschatologische Szene eines Science Fiction-Films, in der die Erde in einen Haufen zahlloser kleiner Planeten einbricht und verbrennt. Zachary meinte, dass ihn das Bild mit dem Fujisan an den Roman von Kurt Vonnegut erinnere, in dem eine Stadt von einer Neutronenbombe ausgelöscht wird. Es ist, glaube ich, eines der wenigen, aber originellen Kunstwerke, die der Generalkonsul hinterlassen hat.

Im Juni diesen Jahres brach der Generalkonsul zur letzten Reise seines Lebens auf, einer einwöchigen Reise nach Genf, Salzburg und Wien. Yumiko, die anfangs als Begleiterin vorgesehen war, konnte ihre Boutique in Daikanyama, die aus Europa importierte Waren anbot und zu der Zeit Hochkonjunktur hatte, nicht schließen und trat daher zugunsten Bruder Giis zurück. Hatte sich Yumiko dabei nicht vielleicht gedacht, dass diese Reise Bruder Gii den Anstoß dafür geben könnte, sich wieder seinen Studien in Europa zuzuwenden, wie sie es immer gehofft hatte?

Anstelle des Generalkonsuls, der weder über die Reise allgemein noch über ihre Details etwas Geschriebenes hinterlassen hat, hat Bruder Gii, wenn auch in wenigen Worten, einen Reisebericht angefertigt. Ich möchte dieses einfache Reisetagebuch, das sich ebenfalls unter den »Aufzeichnungen der zu Heilenden« befindet, zusammen mit dem, was er mir, Mitsu und Tā direkt erzählt hat, an dieser Stelle einfügen:

9. Juni, Dienstag, Tōkyō – Zürich, Regen. Der Generalkonsul holte mich bei Onkel K. ab, wo ich eine Nacht verbracht hatte, und wir fuhren nach Narita. Yumiko begleitete uns. Auch der Hotelmanager Fu, der mit ihr das Geschäft aufgemacht hat, war nach Tōkyō gekommen, er fuhr den Wagen. Ein großer Lastwagen überholte uns auf der Autobahn, das Wasser von den Reifen spritzte nach allen Seiten. Der Swissair-Steward, dessen Französisch wie das eines anständigen Studenten klang, nannte uns »Votre Excellence«. Der Generalkonsul, der bis Narita fast nur geschwiegen hatte, antwortete freundlich. Wir aßen die Lachsvorspeise und den Kaviar auf Soba-Pfannkuchen ganz auf.

(Yumiko hatte Bruder Gii gebeten, darauf zu achten, dass der Generalkonsul, der für kurze Zeit abgenommen hatte, ordentlich esse, aber der Generalkonsul aß auf der ganzen Reise gut. In einem kleinen Büchlein, das die Kollegen vom Außenministerium nach dem Tod des Generalkonsuls zu seinem Gedenken veröffentlichten, fand sich auch ein kleiner Text eines Verfassers mit etwas fragwürdigem Charakter, der davon handelte, dass der Generalkonsul jedes Jahr extra früh bei der in einem großen Hotel in Tōkyō stattfindenden Feier zum Jahresende erschien und damit Anstoß erregte, dass er sich mit Kaviar voll stopfte. Bruder Gii bot dem Generalkonsul auch seinen Kaviar an.)

Nach dem Essen trank der Generalkonsul einen Cognac, stellte seinen Sitz in die Liegeposition, legte die Augenmaske auf und schien einzuschlafen. Ich versuchte ebenfalls zu schlafen, da ich kein Interesse für den im Flugzeug gezeigten Film hatte, doch als ich mit einer Vorahnung die Augen öffnete, blickte der Generalkonsul zu mir herüber. Er machte ein schon fast besorgtes, ernstes Gesicht und betrachtete mich wie eine Pflanze, von der er nicht erwartet hätte, dass sie seinen Blick erwiderte. Als er merkte, dass meine Augen offen waren, sagte er in seinem mir so vertrauten britischen Englisch:

— Wenn ich dein Gesicht im seitlichen Licht der Leselampe betrachte – sozusagen in einem heutigen Rembrandt-Licht –, scheint es mir wirklich ungewöhnlich. Wenn man, und sei auch nur in einem kleinen Rahmen, immerzu als ›Erlöser‹ behandelt wird, können die

Gesichtszüge, deine Art zu sprechen ist es bereits, etwas Weltfremdes bekommen!

(Er hatte seinen Körper vorgeschoben und die Leselampe, die von oben auf ihn herabschien, warf einen scharfen Kontrast auf Kopf und Hals, sodass er aussah wie Baudelaire in dem Halbmantel mit dem großen Kragen auf dem Foto von Nadar, das in Frankreich in seinem Arbeitszimmer gehangen hatte. Damals, mit Mitte dreißig, hatte der Generalkonsul mit seiner breiten, scharf konturierten Stirn, der starken Nase, der Unterlippe voller Witz und den gütigen Augen angeblich wie das Bild von Braquemon in der zweiten Ausgabe von *Die Blumen des Bösen* ausgesehen, aber für mich als Kind sah er eher dem jugendlichen, reinen und träumerischen Portrait Nadars ähnlich. Jetzt, wo der Haaransatz zurückging und das Haar schütter wurde, ähnelte er auf andere Weise dem Foto.)

Nach dem etwa zwölfstündigen Flug kamen wir in Zürich an. Sonne, bald darauf leichte Wolken. Warm. Wir fuhren auf einer Straße, an deren beiden Seiten die üppigen Bäume ihre Zweige auf die Bürgersteige hängen ließen, und erreichten das Hotel, von dem aus man weit unten auf den See mit seiner komplexen Form blickte. Das Grand Hotel Dolder, eine Suite mit zwei Doppelzimmern. Ab sechs Uhr abends Ortszeit schliefen wir ohne Unterbrechung bis zum Morgen.

10. Juni, Mittwoch, Zürich – Salzburg, Sonne. Wir frühstückten im Speisesaal, von dem aus man über Baumgruppen von kleingewachsenen Rosskastanien, Eichen, Ulmen und Birken blickte. Ein kleiner schwarzer Vogel sang lebhaft. Der Generalkonsul sprach über einen Artikel aus der *International Herald Tribune*.

— Hier steht, dass japanische Wissenschaftler und Unternehmer auf Vermittlung von Dentsū* dem Premierminister einen Vorschlag unterbreitet hätten, doch wenn man das im Ausland liest, kommt einem der Vorschlag seltsam isoliert vor. Sie behaupten, dass die USA die wirtschaftliche Entwicklung in Asien ignorierten und Asien die Menschenrechte aufzwängen. Das heißt doch aber nur, dass sich die japanischen Unternehmer wirtschaftlich in Vietnam und China einmischen wollen. Bis vor kurzem hatte auch ich es mit solchen Leuten zu tun.

Der Generalkonsul ging mit einem Dr. Franck, einem Herrn jüdischer Abstammung, der uns beim Frühstück besuchte und ziemlich jung aussah, obwohl er bereits in den mittleren Jahren ist, in die Lobby. Danach brachte uns Dr. Franck zum Bahnhof.

(Der Generalkonsul schien Dr. Franck darum zu bitten, dem japanischen Botschafter eines angrenzenden Landes eine vertrauliche Botschaft zu übermitteln. Später ahnte ich, warum man als Übermittler an einen Botschafter in einer Stadt, die von Salzburg mit dem Flugzeug nur ein bis zwei Stunden entfernt war, einen Ausländer gewählt hatte.)

Euro City International Express 163. Der Generalkonsul und ich setzten uns in ein Abteil für sechs Personen und fuhren durch die Alpen nach Österreich. Immer wieder wechselten sich zwei Sorten Kirchtürme ab, Spitztürme und moscheenartige Türme. Der Generalkonsul erklärte etwas über die Verbreitung der katholischen und protestantischen Gebiete entlang der Eisenbahnlinie. Ich erinnerte mich an seine praktische Art der Erziehung während verschiedener Reisen in meiner Kindheit. Er sagte, dass er früher öfters seine Ferien in dem Skigebiet auf einem Steilhang über Innsbruck verbracht habe. In dem Auto, das uns in Salzburg vom Bahnhof abholte, fuhren wir zum Hotel Cobenzl, das wie eine Berghütte auf einem siebenhundert Meter hohen Berg liegt. Eine Suite mit zwei nebeneinander liegenden Doppelzimmern und einem Wohnzimmer mit Balkon.

Vor uns die Salzach und die Stadt, rechts von uns die tief grünen Berge, links ragten die schneebedeckten Alpen empor. Am Abend fuhren wir zur Burg Hohensalzburg auf einen mitten in der Landschaft gelegenen Berg. Regen, rosafarbene Blitze und Donner. Bei Morgengrauen sahen wir in der Ferne, wie sich Wolken wie in einem Renaissancebild heranschoben und den Berg einhüllten.

(Im Speisewagen von Zürich bestellte der Generalkonsul ein Roastbeef mit einer dicken, hellbraunen Soße. — Wenn mich in meinen jungen Jahren die Sehnsucht nach Sukiyaki* überkam, aß ich das hier. Abgesehen vom Aussehen schmeckt es doch ziemlich ähnlich, nicht wahr?

Im Speisesaal des Hotels aß er einen gut durchgebratenen Presskopf vom Kalb, Bries-Ravioli und Himbeerkuchen.)

11. Juni, Donnerstag, Wolken, leichter Regen. Vormittags erschien Dr. Franck, um mit dem Generalkonsul Verbindung aufzunehmen. In seiner Zeit als Botschafter bei der Europäischen Union war Dr. Franck dem Generalkonsul unterstellt gewesen, gegenwärtig ist er der Leiter eines in Brüssel ansässigen Büros einer japanischen Pharmafirma.

(Wie als Reaktion auf die Fahrt und den bis gestern guten Appetit, blieb der Generalkonsul heute im Bett, ohne das Frühstück mit verschiedenen Würstchen, Ei und Brot, das ihm aufs Zimmer gebracht wurde, anzurühren.

Ich empfing Dr. Franck in der Lobby und führte ihn zum Zimmer des Generalkonsuls. Anschließend gingen wir zusammen zur Straße am Berghang und machten einen Spaziergang bis dorthin, wo große Bauernhäuser in den weitläufigen Wiesen verstreut lagen. Während der Generalkonsul aufstand und sich ankleidete, wechselte ich zum ersten Mal ein paar Worte mit Dr. Franck.

Er hatte an der naturwissenschaftlichen Fakultät der Universität Lyon über Bergkristalle geforscht und promoviert. Das Büro, in dem er jetzt arbeitete, war für den Export eines Medikaments zur Zellaktivierung gegründet worden, das bei der Herstellung von Pockenimpfstoffen als Nebenprodukt entwickelt worden war. Das Medikament wird in den europäischen Staaten jedoch nicht zugelassen, da es wissenschaftlich nicht genügend analysiert ist; die Lage ist schwierig.

Während Dr. Franck viel von diesen Dingen erzählte, verlor er über den Inhalt seiner Zusammenarbeit mit dem Generalkonsul, die mit dem Zweck von dessen Reise in Zusammenhang stand, kein Wort. Dr. Franck lobte mein Französisch, ich wiederum hörte bei ihm einen ausländischen Akzent heraus.

Ich ließ den Generalkonsul, der beim Mittagessen seine Angelegenheiten mit Dr. Franck besprach, im Hotel zurück und fuhr allein mit dem Bus in die Stadt hinunter. Ich ging zum Mozart-Platz, besuchte das Museum im Geburtshaus Mozarts und die Hohensalzburg, die man vom Hotel aus sah. Zu Mittag aß ich ein Wiener Schnitzel in einem Café am Mozart-Platz, das der Generalkonsul in die Touristenkarte eingezeichnet hatte.)

Am Abend fuhr ich noch einmal gemeinsam mit dem Generalkonsul in die Stadt, um die *Zauberflöte* als Marionettentheater anzusehen.

(Der Generalkonsul hatte mir von einer früheren Aufführung mit Fischer-Dieskau erzählt, der auf seiner Plattenaufnahme die Partie des Papageno gesungen hatte, und während der Aufführung sang er leise einige Arien mit. Er machte den Eindruck, als habe Dr. Francks Bericht seine Kräfte wieder mobilisiert. Er wirkte sogar angespannt und aufgeregt. Als wir nach der Oper in einem asiatischen Restaurant zu Abend aßen, zeigte er großen Appetit.)

12. Juni, Freitag, den ganzen Tag über leichter Regen. Der Generalkonsul blieb vormittags im Bett.

(Bei unserer Abfahrt probierte ich die Aufnahmefunktion des DAT-Recorders aus, den ich auf Bitten des Generalkonsuls von Mitsu ausgeliehen hatte. Ich nahm in meinem Zimmer die Fernsehnachrichten auf und dann an dem Tisch, wo ich allein zu Mittag aß, das Gespräch mit dem Kellner. Nachdem ich mit dem Essen fertig war, kam der Generalkonsul herunter. Als er dem Kellner mitteilte, dass er keinen Appetit habe, brachte ihm dieser, der ihn seit Dr. Francks Besuch »Votre Excellence« nannte, einen Teller mit einem kleinen runden Kalbsfilet und frischem Spargel als Beilage. Der Generalkonsul aß es mit sichtlichem Vergnügen.

Die Chefin des Hauses kam an unseren Tisch, um uns zu begrüßen, und beklagte das schlechte Wetter, als sei das ihre Schuld. Sie richtete ihren Blick auf das auf dem Tisch liegende DAT-Gerät und erzählte, dass die Maestri, die während der Musikfestspiele im Sommer ihr Stammquartier hier in diesem Hotel bezögen – unter ihnen auch der berühmte japanische Dirigent und ehemalige Mann von Izumi, dessen mit Namensschild versehener Stuhl im Speisesaal stand –, alle ohne Ausnahme von den japanischen Aufnahmegeräten schwärmten. Und als fiele ihr plötzlich etwas ein, holte sie aus der Rezeption eine CD von Hikari!

Ursprünglich hatte nämlich Onkel K. dem Generalkonsul das Hotel Cobenzl empfohlen. Im vorletzten Jahr war die CD mit einer Sammlung kleinerer Stücke für Klavier und Flöte herausgekommen, die Hikari über eine lange Zeit komponiert hatte. Im Andenken daran war Onkel K. mit seiner Familie genau vor einem Jahr nach Salzburg gereist und hatte in diesem Hotel gewohnt. Als zu Hikaris Geburtstag ein gezeichnetes Glückwunsch-Fax angekommen war und die Chefin dies gesehen hatte, hatte sie Hikari ein Geschenk gemacht. Und als sie dann die CD gehört hatte, die er ihr im Gegenzug schenkte, war sie sehr gerührt gewesen.

Die Chefin erzählte die ganze Geschichte dem Generalkonsul und sagte: Ich bin die Tochter eines kleinen Hotelbesitzers, habe später einen Mann aus einer Familie eines Traditionshauses geheiratet und unsere Kinder zu dessen Nachfolger erzogen. Dabei habe ich versucht, der positiven Lebenseinstellung meines Vater zu folgen. Als ich diesen behinderten Jungen mit seinen Eltern sah und seine Musik hörte, empfand ich große Sympathie für ihn, da gerade er sich eine positive Lebenseinstellung zu Eigen gemacht hatte.

Dem Ausdruck in seinen von dunklen Wimpern überschatteten Augen nach zu urteilen, schien der Generalkonsul die Rührung der Chefin freundlich und höflich aufzunehmen, doch als er sie endlich losgeworden war, sagte er:

— Diese Dame ist ziemlich geschäftstüchtig. Als Präsident Nixon Europa besuchte, wagte sie es, ihn am Salzburger Flughafen, wo er zwischen lauter Demonstranten landete, groß in Empfang zu nehmen. Ihre Küche wurde dadurch weltberühmt. Der Mann der hübschen Frau, die jetzt an der Rezeption steht, ist der älteste Sohn der Chefin und war damals auch unter den Demonstranten. Jeder führte also für sich sein eigenes positives Leben. Das weiß ich von Dr. Franck.

13. Juni, Samstag, leichter Regen und Wolken. Der Generalkonsul, der sich gestern den ganzen Tag im Hotel ausgeruht hatte, war wieder wohlauf. Ich schlug ihm vor, zu den Seen in der Umgebung Salzburgs zu fahren. Zum Fuschlsee, nach Bad Ischl und zum Mondsee.

Wolfgangsee, Sankt Gilgen, Sankt Wolfgang, und zum Schluss unseres Ausflugs Essen im Weissen Rössl.

(Der Generalkonsul trank Bier aus der Gegend und aß gegrillten Lammnacken mit einer großen Portion Kartoffeln.)

Auf der Rückfahrt nahm der leichte Regen zu. Auf der Weide am Hang fuhr langsam ein Traktor mit einem kleinen Tankanhänger und versprühte Gülle. Er hatte sich bestimmt dieses Wetter ausgesucht, damit der Dung nicht trocknete und an der Oberfläche kleben blieb und damit sich der Gestank nicht verbreitete. Das war meine Erklärung als ehemaliger Student der Landwirtschaft. — Würde man zur Strafe Menschen beim Düngen an einem Seil hinterherziehen, würden die meisten ihre Tat bestimmt schon nach einer Stunde bereuen, sagte der Generalkonsul.

14. Juni, Sonntag, keine Wolken. Wir frühstückten im Zimmer des Generalkonsuls. Am Mittag verließen wir das Hotel und fuhren zum Mirabell-Platz hinunter, dort trennten sich unsere Wege.

(Der Generalkonsul, der reichlich gefrühstückt hatte, meinte, dass man Brot wie das dieser Gegend, das so hart sei, dass man es richtig kauen müsse, in Japan nicht bekommen könne. Er schlug begeistert vor, ob wir nicht bei einem Bäcker, den uns die Hotelbesitzerin vermitteln könnte, die Herstellungstechnik erlernen und es dann auf dem Hof im Ofen selbst backen wollten. Ich spazierte durch den Park des Mirabell-Schlosses und sah, wie die Blumen in den Beeten in der Sonne glänzten. Zum ersten Mal seit unserer Ankunft in Europa war der Himmel wolkenlos. Dann ging ich in den ersten Stock des Schlosses hinauf. Auf der Marmortreppe standen bis zum großen Treppenabsatz lauter Menschen. Ich ging in die große Halle, in der eine Musikmatinee stattfand, fand einen Sitzplatz an dem großen Tisch am Fenster, verdeckt durch einen Krug mit einem Blumenstrauß, und setzte mich.

Kurz vor Beginn des Konzerts wurden fünf oder sechs Personen in Galakleidung auf die noch freien Plätze in der ersten Reihe direkt vor der Bühne, wo das antike Klavier stand, geführt. Auch der Generalkonsul war dabei und ein großer Japaner gleichen Alters in einem dunklen Anzug. Ich erinnere mich, dass ich das Gesicht des Begleiters, der die Frau, die ihnen den Platz anwies, auf Deutsch ansprach und ihr ein Trinkgeld gab, schon einmal im Fernsehen oder auf einem Foto in der Zeitung gesehen habe. Ein Trio mit alten Instrumenten spielte Mozart. Nach dem Ende des ersten Teils sah ich den Generalkonsul und den ihn begleitenden Japaner mit einem Weinglas in der Hand im Saal in der Menschenmenge stehen, aber als der zweite Teil begann, blieben ihre Plätze leer.

Nach dem Konzert ging ich über eine der vielen großen Brücken in die Altstadt. Ich aß in einem kleinen italienischen Restaurant an einem kleinen Rondell hinter dem Mozart-Platz zu Mittag. Hier aßen hauptsächlich Studenten – wahrscheinlich war die Universität ganz in der Nähe. Vom Fenster aus sah ich die feine Bronzefigur des Papageno. Ich ging, um mir die Zeit zu vertreiben, wieder zur Straße vor dem Mozart-Platz zurück und kaufte ein Stück rohen Schinken. Wenn ich ihn ohne Probleme durch den Zoll kriege, will ich ihn den Leuten auf dem Hof mitbringen, die sich eifrig mit der Schinkenherstellung beschäftigen.

Als ich vor den Touristeninformationsstand am Mozart-Platz zurückkehrte und in einer Gruppe von jungen Amerikanern stand, kam aus dem Café gegenüber alleine der Mann heraus, der vorher mit dem Generalkonsul zusammen gewesen war. In großen eiligen Schritten ging er in Richtung Residenzplatz, wo sein Wagen zu warten schien. Sein Erscheinen war, ganz im Gegenteil zu dem Eindruck, den er bei dem Konzert gemacht hatte, fast grob.

Ich stieg in den ersten Stock des Cafés hinauf, fand den Generalkonsul aber auf dem Balkon, der tagsüber voller Gäste war, nicht. Ich betrat einen düsteren Raum hinter einer dicken hohen Wand, und dort saß der völlig erschöpfte Generalkonsul, seinen Kopf zurückgelehnt, auf einem Stuhl. Seine schwarzen Augen leuchteten stark und stachen aus dem bleichen Gesicht hervor.

— Könntest du mich zu einem Taxistand bringen, sagte er, und als ich ihn, da sein Schritt unsicher war, auf der Treppe stützte – wie viele Jahre ist es wohl her, dass ich meinen Vater berührt habe? –, war ich schockiert, wie abgemagert sein Oberkörper war. Zurück im Hotel ging der Generalkonsul sofort ins Bett, ohne zu Abend zu essen. Er frühstückte auch nicht am nächsten Morgen.

15. Juni, Montag, leicht bewölkt, Salzburg – Wien. Super City Fast Business Trains 967. Dann Hotel Bristol.

In dem Zugabteil, in dem wieder nur wir beide saßen, erklärte mir der Generalkonsul die Unterredung des gestrigen Tages.

Der Mann, den er getroffen hatte, hatte enge Beziehungen zu einem hohen Regierungsbeamten, einem Vertrauten des ehemaligen Ministerpräsidenten, der zurzeit wegen einer Bestechungsaffäre vor Gericht stand. Seine berufliche Karriere hatte er in der Polizeibehörde absolviert, und es ging das Gerücht um, dass er bei den nächsten Wahlen kandidieren wolle. Der hohe Regierungsbeamte, der früher Polizeipräsident gewesen war, plante die Rehabilitation des früheren Ministerpräsidenten per Amnestie, und sollte das realisiert werden, könnte der Mann, wenn er noch ein, zwei Mal bei den Wahlen kandidierte, den Posten des Außenministers bekommen. Wenn diese drei Personen eine feste Einheit bildeten, wäre in der japanischen Politikszene alles möglich. Der Generalkonsul ermahnte den Mann dazu, alles daran zu setzen, um im Falle, dass der hohe Regierungsbeamte, der zur gleichen Zeit wie er selbst eingestellt worden war, die Richtlinie der japanischen Außenpolitik vorgeben sollte, dieses zu verhindern. Auch wenn der ehemalige Ministerpräsident nicht direkt rehabilitiert werden würde, werde er auch unter einer Marionettenregierung genauso handeln.

Er, der Generalkonsul, könne keinen Verräter im Lager der Fachleute dulden, der die Außenpolitik dem persönlichen Vorteil eines Führers einer gewissen Fraktion anvertraue – aber gerade in diesem Sinne sei der ehemalige Freund ein tüchtiger Beamter.

Zu verhindern sei das Ganze dadurch, dass man Geheimmaterial aus der Zeit veröffentlichte, als sie zusammen unter dem ehemaligen

Ministerpräsidenten gearbeitet hätten. Der Generalkonsul hatte auch gesagt, dass er das betreffende Material sowie die Aufzeichnung des jetzigen Gesprächs, falls er an Krebs sterben sollte, dem Schriftsteller K. und seinem Sohn anvertrauen würde. (Die Art und Weise, wie der Generalkonsul die Worte »my son« aussprach, rief in mir nostalgische Erinnerungen an besondere Momente wach.) Am Schluss sagte der Generalkonsul noch Folgendes:

— Ich habe nichts Großes für mein Land geleistet. Aber ich glaube, dass das zukünftige Minus, das ich auf dieser Reise fast habe abwenden können, eine größere Bedeutung haben wird als das gesamte Plus meiner bisherigen Arbeit.

Wir gingen zur Staatsoper, die direkt vor dem Hotel lag, um uns an diesem Abend den dritten Abend von Wagners *Ring* anzuhören. Der Generalkonsul trug einen Smoking. Ich lieh mir seinen dunklen Anzug. Er passte mir genau, da er auf den Generalkonsul vor seiner jetzigen Gewichtsabnahme zugeschnitten war. Stattdessen machte der Smoking des Generalkonsuls den Eindruck, als sei er ausgeliehen. Der Generalkonsul hätte eigentlich völlig erschöpft sein müssen, aber er hörte aufrecht bis zum letzten Akt zu. Es tat ihm sogar Leid, dass er nicht die Kraft hatte, um in der langen Pause hinaus zu gehen und Champagner zu trinken. Als ich ihm erzählte, dass Hikari die gleiche Oper hier mit seinen Eltern gesehen habe, sagte er:

— Hikari hat bis zu seinem vierten oder fünften Lebensjahr nur auf Vogelstimmen reagiert. K.-chan und Oyū mussten sicher daran denken, als sie den Dialog im letzten Akt hörten. Dann zitierte er den Dialog auf Deutsch. Wahrscheinlich hatten sie das Gefühl, ein bestimmtes Ziel in ihrem Leben erreicht zu haben, nicht wahr?

Mir geht es ähnlich, auch wenn mein Gefühl für den Erfolg verblasst und im Grunde auch nichts mit den *Belangen der Seele* zu tun hat. Ich habe zwar die Bildung des Kabinetts, das die Rehabilitierung des ehemaligen Ministerpräsidenten beabsichtigte, zumindest in einem bestimmten Punkt verhindern können, aber ich kann mir vorstellen, dass sie einen ähnlichen Kandidaten für den Posten des Außenministers finden werden.

(Die Stelle, die der Generalkonsul auf Deutsch zitiert hatte, hatte auch Onkel K. zufällig anlässlich einer Aufführung der Deutschen Oper Berlin in Japan in einem Programmheft zitiert. Ich schreibe diesen Text zusammen mit den Passagen davor und danach nieder:

»... Ich und meine Frau machten uns Sorgen, wie unser behinderter Sohn Hikari auf die über fünf Stunden dauernde Oper reagieren würde. Aber besonders von Brünnhildes Gesang, der das Höchste darstellt, was Körper und Seele eines Menschen leisten können, war Hikari vollkommen hingerissen. Auch ich ließ ich mich von der Musik verzaubern, zugleich aber musste ich an Verschiedenes aus Hikaris Vergangenheit denken. Wenn sich beispielsweise die Oper ihrem Ende nähert, überreicht Hagen Siegfried ein Glas Wein und fragt ihn, wobei er etwas im Schilde führt: ›Ich hörte sagen, Siegfried, der Vögel Sangessprache verstündest du wohl ...‹ Und der unschuldige, so möchte ich es fast nennen, Siegfried antwortet: ›Seit lange acht' ich des Lallens nicht mehr.‹*

Hikari konnte, bis er vier, fünf Jahre alt war, nicht richtig sprechen. Aber er hörte immer eine Aufnahme mit hundert verschiedenen Vogelstimmen und irgendwann kannte er sie alle. Als eines Tages eine Vogelstimme durch den Wald schallte, sagte er: ›Das ist eine Wasseralle‹; das war seine erste Äußerung mit einer klaren Bedeutung. Nach diesem ersten Anlass begann er einem schmalen Pfad der Kommunikation zu folgen und stieß schon bald auf die Musik. Sie bildete schließlich das Zentrum seines Lebens, die Vogelstimmen schien er ganz vergessen zu haben. Aber es sind wohl diese Vogelstimmen, die Wagner, von dem Hikari jetzt so ergriffen war, und seine damalige Begeisterung so eng verknüpfen.«)

16. Juni, Dienstag, Sonne. Morgens gingen wir zur Messe in eine Kirche, deren Chor aus Mitgliedern der Wiener Sängerknaben bestand.

(In derselben Reihe, in der man uns Plätze zugeteilt hatte, saßen wohlhabend wirkende japanische Frauen um die Mitte dreißig. Die Frau, die neben dem Generalkonsul saß, hatte ihn wahrscheinlich von einem Interview im Fernsehen wieder erkannt, das er als Generaldirektor der Europa- und Ozeaniaabteilung mit einem sowjetischen Politiker geführt hatte, und schickte ihre Freundin extra ein paar Reihen nach vorn, um sich mit uns fotografieren zu lassen. Die Leiterin der Reisegruppe erklärte den Ablauf der Messe. Als jemand sie fragte, ob sie getauft sei, antwortete sie: Ich bin doch Absolventin der Seishin-Frauen-Universität. Kurz bevor der Priester seine Ansprache beendete, erklärte sie, dass bald die Aufforderung erfolgen werde, den anderen die Hände zu schütteln. Die Frau neben dem Generalkonsul, der dies ignoriert hatte, tippte mit ihrer Faust auf seinen Arm. Seine Adern schwollen von den Schläfen bis zur Stirn blau an, aber er konnte es gerade noch ertragen.)

Der Generalkonsul brachte mir von der Reise drei Handtaschen mit, die er wohl im Duty-free-Shop am Wiener Flughafen gekauft hatte. Als ich eine davon Asa und eine Mitsu geben wollte, mahnte er mich jedoch in einem selbst mir ziemlich kühl erscheinenden Ton: Asa braucht so was nicht, und Mitsu freut sich bestimmt nicht über eine so gewöhnliche Marke.

Tatsächlich hatte ich schon die ganze Zeit gespürt, wie notwendig ich eine Handtasche brauchte. Eine der Tatsachen, mit der ich nach meiner ›Verwandlung‹ unweigerlich konfrontiert wurde, war die, dass Frauenkleidung keine Taschen in Jacken oder Hosen erlaubte, wo ich bisher immer alles hineingesteckt hatte. Da ich es aber ständig versäumt hatte, mir eine passende Handtasche zu kaufen, hatte mir Asa ihre Handtaschen geschenkt, die Onkel K. ihr ab und zu von seinen Auslandsreisen mitbrachte, von denen sie aber meinte, dass sie ihrem Alter nicht mehr angemessen seien.

Da Bruder Gii nicht so viel Geld hatte, um Geschenke zu kaufen, brachte er nur Mitsu einen Schal mit, der etwas breiter war als gewöhnlich. Man sah zwar schon von weitem, dass der Schal von einer bekannten Modefirma war, aber das schien sie nicht so zu stören, wie der Generalkonsul behauptet hatte. Mir brachte Bruder Gii, anstelle eines eigenen Mitbringsels, die Sonderanfertigung einer von Katholen und Evangelen gemeinsam neu übersetzten Bibel mit, die Onkel K. mir schenkte.

Diese prächtige und hübsche Bibel hatte Onkel K. von einem Wissenschaftler geschickt bekommen, der Mitglied des Ausschusses der gemeinsamen Bibelübersetzung war. Dieser schon ältere Herr, eine Autorität in seinem Gebiet, hatte sie Onkel K. zugesandt, kurz nachdem dessen Vortrag »Das Gebet eines Ungläubigen«, den ich bereits öfters erwähnt habe, im Fernsehen ausgestrahlt worden war. Oyū zufolge hatte Onkel K., der seinem Respekt für Spezialisten entsprechend auch einen großen Komplex ihnen gegenüber besaß, diese Freundlichkeit so aufgefasst, als habe ihm der Stärkere geradewegs in seine Schwachstelle gestoßen, und er war sehr niedergeschlagen. Er soll geflucht haben: »Die Ungläubigen haben das Recht auf die Freiheit der Ungläubigen, und das ist gar nicht so einfach!« Doch bald darauf starb der Wissenschaftler, und Onkel K. bekam von einem der besten Schüler des Bibelforschers, dessen Bücher er gerne las, ein Einladungsschreiben zur Trauerfeier, was ihn wiederum deprimierte. Selbst die schöne Bibel, die in der Ecke seines Bücherregals stand, bedrückte ihn.

Wenn Onkel K. vom Generalkonsul eine Anfrage nach Büchern bekam, die dieser benötigte, fuhr er, wohl auch zu seinem eigenen Vergnügen, sofort nach Kanda, um danach zu suchen, und meistens schickte er die gewünschten Bücher per Kurier zu. Onkel K., der der Einführung neuer technischer Geräte gegenüber konservativ eingestellt war und weder einen Wordprocessor noch einen Anrufbeantworter besaß, besaß natürlich auch kein Fax-Gerät, und deshalb teilte ihm der Generalkonsul seine Bestellungen immer per Eilpost mit. Wenn Onkel K. der Bücher nicht habhaft werden konnte, rief er im Büro an, um das dem Generalkonsul bestellen zu lassen. Bei den Telefonaten vernahm ich oft die Geräusche aus dem Antiquariatsviertel, von wo aus er aus einer öffentlichen Telefonzelle anrief.

Hin und wieder schickte Onkel K. spontan Bücher, die er selbst gelesen hatte und interessant fand. Da es eine meiner täglichen Aufgaben war, morgens und abends dem Generalkonsul einen Besuch abzustatten, brachte ich ihm dann die mit Kurierdienst eingetroffenen Bücher mit, und einmal sagte der Generalkonsul:

— Es hat K.-chan tief geprägt, dass er nicht Wissenschaftler werden konnte. Wenn er jemand anderem ein Fachbuch empfiehlt, tut er das meist beschämt und zögerlich, seit vielen Jahren geht das schon so … Andererseits hat er, als ich ihm aus Paris Raymond Arons neues Buch über diplomatische Beziehungen schickte, dieses mit großer Begeisterung gelesen – obwohl er seit seiner Studentenzeit Sartre-Bekenner ist – und es in sein Bücherregal im Wohnzimmer neben George Kennan gestellt. Er hat sich als Leser immer die Haltung des Neuanfängers bewahrt.

Aber, Satchan … was wollte ich eigentlich sagen? Ach ja, aber jetzt schickt mir K.-chan mittlerweile ohne Zögern Bücher, die ihn persönlich interessieren. Was ist passiert? Dass sein Wissenschaftskomplex schwächer geworden ist, ist undenkbar. Hat er gemerkt, dass mir nur noch wenig Zeit bleibt? Irritiert ihn das so sehr, dass er kein Gefühl mehr hat für die psychologische Bilanz, dass ich das nämlich spüren und als unhöflich empfinden könnte? Armer K.-chan!

Ich muss in diesem Moment ein verlegenes Gesicht gemacht haben. Denn der Generalkonsul, dem das Blut in die fast anorganisch wirkende Stirn gestiegen war, sagte:

— Du fragst dich vielleicht, Satchan, ob ein Mensch, der bald sterben wird, anderen gegenüber Mitleid entwickeln kann. Nicht immer. Ich brauche mich nicht mehr um Dinge kümmern, die ich in dieser Welt nicht zu Ende gebracht habe. Sollte es nach dem Tod, in welcher Form auch immer, eine Seele geben, so bin ich nicht bemitleidenswert. Sollte aber die Seele vergehen, so würde ich nicht existieren und bräuchte kein Mitleid mehr!

Der Generalkonsul hatte Onkel K. davor gebeten, für ihn eine in heutiges Deutsch übertragene Ausgabe der Predigten des mittelalterlichen Mystikers Meister Eckhardt zu suchen. Er besitze zwar eine herrliche Ausgabe der Originalschriften, die er in einem Antiquariat in Frankfurt gekauft habe, doch die übersteige seine Sprachkenntnisse. Jedenfalls schickte Onkel K., sobald er dieser Bitte entsprochen hatte, auch das neueste Buch eines von ihm geschätzten zeitgenössischen Schriftstellers und Germanisten, der in seinem Buch Eckhardt in eigener Übersetzung zitiert hatte, samt einem in dem Buch steckenden Lesezeichen. Ich schreibe hier die Stellen heraus, die der Generalkonsul beim Lesen rot angestrichen hatte – wobei er vermutlich »*Armer K.-chan*!« gemurmelt hatte.

»Egal, ob vor sechs oder sieben Tagen oder aber vor sechstausend Jahren, die Tage sind für den heutigen Tag genauso nah wie der gestrige Tag. Warum? Weil die Zeit im einzig existierenden Jetzt liegt. Durch die Bewegung des Himmels, seit der ersten Bewegung des Himmels, gibt es den Tag. Dort, in dem einzigen Jetzt, entsteht der Tag der Seelen. Und alles steht im natürlichen Licht der Seelen, dort gibt es einen ganzen Tag, und Mittag und Abend werden eins.«*

Die erste Reaktion des Generalkonsuls war wie bereits beschrieben. Aber indem er die Passage mit Bruder Giis Predigt von dem *Moment, der etwas länger dauert als einen Augenblick* verband, schöpfte er aus ihr eine für ihn wichtige Zeile, denn als er ganz ans Bett gefesselt war, sagte er zu Bruder Gii, der ihm einen Krankenbesuch abstattete:

— *In dem einzigen Jetzt entsteht der Tag der Seelen*, diese Worte sind, so wie sie sind, mein Gebet …

Als Bruder Gii, der neben seinem Bett stand, die Strophe voller Mitgefühl still für sich wiederholte, verstand der Generalkonsul das Schweigen als möglichen Einwand und fuhr in einem sich rechtfertigenden Ton fort:

— Man könnte mir vorwerfen, wenn ich so etwas sage, ich klammerte mich an jede Religion … Aber wenn die körperlichen und geistigen Kräfte abnehmen, braucht man kurze, schöne Gebete. Dass ihr in eurer Kirche keine Gebete festlegt, ist eure eigenständige Ansicht.

— … Ich habe einfach noch keine Worte gefunden, sagte Bruder Gii aufrichtig. Aber wie wäre es, wenn du, da du doch häufig in der Bibel liest, auch wenn nur versuchsweise, Textstellen zum Beten heraussuchtest? Christen wäre die Vorstellung vielleicht unangenehm …

— Meinst du? Gegen das Verwenden von Bibelstellen hätten sie doch wahrscheinlich nichts einzuwenden. Pascals Begriff des »abêtir«, das heißt, zu verdummen, sagt weniger über die Einzelheiten des Zeremoniells als vielmehr über das Gebet als solches aus. Dort steht, dass wenn man sich angewöhne, versuchsweise mit Worten aus der Bibel zu beten, man dem wahren Glauben bald näher käme. Das Verwenden von Bibelstellen war also viel normaler, nicht wahr? Doch lassen wir die Bibel beiseite, Bruder Gii, könntest du nicht mir, einem körperlich und geistig ziemlich erschöpften Kranken in mittlerem Alter, im Ernst ein Gebet beibringen?

Bruder Gii fand darauf natürlich nicht gleich eine befriedigende Antwort, aber er nahm die Frage vermutlich zum Anlass, um noch einmal ernsthaft über *Gebete* nachzudenken. Zugleich spürte ich, wie auch die Teilnehmer an den Versammlungen der Kirche, jeder für sich, *Gebete* ertasteten, die sie in ihrem Innern hersagen könnten. Sie waren nicht als Stimmen vernehmbar, aber so wie in einem Orchester kurz vor Beginn des Konzerts jedes Instrument noch einmal gestimmt wird, fand bei uns ein lautloses Stimmen statt. Dadurch entstand bei den Versammlungen besonders unter den jungen Leuten eine Spannung, die fast etwas Kühnes hatte.

Schon bald darauf begannen wir alle zusammen Gebete zu singen. Das beinhaltete zugleich, dass wir alle für diesen Tag einen Text auswählten. Meistens stellte Bruder Gii oder einer derer, die an der *Konzentration* in der Kirche teilgenommen hatten, einen Text vor, der mehr und mehr ins Zentrum seiner Gedanken gerückt war – er konnte aus der Bibel oder aus der Übersetzung der urbuddhistischen Sutren oder auch aus dem *Tibetanischen Totenbuch* stammen. Manchmal stellte der Betreffende auch eine eigene Idee vor – und es wurde zur Gewohnheit unserer Kirche, dass alle diesen Text zum Schluss als Gebet rezitierten.

Zwar wurde der jeweilige Text scheinbar immer spontan in der Versammlung ausgewählt, doch eine einmal als *Gebet* bestimmte Passage, galt keineswegs nur an diesem Tag und wurde dann vergessen. Besonders in der darauf folgenden Woche dachten alle Teilnehmer, die während der *Konzentration* auf den Dielen saßen, gemeinsam darüber nach und manchmal wiederholten sie am Schluss der Versammlung sogar ganz von selbst den Text und beteten. Diese Texte sammelten sich in unserer Kirche als ein *formloser* Schatz an. Als ein Beispiel dafür, das es auch *Gebete* gab, die nicht auf bereits existierende Schriften als Quellen zurückgingen, möchte ich das Folgende anführen:

Mitsu, die normalerweise eine unscheinbare Rolle spielte, nämlich

Büroarbeiten zu erledigen, und sich bei den Versammlungen der Kirche selten zu Wort gemeldet hatte, erzählte eines Tages am Ende der Versammlung, als könne sie an nichts anderes mehr denken, von einem Brief, der sie an diesem Morgen mit Eilpost erreicht hatte. Die Tatsache, dass sie Journalistin geworden sei und sich dann entschlossen habe, zur Kirche Bruder Giis zu gehen, sei dem Einfluss einer Lehrerin geschuldet, die in der Oberschule Englisch unterrichtet hatte. Diese Lehrerin habe sich vor einer Weile wegen Brustkrebs einer Operation unterziehen müssen, und nun, da man Metastasen bei ihr festgestellt habe, wolle sie eine Chemotherapie machen. *Es ist, als wäre es die Strafe dafür, eine Frau zu sein, dass ich eine seltsame Furcht vor der Therapie habe, die dieses Frau-Sein negiert und auslöscht*, hatte die Lehrerin geschrieben …

— Meine Lehrerin schreibt: *Manchmal habe ich das Gefühl, als wäre die Gegenwart wie ein Traum, oder mich überkommt ein Gefühl des Bedauerns über den Abschied. Nicht, dass ich Angst vorm Tod hätte.* Bei diesen Worten schluchzte Mitsu wie ein kleines Mädchen und sprach dann weiter: Ich bitte euch alle, auch meine Lehrerin, um Entschuldigung! Ich möchte heute mit diesen Worten beten. Ich kenne zwar auch andere Gefühle als Trauer oder Furcht, aber hier in der Kirche von Bruder Gii habe ich auch solche wie die meiner Lehrerin erfahren …

Der Generalkonsul, dem es an diesem Tag körperlich besser zu gehen schien und der, was wirklich selten vorkam, von der Himmelssenke zur Kirche heruntergekommen war, sprach Mitsu nach der Versammlung an, während um sie herum das ruhige Gerede der anderen rauschte:

— Mitchan, deine Lehrerin gehört doch wahrscheinlich zur gleichen Generation wie meine Schwester … sie muss genauso alt sein wie Izumi. Das war ein schöner Brief. Ich werde ihn in meine Sammlung von *Gebeten* aufnehmen. Vielen Dank!

Der Generalkonsul hatte Mitsu bisher noch nie so vertraut mit ihrem Kosenamen angesprochen, und sie wurde vor Verlegenheit rot.

— Meine Lehrerin ist viel jünger als Izumi!, ließ sie später ihren Unmut aus, aber sie machte einen glücklichen Eindruck.

Die Gebetssammlung des Generalkonsuls enthält übrigens, wie ich von ihm selbst gehört habe, auch die Arie aus dem Schlussteil von Wagners *Tristan und Isolde*, die ich bereits erwähnt habe: »In dem wogenden Schwall, / in dem tönenden Schall, / in des Welt-Atems / wehendem All –«. Der Generalkonsul hatte offenbar den deutschen Text als Gebet gewählt und sagte:

— Als mir Izumi vor kurzem die neue Laserdisc von *Tristan und Isolde* schenkte, erzählte sie, dass das deutsche Wort Atem in *Welt-Atem* von Atman aus dem Hinduismus her stammt. Sie hatte das in einem Vortrag gehört, den der Kulturattaché der deutschen Botschaft über die Beziehungen zwischen Indien und Wagner gehalten hatte. Atman heißt ja »kosmisches Ich«. Mein Interesse, das bisher in alle möglichen Richtungen verstreut war, scheint sich nun zu einem Strang zu bündeln. Es ist seltsam.

Der Generalkonsul zitierte für mich in der japanischen Übersetzung von Yamakawa den Schlussteil der *Göttlichen Komödie*, den er in der Originalsprache – vier Verse nur – als *Gebet* benutzte: »Die hohe Bildkraft musste hier versagen, / Doch schon bewegte meinen Wunsch und Willen, / So wie ein Rad in gleichender Bewegung / Die Liebe, die beweget Sonn und Sterne.«* Wenn übrigens Onkel K. bei der Lektüre von Dante im Italienischen auf unüberwindbare sprachliche Probleme stieß und den Generalkonsul um Hilfe bat, antwortete dieser – mit der Begründung, dass er kein Fachmann sei – nie sofort, sondern schickte die Antwort erst ein paar Tage später. Das war seine Kritik an meinem Laienstudium, sagte Onkel K. zu mir bei der Beerdigungsfeier für den Generalkonsul.

Als ich einmal in der neuen Gemeinschaftsübersetzung der Bibel las, die ich von Onkel K. geschenkt bekommen hatte, nahm der Generalkonsul sie und sagte:

— Entschuldige. Aber es gibt zwei Stellen, die ich in dieser Übersetzung überprüfen will. ... Zuerst diese Stelle. »Martha, Martha, viele Sorgen hast du und bist unruhig. Aber es ist nur eines vonnöten. Maria hat einen guten Weg gewählt. Man darf ihn ihr nicht nehmen.«** Aha, so haben sie das also übersetzt ...

Und dann diese Stelle: »Abba, Vater, du vermagst alles. Nimm diesen Kelch von mir! Doch es soll nicht das geschehen, worum ich bitte, sondern das, was deinem Herzen gefällt!«*

Was sich mir aus der Bibel so tief eingeprägt hat, sind also meist Stellen, an denen Jesus selbst spricht. Die Aufzeichnungen der Reden Jesu sind es, die sein Denken so genau bis in die heutige Zeit überliefern, nicht wahr?

Der ›Erlöser‹ unserer Kirche aber spricht weniger zu seinen Jüngern, als dass er für sich meditiert, nicht wahr? Ich akzeptiere durchaus, dass das für ihn selbst von Bedeutung ist, doch lassen sich dadurch seine Gedanken beziehungsweise sein Glaube schwer vermitteln. Auch als wir jetzt nach langer Zeit wieder zusammen gereist sind, hat er, wenn ich ihn nicht angesprochen habe, selten den Mund aufgemacht. Ich war dadurch ziemlich gehemmt. Als Kind war er hingegen sehr gesprächig, ein Fahrer aus Südamerika hat ihn einmal als »chattering person« bezeichnet.

— Liegt das nicht vielleicht daran, dass die Zeit noch nicht reif ist? Sowohl was die Kirche, als auch was Bruder Giis Inneres betrifft …

Der Generalkonsul legte die in schönes Leder gebundene neue Gemeinschaftsübersetzung, von der er sich nur ungern zu trennen schien, auf meinen Tisch zurück und starrte mich mit Augen an, die, obwohl die Haut ringsherum dunkel und erschöpft war, noch stärker strahlten als sonst. Anstatt mich zu fragen, was ich damit meinte, dass eine Zeit reif sei, und ob ich mir von der Kirche und auch von Bruder Giis Innerem eine solche Reife erhoffte, hielt er seinen milden und zugleich unnachgiebigen Blick auf mich gerichtet. Bevor ich meine Augen niederschlug, hatte sich der Generalkonsul dem Grün draußen vor dem Fenster zugewandt.

Das war Anfang Juli. Eine Woche, nachdem Bruder Gii die Wälder verlassen hatte, war er wohlbehalten aus Europa zurückgekehrt – der Ausdruck mag zwar übertrieben erscheinen, aber wir Hiergebliebenen empfanden das tatsächlich so – und es ermunterte uns. Auch das Grün, das den Alten Hof immer grüner und üppiger umringte, schien in seiner Vitalität davon beeinflusst zu sein.

An der Spitze der jungen Leute, die besonders viel geleistet hatten, stand die Sechserclique aus den drei Inō-Brüdern und ihren Freundinnen. Die drei Brüder, die für den Hof verantwortlich waren, kamen jetzt, wenn zu viel zu tun war, auch sonntags nicht zur Kirche. Als aber das Konzert unter Zacharys Leitung stattfand, fuhren sie mit ihren prächtig gekleideten jungen Frauen in einem Buggy Car vor, den sie sonst auf den mit Eichenwäldchen bestandenen Wiesen benutzten, wo bereits die Kälberherden weideten. Mich erinnerte ihr Anblick an die mit landwirtschaftlichen Produkten voll beladenen Traktoren, mit denen man in meiner Kindheit zur Ausstellung der Bauerngenossenschaft fuhr.

Durch Zachary bekam die Gebetsatmosphäre der Kirche im Herdhaus etwas Musikalisches und Enthusiastisches wie eine Kirche in den Südstaaten. Vorher fand natürlich die *Konzentration* der Teilnehmer statt, die zum kirchlichen Ablauf gehörte, aber im Unterschied zu den gewöhnlichen Versammlungen klagte niemand darüber. Seit die Versammlungen, in denen die drei jungen Frauen mit Zachary für musikalische Stimmung sorgten, regelmäßig jedes zweite Wochenende stattfanden, kamen viele Menschen mit dem Auto aus Matsuyama, um dabei zu sein. Manche baten sogar Tā darum, den Minibus zu organisieren, damit sie den letzten Zug vom JR-Bahnhof in Makimachi erreichen könnten. Da an den Konzerttagen die Kapazität der Kirche im Herdhaus nicht ausreichte, stellte Nakazato, der sich in Aufnahme- und Wiedergabetechnik auskannte, schließlich Lautsprecher in die Werkstatt, in der noch die in Produktion befindlichen großen Möbel herumstanden, sodass die Leute von dort aus an der Versammlung teilnehmen konnten. Diese Zunahme der Besucherzahl ließ noch mehr auf die Fertigstellung der Kapelle hoffen.

Das Konzertprogramm mit den von dem jungen Frauen-Trio gesungenen Negro Spirituals versetzte das Publikum in Stimmung, doch am Ende der Veranstaltung richtete sich die Aufmerksamkeit aller ganz natürlich auf Bruder Gii. Unbefangen hielt er eine kurze Predigt, in der er ein *Gebet* vorbereitete, und zum Schluss sangen alle gemeinsam dieses Gebet – eine Gewohnheit, die er neu geschaffen hatte. Einige derer, die der Versammlung in der Werkstatt über Lautsprecher zuhörten, machten Bruder Gii den Vorschlag, abwechselnd in der Kirche und in der Werkstatt zu beten. Nun könnte man meinen, dass wenn sie so begeistert waren, die Zuhörer auch einfach früher kommen und sich so einen Platz im Herdhaus ergattern könnten, da aber dort das Gewohnheitsrecht für die festen Mitglieder der ›Waldjugend‹ herrschte, zögerten die meisten, die aus Matsuyama mit dem Auto kamen, sich einfach dazwischen zu drängen.

Diese neuen, zweiwöchentlich stattfindenden Versammlungen schienen zwar spontan mit den Konzerten zustande gekommen zu sein, in denen Zachary die Freundinnen der drei Inō-Brüder dirigierte, aber in Wirklichkeit beruhte diese Entwicklung auf Bruder Giis Entscheidung. Als zur Feier der Rückkehr von Bruder Gii und dem Generalkonsul ein Konzert geplant wurde, das festlicher sein sollte als zuvor, ließ sich Bruder Gii von Zachary genau den vorgesehenen Ablauf des Programms erklären und stimmte erst dann der Veranstaltung zu. Eine Woche, nachdem das erste Konzert eine wahre Begeisterung ausgelöst hatte, kam der Vorschlag, ein weiteres zu veranstalten, und seitdem gehörten die Konzerte zum festen Programm der Kirche.

Was Bruder Gii von seiner Reise in Europa berichtet hatte, waren vor allem gewöhnliche Reiseeindrücke von dem, was er dort gesehen und gehört hatte, aber es lässt sich nicht leugnen, dass sich seitdem in seiner Art und Weise der *Konzentration* in der Kirche und in der Art und dem Inhalt seiner Predigten Zeichen für eine deutliche Wendung bemerkbar machten.

Beim Generalkonsul ließ sich eine noch konkretere Veränderung feststellen. Auch nach seiner Rückkehr aus Europa kam er zwar hin und wieder aus seinem Haus am Nordufer der Himmelssenke herunter und schaute im Büro vorbei, aber er erschien fast gar nicht mehr bei den Versammlungen der Kirche. Die Versammlungen, die bis dahin gewöhnlich am Wochenende vormittags stattgefunden hatten, wurden jetzt auf den späten Nachmittag verlegt, und da sie erst am Abend endeten, nahm der Generalkonsul wohl auch, wie wir vermuteten, obwohl er selbst das nicht sagte, aus Rücksicht auf seine Gesundheit nicht daran teil. Tatsächlich war es für jeden ersichtlich, dass er an einer ernsten Krankheit litt. Ihn selbst quälte ein konkreter

Zeitmangel, was sich darin äußerte, dass er Tag und Nacht über den Büchern saß, die Onkel K. ihm mit Kurierdienst schickte.

Was hingegen seine Leidenschaft für den Romanentwurf betraf, so hatte ich den Eindruck, dass sie langsam verblasste.

Abwechselnd brachten Osetchan, Asa und ich dem Generalkonsul das Essen in sein Haus an der Himmelssenke hinauf. Dabei sahen wir, wie er im Bett lag und mit den auf dem herangezogenen Seitentisch aufgereihten Wörterbüchern neben sich mehrere Bücher gleichzeitig las.

Der Generalkonsul versuchte jedoch deutlich zu vermeiden, dass wir seine verschiedenen täglich anfallenden Geschäfte erledigten. Schließlich übernahm Makio die Rolle, sich um den Generalkonsul zu kümmern. Osetchan zufolge ging Makio sofort nach der Schule zur Himmelssenke hinauf und kam bis zum Abendessen nicht zum Alten Hof zurück. Besonders die Sonntage schien er ganz beim Generalkonsul zu verbringen.

Obwohl der Generalkonsul lange als Diplomat gelebt hatte, war er, soweit ich weiß, nicht gesprächig. Diese Eigenschaft verstärkte sich immer mehr, und zwar sehr rasch. Er war auch nicht der Typ, der sich freundlich mit Kindern unterhielt. Wir rätselten daher, warum Makio so eifrig beim Generalkonsul Dienst leistete. Es konnte nur zwei Gründe geben, vermuteten wir.

Der Erste war, dass der Generalkonsul Makio bezahlte. Der zweite Grund war möglicherweise der, dass sich der Generalkonsul den ganzen Tag in einem Zimmer seines zweistöckigen Fertigbauhauses einschloss, das ihm gleichzeitig als Arbeits- und Schlafzimmer diente, sodass Makio, während er auf die Befehle des Generalkonsuls wartete, das Wohnzimmer frei zur Verfügung stand. Makio schien dort oft von ein paar Mädchen aus der Mittelschule besucht zu werden, und zwar nicht immer von den Gleichen. Unter den Mädchen waren auch die, die bei dem Vorfall in der *Scheide* dabei gewesen waren, und die sich, wenn man genau darauf achtete, von den Mädchen dieser Gegend durch ihre schicke Kleidung und ihr sorgfältiges Äußeres abhoben.

Einmal statteten Asa und ich gemeinsam dem Haus an der Himmelssenke einen Besuch ab. Ich begleitete Asa, die dem Generalkonsul vorschlagen wollte, in den Alten Hof umzuziehen, da sich seine körperliche Verfassung deutlich verschlechtert hatte. Die Einrichtung in dem Krankenzimmer neben dem Empfangsraum, in dem Schmied gestorben war, war unverändert geblieben.

Aber der Generalkonsul akzeptierte den Zweck unseres Besuches nicht. Obwohl auch Onkel K. ihren Vorschlag unterstützte, gab Asa daraufhin einfach auf und ging zum Gespräch über die besagten Kinder im Wohnzimmer über, das von dem Arbeits- und Schlafzimmer nur durch die Tür und einen kurzen Flur getrennt war.

— Stört es Sie nicht, wenn sie Musik hören und sich unterhalten? Wenn Sie über etwas nachdenken wollen …

— Nein, gar nicht, sagte der Generalkonsul, dessen kraftlose Adern an den Schläfen durchschienen, wobei er kaum seine Lippen bewegte, als schöpfe er der Frage gegenüber Verdacht. Wenn ich an dem Tisch hier schreibe, höre ich über Kopfhörer Wagner, und auch wenn ich im Bett lese, stören mich die Stimmen der Kinder nicht. Makio ist zwar mit diesen hübschen Mädchen zusammen, scheint sich aber mit seinen eigenen Dingen zu beschäftigen und kaum etwas mit ihnen zu tun zu haben. Auch die Mädchen machen keinen unzufriedenen Eindruck …

— K.-chan hat mir einmal voller Bewunderung erzählt, dass Oyūs älterer Bruder Akiyama, der ein angesehener Regisseur von mittlerweile ziemlich populären Filmen ist, als Gymnasiast seinen Mitschülerinnen und älteren Mädchen gegenüber, die schon die Universität besuchten, genauso war. Vielleicht liegt das ja daran, dass Akiyama und Makio beide diese eigenartige Ausstrahlung haben.

— Glückliche Kinder, sagte der Generalkonsul, dessen Gesicht immer noch die klassische Schönheit eines Jungen besaß, ohne jeden Anflug von Ironie, und ich und Asa hatten das Gefühl, dass Makio für ihn nicht nur ein praktischer Laufbursche war, sondern dass der Generalkonsul ihn wirklich mochte.

Es war Mitte August. Um sich für seine einwöchige Europareise zu revanchieren, schlug Bruder Gii mir vor, dass ich mich mindestens genauso lange von der Arbeit im Büro ausruhen und irgendwo hinfahren sollte. Dass Bruder Gii, der in dieser Zeit den Eindruck vermittelte, als sei er ganz in die *Konzentration* und die Predigten der Kirche versunken, seine Gefühle auf etwas anderes verwendete und so etwas sagte, hatte seinen Grund: Onkel K. hatte uns in einem der Telefonate, die Bruder Gii regelmäßig hinsichtlich des Gesundheitszustands des Generalkonsuls mit Tōkyō führte, in sein Sommerhaus eingeladen.

Onkel K. besitzt in Nord-Karuizawa eine Berghütte. Für Bruder Gii, der dort nach dem Abbruch seines ersten Studiums Zuflucht gefunden hatte, war es ein Ort voller Erinnerungen. Onkel K. hatte mit Hikari zu Beginn des Monats ungefähr zehn Tage dort verbracht, und Oyū, die sie abholen kam, hatte gründlich sauber gemacht. Im Eisschrank gab es noch Schinken, andere haltbare Lebensmittel und dazu auch allerlei Alkohol. Bruder Gii schlug mir vor, wenn ich wollte, zusammen mit Zachary, der nicht an den Sommer in Japan gewöhnt und ziemlich strapaziert sei, nach Nord-Karuizawa zu fahren. Zachary hatte sofort große Lust dazu, und ich ließ mich von ihm anstecken, jedenfalls im Kopf. Zachary schien den dringenden Wunsch zu haben, diesem heißen Talkessel so schnell wie möglich zu entfliehen und in die Berge zu fahren, und schon am frühen Morgen des übernächsten Tages hatte er den Reiseablauf – zum Flughafen in Matsuyama, und von dort über Osaka nach Matsumoto – geplant und per Telefon gebucht.

— In Japan sind momentan die Kurzstrecken verschiedener Fluggesellschaften interessant, erklärte er aufgeregt. Wenn man das Zentrum Tōkyō umgeht, lassen sich alle möglichen Netzwerke bilden! Als wir im Frühling für Professor Aras Untersuchung über Siedlungsstrukturen nach Bali geflogen sind, hatten wir einen Direktflug von Fukuoka nach Denpasar! Und bei meinem nächsten Rückflug nach Amerika habe ich vor, von Naha nach Los Angeles zu fliegen.

Wir flogen um sieben Uhr fünfundfünfzig mit All Nippon Airlines nach Osaka, und von dort um zehn Uhr fünfunddreißig mit Japan Air System nach Matsumoto. Nachdem Zachary, der sich im Unterschied zu den meisten ausländischen Japanologen nicht für das heimische Essen interessierte, bei MacDonalds neben dem Flughafen drei Portionen Hamburger und Coca Cola gekauft hatte, ging er direkt zu dem Rent-a-Car-Stand. Dort ließ er sich mit Informationen versorgen und ersann den Plan – die Nagano-Autobahn wollte er vermeiden, da sie eine Imitation des amerikanischen Free-way sei –, auf der 143 bis Ueda, dann auf der 144 bis Naganohara und auf der 146 bis nach Nord-Karuizawa zu fahren. Dort kamen wir der von ihm errechneten Fahrzeit entsprechend um drei Uhr nachmittags im Vereinsbüro an, wo die Schlüssel für die Berghütte verwahrt wurden.

Ich kann nicht sagen, dass ich besonders empfindlich auf nationalistische Tendenzen reagiere, eher im Gegenteil, würde ich denken, aber an diesem Tag war es mit meiner Laune nicht gut bestellt. Auf unserer Fahrt in dem Mercedes stiegen in mir Gefühle auf, die ich normalerweise nicht kenne. Zachary, der den Wagen lenkte, fuhr fast die ganze Zeit konstant zehn Kilometer über der Geschwindigkeitsbegrenzung, und diese Geschwindigkeit hielt er ein, egal, ob wir zwischen Bergketten entlang, über Schluchten oder Hochebenen fuhren. Seine Art, einfach so zu fahren, wie es ihm gerade Spaß machte, löste in mir die Empfindung aus, dass er damit die Grundlage des japanischen Lebensgefühls verletzte. Auch wenn es unter den jungen Leuten heute sicherlich viele Autofahrer gibt, deren Gefühl für Raum dem Zacharys ähnelt …

Im Flugzeug hatte Zachary einen Aufsatz seines Professors auf den Knien liegen, mit dessen englischer Übersetzung er beauftragt worden war, und zeichnete auf dessen Rand. In dem Aufsatz wurde auch die Liste der ›semiotischen Stätten‹ zitiert, die Zachary in den in den Wäldern spielenden Romanen Onkel K.s analysiert hatte. In den Romanen fänden sich, so Professor Ara, auch Erklärungen für die besonderen Raumphasen, auf deren Grundlage er selbst seinen Kirchenentwurf entwickelt hatte. Als ich hinüberschaute, standen dort Sätze mit mathematischen Formeln wie die folgenden, die ich hier wiederum aus den »Aufzeichnungen der zu Heilenden« wieder gebe:

»Gibt es zwei Ereignisse $\Gamma 1$ und $\Gamma 2$, so nennen wir das Tal zwischen den beiden φ. Den Zustand des Tals, nachdem sich das Ereignis $\Gamma 1$ ereignet hat, nennen wir $\Gamma 1\varphi$, und den Zustand, nachdem sich das

Ereignis $\Gamma 2$ ereignet hat, $\Gamma 2\Gamma 1\varphi$. Ist Geschichte im Allgemeinen $\Gamma 2\Gamma 1\varphi$, so lässt sich $21\varphi \neq \Gamma 1\Gamma 2\varphi$ denken. Das heißt, ›Geschichte lässt sich nicht zurückdrehen‹, oder umgangsprachlicher ausgedrückt: ›Verscherztes Glück kehrt nicht wieder‹. Andererseits aber bedeutet das, dass ›sich Geschichte wiederholt‹. Sind die historischen Prozesse $\Gamma 1$ und $\Gamma 2$ identisch, so gilt $\Gamma 2\Gamma 1\varphi = \Gamma 1\Gamma 2\varphi$, und wenn ›egal was geschieht, die Folge die gleiche ist‹, so ist, auch wenn $\Gamma 1 \neq \Gamma 2$ ist, $\Gamma 2\Gamma 1\varphi = \Gamma 1\Gamma 2\varphi$. Dabei sind $\Gamma 1$ und $\Gamma 2$ ›austauschbar‹.

Nun ist K. zufolge $\Gamma n\ \Gamma n\text{-}1 \ldots \Gamma i \ldots \Gamma 1\varphi$ die Geschichte des Tals. Dabei passieren dem Protagonisten, der dem ›Ich‹ gegenübersteht, Ereignisse, die sich als $\Gamma n\Gamma n\text{-}1 \ldots \Gamma n \ldots \Gamma 1\varphi$ oder als $\Gamma i\Gamma n\text{-}1 \ldots \Gamma i \ldots \Gamma 1\varphi$ oder als $= \Gamma i\Gamma n\text{-}1 \ldots \Gamma n \ldots \Gamma 1\varphi$ deuten lassen.

Borges hat diese Austauschbarkeit als das besondere und zugleich allgemeine Phänomen der Welt bestimmt. Und K. hat dies durch seine Trilogie hindurch wie folgt beschrieben: Die Austauschbarkeit ist Attribut des Tals, aber sie *bedeutet* zugleich *den ›Tod‹ des Protagonisten.* Anders gesagt, hat K. die Austauschbarkeit der Zeit als 2° dargestellt, das heißt, er hat die Ursache für die Isomorphie seiner Trilogie beziehungsweise den Raum des Tals strukturiert.

Auf diese Weise entsendet ›das Tal in den Wäldern‹ eine Botschaft, und diese Botschaft heißt: ›was die Zeit manipuliert = Tod‹.«

Ich ließ meinen Blick über den Text gleiten, als schaue ich auf ein abstraktes Gemälde. Zachary schien mehr der Kampf mit dem schwer verständlichen Text als dessen Übersetzung Spaß zu machen, und da er einen fast naiven Stolz ausstrahlte, schwenkte auch ich ein.

— Was ist $\Gamma 1$ und $\Gamma 2$ eigentlich?

— *operator* … na, wie nennt man das auf Japanisch? Hieß das nicht *enzanshi*? … Professor Ara führt diese Mathematik aus der Quantenmechanik ein. Er will die klassische Mechanik von Newton und Maxwell noch mehr verallgemeinern. Auch Operationen der Differenzial- und Integralrechnung nimmt er in die Elemente der Operatoren im Allgemeinen auf. Es handelt sich also um einen *operator*, der mit diesen Elementen ausgestattet ist.

— Danke, das reicht, versuchte ich ihn zu stoppen.

Zachary schien diese Form des Dialogs, die mir vollkommen unverständlich war, am Herzen zu liegen, und als er den Mercedes auf Touren gebracht hatte, erklärte er mir Aras Konzept unabhängig von der Mathematik.

— K. schreibt seine Romane aus der Perspektive des »Ich«-Erzählers, und er beschreibt die Menschen des Tals in den Wäldern. Aber in jedem Teil sterben die Protagonisten, alle. Jeder von ihnen zeigt in der Geschichte das gleiche Verhalten, und schließlich sterben sie. Der Leser merkt, dass ihm aus den verschiedenen Werken eine Botschaft übermittelt wird, nämlich: »was Zeit manipuliert = Tod« …

Sieh mal, hier in der Zeitschrift ist ein Gespräch mit Professor Ara aufgezeichnet, in dem er es einfacher formuliert:

»Die Personen sind in dem Tal geboren und aufgewachsen. Irgendwann gehen sie hinaus in die Vielfalt der Außenwelt, und kehren schließlich ins Tal zurück, das ihren Ursprung darstellt. Der Fluss, der durch das Tal fließt, fließt der natürlichen Bodenbeschaffenheit entsprechend, doch zugleich fließt er, von den Bewegungen der Personen aus gesehen, in umgekehrter Richtung. In der angenommenen Bodenbeschaffenheit gibt es ein Gegengefälle. Das heißt, neben dem Gefälle des ›Ausflusses‹ besteht ein Gefälle der ›Rückkehr‹.

Wie aber entsteht dieses Gegengefälle? Es entsteht dadurch, dass, wenn in den ›Wäldern der Täler Shikokus‹ die Menschen, die in diesen Tälern geboren sind, dem Tod entgegentreten, ihre Seelen von den Wurzeln der Bäume zum Himmel aufsteigen. Der Wald besitzt eine Kraft, die die Menschen zur Rückkehr zwingt. Auf diese Weise ›besitzt ein Ort eine Kraft‹. Das heißt, K. konstruiert eine angenommene Bodenbeschaffenheit von ›Orten des Lebens und des Todes‹, wie Ausfluss = Leben und Rückkehr = Tod. Das ist eines der ›Weltmodelle‹, die er beschreibt.«

… Professor Ara versucht, K.s ›Weltmodell‹ direkt in dem Kirchenbau umzusetzen. Lies doch mal bitte den Abschnitt vor, in den du schon im Flugzeug hineingeschaut hast, die Seite mit dem Foto von dem Ort, wo der Waldabhang auf die Ebene stößt, und von der Nahaufnahme mit dem Zedernstamm, auf den das Sonnenlicht fällt, wo auch der Sumo-Ring für Kinder abgebildet ist.

Es gibt einen interessanten Hinweis darauf, dass K.s literarisches

Konzept starke Tendenzen zu einem »Konzept über den Boden«, über den *floor*, aufweist. (Ich las schnell, denn ehrlich gesagt, fürchtete ich um unser Leben, da Zachary vor einer Steilkurve seinen Kopf weit zu mir herüber gebeugt hatte.)

»Erkenne ich in diesem Raum den Ort als ›die mathematische Beschreibung eines bis zum Tode reichenden Verfahrens‹, (genau das sind K.s Werke als Literatur, schreibt Ara), würde ich dieses ›bis zum Tode reichende Verfahren = roof (Dach)‹ als die Gesamtheit des Raums des ›Tals in den Wäldern‹ ausdrücken, das in K.s Literatur gezeigt wird. Denn die Orte im Tal weisen alle die Tendenz auf, zum ›Tod‹ hin zu fließen.«

— Es wird großartig, wenn nach der Kapelle auch die Gebäude am Innenhof mit dem gepflasterten Weg fertig sein werden. Dann ist das »bis zum Tode reichende Verfahren«, von dem K. so lange in seinen Romanen geträumt hat, deutlich sichtbar verwirklicht! Besonders K. müsste dort die natürliche *Form* des Verlaufs finden, wie sein eigener Tod aufgenommen würde! Das wird ihn bestimmt ungemein trösten. Natürlich sollten auch die Mitglieder der Kirche dies Gefühl teilen …

— Du bist ja wirklich ganz besessen von Aras Texten, Zachary!

— Er ist ein Genie, weißt du. Ich habe beim Sprechen schon fast seinen Tonfall übernommen. K. beschreibt eine ähnliche Angewohnheit bei meinem Vater Katchan Takayasu, und zweifellos fließt sein Blut in meinen Adern.

Während man auf der rechten Seite den Ebashidake sah, fuhren wir auf den Torii-Pass zu. Zachary redete weiter:

— Ara ist im Krieg in die Gegend am Chikumagawa evakuiert worden, also muss ihm der Boden hier als Kind vertraut gewesen sein. Nachdem er lange in Tōkyō gelebt hat, ist er in die Wälder Shikokus mit ihrer völlig anders gearteten Bodenbeschaffenheit gekommen und hat dort mit einem ganz neuen Gefühl die Landschaft und das Klima von K. entdeckt. Ich verstehe diesen Vorgang gut. Japan ist zwar ein kleines Inselreich, aber Landschaft und Klima wechseln von Region zu Region.

— Meinst du wirklich?

— Klar! Hier zum Beispiel blühen die Affenrutschbäume* noch

nicht. An der Baustelle an der Himmelssenke aber standen sie schon in voller Blüte. Und während auf Shikoku nur grünes Stielblütengras zu sehen war, sind die Hänge hier voller Blumen, oder? Dort blüht sogar der Buschklee. Der japanische Archipel ist ein Land voller Vielfalt. Ich freue mich schon auf das Hochland von Nord-Karuizawa, und zwar nicht nur, weil die Sommer in Shikoku unerträglich sind … Mit dir allein zu sein, Satchan.

Darüber, wie Zachary und ich die Woche in der Berghütte in Nord-Karuizawa verbrachten, gibt es aus den die Kirche betreffenden Aufzeichnungen nichts zu berichten. Den Tag verbrachten wir in einem Schwimmbad auf der anderen Seite des Kumagawa-Tals, zu dem wir von dem Hochland, wo die Ferienhäuser lagen, hinuntergingen. Ein Regenschauer zog hinter den Bergfalten heran und über den dunkelgrünen, kleinen Abhang hinweg. Die Sommergäste und einheimischen Kinder flüchteten sich in das ans Schwimmbad angrenzende Hotelgebäude, aber da es Zachary nicht im Geringsten störte, wechselte ich in der Mitte des leeren Schwimmbads in einen schnelleren Schlag und beschleunigte mein Tempo. Zachary, der mir offen seine Bewunderung zeigte, erzählte ich, dass ich in der Mittel- und Oberschule in der Mannschaft der Regionalauswahl geschwommen sei, und dass ich, als dann am Ende meiner Schwimmkarriere meine Brüste anschwollen, einen altmodischen, bis zur Brust reichenden Badeanzug getragen hätte, mit der Ausrede, ich hätte seit einer Magenoperation eine lange Narbe am Bauch.

— Manche der Schwimmerinnen, die bei den Olympischen Spielen starten, werden, wenn sie aufhören, Männer, aber bei dir war es gerade umgekehrt. Zachary schien mich ehrlich zu bewundern.

Das stimmte. Seit ich vierzehn oder fünfzehn war, profitierte ich nicht vom Vorteil des Handicaps, den eine »Mannfrau« hat, sondern musste gegen das nachteilige Handicap eines »Fraumanns« anschwimmen. Zachary selbst war eigentlich ein guter Schwimmer, aber er konnte nicht richtig atmen. Trotzdem hatte er einmal, wie er erzählte, beim Schulwettkampf über hundert Meter eine Medaille gewonnen, wobei es sein Geheimnis blieb, dass er nur bei der Wende geatmet hatte.

Am Abend schliefen wir miteinander und fielen danach schnell in den Schlaf. Beim Aufwachen schliefen wir noch einmal miteinander. Als ich ihm von meiner sexuellen Beziehung mit Bruder Gii erzählt hatte, hatte ich ihm bereits gesagt, dass er sich nicht, wie beim ersten Mal, zurückhalten müsse, in mich einzudringen. Wir hatten in einem Geschäft am Flughafen in Ōsaka Kondome gekauft, und dabei hatte Zachary eine Bemerkung über die eigenartige Offenheit der japanischen Gesellschaft bei dem Ausstellen der Kondome gemacht. Ich erwiderte, dass ich das eher für ein neues Phänomen halte, das seit der Verbreitung von Aids aus Amerika zu uns herübergekommen sei. Da Zachary sich Sorgen machte, ich könnte den Verdacht haben, dass er Aids habe – manchmal gab es auch bei ihm, obwohl er so perfekt Japanisch sprach, Missverständnisse angesichts der Nuancen in Wortwahl und Syntax –, sagte ich ihm, wenn ich ein Kind bekommen könnte, so hoffe ich, dass es von Bruder Gii sei, und erzählte ihm die ganze Geschichte.

Als nach dieser einen Woche in der Berghütte in Nord-Karuizawa der Tag kam, an dem unser Aufenthalt zu Ende ging – Zachary hatte am Morgen im Fernsehen den Wetterbericht für ganz Japan gesehen und schlug mir aus Furcht vor den Temperaturen auf Shikoku vor, noch einige Tage zu bleiben –, erreichte uns ein Anruf vom Alten Hof. Traurig, aber gefasst teilte uns Bruder Gii mit, der Generalkonsul sei an einem Herzversagen gestorben. Mich traf das völlig unerwartet, und erst war ich sprachlos, doch dann brach es aus mir heraus:

— Ich habe Großmutters Wunsch nicht erfüllt, und jetzt war ich nicht da, als der Generalkonsul starb …

— Das ist doch in Ordnung, oder? … Wahrscheinlich ist es deine Aufgabe, bei meinem Tod bei mir zu sein, antwortete Bruder Gii. Er klang noch trauriger und noch gefasster.

Aber sein Tonfall und seine Art zu sprechen löste in mir ein starkes Schuldbewusstsein aus. Das hatte auch damit zu tun, dass ich mit Zachary ein Verhältnis begonnen hatte, aber mehr noch damit, dass mir bewusst wurde, wie frei ich mich auf dieser kleinen Reise gefühlt hatte.

SECHSTES KAPITEL

Das Rosenwunder

Es schien eindeutige Anzeichen dafür gegeben zu haben, dass mit dem Herz des Generalkonsuls nicht alles stimmte, aber er hatte das vor uns verheimlicht. Asa sagte, ihrer Meinung nach habe der Generalkonsul darauf gehofft, nicht an dem fortschreitenden Krebsleiden, sondern, auch wenn dieser vielleicht nicht ganz unabhängig davon war, an einem Herzinfarkt zu sterben.

— Trotzdem glaube ich, dass er es am Morgen des Infarkts bereut hat, den Arzt nicht nach vorbeugenden Maßnahmen gefragt zu haben.

Asa verfügte zwar über jahrelange Erfahrungen bei medizinischen Einrichtungen der Wohlfahrt, aber in meinem tiefsten Innern wusste ich, dass es nicht so gewesen sein konnte. Obwohl ich selbst auf unserem Weg von Nord-Karuizawa über Matsumoto nach Ōsaka, und dann vom Flughafen in Matsuyama zurück in die Wälder die ganze Zeit von Reue geplagt wurde.

Auf der Rückfahrt von Matsuyama saß Zachary nicht neben dem schweigenden Tā, der uns dort abgeholt hatte und in seinem nachtblauen Traueranzug schwitzte, sondern auf dem Hintersitz. Mit der pädagogischen Aufdringlichkeit eines Amerikaners brachte er das Gespräch wieder auf die japanischen Pflanzen, die er auf dem Weg nach Nord-Karuizawa gesehen hatte.

— Sieh mal, hier in Shikoku stehen überall Zwergkastanien, *Machilus thunberghii* und Kamelien, lauter Bäume mit lederartigen grünen Blättern. In der Shinetsu-Gegend haben wir die nicht gesehen – mit Ausnahmen natürlich, dozierte Zachary. Die Vegetation lasse sich nämlich, erklärte er, in subtropische Wälder und Wälder der gemäßigten Klimazone unterscheiden, doch ich konnte noch nicht einmal die Buschkamelien erkennen, da sie noch keine Blüten hatten.

Ich vermochte mich noch aus einem anderen Grund nicht auf die

Schreine und Tempel zu konzentrieren, auf die Zachary mit dem Finger wies, sowie auf seine Erklärungen zu den Laubbaumwäldern hinter den großen Bauernhäusern. Ich musste an die erste Strophe von *Schwankungen* denken, die ich vor sieben Jahren, als ich Zachary nach Matsuyama gebracht hatte, auf dem Rückweg im Überlandbus auf genau dieser Strecke immer wieder vor mich hin gesagt hatte.

»Zwischen Polen der Not / Läuft des Menschen Geschick / Bis ein Brand, ein Atem aus Feuer / Zunichte macht / Das Widergeflecht / Von Tag und Nacht; / Dem Körper ist's Tod, / Dem Herzen ist's Reue. / Doch haben sie Recht, / Was ist dann das Glück?«*

Zachary, der gemerkt hatte, dass ich in Gedanken versunken war, fragte mich, ob ich an den Generalkonsul dächte. Statt ihm direkt zu antworten, fragte ich ihn nach dem Gedicht, das er mir damals beigebracht hatte:

— Dass das Leben der Menschen darin besteht, zwischen zwei Polen zu laufen, das verstehe ich, da ich auf meine Weise schon lange ein solches Leben führe ... (Zachary reagierte auf meine Worte so ehrerbietig, dass es mir fast peinlich war.)

Aber Reue –*remorse* –, das verstehe ich nicht richtig. Und ein Brand oder ein Atem aus Feuer, das bedeutet doch wohl, dass eine große Macht den Menschen, die auf ihrer Lebensbahn daherrennen, auflauert und sie zerstört, zusammen mit ihrer Bahn. Ich verstehe auch, dass das Gerenne dieser Menschen als solches eine Antinomie darstellt. Tag und Nacht, das heißt, die Antinomie tritt in dieser Form in Erscheinung ... (Zachary nickte noch respektvoller. Da ich in dieser Woche oft mit ihm geschlafen hatte, fürchtete ich, er habe das Gefühl, mir gegenüber Dankbarkeit zeigen zu müssen, *ondaigakete* – um eine altmodische japanische Redensart zu verwenden, die er von seinem Vater übernommen hatte.)

Vom körperlichen Aspekt aus gesehen, ist es ganz offensichtlich, dass das den Tod bedeutet. Ich musste an Großmutters Tod und an den des Jungen denken, der so sehr an Bruder Gii gehangen hat. Ich habe die Brutalität miterlebt, die den Tod hervorbringt ... Aber Reue, das verstehe ich nicht richtig, also vom seelischen Aspekt aus gedacht.

Zachary starrte, nachdem er meiner wie nur an mich selbst gerichteten Frage bis zu Ende zugehört hatte, auf die gewundene Straße, die auf einen Passtunnel zuführte, und schien sich zu konzentrieren.

— Nehmen wir an, dass das Leben, wenn man einmal mit dem *Brand* oder dem Atem aus Feuer in Berührung kommt, auf dieser Welt zu Ende ist. Der Körper liegt zerstört am Boden. Mit Gewissheit existiert hier nur der Tod. Andererseits blickt die Seele vom Jenseits … *–heart* heißt es, und vielleicht sollte man es wirklich mit »Herz« übersetzen, auf jeden Fall das, was dem Körper gegenübersteht – auf ihre Vergangenheit in dieser Welt zurück. Und bereut sein widersprüchliches Leben …

Sind jedoch, auch wenn der Körper zerstört ist, die Freuden, die er in dieser Welt genossen hat, und die Freuden, die die Seele trotz der Widersprüche empfunden hat, sinnlos? Keinesfalls.

»Between extremeties / Man runs his course«: Von der Ewigkeit aus betrachtet, liegt hierin doch bereits eine Bedeutung. Sind die genossenen Freuden nicht ein *Zeichen* dafür?

Als Asa sagte, dass der Generalkonsul, obwohl er vorbeugende Maßnahmen gegen einen Herzinfarkt verweigert hätte, seine Entscheidung bestimmt mit dem Beginn der Qualen des Infarkts bereut hätte, wollte ich das abstreiten. Denn ich wollte nach dem Gespräch mit Zachary nicht akzeptieren, dass der Generalkonsul über sein Leben insgesamt, oder auch kurz vor seinem Tod Reue empfunden haben könnte. Das heißt aber nicht, dass es für mich sichere Anhaltspunkte für die Freuden im Leben des Generalkonsuls gab …

Yumiko kam zusammen mit Onkel K. im Auto am Alten Hof an. Sie ging zu dem Sarg, dessen Deckel an der Seite lehnte, und blickte, wobei sie ihre große Sonnenbrille aufbehielt, in das ganz weiße, aristokratisch wirkende Gesicht des Generalkonsuls und blieb eine Weile regungslos stehen. Als sie sich hinunterbeugte und ihre Stirn an die des Generalkonsuls legte, waren ihre Augen hinter der Sonnenbrille geschlossen. Mir schien, als existierte dort vor uns die kondensierte Zeit unserer *Konzentration* in der Kirche als ein Ding. Dann richtete Yumiko ihren Körper wieder auf und griff mit ihren schmalen Fingern so stark nach dem Rand des Sarges, dass die Knöchel weiß und kantig hervortraten, und begann zu schluchzen. Als Onkel K., der hinter ihr gestanden hatte, an ihre Seite trat, legte sie ihre Hand in die seine, mit der auch er nach dem Rand des Sargs gegriffen hatte, und sagte mit rauer Stimme:

— K., du darfst nicht sterben, der Generalkonsul ist schon ganz kalt. Sie schnäuzte sich die Nase. Wenn ich jetzt darüber nachdenke, worin bestand dann eigentlich sein Leben? Natürlich war er ein fleißiger Schüler, und im Außenministerium war er noch eifriger ... Als er krank wurde, konnte er endlich einmal eine Pause machen, aber dafür war es dann, obwohl er sich seine jugendlichen Wünsche noch bewahrt hatte, zu spät, oder? Vielleicht bestand ja die Bedeutung dieser Pause einzig und allein darin, zu bereuen? ... Er tut mir wirklich Leid.

In diesem Moment spürte ich fast die Stimme und den Tonfall des Generalkonsuls in mir wiederaufleben, als er damals sein Mitleid für Onkel K. bekundet hatte. Onkel K. selbst sagte, während er weiter Yumikos Hand in seiner hielt, deren Temperatur sie mit der des Toten verglich.

— In seinem Leben gab es, das weißt du, Yumiko, auch einige glückliche Momente. Auch nachdem er sich aus dem Außenministerium zurückgezogen hat, tat er, was er wollte. Es war kein Leben, das er hätte bereuen müssen. (Bei Onkel K.s Art zu reden hatte ich das Gefühl, als würde der Ausspruch des Generalkonsuls, Onkel K. täte ihm Leid, noch einmal aus dem mit dem Dreieckstuch zusammengebundenen Mund des jetzt vornehm daliegenden Generalkonsuls entweichen, doch noch während ich dies dachte, versetzte mich Yumiko wieder in Spannung. Sie kam nämlich auf das Gedicht *Schwankungen* zu sprechen.)

— Was Freude und Reue betrifft, gibt es ein Gedicht von Yeats, an dem der Generalkonsul sehr hing und das er am Telefon und in seinen Briefen oft zitiert hat.

— Ja, das stimmt.

— Er hat mich geheiratet, nachdem ich seine erste Ehe zerstört habe, aber ich glaube nicht, dass ich ihm so viel Freude geschenkt habe, dass seine bis dahin empfundene Reue gestürzt wäre, sagte Yumiko. Sie schluchzte noch einmal, schnäuzte sich die Nase und legte ihre Hand, mit der sie das zusammengeknüllte Taschentuch hielt, erneut in die von Onkel K.

— Als ich den Generalkonsul und dich in Brüssel besuchte und bei euch übernachtete, habt ihr, als ich am nächsten Morgen ins Esszimmer kam, versunken den *orme pleureur* in eurem Hof betrachtet. Ich sprach euch an, und ihr drehtet euch nach mir um, als wäret ihr gerade aus einem gemeinsamen Traum erwacht. Hat der Generalkonsul nicht in solchen Momenten, um es in Takashis Worten zu sagen, mit dir eine Freude empfunden, die *etwas länger dauerte als einen Augenblick*? Und war das nicht öfters der Fall?

Was das Leben zwischen den zwei Polen angeht, von dem Yeats spricht, ist es meiner Interpretation nach – vielleicht unterscheidet sich das von der des Generalkonsuls – wichtiger als alles andere jedenfalls, dass die beiden Pole gemeinsam existieren. Ob es die Pole von Liebe und Hass oder von gut und böse sind ... Für die Zeit heißt das, dass Augenblick und Ewigkeit zusammen existieren, oder? Die Gewissheit, in einem Augenblick der Ewigkeit habhaft geworden zu sein, das ist Freude.

Ich habe übrigens gerade unter den Dingen, die der Generalkonsul bei sich hatte, ein Buch von Yeats gefunden und darin gelesen: In der vierten Strophe des Gedichts heißt es: »Als ich zur Straße hob den Blick / Durchrann mich plötzlich brennend Glück / Und diese Viertelstunde Zeit / Schien so groß meine Seligkeit / Gesegnet, war zum Segnen ich bereit.«* Yeats hat diese Gedanken niedergeschrieben, als er fünfzig war, er war damals also jünger als der tote Generalkonsul und als ich ...

Habe ich nicht, als ihr heiratetet, von euch eine Postkarte aus London bekommen, dass ihr gegenwärtig *diese Viertelstunde Zeit* erfühlet? Ihr habt zusammen Freude erfahren, damals. In einem Augenblick seid ihr in die Ewigkeit eingetaucht – das kann man nicht mehr verlieren ... Wenn du dir, Yumiko, vielleicht irgendwann einmal Ferien gönnst und in der Stimmung einer *merry widow* noch einmal das Café in London besuchst, wirst du noch einmal diesem Augenblick begegnen und in diese Ewigkeit zurückkehren!

— Auch wenn das so wäre, glaube ich nicht, dass ich dadurch einen neuen Augenblick mit dem toten Generalkonsul erfahren könnte …

Obwohl Yumiko Übung darin hatte, in Niedergeschlagenheit auszuweichen, fühlte sich Onkel K., da er in ihren Worten eine kindliche Offenheit spürte, seltenerweise nicht entmutigt.

— Für einzelne *Individuen* mag das stimmen. Aber es ist doch auch ein Individuum denkbar, das in dem *Ganzen* enthalten ist, nicht? Besonders in einem Moment, in dem wir die Ewigkeit eines Augenblicks spüren, ist das die Erfahrung als *Individuum* im *Ganzen*. Dabei, so sagt mir mein Gefühl, ist in dem *Ganzen* auch das Individuum des Gestorbenen enthalten … Genau deswegen werde ich nicht nur gesegnet, sondern kann auch andere segnen.

Vielleicht gehören solch große Worte nicht hierher (Onkel K. machte eine Geste zu der Leiche im Sarg hin), aber es ist ein Gedanke, zu dem der Generalkonsul selbst gefunden hat. Durch Takashis Kirche ist das Wirklichkeit geworden, sagte er, als er bei der Rückkehr von seiner letzten Reise nach Europa eine Nacht bei uns übernachtete. Wenn ich es jetzt bedenke, waren diese Worte vielleicht sein Testament, das er vor Takashi aussprach. Er wollte damit sagen, dass er, auch wenn unter Vorbehalt, Yeats jetzt positiv begreifen könne.

Er hat dann Takashi auch direkt gefragt, was er über seine Art, Yeats zu lesen, denke … Seit ihrer Abfahrt bis zu ihrer Rückkehr in Narita hatten die beiden die ganze Zeit über Englisch gesprochen, und sie taten es auch bei uns noch. Unsere Kinder waren ganz überrascht, dass Takashi, der wie ein Bauer eines Provinzhofs aussah, so ein perfektes Queens-English sprach, aber wahrscheinlich fällt es ihm so leichter, mit seinem Vater zu sprechen. Takashi hatte damals geantwortet: Satchan hat erzählt, dass du immer die zwei Zeilen »And all seems evil until I / Sleepless would lie down and die« im Munde führst. Ich musste oft darüber nachdenken. (Da sich Onkel K. mit einem Blick bei mir vergewisserte, nickte ich Yumiko zu.)

Der Generalkonsul hatte einen etwas verlegenen Eindruck gemacht, aber auch ihm gingen diese Zeilen wohl nicht aus dem Sinn, und er zeigte den erwähnten Ehrgeiz eines Musterschülers. Die Zeilen stammen aus dem Gedicht *The Man and the Echo*, sagte er, und an dessen Schluss heißt es: »A stricken rabbit is crying out, / And its cry distracts my thought.« Es ist, wie dieser Herr Soundso gesagt hat: Das Kaninchen, von dem Falken oder der Eule im Sturzflug angefallen, stößt einen Schrei aus, der auch mein Denken verwirrt.

— Du bist wirklich ein typischer Schriftsteller, wenn du einmal anfängst zu reden, kannst du nicht mehr aufhören, die Wirklichkeit wieder- und wiederzugeben, schnitt Yumiko Onkel K. das Wort ab. Der Generalkonsul ist aus einem Pflichtgefühl heraus nach Europa gefahren, obwohl es ihm körperlich schlecht ging, nicht wahr? Es galt als abgemachte Tatsache im Außenministerium, dass wenn Herr xxx seine Amtszeit als Botschafter beendet, er in die Politik gehen und einen bestimmten Posten erhalten würde, aber diese Abmachung scheint ganz und gar zunichte gemacht worden zu sein. Die Organisatorin des Frauenvereins im Parlament in Kasumigaseki, die mich anrief und mir gar nicht richtig kondolierte, war ganz überrascht. Das Ganze scheint mit der Reise des Generalkonsuls in Verbindung zu stehen, aber ich kann nicht glauben, dass er diese Aufgabe, obwohl sein Krebs bereits im Endstadium war, unbedingt erfüllen musste. Auf jeden Fall tut mir der Generalkonsul wirklich Leid …

Als sich diese zusammenhanglosen und doch aufrichtigen Erinnerungen fortzusetzen schienen, schlug Asa vor, den Sarg vorerst zu schließen und sich auf den Sitzkissen, die vor dem Sarg lagen, auszuruhen, bis Bruder Gii zurückkäme … Dann, als sich die Stimmung etwas beruhigt hatte, berichtete sie in allen Einzelheiten über das, was in den letzten Tagen geschehen war.

In den drei Tagen vor seinem Tod hatte der Generalkonsul zwar noch mit eigener Kraft zur Toilette gehen können, aber essen tat er nur noch im Bett und auch nur noch einfache Kost, die er eigens bei Asa bestellt hatte. Das Bett des Generalkonsuls war nach seinem eigenen Entwurf in der Werkstatt des Alten Hofs gebaut worden und war selbst für Makio, der manchmal darauf herumtollte, zu kurz. Am Kopfende lagen ein großes Daunenkissen und ein Kopfkissen – Yumiko hatte die gleichen Kissen geschickt, die der Generalkonsul schon viele Jahre benutzte. Sie waren so übereinander geschichtet, dass der Generalkonsul mit dem Oberkörper leicht aufgerichtet schlief. Mochte das auch zum Lesen und Essen praktisch sein, der Körper schien sich so nur mäßig erholen zu können, aber für den Generalkonsul war es die angenehmste Position, und auch während der Europa-Reise mit Bruder Gii hatte er anscheinend die Zimmermädchen angewiesen, ihm sein Bett so zu machen.

Im Arbeits- und Schlafzimmer des Generalkonsuls stand vor dem Fenster zur Bergseite hin, dessen Regenläden stets geschlossen waren, sein Schreibtisch. Das Bett stand am Südfenster, das auf den künstlichen See in der Himmelssenke hinausging und durch das Sonnenlicht fiel. Wenn er sich im Bett aufrichtete, konnte der Generalkonsul ganz rechts die Insel mit der großen Zypresse und ganz links den sanft geschwungenen zylindrischen Rundbau mit dem kugelförmigen Gewölbe sehen, dessen zwölf Segmente jedes aus weißem Kunstharz bestand. Mit Blick auf diesen Rundbau, der aus dem dunklen Zedern- und Zypressenwäldchen hervorragte, sagte der Generalkonsul:

— Seit der Betonguss fertig ist, passt sich der Bau ganz der Beschaffenheit des Bodens an. Es sieht aus, Satchan, als habe man eine Ruine ausgegraben.

Da Asa nicht immer bei ihm vorbeischauen konnte, war Makio jetzt während der Sommerferien für den Notfall Tag und Nacht im Haus am Nordhang der Himmelssenke. Das bedeutete jedoch nicht, dass er sich eifrig um den Generalkonsul kümmerte. Vielmehr musste in der ersten Nacht in dem Haus Makio, als ihn kurz nach dem Einschlafen ein Albtraum gequält hatte, vom Generalkonsul getröstet werden. Makio schlief auf einem Sofa im Wohnzimmer, das aus einer in der Werkstatt hergestellten Kiste aus Maulbeerbaumholz mit Kissen bestand. Während es mit der einen Seite an der Holzwand stand, fehlte auf der anderen Seite eine Begrenzung, und Makio schien wohl gefürchtet zu haben, beim Schlafen aus dem Bett zu fallen.

Makio war im Traum allein in das in der Luft – und zwar im stockfinsteren kosmischen Raum – schwebende zylindrische Gebäude auf der anderen Seite des Sees gestiegen. Der Anblick, der sich unter seinen Füßen erstreckte, wirkte wie bei dem auf einem Stern stehenden kleinen Helden aus dem Buch *Der kleine Prinz*, das er vom Generalkonsul geschenkt bekommen hatte, und deshalb wusste er auch, dass er sich nicht in einer Rakete auf dem Weg ins All, sondern auf einem kleinen Planeten befand. Außerdem schien die Tatsache, dass Makio allein auf diesem Planeten stand, mit dem Schicksal unzähliger Menschen (der Menschheit überhaupt) in der Finsternis unter ihm zu tun zu haben. Aber schließlich konnte Makio diese übergroße Erwartung nicht mehr ertragen und stürzte sich in den stockfinstren Abgrund. Die immer größer werdende Furcht kulminierte in dem Sprung, gefolgt von einem anschließenden heftigen Gefühl der Befreiung! In der großen Beklemmung, in etwas verwickelt zu sein, das er nicht auflösen konnte, war Makio laut schreiend aufgewacht …

Der Generalkonsul hatte Makio vom Bett aus zu sich ins Schlafzimmer gerufen, den noch geistesabwesenden Jungen aufgemuntert und sich von ihm seinen Traum erzählen lassen. Dann schlug er ihm vor, das Kissen und die Decke vom Sofa im Wohnzimmer zu holen und auf dem Teppich bei seinem Bettende zu schlafen. Am Ende sagte der Generalkonsul noch:

— Du warst also der Champion für die gesamte Menschheit. Du hast für alle gekämpft, nur auf diesem kleinen Planeten stehend … Du bist wirklich ein Pseudo-Dimitrij, sogar im Traum. Und nicht nur für das ganze russische Volk, sondern für die gesamte Menschheit. Das zeugt von großem Stil!

Der Generalkonsul, der halb aufgerichtet im Bett saß, erzählte die Geschichte Asa am nächsten Morgen beim Frühstück. Vielleicht weil Makio gerade mürrisch neben ihr stand, fragte sie:

— Was ist ein Pseudo-Dimitrij? Aber der Generalkonsul strich sich eifrig Butter auf das auf dem Hof gebackene Brot und antwortete nicht.

Nachdem Asa ihre lange Erzählung beendet hatte, schien Onkel K. etwas sagen zu wollen, aber Yumiko ignorierte ihn und sprach:

— Als wir in Paris lebten, sind wir einmal nach London gefahren, um in die Oper zu gehen. Es war nun mal sein Hobby, und Tarkowskij inszenierte in Covent Garden *Boris Godunow*. Ich verstehe kein Russisch, aber er konnte es so gut, dass er in seiner Zeit als Generaldirektor der Europa- und Ozeaniaabteilung mit den sowjetischen Außenminister ohne Dolmetscher Gespräche führte … Er hat mir den Traum vom Pseudo-Dimitrij einmal erklärt.

Dass der Generalkonsul Makio als Pseudo-Dimitrij bezeichnet hat, ist wahrscheinlich eine Analogie zwischen dem jungen Mann, der unter dem falschen Namen des ermordeten russischen Zarensohns Boris bedrohte, und Makio, der den Namen des *früheren* Bruder Gii trägt. Der Generalkonsul war nun mal ein affektierter Typ …

Obwohl Makio selbst nicht im Raum war, verschlug Yumikos Direktheit Onkel K. die Sprache. Er stammelte:

— Was soll der Traum des Pseudo-Dimitrij sein? Ich habe zwar Mérimées Biographie gelesen, aber die Oper *Boris Godunow* habe ich nie gehört.

— Gleich nach der Ouvertüre erfährt ein junger Priester in einem Kloster von einem alten Mann, der an einer Chronik schreibt, die Geschichte von Dimitrijs Ermordung. Und in derselben Szene entschließt sich der junge Priester, sich in den Prinzen zu verwandeln. Es ist also eine wichtige Episode. Als der schlafende junge Priester gleich zu Anfang von einem Albtraum gequält wird, tröstet ihn der alte Priester, der die Nacht hindurch neben ihm an seiner Chronik schreibt. Der junge Priester erzählt ihm seinen Traum. Er sei die steile Treppe eines Turms hinaufgestiegen und habe unter sich ganz klein Moskau gesehen und die spottenden Stimmen der Massen dort unten gehört. Schließlich sei er vom Turm gestürzt …

Onkel K.s Reaktion, als er die Geschichte hörte, war seltsam. Er schien ganz in seine Gedanken versunken zu sein und nur mit Mühe daraus wieder aufzutauchen. Er sagte:

— Makios Traum und dieser Traum sind, auch wenn es Unterschiede in Bezug auf die Menschenmenge unter ihnen, und auf deren Erwartungen und Spott gibt, nahezu identisch. Ich habe übrigens einmal einen ähnlichen Traum vom *früheren* Bruder Gii erzählt bekommen und ihn als meinen eigenen in einem Roman aufgeschrieben. Der *frühere* Bruder Gii war damals erst sechzehn oder siebzehn und hat diesen Traum mir, der ich noch kleiner war als er, erzählt und auch selbst analysiert. Es sei ein Traum vom Tod, hat er gesagt. Dass man allein die Verantwortung für den Untergang der Welt übernehmen müsse, bedeute den Tod, und dass man aus Furcht vor dem Tod gerade in ihn hineinspringe, beruhe auf der Ambivalenz des Todes … Der *frühere* Bruder Gii schien glücklich, als er mir das erzählte. Jetzt, da er die Bedeutung des Traumes verstehe, könne er ihn nicht noch einmal träumen, und er habe doch so lange darunter gelitten.

— Kurz nach dem Krieg konnte man doch hier auf dem Land kaum eine Gesamtaufnahme von *Boris Godunow* auf Schallplatte hören, oder? Das heißt also, dass die Geschichte mit dem Traum wahrscheinlich vom *früheren* Bruder Gii selbst stammte. Wenn das stimmt, ist es wirklich merkwürdig, dass Makio den gleichen Traum wie der *frühere* Bruder Gii geträumt hat.

— Auch wenn den meisten Träumen Archetypen zugrunde liegen, sagte Onkel K. Er ruckelte, den Kopf gebeugt, wie es seine Gewohnheit war, mit den Schultern hin und her, und versank in tiefem Nachdenken.

Makio hatte den Tod des Generalkonsuls entdeckt. Sein ganzes Verhalten war dabei für einen Jungen seines Alters vorbildlich gewesen. Der kindliche Junge, der noch vor ein paar Tagen vom Albtraum gequält neben dem Generalkonsul geschlafen hatte, hatte an diesem Morgen geahnt, dass etwas Ungewöhnliches passiert sein musste, und war in das hintere Zimmer gegangen, das er bisher nur betreten hatte, wenn er gerufen worden war.

Der Generalkonsul hatte in seinem Bett gesessen, den Oberkörper wie gewöhnlich aufgerichtet, der Kopf war ihm auf die Brust gesunken. Wie ein Angelhaken sei sein Hals verdreht gewesen, hatte Makio Asa berichtet, und er habe nicht reagiert, als er ihn ansprach. Als Makio die Situation erfasst hatte, lief er aus dem Schlaf- und Arbeitszimmer ins Wohnzimmer zurück, das durch den zum Eingang führenden Flur getrennt war. Er schloss die beiden Türen fest hinter sich, denn im Wohnzimmer schliefen noch zwei Mittelschülerinnen!

— Mir scheint, dass diese Mittelschülerinnen mit Makio durch einen Pakt verbunden sind, hatte der Generalkonsul zu Lebzeiten einmal gesagt. Doch kleine Geliebte können sie nicht sein, denn obwohl es mehrere sind, streiten sich die Mädchen nicht um Makio, und wenn er ihnen etwas aufträgt, führen sie es zusammen aus. Aber auch Makio scheint etwas für den Pakt zu leisten.

Später wird deutlich werden, dass dieser Pakt zwischen Makio und den Mädchen gerade in Bezug auf das Versprechen mit dem Generalkonsul etwas erfüllte ... Auf jeden Fall hatte Makio wohl die Mädchen, die ihre Futons auf dem Teppich ausgebreitet hatten und schliefen, aufgeweckt und nach Hause geschickt, ohne etwas vom Tod des Generalkonsuls zu erwähnen. Dann hatte er die Türen fest verschlossen – damit die wilden Hunde nichts witterten, hatte er zu Asa gesagt – und war am Alten Hof vorbei zu Asas Haus am Fluss heruntergerannt, um ihr alles zu berichten.

Das war wahrscheinlich das Erste, was der Generalkonsul Makio als letzten Willen anvertraut hatte. Asa ging zusammen mit Makio zur Himmelssenke hinauf und machte den Leichnam zurecht. Sie brauchte aber nur ein dreieckiges Tuch um den Kopf und die Kinnlade zu binden, sodass man den Eindruck gewann, als entspreche auch der Übergang in den Tod der in jeder Hinsicht auf Normen bedachten Lebenshaltung des Generalkonsuls ... Dann schickte Asa Makio los, um Bruder Gii vom Alten Hof zu holen, und setzte sich auf das Sofa im Wohnzimmer. Nachdem Bruder Gii gekommen war und sie ihn an das Bett des Generalkonsuls geführt hatte, ging Asa zum Alten Hof hinunter. Makio, der ihr bis dahin die ganze Zeit gefolgt war, betrat das Haus nicht mehr, in dem der Tote lag, setzte sich unten am Abhang ans Ufer, als wolle er sich in dem dichten Sommergras verstecken, und blickte unverwandt auf die Insel mit der großen Zypresse.

Warum aber war eigentlich Bruder Gii nicht da, als sich alle, vor allem Yumiko und Onkel K., vor dem im Sarg aufgebahrten Leichnam des Generalkonsuls unterhielten? Bruder Gii hatte sich, begleitet von Doktor Okuda und dem Abt vom Tempel der Reinen Einfalt, auf der Polizeiwache von Maki gemeldet. Denn die Polizei hatte behauptet, dass sie den Tod des Generalkonsuls im Haus an der Himmelssenke ebenso wenig als natürlichen Tod behandeln könne, wie damals den des *früheren* Bruder Gii, der im künstlichen See treibend zu Tode gekommen sei. Als Bruder Gii nach dem betreffenden Telefonat in das Alte Stadtgebiet gehen wollte, boten Doktor Okuda und der Abt, die gerade zum Kondolenzbesuch gekommen waren, an, ihn zu begleiten.

Als sie auf der Wache eintrafen, erblickte ein Polizist die drei Männer, die in ein Zimmer geleitet wurden, um dort auf den zuständigen Beamten zu warten, und sagte zu Bruder Gii (dem Abt vom Tempel der Reinen Einfalt zufolge, der die ganze Geschichte erzählte, hatte er Doktor Okada hinter der offen stehenden Tür wohl gar nicht gesehen):

— Der Herr ›Erlöser‹ begibt sich also sogar zur Polizeiwache!

Bei diesen Worten trat Doktor Okada an die Tür und protestierte so laut, dass es über den ganzen Flur schallte. So wie es der Abt darstellte, hatte er in seiner weisen Voraussicht die weitere Entwicklung geahnt, denn man habe ihm keine besondere Erregung angemerkt.

— Du bist Kurimoto, oder? Du bist doch jetzt seit fünfzehn Jahren Kriminalbeamter, oder? Du hast einmal mit einem Kollegen zusammen bei mir im Krankenhaus in Kamemura gelegen, nach einem Überfall eines Yakuza, der sich wegen einer Polizeikontrolle an dir rächen wollte! In Wirklichkeit ward ihr beide aber wohl, wie ich hörte, nach ein paar Gläschen Alkohol in Streit geraten, oder? Galt deine idiotische hämische Bemerkung etwa der Tatsache, dass der Tod des Botschafters bei der Europäischen Union viele Beileidsbesuche von dem Außenministerium, der Präfektur und anderen berühmten Persönlichkeiten zur Folge hat und euch deren Bewachung Probleme bereitet? Oder ist das auch die Meinung deiner Kollegen? Erklär doch mal, warum du das Wort ›Erlöser‹ gebrauchst! Du musst doch eine Meinung dazu haben, wenn du so etwas zu dem Sohn des Botschafters sagst, obwohl er in Trauer ist, oder?

Der Leiter der Polizeiwache erschien mit schnellen Schritten, schloss fest die Tür hinter sich und führte mit dem zuständigen Beamten, Bruder Gii und den anderen ein Gespräch. Erneut war Bruder Gii tief davon beeindruckt, welche Autorität Doktor Okuda gegenüber der Polizei ausstrahlte, und er musste auch wieder an dessen Haltung damals als Arzt des Rot-Kreuz-Hospitals denken, als Großmutter dort eingeliefert wurde und starb. Trotzdem erwiesen sich die

Verhandlungen als nicht einfach. Der Generalkonsul hatte am Tag vor seinem Tod mit Bruder Gii gesprochen. Er hatte gesagt, dass er das Tal in den Wäldern auf keinen Fall mehr verlassen würde und keine Autopsie zulassen wolle. Und Bruder Gii hatte – was besonders mich überzeugte – aus Reue darüber, dass er Großmutter Wunsch nicht entsprochen hatte, den Entschluss gefasst, den letzten Willen des Generalkonsuls zu befolgen.

Das Gespräch, das vor dem Mittagessen begonnen hatte, dauerte bis spät in den Nachmittag hinein, weil Doktor Okuda den autoritären Überredungskünsten der Polizei, die Bruder Giis Behauptungen zu verdrehen suchte, immer wieder von der Seite Einhalt gebot. Während der Unterredung kamen Anfragen mehrerer Zeitungen, die im gleichen Zug mitteilten, dass der ehemalige Premierminister, der jetzige Außenminister, die Kollegen aus dem Außenministerium und sogar die Kaiserfamilie, für die der Generalkonsul in Brüssel gedolmetscht hatte, Beileidstelegramme geschickt hätten. Eigentlich richteten sich die Anfragen darauf, von Bruder Gii das voraussichtliche Datum der Beerdigung zu erfahren, doch Yumiko hatte in ihrer ersten Reaktion, kurz nachdem sie dem Leichnam des Generalkonsuls gegenübergestanden hatte, den Journalisten geraten, sich telefonisch an die Polizeiwache zu wenden und diese dabei gleich über die gegenwärtige Lage zu informieren.

Schließlich einigte man sich darauf, den Tod des Generalkonsuls genau wie den einer Person zu behandeln, die im Krankenhaus gestorben war, und kurz vor der Abenddämmerung kamen Bruder Gii, Doktor Okuda und der Abt zum Alten Hof zurück. In ihrer Abwesenheit war der Leichnam des Generalkonsuls im Sarg vom Abhang am Nordufer der Himmelssenke ins Herdhaus getragen und dort unter dem *Blasebalg* aufgestellt worden. Doktor Okuda und der Abt verabschiedeten sich feierlich wie nie zuvor und mit tiefer Verbeugung – wie es sich eben für einen ›Erlöser‹ gehört – bei Bruder Gii, der vor dem Sarg saß und die Beileidsbekundungen der aus Tōkyō angereisten Gäste entgegennahm, und kehrten nach Hause zurück.

Bei einem einfachen Abendessen besprach man dann die Beerdigung, wobei Bruder Gii und Yumiko im Mittelpunkt standen. Onkel

K. folgt bei solchen Anlässen dem Gespräch eher ratlos, doch fragt man ihn nach seiner Meinung zu bestimmten Angelegenheiten, die er beurteilen kann, wird er immer ganz hektisch und redselig und versucht auf seine Art, von Nutzen zu sein. Auch jetzt, nachdem Yumiko nochmals die Reaktionen des Außenministeriums und ihre Antwort darauf dargestellt hatte, tat er seine Meinung kund.

In seinem letzten Telefonat mit dem Generalkonsul habe ihm dieser mitgeteilt, dass er in Bezug auf seine Beerdigung alles mit Bruder Gii besprechen wolle. Er selbst unterstütze Bruder Gii darin, diesen letzten Willen auszuführen. Da hinsichtlich der morgigen privaten Beerdigung wahrscheinlich Yumiko es übernähme, den Angehörigen des Außenministeriums sowie denen der in Japan ansässigen Botschaften entsprechend höflich entgegenzutreten, würde er gern alles weitere Bruder Gii und der Kirche überlassen. Yumiko zog sich bei den Worten Onkel K.s jäh in sich zurück und nahm die Position der Witwe ein, die in leiser Trauer den Erinnerungen an den Generalkonsul lauscht. Die Organisation der privaten Beerdigung aber ging, so wie Onkel K. gesagt hatte, zügig vonstatten.

Die Haltung, die Bruder Gii danach Yumiko gegenüber einnahm – und nicht nur ihr und Onkel K., sondern auch Asa und allen Mitgliedern der Kirche gegenüber –, empfand ich als angemessen und angenehm. Vor dem Sarg des Generalkonsuls, der auf dem Dielenboden des Herdhauses stand, das unserer Kirche als Raum der *Konzentration* diente, vergegenwärtigte Bruder Gii noch einmal die Situation des letzten Gesprächs, das er mit seinem Vater geführt hatte.

Als Bruder Gii an diesem Tag in dem Haus am Nordufer der Himmelssenke vorbeigeschaut hatte, bot ihm der Generalkonsul seinen Arbeitsstuhl an und kam sofort auf sein Hauptanliegen zu sprechen.

— Takashi, ich möchte dir die Organisation meiner Beerdigung anvertrauen. Wie sollen wir die Planung angehen?

Bruder Gii war sichtlich betroffen.

— Ich habe in meiner Kirche noch nie eine Beerdigung ausgerichtet. Auch als ein Junge starb, der uns allen sehr nahe stand, fand ich es ganz natürlich, dass der Abt vom Tempel der Reinen Einfalt die Beerdigung abhielt, obwohl wir damals in unserer Kirche bereits ähnliche Feiern durchführten … Du hast diesen Jungen namens Schmied einmal gesehen, als er auf dem Heimweg vom Krankenhaus beim Hof vorbeikam.

— Das war damals, als du die Predigt über den *Moment, der etwas länger dauert als einen Augenblick* hieltest, nicht wahr, sagte der Generalkonsul ganz nüchtern, aber Bruder Gii wurde noch bestürzter.

Denn er sah, dass auf dem niedrigen Tisch neben dem Bett des Generalkonsuls, auf dem neben den Wörterbüchern noch andere Bände standen, auch die Broschüre mit seinen Predigten als Buch gebunden lag. – Izumi hatte die Broschüre, die sie samt der darin abgedruckten Bilder auf ihrem Wordprocessor hergestellt hatte, in marokkanisches Leder einbinden lassen und dem Generalkonsul bei ihrem Krankenbesuch mitgebracht.

Als Bruder Gii an die folgende Passage seiner darin abgedruckten Predigt dachte, war seine Bestürzung vollkommen.

»Nehmen wir an, es gebe hier in der Gegend einen alten Menschen, der bald sterben muss, oder einen jungen, der an einer schweren Krankheit leidet. Ich bin schon einigen solcher Menschen begegnet. Diesen sterbenden Menschen möchte ich sagen – und obwohl ich an diese Worte aus tiefstem Herzen glaube, kommen sie mir nicht leicht über die Lippen, denn sie sind schwer zu verstehen –: *dein Leben* ist mir wichtiger als das meine. Es ist schwer, das auszusprechen, und es ist noch schwerer, es zu akzeptieren. Doch ich muss für mich klären, was ich in meinem Herzen wirklich denke, und es irgendwann dem anderen mitteilen. In Zukunft möchte ich lernen, meine Gedanken dem anderen, wer auch immer das sei, sagen zu können. Wenn es einen Sinn haben sollte, dass ich geboren wurde, so liegt er, glaube ich, darin, diese Worte auszusprechen.«

Als Beweis dafür, dass der Generalkonsul gelesen hatte, woran Bruder Gii gerade, ohne es anzusprechen, dachte, sagte er:

— Meine inneren Organe scheinen an vielen Stellen von Krebs befallen zu sein, und auch wenn du mir ein Viertel deiner Leber abträtest, würde das nichts mehr helfen … Stattdessen habe ich einen Wunsch an dich, dass nämlich wenigstens meine Beerdigung von deiner Kirche ausgerichtet wird.

Aber natürlich habt ihr noch kein Verfahren, das der Zeremonie in einer christlichen Kirche oder in einem buddhistischen Tempel entspricht. Ich habe mir daher Folgendes gedacht. Könnten nicht Zachary und der Frauenchor, wenn die Kapelle auf der anderen Uferseite als prächtige Musikhalle fertig ist, für mich singen? Ich habe mich bereits für ein Stück entschieden. Es ist ein Negro Spiritual, *There is a balm in Gilead.* Ich habe es einmal in jungen Jahren auf einer Dienstreise in Atlanta gehört, und es ist mir tief in Erinnerung geblieben. Gilead ... in Gilead gibt es ein Balsam, das Schmerzen stillt, ein Balsam, das die verletzten und verstreuten Seelen ganz genesen lässt. In Gilead gibt es ein Balsam, das Trost spendet, heißt es ... Ich verstehe den Text so, dass das Balsam die an der Sünde leidenden Seelen heilt.

Als ich hörte, dass du Heilkräfte besitzen sollst, musste ich bei dem Wort »Heil« sofort an dieses Lied denken. Und als ich die von Izumi angefertigte Sammlung deiner Predigten las (obwohl er wusste, dass Bruder Gii sich deswegen Sorgen machte, musste er es ansprechen, was seine für einen Diplomaten eher unziemliche Direktheit zeigte), fand ich darin eine Passage, die mich an die Frage erinnerte, ob man für das Leben eines anderen Menschen sterben kann. Wenn du zurückkehrst in die Heimat, sage es deinen Nachbarn: »er ist gestorben, um uns alle zu erlösen«, ah, in Gilead gibt es ein Balsam, das heilt, diese Stelle meine ich ...

Dass ich aber gerade hier in dieser Gegend dem Wort »Balsam« gegenüber sensibel bin, hat seinen Grund. Als Kind habe ich einmal in den Sommerferien zusammen mit K.-chan im Lehmbodenbereich des Speicherhauses, wo Satchan jetzt wohnt, Schießpulver hergestellt. Irgendetwas ging schief, und wir verbrannten uns beide die Finger. Ich war ganz niedergeschlagen, da ich K.-chan zu diesem Experiment verleitet und ihm dadurch eine Verletzung zugefügt hatte. Doch als Großmutter das sah, rührte sie uns eine schwarze Salbe an ... ein Salbenpflaster, eben ein Balsam. Sie strich die Hälfte unserer Hände damit ein – was sehr interessant und lustig aussah, der Schmerz verschwand sofort, und wir wurden wieder munter. Unabhängig davon habe ich gehört, dass Großmutters Hände die Kraft besaßen, Brandwunden zu heilen, und dass sie einigen damit sehr geholfen hat. Aber solch eine Demonstration ihrer Kräfte fand alle paar Jahrzehnte statt, für gewöhnlich wurde sie von den Leuten dieser Gegend für die Zubereitung ihrer Pflaster geschätzt.

— Damit hat doch auch der Mythos zu tun, dem zufolge sich der ›Zerstörer‹ bei der Sprengung des Großen Felsbrockens, der diese Gegend absperrte, am ganzen Körper Verbrennungen zugezogen haben und dann wieder genesen sein soll, sagte Bruder Gii.

— Genau, auch ich hatte immer den Eindruck, als würde im Alten Hof eine mysteriöse Kraft überliefert werden. Daran erinnere ich mich heute noch, und wenn ich das Lied vom Balsam höre, das heilt und Schmerzen stillt, muss ich an die Gegend hier denken. Sogar in dem Hotel in Atlanta mit dem Zimmermädchen, dessen Haut so schwarz war wie die tiefe Nacht, dachte ich an die Luft, die nach dem Pflaster und den Wäldern roch. Ich spreizte meine Finger und untersuchte alles noch einmal genau, aber dank Großmutters Pflaster habe ich keine einzige Narbe zurückbehalten …

Nun ja, da Izumi dem Anschein zum Trotz ein verständiger und friedfertiger Mensch ist, hat sie mir, vielleicht des Gleichgewichts wegen, zusammen mit der Broschüre der Kirche auch eine Sammlung mit Gesprächen einer indischen Tänzerin sowie die Predigten eines protestantischen Pfarrers einer Kirche in Nagano geschickt, wo ihr Vater herstammte. Darin steht auch eine Predigt, »Geist, unser Tröster, komm zu uns!«, die mich besonders fasziniert.

Jedes Mal, wenn ich das zylindrische Dach der Kapelle sehe, auf dem auch jetzt wieder Bauarbeiter beschäftigt sind, muss ich an diese Predigt denken. Als Erstes wird dort aus der Apostelgeschichte die Stelle »Und als sie hineinkamen in die Stadt, stiegen sie hinauf in das Obergemach des Hauses, wo sie sich aufzuhalten pflegten« zitiert …

Der Generalkonsul, der seinen Oberkörper fast ganz aufgerichtet hatte, streckte seinen Kopf vom Kopfkissen des Bettes wie ein Wiesel noch höher und zeigte Bruder Gii die Leute auf dem Dach der Kapelle auf der anderen Seite des blauen Sees, in dem sich der Wald spiegelte. Um sich vor den Strahlen der Sommersonne zu schützen, hatten sie um ihre Helme schmale Handtücher gewickelt, deren Enden im Wind flatterten. Ihrem Aussehen nach erinnerten sie an Arbeiter im Nahen Osten.

— So ein Dach muss es gewesen sein, allerdings war es dort flach, denn kurz nachdem Jesus getötet wurde, steht eine Gruppe von Jüngern vollkommen ratlos auf dem Dach eines Hauses. Der Pfarrer zitierte die Deutung eines holländischen Wissenschaftlers, dem zufolge Jesus in den Himmel gefahren sei, die Jünger aber auf das Dach gefallen seien. Und dann kommt Pfingsten.

Auf dem Beistelltisch liegt die neue Gemeinschaftsübersetzung, die ich mir von Satchan geliehen habe, könntest du die Stelle bitte einmal vorlesen?

»Und als der Pfingsttag gekommen war, waren sie alle an einem Ort beieinander. Und es geschah plötzlich ein Brausen vom Himmel und erfüllte das ganze Haus, in dem sie saßen. Und es erschienen ihnen Zungen zerteilt, wie von Feuer; und er setzte sich auf einen jeden von ihnen, und sie wurden alle erfüllt von dem heiligen Geist und fingen an, zu predigen in andern Sprachen, wie der Geist ihnen gab auszusprechen.«

Als dies die Juden aus allen möglichen Ländern hörten, wunderten sie sich: »Siehe, sind nicht diese alle, die da reden, aus Galiläa? Wie hören wir dann jeder seine eigene Muttersprache?« Oder sie bewunderten sie vielmehr. Das ist auch sehr schön. Da ich selbst in meinem Leben zwischen den Sprachen verschiedener Länder umhergewandert bin, kenne ich das Gefühl der Bewunderung für eine solche erträumte Sprachgemeinschaft gut. Der Pfarrer erzählt also die Geschichte von den Jüngern Jesu, die den Heiligen Geist erfuhren, und betet dann: »Geist, unser Tröster, komm zu uns!«

Nun, Takashi. Ich bin kein Künstler wie Yeats und sterbe also anders als Menschen, die Gott gegenüber das Recht auf Meinungsfreiheit für sich beanspruchen können. Ich sterbe sogar, ohne Christ zu werden. Als überzeugter Nicht-Christ möchte ich sagen …

Es mag seltsam erscheinen, wenn ich dich darum bitte, diesen Satz der Predigt: »Geist, unser Tröster, komm zu uns!« bei meiner Beerdigung sprechen, aber könntest du dies für mich tun? Auch du glaubst doch in einem ganz einfachen Sinne an den christlichen Glauben, nicht wahr? Ein noch Nichtgläubiger betet also für einen bis zum Schluss Nichtgläubigen. Danach möchte ich, dass Zacharys Frauenchor singt, dass es in Gilead ein Balsam gibt, das heilt und Schmerzen stillt.

Das ist der beste Plan für meine Beerdigung. Ich bitte dich darum, Bruder Gii. Ich selbst werde es nicht mehr erleben können, aber wenn die Stimmen des Chors vom Grünen Baum in Flammen die zylindrische Kapelle in Schwingung versetzen, werden vielleicht allen *Zungen, zerteilt wie von Feuer* erscheinen!

Die offizielle Beerdigung des Generalkonsuls fand erst nach der Fertigstellung der Kapelle, am ersten Sonntag im November, statt. Dabei ereignete sich das »Rosenwunder«, wie wir es in unserer Kirche scherzhaft nannten. An der Trauerfeier, bei der erst Bruder Gii seine Predigt hielt und dann Zachary die Musik dirigierte, nahmen die trauernde Ehegattin Yumiko sowie als Gäste Onkel K., Izumi und der Hotelmanager Fu aus Matsuyama teil. Und natürlich waren auch ich, Kamei, Tā, Mitsu, die drei Inō-Brüder und die jungen Mitglieder der ›Waldjugend‹ zugegen, sowie Personen wie Asa, die zwar nicht der Kirche angehörten, aber in enger Beziehung zu ihr standen. Da alle bereit gestellten Stahlrohrstühle in der Kapelle, insgesamt zweihundert, besetzt waren, wurde zu diesem Zeitpunkt auch deutlich, wie groß die Zahl der Kirchenmitglieder und ihrer Freunde war.

Auch am flachen Saum des der Kapelle gegenüberliegenden Uferhangs und auf dem Damm standen Zuschauer. Andere hatten auf der Wiese mit dem wegen der anhaltenden Herbstsonne verdorrten Gras Strohmatten ausgebreitet und sich niedergelassen. Die Zuschauer waren wegen des Konzerts gekommen, das sich herumgesprochen hatte. Asas Mann, der Direktor der Mittelschule, hatte die Schüler durch die Schullautsprecher sogar angewiesen, darauf Acht zu geben, nicht in den See zu fallen. Da es aber nicht verboten war, zuzuschauen, waren auch viele Kinder dabei. Für all diese Personen wurde das Konzert in der Kapelle sowie die vorangehende Predigt Bruder Giis mit den von Nakazato installierten Lautsprechern nach draußen übertragen.

Ganz anders als bei Bruder Giis Anklage, die durch ein grobes Handmikrofon verstärkt worden war, war der Klang dieser Übertragung voll und unverzerrt. Der Musiklehrer der Oberschule in Maki, Ogino, der damals noch nicht zu uns gehörte, bald darauf aber seinen Lehrerberuf niederlegte und ein leidenschaftliches Mitglied der Kirche wurde, erklärte mir das folgendermaßen: Professor Ara und der Akustikspezialist hätten wahrscheinlich nicht nur die Akustik in der zylindrischen Kapelle bedacht, sondern auch den Wald um die Himmelssenke und die Insel mit der großen Zypresse miteinbezogen. Nach diesen Maßstäben hätten sie Position, Form und Höhe des Gebäudes festgelegt und deshalb auch den Boden so gründlich untersucht!

Am Morgen der Beerdigung, als fast alle Teilnehmer unter Anleitung der Mitglieder der ›Waldjugend‹ in der Kapelle Platz genommen hatten, setzte sich die Gruppe, die im Alten Hof gewartet hatte, mit Bruder Gii und Yumiko an der Spitze in Bewegung. Die Stimmung an diesem Morgen ähnelte mehr einem frühen Wintertag als einem Tag im Spätherbst. Über den Himmel zogen dünne Schäfchenwolken, doch es war sonnig. Als wir von der Westseite aus hinaufstiegen, lagen vor uns, ausgebreitet um den künstlichen See, die drei Hänge, die im Osten und Norden mit Laubbaumwäldern bedeckt waren, während auf der Südseite jenseits der Kapelle und des bis zu ihr führenden Steinwalls ein dunkler schattiger Wald aus Zedern und Zypressen stand.

Der *frühere* Bruder Gii hatte an einigen markanten Orten Kirschbäume gepflanzt. Die meisten Bäume hatten den Höhepunkt ihrer Rotfärbung schon hinter sich, und Gebüsch und Ranken waren bereits verwelkt. Dazwischen aber strahlten japanische Ahorn- und Bergahornbäume, die der *frühere* Bruder Gii neu gepflanzt oder vom umstehenden Unterholz befreit hatte, in Farben, die von einem gelblichen Hellrot bis zu einem Dunkelviolett reichten. Es war, als tauchte das Sonnenlicht, das im schnellen Lauf der Wolken langsam stärker wurde, die verfärbten Blätter in ein immer röteres Licht. Die Strahlen der Sonne ließen auch das Braun der großen Zypresse auf der Insel hervortreten, und der Bambushain am südwestlichen Ende des Sees leuchtete in einem grellen Gelb.

Wir folgten dem Wildbach entlang, in dem man die Kiesel am Grund erkennen konnte, traten auf den Damm, liefen durch eine Menschenmenge zum Steinwall und stiegen die kurze Steintreppe neben der Wasserleitung für die Quellwasser-Kläranlage hinauf. Dort drehten wir uns mit einem Ausdruck der Verwunderung, der schon bald einem Lächeln Platz machte, nach allen Seiten hin um – zumindest ich tat das –, denn ein zarter, aber deutlicher Duft von Rosen lag in der Luft.

Es war das zweite Mal, dass sich der Geruch bemerkbar machte. Denn als ich an diesem Morgen in der Frühe vorm Alten Hof sauber gemacht hatte, hatte ebenfalls ein Rosenduft in der Luft geschwebt. Für gewöhnlich roch es am Kanal gleich vor dem Gutstor immer leicht nach Wasserpflanzen, aber an diesem Morgen hatte ich die Vorstellung, dass Rosensträuße dort entlangschwämmen.

Bis zu dem Alter, von dem an man Mädchen junge Frauen nennt, habe ich meine Kindheit als Junge zugebracht. Daher hat sich mir die Zeit als Kind und Junge nie mit dem Duft von Blumen verbunden, und abgesehen von der Erinnerung an den Geruch, der sich verbreitete, als ich mit einem Freund zum Spaß in ein Meer von Wiesenblumen rollte, habe ich nie einzelne Gerüche von Blumen gesondert wahrgenommen. Dass ich an diesem Morgen den Duft der Rosen so genau benennen konnte, lag daran, dass ich am Abend zuvor bei der Vorbereitung des Altars zweitausend Rosen in den Händen gehalten hatte.

All die Blumen, die für die Beerdigung des Generalkonsuls in den Blumenladen von Matsuyama geschickt worden waren, waren auf Wunsch von Yumiko durch Herrn Fu – im Laden von Makimachi hatte Asa vermittelt – in weiße und gelbe Rosen umgetauscht worden. Die Karten mit den Namen der Absender, die an den vom ehemaligen Ministerpräsidenten, vom Außenminister, von den ausländischen Botschaftern in Japan und sogar vom Präsidenten der Europäischen Union aus Europa geschickten Sträußen hefteten, wurden im Irori, dessen Deckbretter in Erwartung des Winters schon abgenommen waren, verbrannt. Yumiko sah zu, wie der Rauch kräftig in den *Blasebalg* gesogen wurde, und sagte: Das ist der rauchende Groll eines Mannes, der sein kostbares Leben als Diplomat vergeudet hat!

Während sie neben dem Irori im Herdhaus verschiedene Arbeiten erledigte, erzählte Yumiko – ruhiger als zuvor –, dass sie schon vor der Operation gewusst habe, dass der Krebs des Generalkonsuls nicht mehr zu therapieren sei. Yumiko, die den Generalkonsul so leidenschaftlich geliebt hatte, dass sie mit Bruder Giis Mutter um ihn gekämpft und diese schließlich dazu gebracht hatte, sich scheiden zu lassen – sie selbst war früher mit einem bekannten Geschäftsmann verheiratet gewesen –, hatte die letzten Jahre im Leben ihres Mannes getrennt von ihm verbracht, denn sie war sich nicht sicher, ob sie vor ihm verbergen könnte, dass sie um seine tödliche Krankheit wusste. Außerdem hatte sie gespürt, dass sich der Generalkonsul allein einer erneuten Lektüre Yeats' und dem Studium der *Belange der Seele* widmen wollte ...

An diesem Abend beschloss ich, Yumiko, die neben dem Irori schlafen wollte, Gesellschaft zu leisten, und als ich unsere beiden Futons ausbreitete und, schon im Schlafanzug, in der Absicht, den hinteren Verschluss des *Blasebalgs* zu schließen, den Kopf hineinsteckte, stieg mir aus der stillen Luft hinter dem Kupferrohr ein Duft von Rosen in die Nase, der nicht von mir ausging.

Nachdem ich das Licht gelöscht hatte, redeten Yumiko und ich nicht mehr. Erschöpft von der Vorbereitung des Altars schliefen wir, nebeneinander auf dem Dielenboden, sofort ein. In dieser Nacht träumte ich einen wirklich traumhaften Traum. Meine Augen, die etwas hinter sich her zogen, das aussah wie das Rohr eines Endoskops, stiegen durch den *Blasebalg* direkt hoch über den Alten Hof und wandten ihren Blick von dort nach Osten. In der dunklen mondlosen Nacht schimmerte die Halbkugel des Himmelsgewölbes auf einmal hell, und in dem hohen Raum über der Himmelssenke schwebte der Generalkonsul im Smoking mit einer tief roten Rose im Knopfloch des Revers riesenhaft wie ein Werbezeppelin in der Luft. Er stand etwas schräg ... Als ich, mit Schmerzen an Schultern und Rücken, die Augen öffnete, sah ich, dass Yumiko mich im fahlen Licht der Glut des Irori betrachtete.

— Du hast im Schlaf gestöhnt, Satchan. Auch ich habe geträumt, sagte sie, nachdem sie sich vergewissert hatte, dass meine Augen offen waren, und zog ihre dünnen, jetzt abgeschminkten Augenbrauen zusammen.

— … Mein Traum war aber gar nicht schrecklich … Der Generalkonsul hatte eine rote Rose am Revers, erzählte ich. (Dass er riesenhaft in der Luft geschwebt war, verschwieg ich.)

— Na so was, auch ich habe vom Generalkonsul mit einer roten Rose geträumt. Wir haben doch neben das Foto von ihm in Galakleidung einen Strauß rote Rosen gestellt, weil er rote Rosen so liebte, nicht? Ob es daran liegt? In meinem Traum lag der Generalkonsul nackt auf dem Operationstisch im Sankt-Lukas-Hospital in Brüssel, und auf seiner Brust lag eine rote Rose. Ich versuchte zu erkennen, ob es eine Wunde war, die so aussah wie eine rote Rose. Seltsam, nicht? Da haben wir zwei, nebeneinander schlafend, den gleichen Traum geträumt …

— … Yeats hat einen solchen Traum einmal in ein Gedicht gefasst, ich weiß es noch auswendig in der Übersetzung des *früheren* Bruder Gii.

— Wie geht es?

— »War es die Dopplung meines Traums / Die Frau, die neben mir lag / Träumte sie, oder teilten wir einen Traum / Im ersten kalten Schimmer des Tages?«*

— *Im ersten kalten Schimmer des Tages*, hm …

Yumiko sprach mit einer Stimme, die die obersten Schichten ihres Herzens bloßzulegen schien, vielleicht dachte sie an die Beerdigung am nächsten Morgen, oder sie fürchtete, bis dahin nicht mehr schlafen zu können. Und dann fragte sie mich, in einem im Gegenteil ganz gewöhnlichen Ton: Satchan, du hast doch seit deiner Geburt immer neben Frauen geschlafen, hast du dich dabei nicht manchmal als Mann gefühlt?

Ich wusste nicht, was ihre Frage sollte.

— So wie das Ich in dem Gedicht, ergänzte Yumiko und seufzte. Wenn das so wäre, befände ich mich jetzt in einer wirklich erotischen Situation!

Dann war ihr Tonfall wieder normal, und sie sprach weiter über Yeats. Kurz bevor er starb, hatte der Generalkonsul ihr in einem Brief, der eine der letzten Nachrichten an sie sein sollte, eine Kopie von *Schwankungen* sowie die eines Briefs, der an Olivia Shakespear gerichtet war und von diesem Gedicht handelte, nebst seiner eigenen Übersetzung geschickt – wahrscheinlich stammte der Brief aus dem Kommentar der bei MacMillan erschienenen Ausgabe der gesammelten Gedichte Yeats'. Damit hatte der Generalkonsul auf einen Brief geantwortet, in dem Yumiko nach der Herkunft des Namens für Bruder Giis Kirche gefragt hatte.

Yumiko richtete sich auf und holte aus ihrer großen Tasche, die am Kopfende stand und von der Mitsu mittags gesagt hatte, dass es eine so genannte Kelly-Bag von Hermès sei, den Brief des Generalkonsuls hervor. Dann schürte sie das schwache Feuer im Irori, wobei sie ihre weichen weißen Achselhöhlen unter dem Nachthemd entblößte, was ich in der Tat erotisch fand, setzte ihre Lesebrille auf, die sie ebenfalls aus der Tasche hervorgezogen hatte, und begann zu lesen:

»Am Abend, bevor die Briefe kamen, ging ich nach dem Dunkelwerden spazieren, und als ich unter ein paar riesigen Bäumen stand, geriet ich in einen Zustand, in dem ich von einer so erhabenen philosophischen Idee aufgesaugt wurde, die ich entdeckt hatte, als ich *A Vision* schrieb. Endlich glaubte ich auf einmal zu verstehen, und dann roch ich Rosen. Ich begriff nun das Wesen des überzeitlichen Geistes. ... Der herbstliche Anblick, entlegen, unglaublich geistig, aufrecht, mit zarten Zügen, und vermischt damit der gewaltsame körperliche Anblick, die schwarze Messe Edens. Ich lege dir das Gedicht bei, in dem ich diese Gedanken gestern niederschrieb, auch wenn ich jetzt fühle, als sei es nur der armselige Schatten jenes Erlebnisses.«*

— Wenn ich die Unterstreichungen in der Originalpassage sehe, von der diese Übersetzung stammt, und wenn ich sehe, dass das Wort »spirit« rot umkringelt ist, muss ich an den Heiligen Geist denken, über den der Generalkonsul kurz vor seinem Tode mit Takashi sprach. In der englischen Übersetzung heißt es doch *Spirit*, nicht wahr? Der *spirit*, über den Yeats in seinem Brief schreibt, schreibt sich jedoch mit einem kleinen »s« ...

Obwohl der Generalkonsul ohne Glauben gestorben ist, bin ich Takashi dankbar, dass er in seiner Predigt wohl den Heiligen Geist erwähnen wird, da er ihn doch darum gebeten hat. Und obwohl ich nicht daran glaube, würde sogar ich dafür beten, dass *Zungen wie von Feuer* die Zeit finden, auch über unseren Köpfen zu verweilen.

Aber schlaf jetzt gut! Ich hätte nicht anfangen sollen zu reden. Doch ich bin froh, dass neben mir jemand liegt, der für mich ein vertrauter junger Mann und eine gute Freundin ist. Ich sage es noch einmal, ich finde das erotisch!

Ich erwähnte bereits, dass mir, als ich am Morgen der Beerdigung den gepflasterten Weg bis zum Gutstor fegte, in der kalten und klaren Luft ein leichter Rosenduft in die Nase stieg. Er schien von der Anhöhe des Waldes heranzuschweben, auf die sich zu einer bestimmten Jahreszeit die Zedernpollen wie ein dichter Nebelvorhang niedersenkten. An der Steinbrücke, die über den Kanal führt, schien ein neuer Duft aufzusteigen.

Nachdem Kamei das Schmücken des Altars überwacht hatte, kam er den Weg durch die trockenen Reisfelder entlang. Er hatte seine milchkaffeefarbene wollene Winterjacke mit dunkelgrünem Kragen an, deren einer Ärmel an dem Ellenbogen, an dem der Unterarm fehlte, umgenäht war, um den anderen Ärmel hatte er straff eine schwarze Armbinde gebunden. Während ich noch den Besen in der Hand hielt, versuchte er mit einem Gesicht, auf dem sich nach und nach ein fröhliches Lächeln breit machte, meine Aufmerksamkeit auf etwas in der Luft zu lenken, aber der Kleinspecht, der oben gegen den Metallbeschlag des Strommastes gehämmert hatte, war bereits weggeflogen. Doch Kamei meinte gar nicht auf das Geräusch, sondern den sich ausbreitenden Rosenduft.

— Izumi spricht von einem »Rosenwunder«, und die Jungs von der ›Waldjugend‹ sind ganz aufgeregt, Satchan. Außerdem sagt Izumi, dass das von ihr gestiftete Klavier noch nicht eingespielt sei und sich ganz starr anhöre, sie spielt jetzt schon zwei Stunden …

Währenddessen hatte der Rosenduft alles, vom gepflasterten Weg bis zur Kapelle, eingehüllt. — In der Kette wundersamer Ereignisse wie dem der Stimme, die wir alle vor Großmutters Tod auf dem Feldweg dort drüben gehört haben, und dem des Falken, der auf Bruder Giis Hand hinabstürzte, ist dieses das schönste … Der Ausdruck »Rosenwunder« ist wirklich zutreffend.

— … Was soll denn das Wunder eigentlich ausdrücken, Herr Kamei?

— Ich habe auch schon darüber nachgedacht. Ist es nicht ein *Zeichen* dafür, dass der Generalkonsul in einen Ort im Himmel aufgenommen wurde, der, wenn ich so sagen darf, unserer Kirche gleichwertig ist? Er gehörte zwar weder zu unserer Kirche noch gehörte er nicht dazu, aber letztendlich wünschte er sich eine Beerdigung durch sie.

… Ich habe aber alle dazu ermahnt, die Bezeichnung »Rosenwunder« nur unter uns Mitgliedern zu verwenden und sie nicht nach außen zu plappern. Heute ist der Sohn des Reporters Hanada mit einer Armbinde der *Morgenpost* gekommen, und er wird Fotos machen. Es wäre schlimm, wenn die Zeitung vom »Rosenwunder« in Anführungszeichen berichtete und davon, dass wir Fanatiker behaupteten, so etwas habe sich wirklich zugetragen. Aber es ist unbestreitbar, dass die Ahornbäume röter sind als in den vorigen Jahren und dass ein Duft von Rosen in der Luft liegt!

Kamei ging, den Oberkörper mit dem einen Arm in der Tiroler Jacke fröhlich hin und her schwingend, die Steinstufen zur Werkstatt hinauf. Ich hob die zusammengekehrten Eichen- und Keyaki-Blätter auf und streute sie auf den Rain des Reisfelds, wo wir Sojabohnen pflanzen wollten, und suchte dabei nach der für mich vagen Bedeutung des Wortes »Rosenwunder«. Auch Yeats' Brief, den Yumiko mit ihrem Vorlesen in meinem Gedächtnis aufgefrischt hatte, schien dort hineinzudrängen: »Und dann roch ich Rosen. Ich begriff nun das Wesen des überzeitlichen Geistes.«

Als ich in die Kirche, oder besser gesagt, ins Herdhaus hinaufging, das zurzeit wieder wie früher als Essraum für die Mitglieder diente, saßen Yumiko und Tā auf dem Dielenboden und hatten gerade ihr Frühstück beendet. Die beiden wollten mit Tās Wagen zum Flughafen nach Matsuyama fahren und dort die beiden Gäste abholen, die auf Izumis Vermittlung hin an der Beerdigung teilnehmen sollten. Da es sich um zwei Musikerinnen aus dem Ausland handelte, hatte Yumiko als erfahrene Diplomatengattin die Aufgabe übernommen, sie mit abzuholen. Als Kamei ihnen vom »Rosenwunder« berichtete, zeigten alle, die ihn hören konnten, lebhaftes Interesse, bis auf Osetchan, die sich sonderbar teilnahmslos um das Essen kümmerte.

Unbeeinflusst von dieser Atmosphäre ging Bruder Gii währenddessen unter dem *Blasebalg* das Skript seiner Predigt durch, das Mitsu mit dem Wordprocessor ins Reine geschrieben hatte. Ich stellte das Esstischchen mit dem Frühstück, das Osetchan mir reichte, neben ihn. Auf seiner anderen Seite saß Mitsu, ausnahmsweise geschminkt, und während sie Seite für Seite das Skript vorlas, machte Bruder Gii die Korrekturen.

— Der Rosenduft verschwindet nicht, Satchan ..., flüsterte sie mir, nachdem sie mich flüchtig angesehen hatte, zu. (Zum ersten Mal verstand ich Zacharys wohlwollend-spöttische Bemerkung, Mitsus Gesicht ähnele dem linken pausbäckigen Antlitz der dreiköpfigen Ashura-Figur am Kōfuku-Tempel.)

— Ja wirklich, was ist das bloß? ...

— Das »Rosenwunder«, sagte Kamei, der, als Yumiko und die anderen den Lehmbodenbereich des Herdhauses verlassen hatten, kein Publikum mehr besaß, laut zu uns, als habe er vergessen, dass er die jungen Leute dazu angehalten hatte, vorsichtig mit diesem Ausdruck umzugehen. Selbst du, Bruder Gii, kannst doch den Geruch nicht leugnen, oder? Auch wenn du die Bezeichnung »Rosenwunder« vielleicht nicht billigst ...

— »*Reluctant*« heißt das, diesen Ausdruck gibt es, trug Zachary, der am Spülbecken stand und das am Hof gebackene Brot toastete, zu der Unterhaltung bei.

— Ich gebe zu, dass es nach Rosen riecht, sagte Bruder Gii eher schwermütig und blickte von seinem Skript hoch. Aber irgendwie gab es doch den Plan und einige Tüchtige, die ihn präzise ausführen wollten, oder?

— Halleluja!, sagte Zachary feierlich, aber mit fröhlich scherzendem Anklang. Ich witterte die Ruhe, mit der er sein Spiel genoss.

— Halleluja!, stimmte auch Kamei aus irgendeinem Grund ein, stieg eilig auf den Lehmboden hinunter und verließ den Raum durch das offene große Tor.

Ich hingegen machte mir irgendwie Sorgen um das, was Bruder Gii gesagt hatte, und fragte Osetchan, die mir frische heiße Miso-Suppe eingeschenkt hatte:

— Ich habe Makio gar nicht mehr gesehen, was macht er? Ich habe gehört, er soll ganz niedergeschlagen sein, seit der Generalkonsul tot ist ...

Osetchan sah bedeutsam zu Bruder Gii hinüber, wandte dann aber ihren Blick sofort wieder auf das Tablett, das sie in den Händen trug, und antwortete in einer Art, die nichts mit Zacharys und Kameis Aufgedrehtsein zu tun hatte. Wäre ich mit ihr allein gewesen, hätte sie mich wahrscheinlich mit einem »Pah!« abgetan, dachte ich.

— Er ist immer noch derselbe. Wahrscheinlich zieht er mit seinen Freundinnen herum.

Izumi kam zurück, und ihr für ihr Alter kräftiger kleiner Körper bebte noch vor Aufregung nach der getanen Tat. Sie stieg auf den Dielenboden, blickte sich rasch um, und setzte sich, als sie das Tablett mit den Marmeladen und der Butter vor Zachary sah, neben ihn. Zachary stand auf, um ihr eine neue Tasse zu holen, schenkte ihr Kaffee aus der Thermoskanne ein und toastete ihr ein Brot, und Izumi, die sich seine Bedienung gelassen gefallen ließ, begann mit der Vorbesprechung der Musik für die Beerdigung und das anschließende Konzert. Als ich das sah, glaubte ich, der von ihr geprägte Ausdruck »Rosenwunder« sei bloß als Scherz gemeint.

— Aileen und Galina haben in der Carnegie Hall ein Konzert mit Negro Spirituals gegeben. Vielleicht gibt es sogar eine CD davon. Sie werden dieses Programm in einer etwas gekürzten Fassung singen ...

Die Noten für die Begleitung sind bereits per Fax eingetroffen. Unklarheiten können wir mit ihnen klären, sobald sie da sind. Den Freundinnen der Inō-Brüder habe ich schon eine Kopie gegeben. Es tut mir Leid, dass sie nur den Chor singen.

— Sie selbst sagen, dass es eine Ehre für sie ist, und das meinen sie ernst!

— Du hast doch den Bruder von Galina gleich, nachdem er emigriert war und nach San Francisco kam, für deine Band *Macchina Infernale* für Keybord und Gesang engagiert, und er war dir sehr dankbar dafür. Galina hat bei unserem Musikfestival Lieder über Indien gesungen und im Winter hat sie ein Engagement für Beethovens *Neunte* im Symphonieorchester von Fukuoka. In diesem Zusammenhang hat sie auch Aileen mitgebracht, die mit ihr nach Japan gekommen ist …

Als Schülerin der Juilliard-School war Aileen ein großer Fan von dir, du warst ihr älterer Kommilitone. Deine musikalischen Aktivitäten damals sind wirklich legendär, und ich muss dir nochmals sagen, wie sehr ich dich bewundere.

Izumi sagte nichts darüber, aber es war geplant, dass die weltberühmte schwarze Aileen als Altistin in diesem Winter in Paris Mahlers *Dritte Symphonie* singen sollte, und sie hatte bereits mit dem Dirigenten, Izumis erstem Mann, geprobt. Als Aileen nach dem Ende der Trauerfeier bei dem Bankett mit Saiblingen und Flusskrebsen davon erzählte, hörte Izumi ihr gelassen zu.

— Halleluja!, sagte Zachary wieder, wahrscheinlich hatte er vom Proben immer noch die Negro Spirituals im Kopf.

— Galina wird auch die Schlussarie aus *Tristan und Isolde* für uns singen. Der Generalkonsul mochte sie sehr. Und sie scheint mir keinesfalls ungeeignet für Bruder Giis Kirche …

So verbrachten wir den Morgen mit Vorbereitungen und gingen dann vom Damm der Himmelssenke über den gepflasterten Weg, der unter Erhalt des Steinwalls auf diesem gebaut worden war, zur Beerdigung in die Kapelle. Rechts hinter dem Gebäude, zwischen dem oben dunklen und unten hellen Zypressenwäldchen und der Freifläche hinten am Hang, wo man zu dem großen Gingko-Baum mit den auf der einen Seite gelben, auf der anderen Seite noch hellgrünen Blättern hinaufsah, glaubte ich die Gestalten von Makio und seinen Freundinnen vorbeihuschen zu sehen. Als wir zur Rückseite der Kapelle hinabstiegen, stießen wir auf die bereits erwähnte Quelle, deren große Wassermengen uns dazu gezwungen hatten, eine Leitung vom Ende des Steinwalls in den künstlichen See zu bauen. Während ich, meinen Blick auf den Kanal gerichtet, dem gepflasterten Weg folgte, ahnte ich auf einmal, dass dort die Ursache für den Rosenduft liegen könnte.

Osetchan, die in einem schwarzen Kimono neben mir ging, sagte zu sich selbst, wie um sich zu Mut zu machen:

— Wenn sie mal nur nicht von einer Kreuzotter gebissen werden! Makio ist kein Problem, aber die Mädchen! Nun wusste ich, dass die Figuren, die durch mein Gesichtsfeld gehuscht waren, keine Illusion gewesen waren.

Nur Asa, ich und der Direktor der Mittelschule neben uns, reagierten überrascht auf Osetchans Worte, Bruder Gii und Yumiko, die vor uns gingen, sowie Onkel K. und der Manager Fu drehten sich noch nicht einmal um. Izumi war mit Zachary losgefahren, um mit den beiden ausländischen Gästen, die im Makimachi Inn abgestiegen waren, im Musiksaal der Oberschule zu proben. Auch Osetchan schien sich nach diesen Worten in Gedanken ganz auf die Beerdigungsfeier in der Kapelle einzustellen, und ich konnte mich daher kaum nach dem großen Gingko-Baum hinter dem Zypressenwäldchen umdrehen.

Als wir die zylindrische Kapelle betraten, war auf der einen Seite das Klavier mit den dazugehörigen Plätzen für die Sängerinnen vorbereitet, auf der anderen Seite standen der Altar, den das Bild des Generalkonsuls und viele Rosen schmückten, und die aufgereihten Stahlrohrstühle, die schon ganz und gar mit Menschen besetzt waren – die unerwartet große Menschenmenge, die sich auf dem Damm der Himmelssenke und auf dem anderen Ufer versammelt hatte, hatten wir ja bereits gesehen. Koizumi, der die Bauleitung übernommen hatte, war von Zachary während der Proben mit der Organisation betraut worden und hatte bereits den Architekten Ara in die Ecke in der vordersten Reihe geführt.

Die Predigt von Bruder Gii:

— »Lebe zusammen mit den Toten!« Dieser Ausspruch ist eine der »Hundert Lehren aus dem Dorf« von Professor Ara, der neben der Kapelle, in der wir uns jetzt befinden, die Planung der gesamten Kirche durchgeführt hat. Ich möchte diese Worte in der heutigen Gedenkfeier zum Tod des Generalkonsuls an den Anfang stellen.

(Durch die langen schmalen Fenster, die, alle unterschiedlich, im Winkel minimal versetzt worden waren, damit die reflektierenden Klänge nicht in der Mitte des Gebäudes konvergierten, strömte die mit dem Duft von Rosen getränkte Luft.)

Diese Kapelle beziehungsweise die Kirche insgesamt ist als ein Ort gedacht, und wird auch in diesem Sinne weitergebaut, an dem wir mit den Toten zusammen leben. In dem Buch der hundert Lehren ist dem Ausspruch der Satz: »Errichte das Gebäude wie eine ›Reise‹!« hinzugefügt. Tief in meinem Herzen spüre ich, dass wir uns jetzt in einer Kapelle befinden, die tatsächlich wie eine »Reise« gebaut ist. Und während ich predige, habe ich das Gefühl, als wären wir wirklich schon »unterwegs«, als sähe ich auf einer statischen Bildfläche meinen im unentwegten Lauf befindlichen Körperbewegungen zu.

Ein weiterer Satz, der diesem ersten Ausspruch hinzugefügt ist, lautet: »Plane den Atem von Dorf und Architektur im Einklang mit dem Atem der Natur!« Und atmen wir nicht jetzt im Einklang mit dem Atem der Gegend hier in den Wäldern ein und aus? Um der Lehre »Lebe zusammen mit den Toten!« zu folgen, ist uns eine Umwelt geschenkt worden, die dafür bestens geeignet ist. Die Toten reisen ständig mit uns, sie sind der Atem der Natur der Gegend als solcher.

Wir haben nun gerade begonnen, mit dem Toten namens Generalkonsul zusammen zu leben. Er ist der jüngste Tote, der mit uns lebt. Seine gesamte, nicht unbeträchtliche Versicherungssumme hat er dem Fonds für den Bau der Kirche vermacht. *Zumindest ist ein Gebäude am Patio gesichert*, soll er zu seiner Witwe gesagt haben. Der Generalkonsul hat aber nicht nur ein reales Gebäude gesichert, sondern er hat auch für die Aufgaben der *Seele ein Gebäude gesichert*. Über das, was der verstorbene Generalkonsul gelegentlich erzählt hat, habe ich euch bereits in der Versammlung der Kirche berichtet.

Bei dem nächst jüngeren, uns vertrauten Toten müssen wir wohl alle an Schmied denken. Auf diese Fahne, die hier neben mir steht, hat Schmied, als er noch lebte, den ›Zerstörer‹ gemalt. Viele von euch werden sich noch an den Anblick erinnern, wenn er mit dieser Fahne neben mir den Ausbauarbeiten am Hof zusah. Hätte er noch ein wenig länger bei uns sein können, hätten wir ihn mit seinem kindlich gescheiten und fröhlichen Gesicht zusammen mit dieser Fahne auch an der Baustelle der Kirche sehen können. Aber haben wir nicht, als wir zusammen mit den Architekten Steine schleppten und die Rinne erweiterten, um den Wasserabfluss zu verbessern, Schmied und seine Fahne mit dem ›Zerstörer‹ immer um uns gespürt?

(Schmieds Vater mit seinem kleinen, aber sehr kräftigen Oberkörper, dessen Kopf wegen der schlohweißen Haare ein wenig geschrumpft zu sein schien, nickte ebenso wie seine Frau, die zusammengekauert, schüchtern neben ihm saß und sich nichts von der Rede entgehen lassen wollte. Und bestimmt dachte nicht nur ich daran, mit welchem Einsatz dieser Schmied seine Frau und den kleinen Schmied beschützt hatte, als ihr Haus abzubrennen drohte.)

Als Schmied krank im Bett lag, erzählte ich ihm von dem *Augenblick, der etwas länger dauert als einen Moment*. Ich sagte ihm, dass er die Landschaft hier in den Wäldern mit seinen eigenen Augen betrachten und den *Moment, der etwas länger dauert als einen Augenblick*, der sich im Herzen, das heißt, in der *Seele* einprägt, in sich aufnehmen solle. Und dass er diesen Moment mit der Zeit nach dem Tod, die der Ewigkeit nahe kommt, vergleichen solle. Ich hoffte, dass das seine Furcht, mit nur vierzehn Jahren sterben zu müssen … und seine Einsamkeit lindern könne …

Kannte ich aber, als ich so zu ihm sprach, wirklich die Bedeutung meiner Worte? Ich glaube, dass ich mich erst nach Schmieds Tod, indem ich mit dem toten Schmied zusammen lebte, der Bedeutung des *Moments, der etwas länger dauert als einen Augenblick*, vergewissern konnte. Als ich zur High School ging, habe ich einmal an einer Kreuzung in Berkeley einen Zuckerahorn gesehen, dessen Blätter rot verfärbt waren, und ich musste an den *Moment, der etwas länger dauert als einen Augenblick* denken. Verglichen mit dem, was ich jetzt erlebe, war jenes Erlebnis damals natürlich naiv und oberflächlich.

Ich wusste das bereits, als ich dem kranken Schmied davon erzählte. Durch mein Zusammenleben mit dem toten Schmied habe ich meine Erkenntnis vertiefen können. Ich blicke in das Wasser des Kamekawa. In der grasfarbenen Strömung bewegen sich Saiblinge, und auf dem Fels in der Strömung sieht man Spuren, wo sie am Moos genagt haben. Zusammen mit dem toten Schmied beobachte ich diesen *Moment, der etwas länger dauert als einen Augenblick.* Diese Wahrnehmung verleiht meinen Augen eine Kraft, die sie früher nicht besaßen. Nicht ich, der ich predige, sondern Schmied, der meine Predigt hört ... der tote Schmied ruft mir zu: »Do yo hear me?«, und ich antworte immer aufrichtig in meinem Herzen: »I hear you clear and loud.«

Es gibt noch einen weiteren jungen Toten, für den das Gleiche gilt, nämlich die weise Frau. Indem ich mit der toten weisen Frau zusammenlebte, lernte ich, mit den Mythen und der Geschichte dieser Gegend zu leben. Kurz nachdem ich hierher gezogen bin, habe ich sie mir von der weisen Frau erzählen lassen. Und ich habe sie selbst begeistert studiert. Aber das bedeutete, eine völlig fremde Kultur zu erforschen. An die Gründlichkeit, mit der Professor Ara den Boden hier in den Wäldern untersucht und das Gebäude errichtet hat, in dem wir uns jetzt befinden, reichen meine Studien allerdings nicht heran.

Doch als die weise Frau starb, begann ich auf ganz natürliche Weise mit ihr, und dadurch mit den Menschen der Überlieferungen, zusammen zu leben.

Auch dem ›Zerstörer‹, der dem Mythos zufolge über fünfhundert Jahre gelebt haben soll, hat eine reale Person als Modell gedient. Vermutlich ist dieser Führer, genau wie die weise Frau, etwa hundert Jahre alt geworden – ein langes Leben also. Ist sein Alter von fünfhundert Jahren nicht vielleicht durch das Generationen überdauernde, natürliche Gedenken der Leute entstanden, die nach seinem Tod mit ihm zusammen lebten? Der ›Zerstörer‹ ist mehrmals gestorben, doch immer wieder wurde er bald darauf, heißt es, im Wachsspeicher wohnend entdeckt. Macht nicht gerade diese Überlieferung deutlich, wie das Gefühl entsteht, mit einem Toten zusammen zu leben?

Und zu den Gründern, die im Alter zwangsinterniert und dazu gezwungen wurden, auf der Anhöhe im Wald den »Weg der Toten« zu bauen: Ihr Mythos beruht darauf, dass diese Menschen, die aus einer kleinen Stadt am Meer geflohen waren und hier versteckt ihr Dorf errichteten, als sie alt wurden und starben, in der kollektiven Vorstellungskraft der Hiesigen – wenn auch in der Form eines Internierungslagers – zusammen zu leben begannen.

Die Familien, in denen diese alt gewordenen Gründer still mit ihren Söhnen und Enkeln im Tal und in der »Zai«-Schlucht zusammenlebten, erhielten eines Tages vom ›Zerstörer‹ eine Nachricht, heißt es. Daraufhin mussten sich Alte, ohne dass sie dagegen etwas hätten einwenden können, ihre Sippe zu verlassen und in die Höhlen am *Rand* des Waldes ziehen. Von nun an lebten sie also in einer Gemeinschaft und bauten eifrig am »Weg der Toten«. Und erfahren der Besuch des Todes bei den alten Menschen und ihr erneuter Eintritt in eine Gemeinschaft, in der man mit den Toten zusammen lebt, durch diese Überlieferung nicht ihre Verwirklichung als Erzählung?

An den aufeinander folgenden Feiertagen zu Herbstanfang füllten wir runde Steine auf den vom Steinwall getragenen Weg zur Kapelle. Dabei glaubte ich zu hören, wie mir die weise Frau als eine mit uns lebende Tote zuflüsterte, dass auch die Gründer, die irgendwann gestorben waren, genauso über lange Zeit an dem »Weg der Toten« gebaut hätten, und dass die Arbeit keineswegs zu grausam gewesen sei. Überzeugt uns, so besehen, nicht bereits die Herkunft der Bezeichnung »Weg der Toten«?

»Lebe zusammen mit den Toten!« Das ist wahr, aber wo sollen wir mit ihnen leben? Hier, in den Wäldern ... Es ist, wie ich meine, von großer Bedeutung, dass der *frühere* Bruder Gii hier die so genannte *Basis*-Bewegung ins Leben gerufen hat. Vieles von dem, was mit dem Engagement der *Basis* begann, hat der Hof unserer Kirche übernommen. Dem Vermächtnis aus dem langen Leben des ›Zerstörers‹ hat der *frühere* Bruder Gii eine Erneuerung hinzugefügt, und unsere Kirche versucht heute, eine noch neuere Welt zu erschließen.

Unter den Gebräuchen, die der *frühere* Bruder Gii geschaffen beziehungsweise wieder belebt hat, um das Tal mit den Wäldern zu verbinden, gibt es einen, der besonders von denen, die in den Bergen arbeiten, streng eingehalten wird. Dieser Brauch schreibt vor, wie man die Wälder zu betreten und wie man ins Tal zurückzukehren hat.

(Zwischen den Menschen in der Kapelle, die auf den restlos besetzten Stahlrohrstühlen saßen, zog ein milder, entspannender Luftstrom durch, und das Gleiche schien auch bei den Einheimischen am anderen Ufer des künstlichen Sees und auf dem Damm zu geschehen, die in Erwartung des Konzerts der Predigt zuhörten.)

Der *frühere* Bruder Gii war ein Dante-Forscher. Er merkte sich, dass, als Dante und Virgil in die Hölle hinabstiegen, sie dem linken Weg folgten und dass sie, als sie den Berg des Fegefeuers bestiegen, dem rechten Weg folgten. Um in den Schmutz hinabzusteigen, nimmt man den linken, für den läuternden Aufstieg aber den rechten Weg …

Daraus hat der *frühere* Bruder Gii die Regel abgeleitet, dass der Weg in die Wälder nach links, und der Weg ins Tal hinunter nach rechts führt. Ein Junge dieser Gegend, mit dem ich in die Wälder ging, hat mir berichtet, dass die Waldarbeiter diese Regel auch heute noch streng befolgen.

Doch um Missverständnisse zu vermeiden, möchte ich darauf hinweisen, dass in die Wälder zu gehen nicht als ein Akt betrachtet wird, mit dem man sich dem Schmutz ergibt. Auch Dante musste, bevor er im Fegefeuer die ihn reinigende Reise antrat, zunächst in die Hölle hinabsteigen. Die Mühen dieses Abstiegs – im Wald wären es die Mühen des Aufstiegs, die des Bergsteigens zum Arbeitsort – dienen gerade der Läuterung der *Seele*.

Doch bei der Bestimmung der Wege zwischen Wald und Tal scheint sich der *frühere* Bruder Gii getäuscht zu haben, und zwar auf unglaublich simple Weise … Asas Erinnerung zufolge begann es damit, dass der *frühere* Bruder Gii an dem Morgen, als im Wald große Mengen Holz für die Werkstatt geschlagen wurden, seinen Blick von der großen Brücke über den Kamekawa zum »Zehn-Matten-Platz« erhob, abwechselnd seine beiden Arme schwang und mit lauter Stimme verkündete: Der linke Weg hier ist der aufsteigende, der rechte Weg der absteigende Weg. Wahrscheinlich war die Position, an der sich der *frühere* Bruder Gii befand, die Ursache für diese Täuschung.

Hätte er nicht von der Brücke hoch gesehen, sondern wäre er in den Wald gegangen, hätte er merken müssen, dass der Weg, der zunächst links aufwärts einen Halbkreis beschrieb und dann im weiteren Verlauf abwärts über die restliche Hälfte des Kreises hinunterführte, im Ganzen gesehen den rechten Weg darstellte. Erst wenn man in Richtung »Zehn-Matten-Platz« den rechten Weg im Bogen hinauf- und hinunterging, stieg die Strecke nach links an und rechts ab.

Wichtig ist jedoch, dass die Verbindung zwischen Wald und Tal, die mit der Täuschung des *früheren* Bruder Gii entstanden war, auch heute noch funktioniert. Unabhängig von seiner Interpretation folgen die Einheimischen dem von ihm geschaffenen Brauch und gehen rechts in den Wald hinein und kehren zum Tal zurück. Auch die Seelen der Toten, heißt es, steigen rechts im Kreis in den Wald und kehren nach einer Weile, wiederum rechts im Kreis, ins Tal zurück. Die Seelen der Menschen aus dieser Gegend, die der Lebenden und auch die der Toten, befinden sich also in einem stets auf Läuterung ausgerichteten, kontinuierlichen Kreislauf.

Wird uns, so besehen, die Lehre »Lebe zusammen mit den Toten!« nicht noch vertrauter? Die Seele des Generalkonsuls ist nun den rechten Weg in den Wald hinaufgestiegen und hat an den Wurzeln der Bäume, die seit alters her für ihn bestimmt waren, Ruhe gefunden. Und bald wird diese Seele wieder den rechten Weg ins Tal hinunterkommen und dort ein neues Leben beginnen.

Der Generalkonsul hat mir aufgetragen, das Gebet »Geist, unser Tröster, komm zu uns!« zu sprechen, wahrscheinlich auch zur Läuterung meiner Seele. »Geist, unser Tröster, komm zu uns!« Und jetzt lasst uns uns *konzentrieren*, so wie wir es als unsere Art des Gebets in unserer Kirche versucht haben. Betet bitte, möchte ich sagen.

(In das Schweigen, das auf Bruder Giis Predigt folgte, und in den schwebenden Duft von Rosen betraten Aileen in einem bunten Kleid, das aussah wie ein langes afrikanisches Festgewand, und Izumi in einem weinroten Samtkleid, an den jungen Leuten der ›Waldjugend‹ vorbei, die an der offenen Eingangstür der Kapelle standen und aufpassten, die Kapelle, schritten mit geschäftig schnellen Schritten zwischen den Stuhlreihen nach vorn und nahmen ihre Position vor und neben dem Flügel ein. Nachdem Izumi dem stillen Gebet von Bruder Gii und den Zuhörern genügend Zeit gelassen hatte – ich hatte meine Augen geöffnet und beobachtete sie –, gab sie Aileen mit einem leichten Kopfnicken ein Zeichen.

Sanfte Negro Spirituals erfüllten die Kapelle – in der Veranstaltung am Nachmittag wurden dann im Duett und im Wechselgesang mit Galina auch schnellere Lieder gesungen –, überquerten die Wasseroberfläche des künstlichen Sees und schallten bis zu den drei Hängen und bis zum Damm. Ich folgte den englischen Texten nicht, sondern überließ mich ganz der jungen Altstimme der Schwarzen, während ich mir die vom Generalkonsul übersetzten Verse, die ich von Bruder Gii gehört hatte, noch einmal in Erinnerung rief.

In Gilead gibt es ein Balsam, das Schmerzen stillt, ein Balsam, das die verletzten und verstreuten Seelen ganz genesen lässt. In Gilead gibt es ein Balsam, das Trost spendet. … Wenn du heimkehrst, sage es deinen Nachbarn, dass »jener Mensch gestorben ist, um uns alle zu erlösen«, oh, in Gilead gibt es ein Balsam, das Trost spendet …

Der Gesang war zu Ende, und Aileen und Izumi standen mit geneigten Köpfen ruhig da. Von neuem schien der immer noch dezente Rosenduft die Kapelle zu erfüllen.)

»Wenn ich mutlos zu werden glaube, wenn mir mein Tun umsonst gewesen zu sein scheint, wird der Heilige Geist meine Seele wieder zum Leben erwecken.« Im Anschluss hieran möchte ich noch einmal die Worte sprechen, die sich der Generalkonsul von mir gewünscht hat: »Geist, unser Tröster, komm zu uns!« Vielen Dank.

SIEBTES KAPITEL

Die Epilepsie von Alexander dem Großen

Nur eine einzige Zeitung berichtete über die Beerdigung des Generalkonsuls und das Konzert. Es war ein Artikel von achtzig Zeilen auf der Lokalseite der *Morgenpost*, der, auch wenn der Verfasser nicht namentlich genannt wurde, von dem Reporter Hanada zu stammen schien. Seine böse Absicht, die, hätte er den Text in der Art des vorigen in einem Wochenmagazin geschrieben, bestimmt zu einem klaren Skandal geführt hätte, hatte er schlau durch einen neutral wirkenden Stil kaschiert. Was die jungen Leute, die das Ganze lebhaft kommentierten, jedoch besonders belustigte, war die für einen Artikel der Lokalnachrichten ungewöhnliche Anmerkung am Schluss, in der in leicht aufklärerischem Ton – aber auf dem Niveau einer vereinfachten Darstellung des Kōjien-Lexikons – stand:

»Synkretismus ist die Vermischung verschiedener Religionen; das Phänomen des Synkretismus findet sich bei Religionsumbrüchen und bezeichnet die Vermischung oder den Eklektizismus verschiedenartiger Glaubens- und Anbetungsformen, beziehungsweise das Hinzufügen verschiedenartiger Glaubenslehren und Zeremonien.«

— Dieser Reporter hat wohl ein Faible für Anmerkungen, aber wahrscheinlich ist die Ausbildung eines Reporters für Lokalnachrichten auch eigenartig. Er verwendet in dieser Anmerkung komplizierte Begriffe, bleibt aber im Rahmen der allgemein gebräuchlichen Schriftzeichen, sagte Onkel K. in aller Ruhe. (Dass in dem Artikel erwähnt wurde, dass an der Veranstaltung der dubios synkretistischen Kirche auch der Schriftsteller K. teilgenommen habe, ohne aber auf dessen Verwandtschaftsverhältnis zum Generalkonsul einzugehen, gereichte Onkel K. – so wie der Ton des gesamten Artikels – auch nicht gerade besonders zur Ehre.)

— Du bist eben ein Schriftsteller. Du bräuchtest für solch einen Hinweis nicht im Lexikon nachzuschlagen, erwiderte Izumi, die sich nun entspannte, nachdem sie nach dem Konzert am Ende der Trauerfeier auch das am Nachmittag erfolgreich hinter sich gebracht und die Musikerinnen wohlbehalten ins Flugzeug nach Fukuoka gesetzt hatte.

— Aber so etwas in einer Zeitung abzudrucken, ohne in Klammern die Lesung anzufügen, ist schon bezeichnend für unsere allgemein gebräuchlichen Schriftzeichen.

— Als ich auf der Universität in Chicago war, hatte ich einen Job beim Außenbüro einer japanischen Zeitung und habe mir die sechs Schriftzeichen, die der Zeitungsverband über die Standardzeichen hinaus zum Gebrauch bestimmt hatte, in einem Satz gemerkt. Na ja, es ist ziemlicher Unsinn.

Zachary, dem man die Erleichterung nach dem Abschluss seiner großen Verantwortung anmerkte, deklamierte den Satz mit Betonung:

— Der Vorposten zielt auf die Schiffsbreitseite des Schildkrötenpanzers, der Spuren einer Quetschung zeigt.*

— Eine Schildkröte, die wie ein Schiff aussieht, und dann auch noch vom Pech verfolgt ist, Izumi rümpfte die Nase und brachte die anderen damit zum Lachen.

Nur Kamei, der in einem Exemplar der *Morgenpost* las, die er gleich mehrfach gekauft hatte, saß auf dem Rand der Dielen, die Füße auf dem Lehmboden, und machte ein strenges Gesicht, das sich von der geruhsamen Atmosphäre im Herdhaus abhob. Kurz darauf wollte er von Tā wissen:

— Hier steht, dass die ganze, von ihren Bewohnern verlassene »Zai«-Siedlung von den Sympathisanten der Kirche – allesamt Studienabbrecher – besetzt worden sei. Aber die Kirche zahlt doch die Reparatur und den Unterhalt der Häuser, oder?

— Ja. Und wir überweisen sogar die Miete an die neuen Adressen der ehemaligen Bewohner in Ōsaka und Yokohama, zu denen wir Kontakt aufnehmen konnten. Es ist nur ein kleiner Betrag, aber er wurde durch Vermittlung der Stadt festgesetzt. Hayashi, der im Rathaus arbeitet, hat dafür gesorgt.

— Auch wegen anderer Dinge sollten wir bei der Redaktion in

Matsuyama Einspruch erheben, sagte Kamei mit Nachdruck und nannte noch zwei, drei weitere Punkte. Was die Herkunft der Gelder für den Kirchenbau angeht, macht dieser Reporter sogar eine Andeutung auf die Immobilienfirma von Izumis Vater, das ist wirklich hinterlistig.

— Mein Vater und ich haben keinerlei finanzielle Beziehung, geschweige denn, er und die Kirche, sagte Izumi. Ich möchte übrigens auch gegen die Art und Weise protestieren, in der dieses Foto aufgenommen wurde.

Das Foto, das in der Zeitung abgedruckt war, zeigte einen Schnappschuss von Bruder Gii, der, von Menschen umringt, auf dem gepflasterten Weg stand, hinter ihm der zylindrische Bau der Kapelle. Es zeigte den Moment, als sie alle nach der Trauerfeier für den Generalkonsul gerade zum Alten Hof zurückkehren wollten, um dort zu Mittag zu essen. Die meisten derer, die draußen vor der Kapelle gestanden hatten, machten sich zum Damm und zum gepflasterten Weg auf dem Steinwall auf, und obwohl sie wussten, dass sie nicht in die Kapelle hineinkonnten, drängten sie heran, um einen Blick auf die Heraustretenden zu werfen. So fasziniert waren sie von dem Gesang Aileens – und auch von der Predigt Bruder Giis, so darf man wohl hinzufügen.

Als wir mit Bruder Gii an der Spitze aus der Kapelle traten, kam auf der Straße, die für die Bauarbeiten am östlichen Ende hinter der Kapelle errichtet worden war, ein Junge in Badehose vom Ufer des künstlichen Sees zu uns herauf. Als er seinen nassen kleinen Kopf hob und mit blauen Lippen schweigend vor Bruder Gii trat, erkannte ich den herzkranken Noboru! Und schon drängte sich seine Mutter keuchend durch die Menge auf dem gepflasterten Weg. Kaum stand sie neben Bruder Gii und dem Kind, sagte sie mit absichtlich lauter Stimme, wenn auch nicht so traurig wie bei ihrer Rede am Morgen der Anklage, sodass die Leute, die von hinten herandrängten, sie hören konnten:

— Bruder Gii verdanken wir es, dass Noboru wieder gesund ist! Noboru ist in letzter Zeit nicht in der Kirche gewesen, da er den Stoff für die Mittelschule aufholen musste, und ich machte mir schon Sorgen, man könnte denken, er habe Ihre Güte vergessen. Heute aber hat Noboru Ihre Predigt durch den Lautsprecher gehört und war tief berührt! Er ist ins Wasser gesprungen und um die Insel geschwommen, um zu zeigen, dass nicht nur seine Herzkrankheit geheilt ist, sondern dass er jetzt sogar gesünder als die anderen Jungen ist! Die meisten Zuhörer haben es wahrscheinlich nicht gemerkt, so gefangen genommen waren sie von den Liedern, aber Noburo hat die Insel mit der großen Zypresse umrundet, ohne ein einziges Mal am Ufer Halt zu suchen! Und das in dieser Jahreszeit! Es gibt keinen besseren Beweis dafür, dass sein Herz genesen ist! Ganz ohne Operation! Das ist ein *Zeichen* für Bruder Giis Heilkraft!

Der Junge, dem die Wassertropfen von seinen schmalen weißen Fußknöcheln über die braunen Fersen liefen, sah zu Bruder Gii auf; bei den wichtigen Stellen in der Rede seiner Mutter nickte er kräftig mit seinem fröstelnden, schmalen Nacken. Bruder Gii aber schien vor Noboru, der nass in der kühlen Luft stand und ein Zittern zu unterdrücken versuchte, die Fassung zu verlieren. Er kniete sich in die kleine Pfütze am Boden nieder und rieb wie halb abwesend mit beiden Händen die Seiten des Jungen. Und obwohl dieser sofort vor Freude am ganzen Körper zu strahlen begann, senkte Bruder Gii seinen Kopf und schien sich bei dem Jungen unbeholfen zu entschuldigen …

In dieses klamme Schweigen trat Izumi vor, nahm ihren über beide Schultern geworfenen Mantel und hüllte den Jungen damit vollständig vom Nacken bis zu den Waden ein. Das sorgte für freudige Aufregung bei den Umstehenden. Und als dann Aileen auf Izumi zuging und ihren Ledermantel halb über diese legte, riefen einige sogar »Hurra« und klatschten.

Das eben erwähnte Foto war in dem Augenblick aufgenommen worden, als Bruder Gii mit Noboru und dessen Mutter gerade zum Alten Hof weitergehen wollte. Der Junge trug den Kaschmirmantel, und an seinem rundem Kopf klebten die nassen Haare wie ein Nerz, neben ihm stand Bruder Gii in einem schwarzen Anzug mit Stehkragen, daneben Kamei in seiner Tiroler Jacke, dazu gingen eine Schwarze und eine Japanerin Schulter an Schulter unter einem Mantel, und die Menschen, die sich um sie drängten, lächelten leicht … Auch der zylindrische Bau im Hintergrund hatte auf diesem Foto etwas Ominöses wie ein verpfuschtes Heiligenbild.

Unabhängig von der Bosheit des Artikels, den Synkretismus unserer Kirche in dem für die *Morgenpost* typischen pädagogischen Hochmut darzustellen, ließ auch das Foto diese Interpretation zu, und auch die Trauerfeier für den Generalkonsul war in einer Art zelebriert worden, die eine solche Kritik provozieren könnte, angefangen bei Bruder Giis Predigt bis hin zu Galinas Sopranarie, die den Abschluss des Konzerts am Nachmittag bildete.

Wenn ich das Programm der Negro Spirituals noch einmal anhand meiner Notizen durchgehe, denn ich hatte die Texte, soweit ich sie verstehen konnte, mitzuschreiben versucht, wurden folgende Lieder gesungen. (Bruder Giis Predigt war zwar aufgezeichnet worden, aber vor den von Aileen und Galina vorgetragenen Liedern hatte Izumi bekannt gegeben, dass, da die beiden mit Plattenfirmen unter Vertrag stünden, keine Tonaufnahmen oder Fotos gemacht werden dürften, und auch das Gebot an die Zuhörer, von privaten Aufzeichnungen abzusehen, war konsequent befolgt worden.)

»An jenem großen Auferstehungsmorgen, lebt wohl, lebt wohl!« hieß es in *In that great getting up morning*, und es ging weiter mit: »Sünder, lass diese Ernte nicht vorübergehen, denn sonst wird deine Seele im Tod verloren sein. / Sünder, ah! Sieh diesen schrecklichen Stamm, an dem Christus für dich und mich gestorben ist«, aus *Sinner, please don't let this harvest pass*. Dann folgte: »Über meinem Kopf höre ich Musik. Sicher ist dort irgendwo Gott«, aus *Over my head / Lil' David*.

»Wenn du vor mir ankommst, mein süßer Streitwagen, um mich in die Heimat der Seelen emporzutragen, sag allen Freunden, dass auch ich komme, um in die Heimat der Seelen aufzusteigen«, hieß es in: *Swing low, sweet chariot / Ride up in the chariot*. Es folgten noch mehr Lieder, und am Schluss wurde auf Wunsch des Generalkonsuls *There is a balm in Gilead* gesungen.

Nach dem Konzert hörte man, wie Kinder, die auf dem Weg hinter dem Alten Hof in die »Zai«-Siedlung zurückkehrten, aus irgendeinem Lied »Halleluja!« sangen. Und sollte sich unsere Kirche irgendwann endlich auf den »Weg der Weltmission« machen, würden wir – auch wenn der Reporter Hanada triumphierend schriebe, dass es sich lediglich um eine fluchtartige Verlagerung einer dem Untergang geweihten großen Rattenherde handele – mit unserem Kirchenchor, der mit den Freundinnen der drei Inō-Brüder spontan angewachsen war, das Lied *Great Day* anstimmen: »An dem großen Tag werden die Gerechten marschieren, an dem großen Tag wird Gott die Mauern Zions errichten« ...

Wäre das Konzert mit den Negro Spirituals zu Ende gegangen, hätte man unsere Kirche zwar als eine neue christliche Religion bezeichnen, wohl aber nicht als synkretistisch kritisieren können. Doch zum Schluss des Programms sang Galina, die melancholisch und gütig wie eine Bauersfrau aus der Ukraine wirkte, ebenfalls dem letzten Willen des Generalkonsuls entsprechend, die Schlussarie aus *Tristan und Isolde*, und trieb die Veranstaltung, die bis dahin mit dem Lied *Heute ist der Tag des Jubilierens* treffend dargestellt gewesen wäre, damit in tragische Höhen, obwohl die Arie, wenn man ihr genau zuhörte, den Eindruck höchster Seligkeit vermittelte ...

»Wie sie schwellen, / mich umrauschen, / soll ich atmen, / soll ich lauschen? / Soll ich schlürfen, / untertauchen? Süß in Düften / mich verhauchen? / In dem wogenden Schwall, / in dem tönenden Schall, / in des Welt-Atems / wehendem All - / ertrinken, / versinken- / unbewusst - / höchste Lust!«*

Galina sang den deutschen Text, aber zuvor hatte Izumi eine Übersetzung im Stil und mit den Worten des Generalkonsuls verlesen und Isoldes Geschichte bis zu deren Tod erklärt. Besonders durch das darin auftauchende Wort »Düfte«, wurde einem der schwache Duft nach Rosen bewusst, der, übertrieben formuliert, gleichsam wie Luftgezeiten in und außerhalb der Kapelle in bestimmten Intervallen immer wieder neu aufwallte.

Und obwohl wir alle bereits den wahren Grund für das »Rosenwunder« kannten, änderte sich dieser Eindruck für uns auch nicht, als wir, während Galina die Arie sang, Bruder Gii umstanden. Vielmehr schien uns die Sopranarie das mysteriöse Wesen zu vermitteln, das wir aus Anlass des Rosendufts zu fassen versuchten.

Bei dem Trick des »Rosenwunders« verhielt es sich so. Als die Teilnehmer der Trauerfeier mit der Gruppe, die im Musiksaal der Oberschule in Maki ihre Proben beendet hatte, auf dem Dielenboden im Herdhaus zusammentrafen, und man sich beim Mittagessen über die nachmittägliche Veranstaltung beriet, sagte Galina:

— Dieser Rosenduft erinnert mich an eine Zimmergenossin aus meiner Jugend, als ich in Leningrad studierte. Sie stammte aus Sofia. Züchtet man hier an den Talhängen etwa überall Rosen? Ich konnte vom Auto aus leider gar nichts sehen!

Auf diese Frage gab Bruder Gii ungerührt eine überraschende Antwort. (Izumi hatte gesagt, dass sich bei Bruder Gii, wenn er Japanisch spreche, auch bei den Predigten, eine gewisse Unbehaglichkeit und Steifheit bemerkbar mache, wohingegen er in Fremdsprachen vollkommen frei davon sei, und so sprachen sie jetzt auf Englisch miteinander):

— Ihre Erinnerung, Galina, ist richtig, dieser Duft stammt von bulgarischen Rosen. Hier in der Gegend werden aber so gut wie keine Rosen gezüchtet. Als ich mit dem Generalkonsul … ja, mit meinem gestorbenen Vater im Juni nach Europa reiste, fuhren wir auch nach Wien, um dort in die Oper zu gehen. Dort kaufte der Generalkonsul eine Essenz gepresster Blütenblätter, den Rohstoff für Parfüm … Dazu erstand er noch fünf Einliter-Flaschen, und ich wunderte mich, wofür er das brauchen würde.

Zur heutigen Trauerfeier haben sich die Kinder eifrig darum bemüht, die Himmelssenke mit dem Duft dieser Rosen zu füllen, und auch wenn ich ihr genaues Vorgehen nicht kenne, sind sie dabei wohl einem Hinweis des Generalkonsuls gefolgt. Da das Wasser aus dem künstlichen See dort unten in den Kanal fließt, breitet sich der Duft wohl über das Wasser aus.

— Das war der Plan des Generalkonsuls? Phantastisch! Er war im Grunde ein romantischer Mensch, der gar nicht in seinen Beruf passte, sagte Izumi erstaunt.

Der Reporter Hanada hat in seinem Artikel daraus ein Umweltproblem gemacht: unter Verwendung *großer Mengen* – welche Mengen konkret in welche Wassermengen geworfen wurden, schreibt er allerdings nicht – einer Parfümessenz sei ein »Rosenwunder« inszeniert worden, und die Bewohner des Dorfes flussabwärts hätten zwei Tage lang wiederholt über Kopfschmerzen geklagt. Und er schreibt weiter, dass obwohl die »Behandlung« durch Handauflegen ohne Therapiezulassung, gegen die die Bewohner der Gegend bereits geklagt hätten, eingestellt sein sollte, diese in Wirklichkeit insgeheim fortgesetzt würde, und dass eine Demonstration dieser Behandlungsmethode in der Öffentlichkeit stattgefunden habe, um sie formal wieder zu beleben. Ironischerweise hatte der Artikel für Bruder Gii und die Kirche aber zur Folge, dass es wieder zu einem verstärkten Andrang von Patienten am Alten Hof kam. Izumi, die von Anfang an von Bruder Giis Heilkraft überzeugt war, hatte diese Entwicklung bereits vorausgesagt.

Als Izumi sah, wie Noboru nach dem Schwimmen durch den künstlichen See in der Himmelssenke auf rührende Weise geduldig die Kälte ertrug, hatte sie dem Jungen ihren Mantel über den schmalen Körper gelegt. Sie trug auch Sorge, dass er, als wir vom Damm hinunterkamen und endlich unter uns waren, seine nasse Badehose auszog. Noboru gehorchte und lief weiter, wobei er mit der einen Hand den Mantel oben an seine Brust drückte und mit der anderen seine zusammengeknüllte Badehose hielt. Während der etwa zwanzig Minuten, die Bruder Gii von dort bis zum Alten Hof neben ihm ging, streichelte er mit seiner einen Hand dem Jungen immer wieder über den nassen Nacken und die Schultern. Gerade, als der Junge durch das große Tor ins Herdhaus treten wollte, entdeckte die Mutter, die mit den Anziehsachen des Jungen folgte, dass Noboru am Hals heftig dampfte, und flüsterte fast trotz ihrer kräftigen Stimme:

— Oje, schwitzt du etwa? Der schöne Mantel, der kriegt ja Flecken!

Auf ihre wiederholte Entschuldigung hin versicherte Izumi ihr aufrichtig, dass sie sich keine Sorgen zu machen brauchte. Sie gingen zu dritt ins Büro, zogen Noboru seine Sachen an, und Izumi bekam ihren Mantel zurück. Im Herdhaus hörte ich, wie sie sich Galina und Aileen auf Englisch anvertraute:

— Aileen, obwohl wir beim Laufen deinen Mantel umhatten, war uns doch trotzdem etwas kalt, nicht? Der Junge aber war unter dem Mantel ganz nackt, und dazu hat der Wind bestimmt von unten hineingeblasen, doch als wir ihn anziehen wollten, war sein ganzer Körper hellrot und dampfte sogar. Sein Penis stand ihm bis unter den Bauchnabel … Die Kraft in Bruder Giis Händen hat seine lebendigsten Organe belebt!

Vor allem Galina lachte so laut, dass man es so kurz nach der Trauerfeier schon für unachtsam halten konnte, und wollte konkreter wissen, wie Bruder Giis Hände den Körper des Jungen angeregt hätten. Izumi und Aileen erklärten ihr mit Gesten, was sich direkt neben ihnen abgespielt hatte. Galina fragte ernsthaft, ob das auch bei hartnäckigen Schulterverspannungen helfen würde. Und Izumi in ihrer Art konnte es schließlich nicht lassen, Bruder Gii dazu zu überreden, Galina zu behandeln. Tatsächlich zeigte Bruder Giis Heilkraftbehandlung an ihren verspannten Schultern ein erstaunliches Ergebnis. Galina meinte daraufhin, dass sie vorschlagen wolle, Bruder Gii für die Metropolitan Opera Guild zu engagieren.

Izumi hatte also vorausgesehen, dass sich die Patienten erneut Bruder Giis heilenden Händen anvertrauen würden, und sie hatte uns einen Rat gegeben, den wir zur neuen Grundregel unserer Kirche machten. Dieser Rat bestand darin, die Aktivitäten der Kirche und die Behandlung von Patienten, die bisher getrennt waren, zu verbinden. Bruder Giis Heilkräfte sollten nur bei Kirchenanwärtern, die zusammen mit den anderen Mitgliedern der Kirche auf dem Hof arbeiteten und sich in den Versammlungen gemeinsam *konzentrierten*, angewandt werden. Denn Bruder Giis Behandlung stellte einen Akt der Kirche dar, sie war vielmehr ein Ausdruck der *Konzentration.* Und warum sollten Personen, die nach Bruder Giis körperlicher Behandlung verlangen, nicht auch seine Hilfe bei der Behandlung ihrer Seele wünschen?

Etwa ein Monat war seit der Trauerfeier und dem Konzert für den Generalkonsul vergangen. Osetchan hatte angekündigt, dass sie wieder nach Kōbe gehen wolle. Seit ihrer Rückkehr stand sie im Zentrum der Tätigkeiten des Alten Hofes, der die Basis für die Kirchenmitglieder darstellte und besonders für die jungen Leute, die den landwirtschaftlichen Betrieb der Kirche trugen. Doch als Osetchan mir ihren neuen Entschluss mitteilte, unterstrich sie zugleich, dass dies nichts mit der Kirche zu tun hätte, sondern eine innere Angelegenheit des Hofes sei.

Ich möchte das, was Osetchan sagte, direkt aus meinen Notizen zitieren. Sie sprach mit mir darüber nicht im Büro, wo Leute von der Kirche ein- und ausgingen, sondern hatte mich extra ins Nebenhaus gerufen, in dem sie und Makio wohnten. In einem Monolog, der mit einer Leidenschaft erfüllt war, wie ich sie seit ihrer Rückkehr zum Alten Hof nicht bei ihr gesehen hatte, überzeugte sie mich von dem letzten Ziel in ihrem Leben.

— Ich gehe mit Makio nach Kōbe zurück. Wenn ich dir erzähle, warum ich diesen Entschluss gefasst habe, entschuldige ich mich wohl zugleich auch bei Großmutter ... Der Generalkonsul hatte doch sofort durchschaut, dass Makio nicht das Kind vom *früheren* Bruder Gii ist, nicht? Auch die Leute hier in der Gegend, die den *früheren* Bruder Gii gut gekannt haben, wussten es. Aber ist es nicht eine Sitte dieser Gegend, der betreffenden Person dies nicht direkt zu sagen? Egal, ob es sich um eine Freundlichkeit oder um etwas Ablehnendes handelt, beides wird gleichermaßen in Watte gepackt ...

Früher dachte ich immer wieder daran, vom Alten Hof wegzugehen, und als du dann anstatt meiner hier eingeschlossen wurdest, hatte ich immer ein schlechtes Gewissen. Ich dachte aber, meine Verbindung zum Hof sei abgerissen. Bis ich zu Großmutters Beerdigung kam und die Kirche des neuen Bruder Gii kennen lernte, glaubte ich nicht einmal im Traum daran, zum Alten Hof zurückzukehren. Trotzdem bin ich dann unversehens mit Makio hierher gekommen ...

Nun könnte man mir vorwerfen, ich hätte schon die Absicht gehabt, zurückzukehren, seit ich gesagt hatte, dass ich mit Makio, dem Kind des *früheren* Bruder Gii, in Kōbe leben würde. Denn wenn ich nicht zurückkehren wollte, hätte ich mich schweigend davonmachen sollen. Großmutter wusste das bestimmt. Obwohl ich kein Kind in

Kōbe hatte, hat sie wahrscheinlich aus Mitleid nichts gesagt, als ich ihr erzählte, dass ich weggehen wolle, um mit Makio zu leben.

Ich konnte zwar kein Kind des *früheren* Bruder Gii zur Welt bringen, aber ich habe nicht von Anfang mit geheimer Absicht darauf bestanden, schwanger zu sein. Ich glaubte damals wirklich, schwanger zu sein. Auch meine Periode blieb aus. Der *frühere* Bruder Gii kümmerte sich um mich. Er machte sich bestimmt Sorgen, wann der Krebs wieder ausbrechen könnte und wie die Zukunft seines Kindes, das bald zur Welt käme, hier in dieser Gegend aussehen würde. Er hat wahrscheinlich auch in Anbetracht seiner eigenen qualvollen Erfahrungen an das Schicksal seines Kindes gedacht.

Der *frühere* Bruder Gii hat deshalb einmal versucht, sich mit den Leuten von Makimachi zu versöhnen. Er lud deren Vertreter sogar zum Alten Hof ein! Aber diese Leute führten Böses gegen ihn im Schilde und beleidigten ihn ganz offen! Ich finde es seltsam, dass Kamei jetzt dem Reporter Hanada Vorwürfe macht. War er nicht genauso? Ich traue Kamei auch jetzt noch nicht. Solch hartherzige Menschen sind doch alle gleich. Sie sind in diesem Geist geboren und groß geworden und können gar nicht anders, oder?

Als der *frühere* Bruder Gii umgebracht wurde, dachte ich, dass sie als Nächstes das Kind in meinem Bauch töten würden, und um es zu schützen, bin ich nach Kōbe gegangen. Ich war sehr vorsichtig, da mein Bauch schon damals wirklich dick war, und fuhr von Mitsuhama mit dem Schiff.

Doch trotz der guten Pflege, die ich mir in dem Restaurant meiner Mutter in Kōbe angedeihen ließ, kam kein Kind zur Welt! Auch ein Jahr nach dem voraussichtlichen Geburtstermin war noch kein Kind da! Aber es war doch keine Schwangerschaft, die so lange dauerte wie bei einer Elefantenkuh ...

In mir wuchs die Sorge, das tote Kind könne in meinem Bauch erstarrt sein, doch als ich zum Frauenarzt ging, erklärte er mir, ich hätte eine eingebildete Schwangerschaft! Er zeigte mir auf dem Röntgenbild meinen Bauch (anfangs hatte ich mich noch dagegen gewehrt, weil ich dachte, dass das nicht gut für das Kind sei), und da war nichts! Nur der Blinddarm flatterte in dem hellschwarzen Hohlraum! In der darauf folgenden Woche wurde ich wieder dünn, und die Leute, die in unseren Laden kamen, verbreiteten schon das Gerücht, ich habe einen Abbruch vornehmen lassen!

Warum log ich aber, als ich zum Alten Hof zurückkehrte, und behauptete, dass ich ein Kind des *früheren* Bruder Gii zur Welt gebracht habe und dass es bei meiner Mutter in Kōbe aufwachse? Sicherlich schämte ich mich, aber …

Auch Großmutter sagte zu mir: Das ist aber schön, dass Sei für das Kind sorgt, das ist beruhigend, auch wenn es ihr sicher Mühe macht … Ich weiß jetzt, dass sie damals schon alles durchschaute, denn sie fragte mich ja noch nicht einmal danach, ob es ein Junge oder ein Mädchen sei.

Als ich nach deiner Rückkehr zum Alten Hof wieder nach Kōbe ging, hatte ich das Gefühl, von nun an mit dem Kind des *früheren* Bruder Gii zusammenzuleben, und ich dachte: Ich zeig es euch!, auch wenn mich keiner ernst nahm. Und so habe ich mich bestimmt auch verhalten … Menschen sind seltsam, Satchan.

Zur Beerdigung von Großmutter kam ich dann nach langer Zeit zum Alten Hof zurück, und ich lernte den neuen Hof kennen. Ich erfuhr auch, dass der Alte Hof jetzt bald Bruder Gii gehören würde. Ich hatte schon genug geerbt und keine Rechte mehr am Alten Hof, und ich dachte auch nicht, dass ich noch irgendetwas damit zu tun hätte. Da du da warst, Satchan, brauchte ich mir auch keine Sorgen um die Werkstatt zu machen …

Aber je mehr ich sah, wie der neue Bruder Gii den Hof führte, desto mehr hatte ich den Eindruck, dass er es auf die gleiche Weise tat wie der *frühere* Bruder Gii. Obwohl der *frühere* Bruder Gii als Besitzer des Alten Hofs eine Macht ausgestrahlt hatte, dass wir Kinder uns schon vor seinem Anblick fürchteten, ging der Aufbau der *Basis* nicht gut vonstatten. Es hieß zwar, dass es mit der *Basis* bergab gegangen sei, weil der *frühere* Bruder Gii eine Frau aus Tōkyō getötet habe, aber es verhielt sich wohl anders. Hatte der *frühere* Bruder Gii nicht den Entschluss gefasst, die Sache auf sich zu nehmen und ruhig ins Gefängnis zu gehen, obwohl die Frau in Wirklichkeit bei einem Unfall ums Leben gekommen war, weil es der *Basis* damals bereits schlecht ging? Als er die Strafe abgesessen hatte und zurückkam, stand er der *Basis* gleichgültig gegenüber, es war, als habe sich die Besessenheit von ihm gelöst …

In einer Gegend, in der einem die neue Arbeit so schwer gemacht wird, kann ein fremder junger Mensch keinen Erfolg haben, dachte ich damals. In einer Zeitschrift, die Gäste in unserem Restaurant in Kōbe liegen gelassen hatten, stand etwas über den neuen Bruder Gii … Als ich das las, dachte ich, dass das neue Unternehmen scheitern und etwas noch Schlimmeres passieren würde als beim *früheren* Bruder Gii. Der Artikel in der Zeitschrift war in einfachen Sprache verfasst, sodass ich ihn gut verstand, und er entsprach genau meinem damaligen Empfinden, außerdem war er gut geschrieben. Ich las ihn voller Eifer, und ein Gast von der Redaktion der *Morgenpost* in Kōbe, der immer in unserem Laden trank, sagte zu mir: Eine düstere Person wie du, Osetchan, könnte noch durch unseren Starschreiber verdorben werden. Ich weiß nicht, ob er das als Kompliment meinte oder ob er sich über mich lustig machte …

Aber ich las den Artikel nochmals und versuchte nachzudenken und meine Gedanken zusammenzubringen. Großmutter war nicht mehr da, und sollte die Kirche irgendwann kaputtgehen, wäre niemand mehr im Alten Hof, nur eine einsame Leere … du hast dich zwar zu einer hübschen Frau entwickelt, Satchan, aber wenn der neue Bruder Gii den Alten Hof verließe, müsstest du mit ihm gehen …

Als du damals aus Matsuyama zurückkamst, wohin du Zachary gebracht hattest, hast du mir doch eröffnet, dass du von nun an als Frau leben wolltest, nicht? Ich fand dich damals, ehrlich gesagt, komisch, auch wenn ich dich nur hin und wieder von der Seite ansah! Ich will damit nicht sagen, dass du nicht hübsch gewesen seiest. Als Junge warst du immer schon fast zu hübsch. Aber trotzdem, jemand kann hübsch sein und doch komisch, nicht? Bei Vögeln oder Fischen oder anderen kleinen Tieren sieht man doch auch manchmal welche, die zwar wirklich hübsch, aber auch irgendwie komisch sind!

Aber als ich dich dann nach langer Zeit bei Großmutters Beerdigung wiedertraf, sahst du ganz anders aus, Satchan. Du warst eine gesetzte hübsche Frau und besaßt eine, wie soll ich es sagen, weibliche

Würde! K.-chan hat, als er noch jung war, oft diesen Ausdruck benutzt, er sprach davon, dass die kleinen Sämlinge der Bergpfirsichbäume Würde besäßen und so hübsch seien ... Dieses Gefühl war es, dachte ich erneut. Und eigentlich warst du doch ein Junge, du warst anders als die normalen Frauen, und auch anders als die *japanischen Frauen*!

Auch deswegen glaubte ich, dass, wenn der neue Bruder Gii mit der Kirche und dem Hof scheitern sollte, er mit dir von hier weggehen würde!

Und könnte dann nicht ich das Recht bekommen, hier zu wohnen? Die Gegend hier wird immer mehr entvölkert, und auch der Alte Hof würde, wenn niemand mehr hier wohnte, bald verfallen. Niemand könnte mehr behaupten, ich sei des Vermögens wegen zurückgekommen!

Aber um in die Wälder zurückzukehren und schließlich allein hier zu leben, war ich zu ängstlich, ja, mir fehlte der Mut. Da erzählte mir eine Koreanerin, die bei uns im Laden hilft, dass ihr Sohn nicht mehr zur Schule ginge und stattdessen die Tage in einer Spielhölle verbringe, und dass sie sich Sorgen mache, er könne verderben.

Das war Makio. Eigentlich hatte er einen anderen Namen. Makio war der Name, den der *frühere* Bruder Gii ausgewählt hatte und dem Kind geben wollte, falls es ein Junge würde. Ich habe schon erwähnt, dass es auch der Name des *früheren* Bruder Gii war, bevor er den Alten Hof erbte und seinen Namen änderte. Als ich mit der Mutter des Jungen darüber sprach, ob ich ihren Sohn adoptieren könne, antwortete sie: Meinetwegen, es ist mir sowieso egal!

Ich machte mir wegen der Schule Sorgen, aber als wir hierher kamen, erledigte Herr Hayashi von der ›Waldjugend‹, der im Gemeindeamt von Maki arbeitet, alle Formalitäten für uns. Ich glaubte schon fast, die Seele des *früheren* Bruder Gii stehe Makio und mir bei!

... Ich hörte der redseligen Osetchan, die all die Sorgen ihres seit der Rückkehr zum Alten Hof schweigsamen Lebens auf einmal zu lösen schien, einfach zu. Und ich dachte daran – auch sie hatte es erwähnt –, dass sie an dem Tag, als ich aus Matsuyama zurückkam, wo ich mir zum ersten Mal eine Frauenfrisur hatte schneiden lassen und mich geschminkt hatte, im Auto, mit dem sie mich abgeholt hatte, eine emotionale Beredsamkeit gezeigt habe, als sei ein Damm gebrochen. Das hatte auch damals eine unwiderstehliche Kraft besessen.

— Doch als ich dann mit Makio wieder hier auf dem Alten Hof lebte, begann ich zu glauben, dass die Kirche des jetzigen Bruder Giis im Unterschied zur *Basis* des *früheren* Bruder Gii nicht zugrunde gehen würde! Nicht, weil die Kirche etwas anderes als die *Basis* des *früheren* Bruder Gii wäre. Es ist nur eine Intuition, aber ich glaube, dass beide miteinander verknüpft sind. So gesehen, müsste der Untergang der *Basis* des *früheren* Bruder Gii für die Kirche des jetzigen Bruder Gii eine wichtige Erfahrung sein, nicht? Ich habe sogar den Eindruck, dass die Verleumdungen in der Zeitschrift und die Anklage von Kamei und seinen Leuten, die mich damals so aufregten, die jetzige Kirche gestärkt haben!

Ich bin überzeugt, dass die Kirche nicht mehr einfach zugrunde geht. Während Bruder Gii bei Großmutters Beerdigung noch unsicher wirkte, hat er sich seit der Anklage verändert! Und nach dem Tod des Generalkonsuls ist er nochmal anders geworden. Außerdem hat der jetzige Bruder Gii Menschen wie dich, die einen Punkt erreicht haben, an dem es kein Zurück mehr gibt! Aber nicht nur der Tod des Generalkonsuls, auch der von Schmied und Großmutter haben Bruder Gii und die Kirche gefestigt, glaube ich!

Satchan, für mich hat es keinen Sinn mehr, am Alten Hof zu bleiben, um dessen Fortbestand ich mir keine Sorgen zu machen brauche. Und wenn ich es mir recht überlege, war ich auch zu Zeiten der *Basis* des *früheren* Bruder Gii kein richtiges Mitglied der Bewegung und gehöre auch der Kirche des jetzigen Bruder Gii nicht wirklich an. Ich habe darüber allerlei nachgedacht und beschlossen, dass es besser ist, wenn ich mit Makio von hier fortgehe!

— ... Ich dachte, dass du bereits zu unserer Kirche gehörst, Osetchan. Es reicht doch, wenn du das für dich erkennst. In unserer Kirche gibt es kein *Glaubensbekenntnis*, jeder kann spontan Mitglied werden ... du hast doch so viel für die Kirche getan!

Ich wusste, dass es vergeblich war, aber ich meinte es aufrichtig.

— ... Wenn ich alleine wäre, sagte Osetchan, und ihr Gesichtsausdruck deutete ein »Pah!« an, als wäre es auf die winzigen Staubkörnchen gemünzt, die im Sonnenlicht dieses Frühwintertages zwischen uns tanzten. Ich habe nie etwas besessen, und das ist auch in Ordnung so. Wie meine Mutter besitze ich nichts, und ob ich in meinem Leben lediglich den Alten Hof unterstütze oder auch nicht, macht keinen großen Unterschied. Aber jetzt, Satchan, gibt es Makio. Wenn mir die Kirche den Jungen wegnehmen würde, wäre ich einsamer, als wenn ich gar nichts hätte!

Deswegen habe ich mich dazu entschlossen, mit Makio nach Kōbe zurückzugehen. Der Junge wird mir zwar in seiner Art immer unverständlich und seltsam bleiben …

Osetchan drehte den Kopf und diesmal stieß sie höhnisch lachend ein »Pah!« aus, doch auf die Dielen der trocknen sonnenbeschienenen Veranda fielen Tränen. Und wie in Nachahmung all der Frauen in all den Generationen, die auf dem Alten Hof gelebt hatten, nahmen wir uns zwischen unseren Knien unbeholfen an den Händen und ließen die Köpfe hängen. Osetchans kleine Hände waren rau und trocken und voller grauer Schründe. Und meine Hände ließen sich nicht deutlich von den ihren unterscheiden.

Zwischen den Baumstümpfen des Phönixbaums und der Eiche im Garten, wo der *frühere* Bruder Gii einst seine Hängematte gespannt hatte, erschien Makio und schaute zu uns herüber. Mit seiner, einem Kind unähnlichen Vernünftigkeit war er wirklich unbegreiflich. Als Osetchan ihren Kopf hob und zu ihm hinübersah, lächelte sie, sodass sich rund um ihre verweinten roten Augen Fältchen bildeten, und sie schnaubte mit einer Zärtlichkeit ein »Pah!«, wie ich es noch nie bei ihr gehört hatte.

Ich weiß jetzt, dass der Duft, den heute jeder mit Makio verbindet, da vor allem er dafür sorgte, dass das Tal im Wald, dem letzten Willen des Generalkonsuls entsprechend, in einen leichten Rosenduft getaucht wurde, bereits vor Makios Erscheinen in anderer *Form* existierte.

Der Artikel in der *Morgenpost* enthielt aber auch eine unerwartete Information. Die zentralen Figuren am Hof, hieß es dort, hätten früher der Studentengruppe der rechtsradikalen Volksfraktion angehört und führten mit den anderen Beteiligten *Kampfübungen* durch ... Kamei, der leidenschaftlich dafür eintrat, über die Redaktion in Matsuyama gegen die anderen Unwahrheiten in Hanadas Artikel Einspruch zu erheben, machte diesbezüglich den Vorschlag, dies seitens der Kirche zu überprüfen. Das bedeutete, dass Kamei, der in Bezug auf den Artikel Untersuchungen angestellt hatte, gewissermaßen anerkannte, dass diese Information, auch wenn der Reporter Hanada sie arglistig aufgebläht hatte, für ihn keine nur aus der Luft gegriffene Lüge darstellte, und dass die Information als solche zumindest von der Kirche stammte.

Es ist eine Tatsache, dass es im Alten Stadtgebiet noch Leute gibt, die der Arbeit des Hofs, der Werkstatt und vor allem der Kirche selbst weiterhin feindselig gegenüberstehen. Nun war zwar gerade Kamei, der Anführer der einflussreichen Fraktion, die Bruder Gii angeklagt hatten, Mitglied unserer Kirche geworden, seine ehemaligen Freunde aber standen ihr nach wie vor kritisch gegenüber. Sie waren bestimmt auch diesmal bei der Recherche für den Artikel behilflich gewesen. Doch ein Ausdruck wie »das Rosenwunder« oder auch die *Kampfübungen* auf dem Hof beziehungsweise der frühere Lebenslauf des Trainers, von denen in dem Artikel die Rede war, waren Informationen, die aus einem Leck in unserer Kirche gesickert sein mussten. Kamei meinte hierzu, dass er aber in Bezug auf die Frage, wer mit Hanada gesprochen habe, verhindern wolle, dass jemand, so wie es bereits mit Mitsu geschehen war, verletzt würde. Und er machte Anstalten, direkt in der Versammlung der Kirche mit den drei Inō-Brüdern zu sprechen.

Das hing auch damit zusammen, dass sich die drei Inō-Brüder in der letzten Zeit kaum in der Kirche hatten blicken lassen, während ihre drei Freundinnen als tüchtige Helferinnen in den Versammlungen unabkömmlich geworden waren. Nach der Trauerfeier für den Generalkonsul hielt Bruder Gii zwar für gewöhnlich Predigten und auch die *Konzentration* wandelte sich immer mehr zum Gebet, im Anschluss daran aber sangen jetzt alle, die drei Frauen im Mittelpunkt, gewöhnlich die Negro Spirituals, die sie von Aileen und Galina gelernt hatten. Der zumindest äußere Grund dafür, dass die drei Inō-Brüder nicht in der Kirche erschienen, war allerdings die Erweiterung des Hofs. Angefangen mit den jungen Leuten, die in der bereits erwähnten leerstehenden »Zai«-Siedlung zur Miete wohnten, fehlte es dem Hof nicht an Arbeitskräften. Und während die jungen Leute neue Gewächshäuser bauten, die noch einmal so groß waren wie die bisherige Anbaufläche, wurden die drei Inō-Brüder mit der Verwaltung all dessen völlig in Beschlag genommen.

An diesem Tag kamen die drei Inō-Brüder, eskortiert von den jungen Leuten, die die Wohnhäuser des Hofs ausgebaut hatten und dort eingezogen waren, zum Alten Hof. Nicht nur die drei Brüder, sondern auch die jungen Leute, die ihnen mit offener Bewunderung wie Soldaten dienten, schienen bereit, sich notfalls mit Gewalt gegen eine mögliche Untersuchung zu Spaltungsbestrebungen seitens der Kirche zu wehren.

Wir nahmen, Bruder Gii in der Mitte, auf den Dielen im Herdhaus Platz. Kamei, der die Zusammenkunft organisiert hatte, stellte die erste Frage. Und die drei Inō-Brüder beantworteten seine Frage, so wie es ihre Gewohnheit war, ohne zu zögern. Dabei zeigte sich auch wieder ihre Methode, die sie seit ihrer Ankunft im Alten Hof demonstriert hatten, die Rollen unter sich jeweils zwei zu eins aufzuteilen.

— Es stimmt, dass wir an der Universität in einer rechtsradikalen Gruppe mitgemacht haben, antwortete als erstes Ai auf Kameis Frage. Ein richtiges Mitglied war aber nur ich. Die anderen beiden waren nur im Sportverein. Sie wurden höchstens zur Verteidigung des Universitätspersonals mobilisiert. Auffallend war vielleicht das übermäßige Honorar für diesen Job.

Dann bekamen wir von dem Reporter Hanada auf absichtlich verdreckten Papier eine Kopie mit der Aufzeichnung seines Vortrags bei einem Treffen junger Journalisten zugeschickt – vielleicht hat ja auch die Kirche eine solche Kopie bekommen. Seiner Schilderung nach hatte er sich, und zwar verkleidet, trotz der terroristischen Gefahr nach Makimachi begeben. Da er aber mit dem Auto der *Morgenpost* von Matsuyama aus dorthin fuhr, war das Ganze doch eine Posse, oder? In seinem Vortrag geht er so weit, zu behaupten, wir seien von der Fraktion hier eingeschleust worden und wollten eine *Basis* errichten, wovon er in der Zeitung jedoch nichts geschrieben habe. Der Grund für sein Zögern liege darin, dass man erst Bruder Gii und Onkel K. habe niederschlagen müssen. Was mich anbelangt, sind seine Äußerungen jedoch vollkommen haltlos, denn ich habe mittlerweile alle persönlichen Verbindungen zur Fraktion abgebrochen.

— Aber sympathisierst du nicht immer noch im Geiste mit ihr?

— Nein, das glaube ich nicht, antwortete Ai auf Kameis Nachfrage so simpel, als wolle er sich über ihn lustig machen, und nach scheinbar erneutem Nachdenken fuhr er fort: Wenn ich den Ausdruck »Sympathie im Geiste« von einer Partei oder deren Analyse gegenwärtiger Verhältnisse lösen und in einem weiteren Sinne benutzen darf, so würde ich sagen, dass ich sie eher für Bruder Giis Kirche empfinde.

— Das gilt auch für uns, fuhren Iku und Ei fort. Es tut uns Leid, dass wir keinen besonderen Eifer für die Kirche zeigen, aber unsere Arbeit auf dem Hof dient einzig ihrer Entwicklung.

— Ich weiß das sehr zu schätzen. Seit dem Bau der Kapelle habt ihr die Leitung des Betriebs ganz übernommen. Und ihr habt nicht nur den Hof vergrößert, sondern mit der Einweisung der neuen Teilnehmer auch die Zahl der Arbeitskräfte erhöht.

— Auch der Manager Fu sagt, dass die Beziehungen zwischen seinem neu eröffneten Spezialitätenrestaurant und dem Hof gut laufen, und ist euch dankbar dafür. Er konnte sogar Himmelsfisch auf die Speisekarte setzen, mischte sich Yumiko in das Gespräch ein. Sie hielt sich zurzeit ganz im Haus des Generalkonsuls auf. Dann sagte sie weiter:

— Befürchtet Kamei nicht vielmehr, dass sich der Hof gerade aufgrund eurer bewunderungswürdigen Aktivitäten selbständig machen und von der von Bruder Gii geleiteten Kirche abspalten könnte? Wenn ihr mit eurer Befähigung, einen Hof selbständig führen zu können, noch mehr Studienabbrecher aufnehmt und mit diesen kräftigen jungen Leute sogar *Kampfübungen* macht …

— Die Kapelle könnten wir noch erhalten, wenn wir uns spalten sollten, aber die weiteren Baupläne würden natürlich hinfällig, sagte Kamei mit barscher Ungeduld.

— Wir werden auf keinen Fall bei einer Spaltung federführend sein, sagte Ai zu Kamei, als hätte ihn dessen Aufregung eingeschüchtert.

Iku sprang ihm noch deutlicher zur Seite:

— Wir wollen doch vielmehr die Einheit der Kirche stärken. Die Fertigstellung der Kapelle, die diese Einheit symbolisiert, hat uns alle begeistert. Aber die Kapelle garantiert nicht die ökonomische Grundlage der Kirche. Und auch die Werkstatt mit ihrer Maxime, qualitativ gute Produkte herzustellen, kann damit höchstens ihren Status quo beibehalten. Deswegen wollen wir den Hof erweitern und die Zahl der Arbeitskräfte erhöhen. Damit wollen wir Bruder Gii in seinen religiösen Aktivitäten unterstützen.

Aber es gibt bestimmt Präzedenzfälle dafür, dass die Sorge um die gesamte Kirche zu Spaltungsbestrebungen führen kann, die dann die unwiederbringliche Neugründung einer Kirche bewirken ... Darüber haben wir einmal auf dem Hof gesprochen, nicht wahr, Ei?

— Es ist ohne Frage großartig, dass die Kapelle fertig ist. Und als Nächstes werden wir am gepflasterten Weg neue Häuser bauen. Doch wenn das der einzige Spaß bei der Arbeit auf dem Hof ist, wird es vielleicht bald langweilig. Architektur ist immerhin nur Architektur ...

Im Verlauf jenes Gesprächs fragten wir uns auch, wie Bruder Gii mit der Kirche weitermachen und wie er die nächste Stufe erreichen wollte. Wir haben auch schon mit Kamei und mit Yumiko darüber gesprochen. Wir wollen jetzt von Bruder Gii sein Konzept hören. Vielleicht wird er uns antworten, dass das alles nichts nütze, da wir nicht fleißig zur Kirche kämen ... Vielleicht haben Sie ja auch aus diesem Grund diese Gelegenheit geschaffen, Herr Kamei?

— Nun ja, ganz frei von diesem Gefühl war ich nicht, Kamei drückte sich, was für ihn selten war, vage aus.

Dagegen wandte sich Ai mit ganzer Überzeugung an die anderen:

— Wenn Bruder Gii mit der Mission der Kirche nach außen hin beginnen sollte, wird es bestimmt Widerstand geben. Daher braucht die

Kirche eine Selbstverteidigungsorganisation für Bruder Gii, nicht? Und aus diesem Grund trainieren wir. Die Teilnahme an den Übungen nach der Arbeit auf dem Hof ist freiwillig ... Und wenn von *Kampfübungen* die Rede ist, so haben wir selbst das so nicht gesagt.

Ursprünglich begonnen hat es damit, dass wir uns erinnerten, in unserer Oberschulzeit in K.s Romanen gelesen zu haben, dass es in dieser Gegend vor und nach der Restauration zwei Aufstände gegeben habe, bei denen die Aufständischen ein Krafttraining in der Art eines Football-Spiels absolviert hätten. Zachary ist zwar jetzt nicht hier, aber er macht bei uns als Trainer mit. Da er im Vietnam-Krieg war, ist es durchaus möglich, dass das Training den Eindruck von *Kampfübungen* macht ...

— Euren Freundinnen gibt er Musikunterricht und euch trainiert er in *Kampfübungen*, Zachary ist wirklich schwer beschäftigt, sagte Yumiko. Kurz bevor die Kapelle fertig wurde, hat er anscheinend auch mehrere Nächte nacheinander durchgemacht ... Und heute ist er mit Dias von der Kapelle und dem gepflasterten Weg zum Presseclub ausländischer Journalisten in Kansai gefahren, um dort einen Vortrag zu halten.

... Auch wenn mir die Sorgen von Kamei in Bezug auf Spaltungsbestrebungen unnötig zu sein scheinen, möchte auch ich, dass du, Bruder Gii, auf Ais Frage antwortest. Antworte ruhig langsam, und gut überlegt. Wenn ich dich so von der Seite betrachte, wie du dich *konzentrierst*, spüre ich förmlich, dass sich dir diese Gedanken gerade aufdrängen. (Auch Yumiko benutzte also nicht mehr den Namen Takashi.)

Ich selbst bin katholisch, allerdings bin ich nicht sehr eifrig. Aber wenn ich an die Messen in meiner Kindheit zurückdenke, habe ich das Gefühl, als habe der Zeitungsartikel vielleicht Recht mit seiner Behauptung, dass Bruder Giis Kirchenführung synkretistisch sei. Für mich ist aber viel wichtiger, dass der Generalkonsul sein Leben in dieser Kirche vollenden durfte. Seit er wusste, dass er an einer unheilbaren Krankheit litt, wäre er, hätten wir weiter in Tōkyō oder in Brüssel gelebt, vor dem physischen Zusammenbruch psychisch zusammengebrochen, glaube ich, und nicht nur er, sondern wir beide ...

Der Generalkonsul hat sich beispielsweise K. gegenüber oft – etwas ironisch und betrübt – darüber geäußert, dass er seinen Beruf als Diplomat bald aufgeben wolle und dass für ihn die Arbeit im Außenministerium bereits beendet sei … Das war eine Pose, die ihm sehr stand. Aber in Wirklichkeit war er von Kopf bis Fuß Diplomat und besaß Selbstbewusstsein und Ehrgeiz, die ihn bis an die Spitze geführt haben.

Da er sich jedoch gerade dessen schämte, hat er sich vielleicht so für Opern begeistert und antiquarische Bücher gesammelt. Was die Opern von Wagner anbelangt, hätte er es mit einem Spezialisten aufnehmen können. (Zu der Zeit, als diese Opern noch selten nach Japan kamen, besaß er mit seinem Beruf wirklich einen Standortvorteil.) Was aber den Büchersammler angeht, so fiel es sogar K. schwer, der sich seine aus Belgien mitgebrachte Bibliothek angesehen hat, ihm ein Kompliment zu machen. In seinem Leben war er ein ernsthafter Amateur.

Als er seinen Beruf als Diplomat aufgeben musste, hatte ich Angst, dass der Rest seines Lebens furchtbar trostlos werden würde, aber als er mir dann sagte, dass er die Gelegenheit nutzen wolle, um allein in den Wäldern auf Shikoku zu leben, fühlte ich mich tatsächlich erlöst. Bis dahin war es nur ein vager Plan gewesen, gemeinsam mit dem Manager Fu ein Geschäft zu eröffnen und mich so in Tōkyō selbständig zu machen. Ich konnte ja gar nicht ahnen, dass der Generalkonsul hier in den Wäldern Frieden für seine *Seele* finden würde.

Auch als sein Tod – von heute aus gesehen – immer näher rückte, war ich mir, wenn wir am Telefon miteinander sprachen, über den Zustand seiner *Seele* ungewiss. Als ich aber die Predigt in der Kirche und seinen so verwirklichten letzten Willen vernahm, wusste ich, dass er Bruder Gii weniger als seinen eigenen Sohn als vielmehr als ›Erlöser‹ anerkannt hat und dann gestorben ist.

Ich habe zwar gerade erst begonnen, an Bruder Giis Kirche teilzunehmen, aber ich möchte ihr mein weiteres Leben ganz anvertrauen. Als der Generalkonsul krank wurde, habe ich es bedauert, dass seine Zukunft als Diplomat zu Ende war. Es war auch das Bedauern darüber, dass mein Leben als Diplomatengattin aufhörte. Aber jetzt empfinde ich es als ein unersetzbares Glück, dass der Generalkonsul sein Leben hier abschließen konnte, und ich möchte mit meinem künftigen Leben hier anknüpfen.

Bedeutet das nicht vielleicht auch, dass ich mich endlich mit dem einzigen Sohn des Generalkonsuls versöhnen könnte? Die Schwierigkeiten in Bruder Giis Leben, die er seit dem Ende seiner Kindheit in unterschiedlicher Hinsicht durchmachen musste, begannen, als der Generalkonsul und ich heirateten. Dass mir schließlich der Weg zu einer solchen Versöhnung bereitet wurde ... – genau das könnte man Synkretismus nennen –, empfinde ich, die seit ihrer Kindheit in die katholische Kirche ging, als eine der Gnaden, die mir in meinem Leben zuteil wurden.

Bruder Gii saß während der langen Rede Yumikos in seiner gewohnt aufrechten Haltung da, ließ den Kopf zwischen den breiten Schultern hängen und schwieg, während er in die kräftigen Flammen sah, die unter dem Rauchfang des *Blasebalg*s aus den Spänen des Katsuraholzes hervorzüngelten, aus dem in der Werkstatt eine Kanzel für die Kapelle gefertigt worden war. Noch jetzt erinnere ich mich daran wie an eine Filmszene, die sich mir tief eingeprägt hat, dass sein Oberkörper schwankte, als Yumiko von »Gnade« sprach.

Tatsächlich hatten Bruder Gii und ich an diesem Morgen über Gnade gesprochen. Ich hatte mit ihm über die Zukunft von Osetchan und Makio geredet, die nach Kōbe gegangen waren.

— Von nun an werden die beiden also allein in Kōbe leben, hatte ich sentimental gesagt. Es ist komisch, dass ich mir Sorgen mache, denn Osetchan wird sich schon in all ihrer Umsicht zu helfen wissen ... Doch wenn ich daran denke, wird mir bewusst, dass unser Leben hier wirklich das Leben einer Gemeinschaft als Kirche ist. Wenn ich wieder alleine leben müsste, hätte ich sicher Angst.

Wenn ich jetzt darüber nachdenke, scheint auch Makio ein irgendwie seltsames Talent dafür zu haben, weiterzuleben. Obwohl sie ihm selbst fast lästig zu sein scheint, gibt es bei ihm eine Macht, die ihn, wenn er irgendwie auf die schiefe Bahn zu geraten droht, wieder auf den richtigen Weg oder zumindest in eine andere Richtung führt. Seine letzte Begegnung mit dem Generalkonsul war auch so etwas ...

Er ist zwar nicht besonders liebenswürdig, und der Ausdruck »unbegreifliche Art«, wie Osetchan sagt, beschreibt ihn vielleicht treffend, aber, wie soll ich es sagen, er findet die Gnade, die einem solch eigentümlichen Kind entspricht …

— Ich verstehe gut, dass du das Wort Gnade wie zum Scherz extra leichtfertig benutzt, um es so von seiner schweren Bedeutung zu lösen, sagte Bruder Gii und hob seinen großen Kopf wie eine Schlange. (Auch jetzt hatte er wie zuvor mit gesenktem Kopf nachdenklich zugehört.)

— Ich hatte immer Zweifel an dem, was man hier normalerweise Gnade nennt. Da ich außerhalb des christlichen Glaubens stehe, könnte auch ich das Wort, wollte ich es verwenden, sicher nur auf diese eher einfache Weise verstehen.

Ich möchte dir dafür ein Beispiel geben, das mir am Herzen liegt: Onkel K. hat doch zu Hikaris Klavierstücken, die Zachary in letzter Zeit oft spielt, vielleicht, weil er sie auf eigene Kosten herausgebracht hat, etwas leichtsinnig geschrieben: »Ich bin zwar ein Mensch ohne Glauben, aber ich muss gestehen, dass ich in der Musik Gnade finde. Ich möchte dieses Wort dabei als Anstand, als Anmut und auch als Dankgebet verstehen. Ich lausche immer mit großer Aufmerksamkeit auf Hikaris Musik und auf das, was in ihrem Hintergrund steht und uns in unserer irdischen Welt transzendiert.«

Mir gefällt Onkel K.s Art, so mit Worten zu spielen, nicht. Wie genau und tief lässt sich etwas ausdrücken, wenn man sich, ohne das Wesen zu begreifen, nur mit Worten dorthin vortastet? Und das gerade bei dem großen Problem der Gnade …

— Onkel K. lebt von seinem Schreiben, da ist es doch natürlich, dass er sich mit Worten vortastet. Als ich seinen Text las, habe ich verstanden, dass es in Hikaris Musik wirklich Gnade gibt.

— Wenn es in Hikaris Musik Gnade gibt, beharrte Bruder Gii, wobei er deutlich machte, dass er schon viel darüber nachgedacht hatte. Das bedeutet doch zweierlei, zum einen, dass Hikari von Gott geschaffen wurde, und zum anderen, dass Hikari Gott kennt. Aber vermutet Onkel K. dies nicht nur, und zwar außerhalb des Glaubens stehend?

Hanada hat Onkel K. vorgeworfen, es sei peinlich gewesen, wie er sich zum Verkauf von Hikaris CD mit diesem zusammen für die Zeitung habe fotografieren lassen. Auch ich halte Onkel K.s Verhalten für ein Desaster. Aber möglicherweise hat Hikaris geistige Behinderung ihm einen Aufschub in der Erforschung seiner Beziehung zu Gott gegeben.

In der Predigt eines protestantischen Pfarrers, mit dem ich einmal sprach, sagt dieser etwas gar nicht Banales über die Gnade. Dort heißt es:« … Auch das Wissen selbst um Gottes Schöpfung und seinen Segen ist die absolute Gnade, die von Gott, ja, immer nur *von Gott* geschaffen wird.«

Wenn wir in unserer Kirche das Wort Gnade benutzen sollten, so auf hoffentlich gründliche und wohl überlegte Weise.

Vielleicht sind aufgrund meiner etwas ungeschickten Zusammenfassung die zeitlichen Abläufe etwas durcheinander geraten, aber das von Kamei organisierte Treffen mit den drei Inō-Brüdern endete mit der folgenden Äußerung von Doktor Tokuda, der genau wie Bruder Gii bis dahin schweigend dem Gespräch gefolgt war:

— Ich bin ganz Yumikos Meinung, dass Bruder Gii wohl überlegt und ohne Eile antworten soll. Doch ich glaube auch, dass es langsam an der Zeit ist, dass Bruder Gii seine Vorstellungen über die Grundsätze und die Zukunft der Kirche offen darlegt …

Bruder Giis Predigt bei der Trauerfeier in der Kapelle hat meines Erachtens zumindest einen Aspekt des Glaubens deutlich gemacht. Als Nächstes möchte ich Bruder Giis Ansicht zur Organisation und Strategie der Kirche hören. Denn ohne mir dessen bewusst gewesen zu sein, bin ich vom freiwilligen Arzt zum Kirchenmitglied geworden. Alle hier Anwesenden haben das Recht, das von Bruder Gii zu verlangen.

Nun, so weit für heute. Sagt bitte dem jungen Vizechef der drei Inō-Brüder, dass er mich, nachdem er euch unten am Hof abgesetzt hat, nach Makimachi fahren möchte. Da meine Krankenschwester an die Unfallversicherung denkt, fährt sie mich nur, wenn ich zu einem Patienten muss.

Am ersten Wochenende im Dezember kam von Aileen ein Tonband mit der Aufnahme eines Konzerts von Mahlers *Dritten* im Dom von Saint-Denis. Wir hörten sie nach der *Konzentration*, zu der sich die Mitglieder der Kirche bereits regelmäßig jede Woche in der Kapelle an der Himmelssenke versammelten. Der Klang des Orchesters wurde durch die Tannoi-Anlage – ein Geschenk von Yumiko und dem Manager Fu an die Kirche – auch bei voller Lautstärke nicht entstellt und bewies, dass der Plan, die zylindrische Kapelle auch als Konzerthalle mit einer hervorragenden Akustik zu konstruieren, aufgegangen war. Ara, der der Trauerfeier für den Generalkonsul und dem Konzert am Nachmittag zugehört hatte, kam jedoch zu dem Schluss, dass die Nachhallzeit zu lang sei. Daraufhin wurde erneut eine angestrebte Nachhallzeit von bis zu 1,4 Sekunden bei voller Besetzung festgelegt. Zu diesem Zweck wurden an der Decke Schalldämpfer aus geschwungenem und zugleich scharf konturiertem, schön geformtem Lochblech aufgehängt. Für die Kosten wollte Onkel K. das Honorar einiger Vorträge verwenden, die er auf Shikoku und Kyūshū gehalten hatte.

Während wir dem langen ersten Satz des Orchesters lauschten, schien auch Bruder Gii die Akustik der Kapelle zu genießen. Ich ließ meinen Blick durch das hohe, fest eingebaute Fenster auf die Szenerie im Hintergrund der Kapelle schweifen. Am Rand des Zypressenwalds, dem einzigen Ort, wo die Sonne noch den Boden beschien, leuchteten inmitten von Laubbäumen, die alle schon ihre Blätter abgeworfen hatten, die Ahornbäume gelb und dunkelrot wie Flammen in den Strahlen der im Westen stehenden Sonne. Im vierten Satz erklang die Altarie von Aileen, und in unserer Vorstellung erschienen ihre uns so vertraute Gestik und Mimik. Im nächsten Satz ertönten das leicht festlich anmutende Kinderlied mit dem Bimmbamm und ein Frauen- und Knabenchor, gefolgt von einem Lied Aileens, das darauf antwortet. Hinter dem dunklen, tiefen Zypressenwald schwebte eine eigenartig schimmernde Scheibe. Ich war zutiefst verwirrt, bis ich erkannte, dass es sich um eine Spiegelung eines in dem zylindrischen Dach befindlichen Fensters handelte.

Plötzlich stand Bruder Gii vor mir auf und ging, das Gesicht mit seiner linken Hand bedeckend, eilig quer durch die ganze Kapelle und hinaus auf den gepflasterten Weg. Yumiko und Mitsu, die auf dem Boden saßen, sahen ihm verblüfft nach.

Yumiko unterdrückte ihren Ärger und lauschte weiter dem letzten Satz des Orchesters, während Mitsu, die neben ihr saß, aufstand und mir die Situation erklärte. Mit ihrer tiefen Stimme sprach sie so deutlich, dass nicht nur ich, sondern auch die anderen Mitglieder, die ihr von allen Seiten besorgt die Köpfe zuwandten und auch hören wollten, es verstehen konnten. – Wenn ich mir diese Szene jetzt ins Gedächtnis zurückrufe, wird mir klar, dass sich schon damals alle ziemlich ernsthaft um Bruder Giis labilen Zustand Sorgen machten.

Yumiko und Mitsu hatten sich von Bruder Gii, der den deutschen Text verstand, die Arien und den Chor übersetzen lassen und der Musik mit Vergnügen gelauscht. Als aber im vierten Satz der Nietzsche-Text begann, war Bruder Gii beim Übersetzen wohl nachdenklich und geistesabwesend geworden …

Es gibt dort tatsächlich Stellen, die an die Arie aus *Tristan und Isolde* bei der Trauerfeier für den Generalkonsul erinnern, an die bestimmt auch Bruder Gii denken musste. »Die Welt ist tief, / Und tiefer als der Tag gedacht! / Tief ist ihr Weh! / Lust tiefer noch als Herzensleid.«*

Aber nachdem Bruder Gii die Arie, die auf das Bimmbamm-Kinderlied folgt und in der Petrus tief betrübt auf Jesus' Frage: »Was stehst du denn hier? Wenn ich dich anseh, so weinest du mir!« antwortet: »Und sollt' ich nicht weinen, du gütiger Gott?«, übersetzt hatte, war er plötzlich aufgestanden und fortgegangen. Obwohl die Kinder voller Freude weiter sangen: »Petrus' Sünde ward vergeben!« …**

Unabhängig von diesem Ereignis, dem viele Mitglieder der Kirche beiwohnten, war mir, ehrlich gesagt, mittlerweile vieles an Bruder Giis Haltung, auch wenn wir allein waren, unbegreiflich. Hätte es sich dabei um eine Anspannung gehandelt, die er in einem bis dahin unbekannten Ausmaß in Bezug auf die Kirche empfunden hätte, so hätten ich und die Kameraden dies gewissermaßen wie eine *gemeinsame Krankheit* geteilt. Aber Bruder Gii schien sich nur in seinem Innern zu verschließen.

Vor kurzem war Bruder Gii aus dem Speicherhaus ausgezogen und hatte zunächst im Hauptgebäude geschlafen, doch wohnte er nun, da gegen Jahresende noch mehr neue Mitglieder im Alten Hof übernachteten, allein in dem hinter dem Empfangszimmer gelegenen Krankenzimmer, in dem Schmied gestorben war. Zur *Konzentration* in der Kapelle verließ er das Zimmer zwar, aber vorher und nachher schloss er sich in dem Krankenzimmer ein und aß weder zu Mittag noch zu Abend. Das hatte Mitsu berichtet. Als ich davon hörte und zum Gebäude mit dem Empfangszimmer ging, kam aus dem völlig dunklen Raum eine barsche Stimme: Ich brauche heute nichts mehr. Er hatte meine Schritte gehört und gewartet, bis ich vor der Tür stand. Ich war wütend.

Der Tag rückte näher, an dem Izumi, wie bei der Trauerfeier für den Generalkonsul besprochen, mit einem richtigen Konzertprogramm der Kirche einen Besuch abstatten sollte. Angefangen hatte alles ursprünglich damit, dass, weil die Kapelle bei dem Konzert an jenem Nachmittag von Angehörigen der Kirche besetzt gewesen war, die Grund- und Mittelschüler es nicht direkt hatten hören können. Izumi hatte das Leid getan, und sie hatte angeboten, vor allem für die Schüler des dritten Jahrgangs der Mittelschule zu ihrem Schulabschluss ein Konzert zu geben.

Ich besuchte den Direktor der Mittelschule, um ihn über Izumis Programm zu informieren und um die Organisation des für die Schüler geplanten Konzerts zu besprechen. Wenn ich ihm früher begegnete, hatte er, meist im Beisein seiner Frau Asa, ganz unauffällig gewirkt. Als ich jetzt aber direkt vor ihm stand, spürte ich ein eigenartiges Existenzgefühl, das von ihm ausging. Er war eines der letzten Mitglieder der japanischen Lehrergewerkschaft, die in dieser konservativen Präfektur von allem Möglichen ausgeschlossen wurde und ziemlich gebeutelt war, und aus diesem Grunde hatte sich auch seine Beförderung vom stellvertretenden Direktor zum Direktor hinausgezögert. Es bereitete ihm Vergnügen, sich bei der morgendlichen Versammlung in der Schule von den Kindern über die Situation an den Felsen neben der Untiefe berichten zu lassen, wo sich häufig Alligatorschildkröten sonnten, und dann eine Statistik aufzustellen, mit der er sich seinen Fischfang am Wochenende sicherte.

— Zu dem Konzert in der Kapelle sind alle Mittelschüler sowie die Schüler der oberen Grundschulklassen eingeladen, aber meinen Sie, dass das Programm mit den von Izumi ausgewählten *Etudes* von Chopin und der *Moskauer Erinnerung*, die sie mit ihrer Nichte spielen will, einer angehenden Geigerin, die in Moskau studiert hat, wirklich geeignet ist? Auch Skrjabin und andere Komponisten sind vorgesehen, doch vielleicht ist die Musik den Kindern etwas fremd ...?, fragte ich ihn.

— Das wird ihnen wohl alles fremd sein, sagte der Direktor gelassen, aber neue Sachen sind das Beste für Kinder.

Ich machte mir jedoch noch über etwas anderes Sorgen.

— Wenn die Lehrer mit den Kindern während der Unterrichtszeit in unsere Kirche kommen, wird die Präfektur womöglich Einspruch erheben. Wegen der Glaubensfreiheit ...

— Eure Kirche ist doch vom Staat nicht als Religionsgemeinschaft anerkannt, also betrifft es den Artikel der Glaubensfreiheit doch nicht. Es ist das Gleiche wie bei einem Konzert zur Neueröffnung eines Supermarkts!, lautete die Antwort dieses schlauen Schuldirektors.

Auf dem Rückweg fuhr ich mit dem Fahrrad bei der Häuserzeile am Fluss vorbei und besuchte Asa. Als ich im Eingang nach ihr rief und ohne ihre Antwort abzuwarten eintrat, fand ich sie vor zwei äußerst deprimiert wirkenden Mittelschülerinnen mit ihren Müttern im Wohnzimmer sitzen. Die vier wandten sich bei meiner Begrüßung nicht zu mir um und erstarrten leicht. Asa, wendig wie sie war, tat so, als sei sie mit mir zu einer Besprechung verabredet und habe nun schon zu viel Zeit mit ihnen zugebracht, beendete das Gespräch und begleitete die vier hinaus. Als sie zurückkam, richtete sie ihre schwarzen knopfartigen Augen, die selten müde wirkten, nach oben und sagte beeindruckt:

— Satchan, Makio hat es wirklich faustdick hinter den Ohren! Mir bleibt zunächst nichts, als der Aussage der Mädchen zu glauben: Beide scheinen von Makio schwanger zu sein. Die Mädchen und ihre

Mütter wollen meinem Rat zwar wohl nicht folgen, aber ich weiß aufgrund meiner Erfahrungen mit der Wohlfahrtsmedizin, dass es besser ist, beim ersten Kind nicht abzutreiben. Ich habe ihnen gesagt, dass ich ihre beide Kinder gern adoptieren würde.

Die Mütter, die insgeheim schon entschieden waren, einen Abbruch vornehmen zu lassen, schwiegen eisern und deuteten damit auch an, dass, da Makio ein Sohn des *früheren* Bruder Gii ist, die Kinder somit mit ihm verwandt seien, und dass es daher selbstverständlich sei, dass ich, da ich mit dem Alten Hof in Verbindung stehe, sie aufzöge.

Vielleicht kommt ja ein neuer Bruder Gii der dritten Generation wieder auf den Alten Hof zurück, Satchan.

Auf diese überraschende Situation wusste ich keine Antwort. Aber Asa hatte aus meinem Gesichtsausdruck, mit dem ich das Zimmer betreten hatte, bereits die Bedeutsamkeit meiner Angelegenheit erahnt. Und nachdem sie etwas gewartet hatte, bis sich die Neuigkeiten gesetzt hatten, drängte sie mich, zu reden.

— Der junge Mann, der mich besuchte, um mir die ersten Gemüseampferblüten in diesem Jahr zu schenken, erzählte, Bruder Gii sei vorgestern nicht bei der Versammlung der Kirche gewesen. Da ich nicht an eurer Kirche teilnehme, kehre ich, wenn ich wegen irgendwelcher Angelegenheiten im Alten Hof bin – besonders seit ihr mit den Versammlungen vom Herdhaus in die Kapelle umgezogen seid – immer gleich, ohne dort hinaufzugehen, nach Hause zurück ... Mir sind daher die Umstände eurer Kirche vielleicht etwas fremd geworden.

Soweit ich von dem jungen Mann gestern erfuhr, hat Bruder Gii seit der Beerdigung des Generalkonsuls jede Woche regelmäßig seine Predigt gehalten, nicht wahr? Als er dann plötzlich bei den Versammlungen fehlte, machte sich der junge Mann Sorgen.

Ich riss mich von den Gedanken daran, dass Makio die beiden Mittelschülerinnen geschwängert hatte, los und erzählte Asa mein Anliegen. Dass nämlich Izumi momentan bei uns sei und ein Konzert plane, und dass die ›Waldjugend‹ wünsche, dass Bruder Gii bei der Versammlung am kommenden Wochenende über die grundlegenden

Aussichten der Kirche spreche. Und dass es so aussehe, als ob er ziemlich ernsthaft darüber nachdenke …

— Das ist ein Problem, das Bruder Gii selbst überwinden muss. Es ist für ihn unabdingbar, aber auch für euch Kirchenmitglieder.

Asa schwieg nach diesen Worten und versank in Gedanken. Ihre Augen schienen wie tiefe Pfützen, und ich dachte an die *Verbindung mit dem Alten Hof*, von der eben die Rede war und deren wesentliche Bedeutung doch in der Blutsverwandtschaft mit Großmutter lag … Und weil sie jedem gegenüber diese unparteiische Freundlichkeit besaß, und auch die unparteiische Stärke, ihn zu verstoßen …

— Wenn die treuen jungen Mitglieder der ›Waldjugend‹ dies fordern, haben sie natürlich Recht, aber für die Älteren ist Giis Erklärung doch wahrscheinlich noch dringender, oder? Für Kamei, der jetzt in Echizen ist, oder für Matsuo vom Tempel der Reinen Einfalt. In letzter Zeit scheint sich sogar Doktor Tokuda eifrig an der Kirche zu beteiligen. Unabhängig davon, oder gerade deswegen, ist das für Bruder Gii bestimmt schwierig!

Im Grunde glaube auch ich nicht, dass der *frühere* Bruder Gii etwas Eigenes zu Gott formuliert hat. Das gilt auch für K.-chan. Sie haben zwar immer wieder Dante gelesen und alles Mögliche andere, was damit zu tun hat, Texte von Augustinus bis Thomas von Aquin, soweit es Übersetzungen gibt. Doch ihre Einstellung ist doch gerade der Schwachpunkt, der dem Meister in Lebensdingen und seinen beiden Schülern gemeinsam ist. Sie wollen sich Gott durch intellektuelle Studien nähern. Dass das nicht geht, weiß doch jedes Kind aus der Sonntagsschule. Und da sie auch nicht die besten Musterschüler sind, wissen sie das auch selbst. Im Grunde ihres Herzens haben sie Angst, dem Glauben beizutreten, und ihr Studium dient ihnen meiner Meinung nach lediglich dazu, eine Bremse zu garantieren. Sieh dir doch nur K.-chan an, immer noch der Gleiche wie früher.

Aber Bruder Gii ist anders. Er liest zwar ebenfalls, aber er versucht nicht, Gott intellektuell zu begreifen. Eigentlich ist er doch hierher gekommen mit dem Entschluss, sich um die *Belange der Seele* kümmern zu wollen, nicht? Und dann hat ihm Großmutter die Überlieferungen aus den Wäldern hier gelehrt, und er wurde ihr bester Schüler. In dieser Zeit hat er, glaube ich, aus Großmutters Mund nicht einmal das Wort »Gott« vernommen. Der ›Zerstörer‹ ist nichts Absolutes.

Du hast mal erzählt, dass, bevor Großmutter starb, Bruder Gii auf unangenehme Weise immer wieder auf die Nahtod-Erfahrung zu sprechen gekommen sei, nicht? Ich habe darüber nachgedacht. Ging es ihm, aus seiner Perspektive, dabei nicht darum, dass er wissen wollte, ob es oberhalb des mystischen Ganzen, wie er es bis dahin gelehrt bekommen hatte, etwas gibt, das man als »Gott« bezeichnen kann? ... Bruder Gii sollte sich um die *Belange der Seele* kümmern, indem er an damals anknüpfend weiter die Überlieferungen dieser Gegend studiert. Das wäre das Natürlichste ... Warum sorgt ihr nicht dafür, dass er das tut?

— Heißt das, dass Bruder Gii kein ›Erlöser‹ ist?

— Impliziert dein Ausdruck »Erlöser«, dass dahinter ein Gott steht? Oder um es deiner Frage entsprechend zu formulieren, bedeutet das, dass, wenn es hinter ihm keinen Gott gebe, dein Bruder Gii auch kein ›Erlöser‹ sein könnte?

Ich ließ den Kopf hängen und sah auf das kleine Blumenmuster der Tischdecke, das Asa die ganze Zeit betrachtet hatte. (Es waren mehrere hundert Gänseblümchen darauf zu sehen, deren Blütenblätter irgendwie unnatürlich an den Blütenköpfen saßen.)

— Du warst, um es mit einer Wendung dieser Gegend zu sagen, eine »Mannfrau« beziehungsweise ein »Fraumann«. Du hast dieses Problem aus eigener Kraft überwunden und hast bis heute dein Leben so geführt, dass du diesen Widerspruch annimmst. Im Verlauf dessen hast du deine Rolle entdeckt, Bruder Gii zu unterstützen, und warst doch selbst überzeugt davon, oder?

Wenn das so ist, bleibt dir nichts anderes, als darauf zu bestehen, dass Bruder Gii ein ›Erlöser‹ ist, oder? Bist nicht vielmehr du es, Satchan, die darüber nachdenkt, was für ein Gott sich über dem ›Erlöser‹ Bruder Gii befindet und was für ein Heiliger Geist ihm als Vermittler erscheint?

Nicht die drei Inō-Brüder oder Kamei, und natürlich auch nicht Doktor Tokuda, sind es, die Bruder Gii vor den Mitgliedern der

Kirche dazu drängen, über seinen Gott und den Fortgang der Kirche dieses Gottes zu sprechen, sondern in Wirklichkeit bist du es, nicht?

Ich konnte Asa nicht beipflichten. Aber ich vermochte auch nicht die große Abneigung, die ich empfand, in Worte zu fassen und schwieg daher, während ich meinen Blick in den Garten wandte, in dem unzählige Kobusmagnolien blühten und weiter hinten eine Trauerweide still ihre grünen Keime trieb. In dem großen unglasierten Gefäß, das an der Veranda stand, züchtete der Rektor der Mittelschule zu einer bestimmten Zeit experimenthalber selbst gefangene Alligatorschildkröten. Er hatte in diesem Gefäß auch schon Krebse gezüchtet, denen er kleine Fische zu fressen gab. Damit reagierte er auf die durch einen Hinweis Zacharys verbreitete Meinung, dass der Geschmack von Flusskrebsen, wenn sie mit Kürbis aufgezogen würden, *vegetarisiert* würde. Natürlich stand Asa ihm dabei sorgfältig und liebevoll zur Seite ...

Ich stellte mir vor, wie die von Makios Blut stammenden Kinder im Garten spielten, und dass die Aufzucht der Flusskrebse und Alligatorschildkröten bereits der Vorbereitung ihrer Vergnügen diente. Asa kann auf eine realistische, aber irgendwie humorvolle Weise fast Unvorstellbares zuwege bringen.

— Ich gehöre nicht zu den Menschen, Satchan, die sich mit Gott auskennen und sich deshalb über ihn äußern möchten, ergriff Asa von neuem das Wort. Ich bin eine heute veraltete Marxistin-Leninistin und lehne Religion daher schlichtweg ab. Obwohl ich so gut wie nichts über das religiöse Denken weiß. Aber zum Lebensstil haben Marxisten-Leninisten durchaus eine Meinung. Das klingt für dich wahrscheinlich komisch!

Dass ich Marxistin-Leninistin wurde, beruht darauf, dass mich eine bedauernswerte Person, die gestorben ist, damit als ihrem letzten Willen betraut hat. In diesem Sinne lebe ich vielleicht ganz so, wie Bruder Gii es in seiner Predigt bei der Trauerfeier für den Generalkonsul gesagt hat, mit den Toten zusammen. Du hast doch bestimmt schon etwas von Takako im Haus meines Großonkels in Makimachi gehört? Sie hat an der Naturwissenschaftlichen Universität Tōkyō studiert und über fossile Skelette geforscht. Während der Unruhen an der Universität wurde sie verletzt und war seitdem eine Art Krüppel ... Im Alten Hof gibt es doch auch noch ein paar Exemplare der gesammelten nachgelassenen Manuskripte und Gedenkschriften, die K.-chan herausgegeben hat, nicht?

Diese Takako hat mich auf ihrem Sterbebett ganz ernst darum gebeten, Marxistin-Leninistin zu werden und darum, nach ihrem Tod um sie zu trauern ... Die Vorstellung, dass es nach ihrem Tod hier in der Gegend keinen einzigen Marxist-Leninisten mehr geben würde, war für Takako traurig. Ich habe also fleißig die Bücher gelesen, die sie mir vermacht hat, und lebe seitdem ihrem Lebensstil entsprechend.

Deswegen kann ich auch nicht wie Menschen, die nach Gott verlangen, über Gott sprechen. Und ich kann, was die Kirche und deine Sorgen anbelangt, letztlich nur die Haltung einer Außenstehenden einnehmen. Nimm deshalb auch in Zukunft das, was ich sage und tue, bitte immer relativ.

Von größter Gewissheit ist für mich vielmehr Folgendes: Aus Panik, dass Makio weggehen würde, wollten diese Mittelschülerinnen, die einfach nicht richtig nachdenken, unbedingt ein Kind von ihm haben. Und ist es nicht unglaublich, dass im Bauch dieser Mädchen *jetzt* neue Leben – noch sind es winzige, aber schon vollkommen mit den menschlichen Genen ausgestattete Wesen –*existieren*? Noch vor drei Monaten waren es *Leben*, die es *gar nicht gab*, nicht? Die Tatsache, dass etwas, was es *gar nicht gab, jetzt existiert*, hat eine absolute Kraft!

Daher möchte ich den Mittelschülerinnen raten, auch wenn das in dieser verschlossenen Gegend zu einem Skandal führen wird, ihre Kinder zur Welt zu bringen. Ich würde die Kinder gern nach ihrer Geburt adoptieren. Und mein Mann wird sich darum bemühen, dass die beiden Mädchen nach der Geburt an einem anderen Ort auf die Mittelschule gehen können.

Über Gott kann ich wirklich nichts sagen, aber kann nicht vielleicht auch Bruder Gii, indem er sich überwindet, ein *Leben* der Kirche, das es bisher *gar nicht gab, jetzt existieren* lassen? Wenn das gelänge, würdest natürlich du, Satchan, aber auch Kamei und Doktor Tokuda und die drei Inō-Brüder und all die anderen alle Kräfte aufbieten, um dieses Leben großzuziehen!

Nachdem die Grund- und Mittelschüler nach Izumis Konzert die Kapelle verlassen hatten, räumten wir auf, und alle Mitglieder der Kirche nahmen wieder auf den Stühlen Platz. Izumis Nichte, die deren Klavierspiel auf der Geige begleitet hatte, fuhr im Auto des Hotelmanagers Fu, der auch beim Konzert gewesen war, zum Hotel in Matsuyama voraus. Doch als der groß gewachsene Bruder Gii vor der Kanzel aus Katsuraholz, die wieder an ihrem gewohnten Platz stand, zu sprechen begann, spürte ich, wie ein großer Klumpen in mir hochstieg, der von einer Schrecklichkeit war, wie ich sie nie zuvor erfahren hatte. – Mir ist erst später nach vielem Nachdenken bewusst geworden, dass ich bereits alles akzeptiert hatte, bevor es wirklich passierte, und dass dies alles viel zu viel für mich war.

Ich konnte es nicht in Worte fassen. Aber aufgrund einer deutlichen Empfindung, die eine in die Zukunft vorschnellende Sicht einschloss – eine dem Déja vu gerade entgegengesetzte Empfindung – wusste ich, dass dieser Mann, der uns dort, wo bis vor kurzem die Geigerin gestanden hatte, die mit dem Gesicht eines kleinen Mädchens und mit dem Ausdruck einer dreißigjährigen Frau die Bitterkeit und Freuden der Liebe gespielt hatte, mit hängendem Kopf gegenüberstand, in den nächsten zehn Minuten etwas sagen würde, das das Schicksal der Kirche – zumindest für mich – besiegeln würde ...

Als sich die Erwartung wie eine statische Elektrizität mit einem Mal unter dem hohen Dach der Kapelle entlud, hob Bruder Gii sein blasses Gesicht und begann zu sprechen. Eine Kraft, die mein Innerstes zu zerreißen drohte, schien laut herausschreien zu wollen: *Das kann doch unmöglich geschehen* ... Bruder Gii sah schräg nach vorn, neigte seinen Kopf, machte fünf, sechs schwankende Schritte von der Kanzel weg durch den leeren Raum und kauerte sich dann sanft auf dem Boden nieder. Er legte seinen Kopf auf die Knie, und wie ein Kind, das sich davor fürchtet, geschlagen zu werden, schlang er beide Arme um den Kopf ...

Es gab nichts Erbärmlicheres als diesen Anblick! Ich wurde wieder zu dem ungezogenen Jungen, der ich vor zehn Jahren gewesen war, und wollte diesen Schwächling, der dort hilflos niedergeschlagen am Boden kauerte, mit Steinen bewerfen. Ich zitterte fast schon innerlich bei der Vorstellung, dass, sollte sich um mich herum ein großes Gelächter erheben, ich gewiss einfallen würde.

In diesem Moment erhob sich Izumi von ihrem Platz in der Mitte der ersten Reihe. Sie hatte zwar Erfahrung mit Bühnenansprachen, an das Sprechen vor einer Versammlung aber war sie nicht gewöhnt, und so ergriff sie das Wort, als verfolge sie den schmalen Grat ihres persönlichen Kontexts:

— Nun, meine Freunde! Es mag für Sie vielleicht ungehörig klingen, wenn ich bei dieser Gelegenheit auf einen ausländischen Film zu sprechen komme, aber ich musste an Theo Angelopoulos' Film *Alexander der Große* denken. Der griechische Komponist Xenakis hat mir von diesem Film erzählt. Es gibt dort einen Anführer einer Guerillagruppe, der den Namen, oder besser Spitznamen, Alexander der Große trägt ... Gewöhnlich operiert die Gruppe im Gebirge, aber eines Tages kommt sie ins Tal herunter, um Wasser zu trinken, und dort erleidet der Anführer einen epileptischen Anfall. Um nun ihren sich quälenden, bemitleidenswerten Anführer nicht sehen zu müssen, kehren seine Untergebenen ihm den Rücken zu. Ich glaube, sie saßen dabei alle auf ihren Pferden ...

Wird nicht auch Bruder Gii gerade von einer Art epileptischem Anfall heimgesucht? Keinem körperlichen, sondern einem geistigen Anfall ... sozusagen einem epileptischen Anfall der Seele ... Daher wollen auch wir uns erheben und Bruder Gii den Rücken zukehren, bis der epileptische Anfall vorüber ist. Ich drehe mich jetzt um.

An den Rändern von Izumis beinahe ungeschminkten Augen glitzerte es, denn sie waren voller Tränen. Sie blickte hoch, damit die Tränen nicht herunterrollten, und in ihren Augen spiegelte sich das Licht, das durch ein Fenster im zylindrischen Dach fiel. Den Blick weiter nach oben gerichtet, sah sich Izumi, die Spitze ihres Kinns kreisend in der Kapelle um, dann ging sie direkt bis vor die runde Wand, wobei die Absätze ihrer Hackenschuhe klackten. Nach und nach standen alle von ihren Stühlen auf und stellten sich nebeneinander im Kreis an die Wand. Als ich merkte, dass sich die Bewegung dem Ende näherte, sah ich flüchtig zu Bruder Gii hinüber, der seinen Kopf noch in den Armen hielt und die ganze Zeit regungslos da hockte. Dann stand auch ich auf und ging zur Wand. Das Geräusch von Schritten und Stühlerücken erlosch und es wurde ganz still hinter uns.

Da erhob Kamei ohne jedes Vorzeichen laut seine Stimme:

— Ich glaube nicht an den christlichen Glauben, aber da ich keinen anderen passenden religiösen Text habe, lese ich aus der Bibel. (Vielleicht hatte seine Gestik oder sein Gesichtsausdruck auf seine Rede hingedeutet. Ich folgte Kameis Stimme und entdeckte ihn vier, fünf Plätze weiter. Er stand so nah an der Wand, dass er sein Gesicht schon fast daran presste, und manchmal schien es ihm schwer zu fallen, das Gleichgewicht zu halten, denn an dem schwankenden Oberkörper schaukelte der leere Ärmel hin und her.)

— Dort heißt es am Schluss des Lukas-Evangeliums: Jesus wurde grausam ans Kreuz genagelt. Danach gehen zwei seiner Jünger nach Emmaus. Da sie ihren Lehrer verloren haben, sind sie natürlich ganz verzweifelt. Und während sie so auf dem Weg über die Ereignisse sprechen, schließt sich ihnen ein unbekannter Mann an. Er spricht über alles Mögliche. Doch die beiden merken nicht, dass es der wiederauferstandene Jesus ist. Nach und nach werden sie in das Gespräch ihres Begleiters hineingezogen. Sie gelangen an eine Herberge und wollen essen. Und als sie erkennen, dass der Mann, der das Brot bricht und ihnen reicht, Jesus ist, verschwindet seine Gestalt. Da sprachen sie untereinander, heißt es: »Brannte nicht unser Herz in uns, als er mit uns redete auf dem Wege und uns die Schrift öffnete?«

Als wir Bruder Giis Predigt bei der Trauerfeier für den Generalkonsul hörten, haben wir doch alle gebetet: »Geist, unser Tröster, komm zu uns!« *Brannte* dabei nicht auch *unser Herz in uns*? Und brannte es nicht noch stärker, als wir das Lied »In Gilead gibt es ein Balsam, das Trost spendet« hörten? Wir können das nicht leugnen. Auch Bruder Gii kann das nicht. Oder?

Kameis Stimme klang rau und trotz des akustisch wohl kalkulierten Raums ziemlich brüchig. Aber seine Rede war nicht nur von Stärke getragen. Ich hatte das Gefühl, als spräche er aus einer verdrehten Entrüstung heraus, die sich gegen einen inneren Schmerz richtete.

— … Wie ihr alle wisst, bin ich einer der Anführer, die die Anklage gegen Bruder Gii organisiert haben. Es gibt Leute, die behaupten, dass die Kirche ohne die Anklage wahrscheinlich nicht entstanden wäre, und eine Zeit lang habe auch ich das geglaubt. Aber das stimmt nicht! Wäre nicht all das dazwischen geraten, hätte sich Bruder Giis Kirche auf viel natürlichere Weise entwickeln können, so wie eine Pflanze heranwächst, oder?

Ich habe schon damals bei unserer Anklage gewusst, dass wir Bruder Gii als Mensch unterlegen waren. Ich spürte, dass er auch im Leiden tiefgründiger war als wir. Und trotzdem führte ich die Anklage weiter. Und ich fürchtete, dass wenn Bruder Gii dadurch vom Glauben abfiele und aufhörte, uns aufzuklären, die Menschen hier elend und hartherzig werden könnten. Vor mir grölten fast alle, und sogar die Kinder, mit Gesichtern wie kleine Teufel, schlugen nach Bruder Gii. Ich hatte Angst, dass diese Meute nun für immer unser Bild prägen würde!

Ich musste auch nach der Anklage immer wieder darüber nachdenken, was für eine furchtbare Einsamkeit die Menschen der damaligen Zeit empfunden hätten, wenn dieser grausam ans Kreuz genagelte, tote Mensch einfach verwest und zu Knochen geworden, und sonst nichts von ihm geblieben wäre.

Und ich dachte: Wahrscheinlich wurden überall auf der Welt in allen Jahrhunderten Menschen, die ›Erlöser‹ sein sollten, angeklagt und ausgelöscht. Und wir hatten diese unwiederbringliche Tatsache auch noch auf ganz alltägliche Weise begangen, und einen jungen Mann, der unser ›Erlöser‹ sein könnte, vernichtet …

Dieser Gedanke begann von mir Besitz zu ergreifen, und ich war wie benommen. Da geschah es, dass ich mir mit der von mir selbst gebauten Säge im Sägewerk den Arm abschnitt!

Als ich dann im Krankenhaus lag, kam mir als Erstes immer wieder diese Meute während der Anklage an der Himmelssenke in den Kopf.

Das andere war der Anblick des kurzen Armstücks, das auf dem Boden mit den nach Harz riechenden Sägespänen lag ... In meinen Träumen vermischten sich die beiden Eindrücke sogar, und ich träumte, dass ich der Meute meinen Arm hinwarf und mich dadurch befreit fühlte. Beim Aufwachen aber schmerzte die Wunde und ich fühlte mich nur desolat und kraftlos.

Als ich so weit genesen war, dass ich zu Hause ärztlich behandelt werden konnte, hörte ich, dass Bruder Gii die Kirche weiterführte. Seitdem gab es in meinem Kopf nur noch die Kirche. Ich hatte das Gefühl, dass ich es zu verantworten hätte, dass natürliche Entwicklung der Kirche verdreht worden war. Andererseits wünschte ich, dass auch jemand wie ich in die Kirche aufgenommen werden könnte ...

Und schließlich wurde ich als Mitglied in die Kirche aufgenommen und habe meine eigene Entwicklung durchlaufen. Wir haben die Kapelle gebaut und die Trauerfeier für den Generalkonsul abgehalten. Als alle Bruder Giis Predigt lauschten und beteten: »Geist, unser Tröster, komm zu uns!«, spürte ich, dass *mein Herz in mir brannte*. Als ich das Lied »In Gilead gibt es ein Balsam, das Trost spendet« hörte, *brannte mein Herz in mir* immer mehr.

Zunächst war das mein persönliches Erlebnis. Aber ausgehend von diesem Erlebnis möchte ich, auch dir, Bruder Gii, jetzt sagen: *Hat nicht unser Herz in uns gebrannt*?

Ich weiß, dass wenn ich das ausspreche, die Last auf deiner *Seele* noch schwerer wiegen wird. Deine Kirche hat mich geheilt, und doch bohre ich nun mit dem Finger in deiner Wunde. Aber, Bruder Gii, wir befinden uns schon im Aufbruch, nicht? Magst du auch so wie jetzt zurückweichen, wird sich daran wohl nichts mehr ändern, oder?

Genauso *zurückweichend* kauerte Bruder Gii in der Mitte der Kapelle. Ich bewegte mich und sah ihn diesmal wie ein Bild, das sich vor dem Hintergrund des im vertikalen Fensterglas erscheinenden Mischwalds abhob. In die verwelkten Ranken und ins Unterholz drängte jetzt zum Ende des Winters bereits neues Grün, und der Wald war in ein helles Licht getaucht.

Ich spürte, dass Bruder Gii die *Jämmerlichkeit* selbst war. Wie konnte dieser Mann ein Leben, das es *bisher gar nicht gab, jetzt exis-*

tieren lassen? Und dann noch das *Leben* der zweihundert Menschen in dieser Kapelle …

Doch wenn dieser Mann bemitleidenswert und erbärmlich war, galt dann das Gleiche nicht auch für mich? Für mich junge Frau, deren Gesicht, wenn ich mich flüchtig in dem dämmrigen Glas betrachtete, nur Verdruss und Müdigkeit zeigte … Ich hatte mein sexuelles Verhältnis zu diesem Mann so weit oben angestellt, dass ich schon in der Überzeugung lebte, meine ungewöhnliche ›Verwandlung‹ habe diese Erfahrung mit ihm vorbereitet und sei sogar deren Prophezeiung gewesen. Das war meine Entscheidung zur Konversion gewesen.

Aber war ich nicht, als dieser Mann aus dem ersten Stock des Speicherhauses heruntergekommen war – trotz der ihm eigenen *jämmerlichen* Schwermut, die gerade jetzt zu Tage trat –, einfach mit einem anderen verreist und der sexuellen Beziehung mit ihm verfallen? Auch wenn ich nicht fest mit ihm zusammen sein wollte, suchte ich doch mit verlangenden Blicken, ob sich mir, der Besitzerin »verwandelter« Geschlechtsorgane, nicht weitere sexuelle Gelegenheiten böten …

Stimmen erhoben sich zum Gesang. Die drei Freundinnen der Inō-Brüder sowie Zachary sangen mit zurückhaltenden, aber sicheren Stimmen, und nach und nach fielen die anderen um sie herum ein. Doch ich spürte eine Abneigung gegen den anschwellenden Gesang. Was sollte es, sich durch Gesang zu beschwichtigen? Offenbarte nicht dieser Mann, der da in der Mitte des kreisförmigen Bodens kauerte und dem wir unsere Rücken zukehrten, dass diese Kirche keine Grundsätze besaß und keine Handlungsperspektive?

Der Generalkonsul hatte zwar gesagt, dass, wenn der Chor des Grünen Baums in Flammen in der zylindrischen Kapelle seine Stimmen erklingen ließe, der Heilige Geist vielleicht als *Zungen wie von Feuer* über den Mitgliedern der Kirche stehen würde. Aber er hatte das bestimmt nicht prophezeit, weil er das schändliche Verhalten dieses Mannes vorausgesehen hatte, der dort in der Mitte kauerte und dem die Singenden jetzt ihre Rücken zukehrten.

Doch die Leute sangen weiter, und nach und nach gewannen die

Lieder an Dichte und Kraft. Zachary und die jungen Frauen hatten nach der Trauerfeier für den Generalkonsul auf Anfragen hin öfters das Anstimmen dieser Lieder übernommen.

»In Gilead gibt es ein Balsam, das Schmerzen stillt, ein Balsam, das die verletzten und verstreuten Seelen ganz genesen lässt. In Gilead gibt es ein Balsam, das Trost spendet.«

»Wenn du in die Heimat zurückkehrst, sage es deinen Nachbarn, ›dieser Mensch ist gestorben, um uns alle zu erlösen‹, ah, in Gilead gibt es ein Balsam, das heilt.«

»Wenn ich mutlos zu werden glaube, wenn mir mein Tun umsonst gewesen zu sein scheint, wird der Heilige Geist meine Seele wieder zum Leben erwecken.«

Unbemerkt hatten sich die Leute, die zur zylindrischen Wand gerichtet gestanden hatten, beim Singen herumgedreht und begannen nun auf die Mitte zuzugehen. Ich aber blieb eisern stehen, ohne mich umzudrehen. In der Reflexion des dunkler gewordenen Fensterglases sah ich einen Menschenkreis, und auch wenn ich Bruder Giis kauernde Gestalt nicht mehr ausmachen konnte, suchte ich noch nach ihm.

— Rejoice! erklang ein kurzer kräftiger Schrei. Schließlich drehte ich mich um, und da überfluteten mich die dicht gedrängten Menschen, ja niemand anderen als mich, freudestrahlend mit dem zweiten Chorruf:

— Rejoice!

In einer instinktiv heftigen Verweigerung schüttelte ich den Kopf. Aber die Barrikade der lachenden Menschen wiederholte mit ehrlicher Überzeugung und Freude, als meinten sie, ich hätte ihnen mit einer Geste der Zustimmung geantwortet: Rejoice! Könnte nicht dieser Mann dort jetzt auf die Schultern der freudestrahlenden Menschenbarrikade gehoben werden und mich mit ihnen anlachen?

Kaum hatte ich mich umgedreht, als ich schon die schmale senkrechte Glastür aufdrückte und zum Ufer des künstlichen Sees hinter den Fundamenten der Kapelle hinunterrannte. Meine linke Ferse schmerzte. Ich kniete nieder und konnte mich eine Weile nicht aufrichten. Ich streckte mein Kinn vor und atmete heftig, und als ich aufblickte, sah ich, wie auf der anderen Seite des Wassers die weiß verdorrten Äste der großen Zypresse in der Himmelssenke sich von den schattigen grünen Blättern abhoben. Dann ging ich endlich, meinen schmerzenden linken Fuß schützend, am schmalen Ufer unterhalb des Steinwalls entlang und kam an den Aufstieg zum Damm. Auch am westlichen Rand der Kapelle war eine mit einem Geländer versehene Treppe gebaut worden, aber ich wollte nicht dort zum gepflasterten Weg hinaufgehen. Sie war bereits Teil der Kirchenbauten. Stattdessen folgte ich dem unbearbeiteten schmalen Uferweg, auf dem sich grobe Felsbrocken zeigten, und hielt dabei wie ein verwundeter listiger Fuchs zum Schutz meine Ferse hoch. Ich wollte auf keinen Fall, dass mein Schmerz durch etwas, das wie auch immer mit der Kirche zu tun hätte, gelindert würde.

Anmerkungen der Übersetzerin

9 William Butler Yeats, Werke, Band I, *Ausgewählte Gedichte*, Luchterhand, Neuwied und Berlin, 1970, *Was dann?*, S. 256.

10 Ibid.

10 Name eines Straßenviertels im Bezirk Setagaya in Tōkyō, in dem der Schriftsteller K. und auch Kenzaburō Ōe leben.

12 Ibid., *Neunzehnhundertneunzehn*, S. 172.

14 Bezirk von Tōkyō, berühmt für seine vielen Antiquariate, die nicht nur mit japanischen, sondern auch westlichen alten Büchern bestückt sind.

14 Name des Stadtviertels in Tōkyō, in dem auch das japanische Parlamentsgebäude steht. »Kasumigaseki« wird hier also als Äquivalent für die japanische Regierung benutzt.

17 Ibid., *Der Mann und das Echo*, S. 279.

17 Japanisches Kotelett-Gericht.

18 Ibid., S. 279

18 Ibid., S. 280

18 Ibid., S. 281; in der deutschen Übersetzung gibt es keine Eule und das englische »hawk« ist mit »Habicht« übersetzt.

20 Das »japanische Alphabet« besteht heute aus sechsundvierzig Silben, die in neun Silbenreihen (und Extra-Silben) unterteilt sind; es beginnt mit der so genannten A-Reihe, die aus den Vokalen a-i-u-e-o besteht und geht weiter mit der Ka-(ka-ki-ku-ke-ko) und Sa-Reihe etc.

26 Shintōistisch orientierte neue Religion, die, am Ende des neunzehnten Jahrhunderts von Deguchi Nao – einer Frau – gegründet, zusammen mit Rechtsradikalen die Reformierung Japans verlangte und von der japanischen Regierung 1921 und 1935 starke Repressalien erfuhr. Nach dem Krieg wandelte sie sich zu einer eher pazifistischen Sekte.

28 Ibid., S. 237

28 Ibid.

29 Ibid., *Der Turm*, S. 163/164

30 Ibid., S. 165

30 Ibid., S. 163

35 Ibid., *Politik*, S. 278, der dort zitierte Satz Thomas Manns lautet im Original: »In unserer Zeit offenbart sich das Geschick des Menschen im Politischen.«

35 Ibid.

36 Ca. ein Quadratmeter große, in den Boden eingelassene offene Feuerstelle für Holz oder Holzkohle in traditionellen japanischen Häusern, normalerweise ohne Abzug.

48 vgl. Yeats, *Werke*, Band V, S. 35; Übersetzung leicht modifiziert.
55 Yeats, Band I, *Lapislazuli*, S. 241.
63 Mit Papier beklebte und dadurch lichtdurchlässige Schiebetüren und -wände in traditionell japanischen Häusern.
68 Yeats, *Schwankungen*, zitiert nach der Übersetzung aus Ōe, *Grüner Baum in Flammen*, I. Band, S. 208.
72 Die älteste, aus dem achten Jahrhundert stammende Gedichtsammlung Japans, deren Autoren vornehmlich dem Kaiserhof angehörten.
72 »And the mountains and woods / Have their day, have their day«.
84 Eine Sammlung von *waka*-Gedichten des buddhistischen Wandermönchs Saigyō aus dem zwölften Jahrhundert.
84 Schmucknische in traditionell japanischen Häusern.
104 Fjodor Michailowitsch Dostojewskij, *Die Brüder Karamasow*, übersetzt von Swetlana Geier, Ammann, Zürich 2003, 6. Buch: »Vom Gebet, von der Liebe und von der Berührung mit anderen Welten.«
104 Ibid., S. 429
110 Atsutane Hirata (1776–1843): Führender Ideologe am Ende der feudalistischen Edo-Zeit, der bei dem bekannten Philologen Norinaga Motoori studierte und dessen altphilologische Theorie zu einem nationalistischen Konzept entwickelte. Sein radikaler Shintōismus fand kurz vor der Meiji-Restauration viele Anhänger unter den Japanern, die aufseiten des Tennōs gegen das Tokugawa-Shogunat kämpften.
112 Die Tenri-Sekte ist eine shintōistisch orientierte neue Religion, Mitte des neunzehnten Jahrhunderts von Nakayama Miki – einer Frau – gegründet, die sich nach der Meiji-Restauration in ganz Japan ausbreitete. Heute hat die Sekte mehr als zwei Millionen Mitglieder und stellt damit eine der repräsentativen neuen Religionen in Japan dar.
113 Japanische Silbenschrift.
120 Ibid., *Der Jüngste Tag*, S. 149.
121 Ibid.
125 Ibid., *»Der Mann und das Echo«*, S. 280.
127 Campus für die Studenten des zweijährigen Grundstudiums zum Bachelor of Arts (insg. 4 Jahre) an der Universität Tōkyō, der renommiertesten Universität Japans.
128 Kazuo Watanabe (1901–1975): Professor für Romanistik an der Universität Tōkyō und Lehrer von Kenzaburō Ōe, der sich als stark von ihm beeinflusst bezeichnet. Spezialist für die französische Renaissance und François Rabelais.
136 Dostojewskij, *Die Brüder Karamasow*, s. zu S. 104.
136 S. zu S. 104, 7. Buch: »Die Hochzeit zu Kana in Galiläa.«
144 Dialekt-Bezeichnung für Elritze.
144 Elritze.
147 Am Ende des bekanntesten japanischen Kindermärchens Momotarō – sowie auch in anderen Märchen – heißt es im Japanischen: »medetashi, medetashi«

(»glücklich, glücklich«), was auf den glücklichen Ausgang der Geschichte verweist, eine Floskel ähnlich der in deutschen Märchen verwandten: »Und sie lebten glücklich bis an ihr Lebensende.«

151 Aristoteles, Werke, Bd. 12, Teil 1: *Meteorologie*, Wissenschaftliche Buchgesellschaft, Darmstadt 1970, S. 36.

155 Wagner, *Tristan und Isolde*, Reclam, Stuttgart 1950, S. 74.

155 Ibid.

155 Mozart, *Don Giovanni*, Finale; der deutsche Text weicht von dem japanischen leicht ab.

155 Ibid.

156 Dante Alighieri, *Die Göttliche Komödie*, Band II, dtv klassik, München 1988, S. 25.

157 Ibid., S. 27/29

159 Vgl. Voltaire: *Candide oder der Optimismus*, insel taschenbuch, Frankfurt am Main 1972, S. 183.

171 Der richtige japanische Name des im Deutschen fälschlicherweise als »Fujiyama« bezeichneten Berges.

173 Größte Werbeagentur in Japan.

174 Japanisches Gericht, bei dem dünn geschnittenes Rindfleisch und Gemüse in einem Topf am Tisch zubereitet werden.

182 Richard Wagner, *Götterdämmerung*, Reclam, Stuttgart 1977, S. 92. Die japanische Übersetzung dieser Zeilen weicht geringfügig vom deutschen Original ab.

186 Meister Eckhart, *Deutsche Predigten und Traktate*, hrsg. u. übersetzt v. Josef Quint, Carl Hanser Verlag, München 1963, S. 203/204.

189 Dante, *Die Göttliche Komödie*, dtv klassik, München 1988, Bd. III, S. 401.

199 Wörtliche Übersetzung des japanischen Baumnamens »sarsuberi«; richtiger Name: Lagerströmie.

203 W. B. Yeats, »*Schwankungen*«, zitiert nach den Übersetzungen von Ōe, Band I, S. 208.

206 Ibid.

225 Yeats, *Towards breakly day*: »Was it the double of my dream / The woman that by me lay / Dreamed, or did we have a dream / Under the first cold gleam of day?«, in Yeats, Selected Poetry, Macmillan 1962, S. 97.

226 The Letters of W. B. Yeats, Alla Wade (ed.), London, Rupert + Hart-Davis, 1954, S. 785.

241 Auch im Japanischen ziemlich sinnloser Satz, der einzig und allein dazu dient, sich sechs *Kanji* zu merken, die nicht zu den allgemein gebräuchlichen »Tōyō–Kanji« gehören.

245 Richard Wagner, *Tristan und Isolde*, Reclam, Stuttgart 1950, 1984, S. 74.

266 Mahler, *Symphonie Nr.* 3.

266 Ibid.

INHALT

Kenzaburō Ōe

Grüner Baum in Flammen

Erster Band der gleichlautenden Trilogie

Kenzaburō Ōe ist einer der großen Grenzgänger der Literatur, der mit jedem Buch eine Frage stellt, die den Leser nicht zur Ruhe kommen lässt. In seinem Roman *Grüner Baum in Flammen* erkundet er die gefährliche Suche nach einer neuen Religion, die Befreiung sein kann wie Bürde.

Schauplatz ist das Dorf in den Wäldern von Shikoku, um das Ōes Erzählungen sich immer wieder ranken. Im wichtigsten Hof des Dorfes liegt eine beinahe hundertjährige Frau im Sterben. Mit ihrem Tod würden die Mythen und Geschichten des Dorfes vergessen. Im letzten Augenblick jedoch findet sie einen Nachfolger, in dem sie eine Wiederkehr Bruder Giis zu erkennen glaubt, der das Dorf mit Ideen zu einer Lebensreform begeisterte, bis der Widerspruch gegen seine Projekte wuchs und er unter ungeklärten Umständen zu Tode kam. Der »neue« Bruder Gii kann die Dorfgemeinschaft von seinem Geschick überzeugen; er will helfen und findet Anhänger. Fast gegen seinen Willen sehen sie in ihm ein Vorbild, bald auch einen Heiler und Heilsbringer, bis auch sie sich gegen ihn wenden.

In *Grüner Baum in Flammen* legt Kenzaburō Ōe die Summe seines Nachdenkens über die »Bedürfnisse der Seele« vor, die, so schwer sie auch zu fassen sind, dem Menschen ihr »Du musst Dein Leben ändern« zuflüstern. Ōe nimmt sie beim Wort. Und der Roman wird zu einem erzählerischen Versuchsfeld, das Ōes Erforschung mystischen Erlebens von Meister Eckhart bis zu W. B. Yeats und die Erfahrungen mit seiner durch den behinderten Sohn Hikari geprägten Familie widerspiegelt – ein Meilenstein in der Entfaltung seines Werkes und eine Wegmarke hin zu seiner Philosophie eines »Momentes, der etwas länger als einen Augenblick dauert.«

S. Fischer